i

想象另一种可能

理
想
国
imaginist

十一个时区之旅

IMPERIUM

RYSZARD KAPUŚCIŃSKI

[波] 雷沙德·卡普希钦斯基 著

刘伟 译

民主与建设出版社
·北京·

© 民主与建设出版社，2024

图书在版编目（CIP）数据

十一个时区之旅 /（波）雷沙德·卡普希钦斯基著；刘伟译. -- 北京：民主与建设出版社，2024.7.
ISBN 978-7-5139-4639-1

Ⅰ. I513.55

中国国家版本馆 CIP 数据核字第 20245C1R01 号

IMPERIUM (IMPERIUM)
Copyright © 1993 by Ryszard Kapuściński
Originally published in Poland by Czytelnik, Warsaw, in 1993
Afterword copyright © 2007 by Margaret Atwood
All rights reserved

北京市版权局著作权合同登记号 图字：01-2024-3195

十一个时区之旅

SHIYIGE SHIQU ZHILÜ

著　　者	[波]雷沙德·卡普希钦斯基	
译　　者	刘　伟	
责任编辑	王　颂	
特约策划	雷　韵	
装帧设计	LitShop	
内文制作	马志方	
出版发行	民主与建设出版社有限责任公司	
电　　话	（010）59417749　59419778	
社　　址	北京市海淀区西三环中路 10 号望海楼 E 座 7 层	
邮　　编	100142	
印　　刷	山东韵杰文化科技有限公司	
版　　次	2024 年 7 月第 1 版	
印　　次	2024 年 7 月第 1 次印刷	
开　　本	787 毫米 ×1092 毫米　　1/32	
印　　张	13.75	
字　　数	250 千字	
书　　号	ISBN 978-7-5139-4639-1	
定　　价	72.00 元	

注：如有印、装质量问题，请与出版社联系。

目 录

前言 1

初遇（1939—1967） 3

平斯克，1939 5
西伯利亚铁路，1958 25
南方，1967 49

鸟瞰图（1989—1991） 109

第三个罗马 111
教堂和宫殿 126
我们看，我们哭 142
柏油山上的人 158

逃离自我	172
沃尔库塔——冰冻于火焰中	186
明天,巴什基尔人的反叛	213
俄罗斯神秘剧	224
跳水坑	237
科雷马,雾,更多的雾	251
克里姆林宫:魔山	282
埋 伏	299
中亚——海洋的毁灭	330
德罗霍贝奇的波莫纳	345
回归故里	383

未完待续(1992—1993)   399

后 记:惊奇感 / 玛格丽特·阿特伍德   429

前言

本书由三部分组成。

第一部分名为"初遇（1939—1967）"，记录了很久以前我在帝国的停留。在这一部分，我讲述了苏联军队进入我位于波兰波利西亚地区的家乡（今属白俄罗斯），讲述了我穿越白雪覆盖、荒无人烟的西伯利亚的旅程，讲述了我在外高加索地区和各中亚共和国的探险，换句话说，讲述了我在苏联某些区域的探险，那里充满了异国情调和混乱的冲突，那里独特的氛围中充溢着激情和感伤。

第二部分名为"鸟瞰图（1989—1991）"，记述了在帝国衰落和最终解体的若干年间，我于帝国广袤领土上进行的几次时间较长的漫游。我绕过官方机构和路线，独自开展了这些旅行，从布列斯特（苏联与波兰的边界）到太平洋上的马加丹，从北极圈内的沃尔库塔到铁尔米兹（苏联与阿富汗的边界），旅程总计六万公里。

第三部分名为"未完待续（1992—1993）"，收集了我在旅行、谈话和阅读间隙产生的思考、观察和笔记。

本书采用了复调的写法，这意味着不同的人物、地点和主题会在不同年份和背景下反复出现。然而，与复调原则不同的是，全书并没有一个更高和最终的总结，相反，它瓦解了，散乱了，原因在于，在我写作这本书的过程中，主要的对象和主体分崩离析了。取而代之的是一系列新的国家崛起，其中包括俄罗斯，一个幅员辽阔的国家，其中居住着几百年来被帝国激励并团结在一起的人民。

这本书既不是俄苏史，也不是共产主义在这个国家的历史，更不是关于帝国知识的汇编。

它是一份私人报告，所依赖的材料是我在这个广阔的国家所做的旅行。在这场旅行中，我努力抵达时间、力量和机会允许我抵达的一切地方。

初 遇

(1939—1967)

平斯克，1939

我与帝国的第一次邂逅发生在一座桥附近，这座桥连接了波兰小城平斯克[1]和南部地区。那是1939年9月底。战争无处不在。村庄正在燃烧。人们在沟渠和树林里躲避空袭，在任何可能的地方寻求庇护。死马横陈在路上。一个男人建议说，如果想继续前行，就得把它们挪到一边。死马很重，为此不知要耗费多少时间、多少汗水。

人群在尘土、污垢和恐慌中四散奔逃，他们为什么要带那么多行李、那么多箱子？为什么要带那么多水壶和锅子？他们为什么要咒骂？为什么不停地提出问题？所有人

---

[1] "一战"期间，平斯克被德国占领，德军战败后，它成为白俄罗斯和乌克兰争夺的对象。波苏战争期间，波兰军队于1919年3月夺回平斯克，但1920年7月平斯克又被红军夺回。1921年波苏战争结束，《里加条约》签署，平斯克重新成为波兰的一部分。1939年又被划入白俄罗斯。——译者注（本书脚注若无特别说明，均为译者注）

都在朝某个地方行走、驾驶、奔跑,没有人知道他们要去哪里。但我母亲很清楚我们的目的地。她牵着我和妹妹的手,三人一起前往平斯克,回我们位于韦索瓦大街的住所。战争突然降临时,我们正在雷约维茨附近的叔叔家度假,现在我们必须要回家了。Tutti a Casa(大家都回去)!

数日的流浪后,我们离平斯克很近了,已经能远远看到城市的房屋、美丽公园里的树木和教堂的塔楼。突然间,水兵出现在桥边的路上。他们手持上了刺刀的步枪,圆顶帽上有五角星。几天前他们从黑海驶来,击沉了我们的炮艇,杀死了我们的水兵,现在他们不让我们进城。他们让我们保持距离——"不许动!"他们喊道,用步枪瞄准我们。我的母亲,连同其他妇女和孩子,都在哭着求饶,因为他们已经把我们团团围住了。"快求饶。"母亲们惊惶地恳求我们,但我们这些孩子还能做什么呢?——我们已经跪在路上,抽泣着举起双手很久了。

尖叫声,哭泣声,步枪和刺刀,气势汹汹、大汗淋漓的水兵们的怒容,某种狂怒,某种可怕而难以理解的东西,都在皮纳河那座桥那里了,在我七岁时进入的那个世界里。

在学校,我们从一年级开始学习俄语字母,从字母S开始。"为什么是S呢?"教室后面有人问,"应该从A开始才对。"

"孩子们,"老师(也是波兰人)用沮丧的声音说,"让我们看看课本的封面,上面第一个字母是什么?是S!"

佩特鲁斯是白俄罗斯人,能读出整个书名:斯大林,*Voprosy Leninizma*(《列宁主义研究》)。这是我们学习俄语的唯一一本书,我们只有一本。书名用大大的金色字母印在灰色亚麻的硬皮封面上。

"列宁同志离开我们的时候,教导我们说……"温驯而安静的瓦兹奥在第一排用颤抖的声音读着。最好不要问列宁是谁。所有母亲都叮嘱过自己的孩子,什么都别问。但这些警告实际上并无必要。我说不清那是什么,无法解释它从何而来,但空气中有一些非常可怕的东西,如此紧张而沉重,我们曾经纵情嬉戏的小城突然变成了一片雷区。我们连大气都不敢出,生怕引起爆炸。

"所有孩子都会成为少先队员!"有一天,一辆小汽车驶进操场,下来一些穿天蓝色制服的先生。有人说那是NKVD(内务人民委员会)的人。NKVD是什么,不太清楚,但有一点是肯定的——大人们提到这几个字时,会把声音压得很低。NKVD一定非常重要,因为它的制服崭新优雅,一尘不染。军队里的人则穿着破烂的衣服走来走去;他们没有军用背包,而是背着麻布袋子,里面大多数时候都是空的,用一根旧麻绳胡乱扎起来,他们穿的靴子似乎从未擦过,而一个NKVD的人走过来时,周围一公里都会闪烁着蔚蓝的光芒。

NKVD的人给我们带来了白衬衫和红领巾。老师用惊恐而沮丧的声音说,"在重要的节日,每个孩子都要穿这件白衬衫、戴红领巾来学校。"他们还带来一箱像章,分发给我们。每个像章上都是不同的男士肖像,有些留着大胡子,有些不留。有位先生留着八字须,还有两位没有头发。有两三个戴着眼镜。一个NKVD的人逐个座位分发像章。"孩子们,"老师的声音像从空心的木头里传出来的,"这是你们的领袖。"一共九位,分别叫安德烈耶夫、伏罗希洛夫、日丹诺夫、卡冈诺维奇、加里宁、米高扬、莫洛托夫和赫鲁晓夫。第九位是斯大林。他的像章比其他人大一倍。这是可以理解的。写出像《列宁主义研究》(我们用这本书学认字)那么厚的一本书,像章应该比别人更大。

我们用别针把像章别在左胸前,大人们也戴在那里。但很快,问题来了——像章不够用。最理想的做法,甚至可能也是强制性的,是同时佩戴所有像章,用"大的斯大林像章打头"。NKVD的人也是这样提议的:"必须把它们全都戴上!"但结果,有人有日丹诺夫,却没有米高扬,或者有人有两个卡冈诺维奇,却没有莫洛托夫。有一天,雅内克带来了四个赫鲁晓夫,用它们换了一个斯大林(他先前的斯大林被偷了)。我们当中真正的大富豪是佩特鲁斯——他有三个斯大林。他会从口袋里把它们掏出来展

初遇(1939—1967)

示，炫耀一番。

有一天，邻座的一位同学，哈依姆，把我叫到一边，他想用两个安德烈耶夫换一个米高扬，但我告诉他，安德烈耶夫不值钱（这是事实，因为没人能搞清楚这个安德烈耶夫是何许人也），所以我拒绝了。第二天，哈依姆又把我叫到一边。这次，他从口袋里掏出了伏罗希洛夫。我颤抖了。伏罗希洛夫是我的梦想！他穿着制服，散发出战争的气息，而我领略过战争，所以我对他有一种亲近感。作为交换，我给了他日丹诺夫和卡冈诺维奇，还有作为额外补偿的米高扬。总的来说，伏罗希洛夫很吃香。莫洛托夫也是。莫洛托夫可以换三个人，因为大人们说他很重要。加里宁也很贵重，因为他让人想起一位波兰祖父。他留着白胡子——这在领袖中间是独一无二的——脸上露出近乎微笑的表情。

有时，课堂会被枪声打断。附近回荡着炮火声，猛烈而响亮，玻璃颤抖，墙壁震动，老师则用惊恐而绝望的表情看着窗外。如果炮火之后是宁静，我们就接着读那本厚厚的书，但如果听到金属的撞击声、墙壁爆裂的轰鸣和石头砰砰掉落的声音，教室就会热闹起来，就能听到高高的叫喊——"打中了！他们打中了！"——铃声一响，我们就冲去广场一看究竟。我们那所小小的平房学校刚好挨着一座宽阔的广场,名叫"五月三日广场"。广场上矗立着一座巨大的、真的非常巨大的教堂,那是城里最大的教堂,你得仰起头才能看到塔尖和天空交会的地方。而此时,炮弹轰向那里,瞄准了塔尖,打算把它击倒。

在课堂上,我们是这样推测的:布尔什维克朝我们进军时,还没看到波兰,还没看到我们这个小城,就先注意到了平斯克教堂的塔楼。它那么高,肯定让他们大为光火。这是为什么呢?我们无法回答这个问题。但我们得出结论,认为这肯定是一种发泄,因为俄罗斯人一进城,还没来得及喘口气,还没看看街道的方位,还没吃上一顿好饭、抽几口廉价的烟草,就在广场上架起大炮,朝着教堂开起了火。

所有炮兵部队都去了前线,所以他们只剩下一门大炮。他们打得毫无章法。如果命中目标,塔楼上就会升起黑云;有时还迸发出火焰。人们躲在广场周围幽深的门洞里,黯然而又带着几分好奇地观察这场轰炸。妇女们跪在地上念诵玫瑰经。一个醉醺醺的炮手在空无一人的广场上走来走去,大喊道:"瞧瞧,我们在朝你们的上帝开火!他又有什么反应呢?跟没事人似的!哼都不哼一声!他是害怕了,还是怎么着?"他大笑起来,连连打嗝。邻居对我母亲说,有一天,当尘埃落定的时候,她看到废墟上出现了圣安德鲁·波波拉[1]的身影。她说，圣安德鲁的表情痛苦极了——他们正在把他活活烧死。

走路去学校时，要在火车站旁边穿过铁轨。我喜欢这个地方；我喜欢看火车来来往往。最重要的是，我喜欢看火车头：我想成为一名火车司机。有天早上，我穿过铁轨，看到铁路工人正在调集货运车厢。有几十节。调车场上热火朝天：机车在移动，刹车发出尖锐的声音，止挡器叮当作响。到处都是红军和NKVD的人。终于，一切都平静下来，接下来好几天都是一片沉寂。然后有一天，我看到木制马车驶过，里面挤满了人和行李，停在货运车厢旁边。每辆马车都有几名士兵把守，他们手持步枪，好像随时准备开火。向谁开火？马车上的人疲惫而恐惧，已经气息奄奄了。我问母亲，他们为什么要带走这些人。她很紧张地说，大流放开始了。流放？一个陌生的词，什么意思？但母亲不想回答我的问题，也不想跟我交谈。她哭了。

夜晚。一阵敲窗户的声音（我们住在一个小小的半地下室里）。父亲的脸贴在窗户上，五官被压扁，与夜色融为一

---

[1] 圣安德鲁·波波拉（St. Andrew Bobola, 1591—1657），波兰传教士和耶稣会殉道者，在赫梅利尼茨基起义中被殴打致死。

体。我看到父亲走进房间,但我快不认识他了。我们在夏天告别,那时他穿着军官制服,脚蹬高筒靴,系着一条崭新的黄色腰带,戴着皮手套。我和他一起走在大街上,听着他身上的每一处都发出嘎吱嘎吱的声音,心里充满了自豪感。现在,他穿着波兰农民的衣服站在我们面前,很瘦,胡子拉碴。他穿着一件长过膝盖的麻布衬衫,用麻绳扎着,脚上穿着草鞋。从他和我母亲的谈话里,我得知他落入了苏联人的围捕,被押去了东部。他说,当他们排着队穿过树林时,他逃了出来,在一个村子里用制服和农民交换了衬衫和草鞋。

"孩子们,"母亲对我和妹妹说,"闭上眼睛睡觉去!"我们听到隔壁父母的房间里传来低低的私语和一阵阵突然的骚动。早上,当我起床时,父亲已经走了。上学的路上我四处张望——也许我还能再看他一眼?我有那么多事想告诉他——关于我自己,关于学校,关于那门大炮。我已经认识了俄语字母表。还有,我亲眼见到了大流放。但我看不到我父亲,往洛奇辛斯卡大街最远处看也没有,那条大街很长,似乎一直通往世界尽头。现在是秋天,一阵冷风吹来,我感觉眼睛刺痛。

第二天晚上。有人砰砰敲窗户,敲门,声音如此坚决、猛烈,咄咄逼人,天花板都要塌了。几个人闯进来,有红军,还有文官,他们急不可耐,速度之快犹如被愤怒的狼群追赶着。枪口立刻对准我们。巨大的恐惧：如果他们开枪怎么办？如果他们杀人怎么办？看到死人是一种非常不愉快的感觉。看到一匹死去的马也是。都让人浑身发抖。

那些拿着枪的人像雕塑一样，一动不动，剩下的人则把所有东西都扔到地上。衣柜里的，抽屉里的，床上的。裙子、帽子、我们的玩具。草垫、鞋子、父亲的衣服。他们问母亲：Muz Kuda？（你丈夫呢？）母亲的脸苍白如纸，她摊开颤抖的双臂，说她不知道。但他们知道父亲来过，所以又问：Muz Kuda？母亲什么也没说，她什么也不知道，真的不知道。好啊，你，有人说，做了一个要打她的手势。她缩下头躲开了。其他人仍在继续搜寻。床底下，柜子下，扶手椅下面。他们在找什么？他们说找武器。但我们能有什么武器呢？我曾经用来对付印第安人的玩具枪吗？是的，枪没坏的时候，我们总能把印第安人赶出院子，但现在，枪的弹簧坏了，什么都做不了了。

他们想把母亲带走。干什么？为了惩罚她吗？他们挥起拳头威胁她，恶狠狠地咒骂。Idi！（过来！）一个士兵冲她喊道，试图用枪托把她推到外面的夜色中去。但就在这时，我妹妹扑过来，打他，咬他，踢他，在一种错乱、愤怒和疯狂的情绪中扑向他。其中有那么多出人意料、令人惊讶的决心，那样一种强横的不屈、顽强和决绝，这让一个红军犹豫了，他可能是年龄最大的，也可能是长官。他戴上帽子，扣紧枪套，对他的人说：Pashli！（走吧！）

在学校课间，或者结伴回家的路上，我们聊的都是大流放的事。再也没有比这更有意思的话题了。我们的小城满目苍翠，房屋被花园环绕，到处长满高高的杂草、绿地、灌木和树林，所以很容易藏起来，暗中观察一切。有些高年级的孩子成功从家里溜出来，躲在灌木丛中，目睹了整个流放的过程。我们当中出现了名副其实的流放问题专家。他们热烈地讨论这个问题，而且颇有见地。

流放行动是在夜间进行的。使用的方法是出其不意。人在睡梦中被叫醒，突然看到上方士兵和NKVD的狰狞面孔；他们把他从床上拉起来，用枪托推搡着，命令他离开，还命令他交出武器。当然了，谁也没有武器。他们不断用可怕的言辞羞辱人们。最糟糕的情况是他们称呼某人为"资产阶级"，这是一个可怕的侮辱性称谓。他们把房子翻个底朝天，并从中获得极大的乐趣。就在他们搜查房屋、制造出一场难以形容的混乱时，马车来了，农民驾驶的马车，被一匹可怜兮兮的瘦马拉着，因为波利西亚[1]人很穷，马的品种也不好。指挥官看马车到了，就朝那些被流

---

1 波利西亚（Polesie），位于东欧低地的西南部，包括波兰东部、乌克兰北部和白俄罗斯南部的部分地区，是欧洲大陆最大的森林地区之一。波利西亚中部的沼泽地区被称为"平斯克沼泽"。

放的人高喊：你们有十五分钟的时间收拾行李上车。如果指挥官大发慈悲，时间会被延长到半个小时。人们只能匆匆把东西塞进箱子里，尽量塞满。选择或者思考都是不可能的。快点，马上，立刻，快点，快点！然后飞奔到马车，字面意义上的飞奔。一个农民坐在马车上，但他不会帮忙；不允许他帮忙；甚至不允许他转身，以免看到是谁上了车。房子变得空空荡荡，因为他们把整个家都带走了——祖父母，孩子，所有人。灯光熄灭了。

现在，马车在黑暗中沿着清冷的街道向火车站驶去。车子颠簸晃动着，因为我们大多数街道没铺沥青，甚至连路砖都没有。车轮陷入深坑或泥潭。但这里的人都习惯了这种不便——习惯了波利西亚的赶车人和他的马，甚至习惯了这些不幸的人，他们东倒西歪地坐在包袱上，垂头丧气，惶惶不可终日。

有些男孩成功目睹了流放行动，他们跟着马车，一路尾随到铁轨。那里停着货运车厢，长长的一列。每晚都有十几辆甚至几十辆马车到来，它们停在火车站前的广场上，要去货运车厢得走过去。登上车厢很困难，因为它们很高。押送队挥舞着步枪，大声咒骂。填满一节车厢后，就会移动到下一节。装满一节车厢意味着什么？意味着用膝盖和枪托把这些人塞进车里，连一根针的位置都不剩。

平斯克，1939

永远不知道他们哪天晚上来，或者为谁而来。对流放行动了解甚多的男孩们试图找出一些规律，一些等级秩序，以发现其中的关键。然而这是徒劳的。因为，比如说，他们可能会从贝德纳斯卡街开始抓人，然后又突然停止行动。他们着手对付基约夫斯卡街的居民，但只限于门牌号码是偶数的一边。突然，纳德布瑞兹纳街有个人不见了，但当天晚上他们可能又去了城市另一边的布鲁瓦纳街抓人。自从我们家被搜查以来，母亲晚上就不让我们脱衣服了。可以脱鞋，但必须整晚放在身边。外套放在椅子上，方便随时穿。基本上我们是不能入睡的。我跟妹妹并排躺着，互相戳对方，彼此摇晃，或者拉对方的头发。"嘿，不要睡着！""你也别睡着！"但是，当然了，在一番挣扎和推搡之后，我们都会入睡。但母亲的确不睡。她一直坐在桌子边听动静。街上的寂静在我们耳边嗡嗡作响。如果其中回荡起了什么人的脚步声，母亲就会变得脸色苍白。在这个时辰，一个人就是一个敌人。我们在斯大林的书里读到过关于敌人的内容。敌人是一个可怕的存在，还有谁会在这个时辰来呢？好人都很害怕，他们都躲在家里。

　　即便真的睡着了，我们也如卧针毡。我们睡着了，却什么都能听到。有时天快亮的时候，我们听见木制马车的隆隆声。噪音在黑暗中渐渐变大，等马车经过我们家的时候，那喧嚣声就像地狱中的机器。母亲踮着脚走到窗边，小心地拨开窗帘。与此同时，韦索拉大街上的其他母亲可能也在做同样的事。她们看到了缓慢行驶的马车，看到了车上蜷缩的身影，还有走在后面的红军战士。他们走过之后，黑暗再次降临。亲眼看到圣安德鲁·波波拉被活活烧死的那个邻居告诉母亲，这些马车就像在她身上碾过一样。第二天她会浑身酸痛。

班上第一个消失的是帕维乌。因为快冬天了，所以老师说，帕维乌可能感冒了，正躺在床上。但第二天，第二周，帕维乌都没来，随着时间的推移，我们渐渐明白他永远不会来了。不久后，我们看到第一排的长凳上，雅内克和兹比谢克的座位空了。我们很难过，因为他俩最擅长恶作剧，所以老师让他们坐在前排，好盯住他们。其他班级的孩子也越来越频繁地消失。很快，甚至不再有人问他们为什么没来，或者他们去了哪里。学校变得越来越空旷。放学后我们照旧踢球，捉迷藏，玩棍球，但发生了一些变化——球变得很重，捉迷藏时没人愿意快跑，玩棍球的时候大家都胡乱挥舞。很容易发生奇怪的争执和激烈的冲突，最终大家不欢而散。人人闷闷不乐，无精打采。

有一天，我们的老师消失了。像往常那样，我们八点钟来到学校，铃声响了，当我们在凳子上坐定的时候，校长卢博维奇先生出现在教室门口。"孩子们，"他说，"回家去吧,明天再来,你们会有一位新老师,是位女士。"自从父亲离开后,我第一次感到心脏附近一阵绞痛。他们为什么要带走我们的老师呢?他总是很紧张,经常看向窗外。他会说,"啊,孩子们,孩子们啊!"然后摇摇头。他总是非常严肃,似乎很悲伤。他对我们很好,如果有学生在读斯大林的时候结结巴巴,他也不会大吼,甚至还会笑一下。

我沮丧地走回家。穿过铁轨时,我听到了一个熟悉的声音。有人在叫我。货运车厢停在铁轨上,里面挤满了即将被流放的人。声音就是从那里传来的。在其中一节车厢的门口,我看到了我们老师的脸。我的天啊!我朝他的方向跑去。但片刻之后,一个士兵追上我,狠狠地打在我头上,我摔倒了。我站起来,感觉天旋地转,头一阵剧痛,这时他又装作要打我的样子,但没有打,只是大喊让我离开这里,赶紧滚蛋。他还骂我是狗娘养的。

不久后,饥荒开始了。当时还没下霜,一放学我们就去花园里觅食。我们很熟悉那里复杂的地理环境,因为我们无数次在花坛和灌木丛中玩耍,打仗,捉迷藏,玩印第安人的游戏。每个人都知道,谁家的果园里有大大的苹果,哪里的梨树值得好好摇晃一番,哪里的李子已经熟得发紫,或者哪里的甘蓝菜收成很好。这些探索是有风险的,因为园子的主人会凶狠地把我们赶走。饥饿已经摆在每个人面前,人人都在努力存储食物。没人愿意失去哪怕一颗杏子、一颗桃子或者一颗醋栗。抢劫那些被捕或者被关在货运车厢里的人的果园要安全得多,因为他们的树木或菜地已经无人看守了。

在皮纳河边的集市上,农民们曾用船运来他们的宝贝——鱼、蜂蜜、荞麦,但市场早已荒废。大部分店铺都关门了,或者被洗劫一空。唯一的希望在乡下。邻居会带着戒指和皮毛大衣驱车前往附近的村子,买面粉、咸肉或家禽。然而,有时,就在这些妇女出城的时候,NKVD的人会到她们家抓走她们的孩子。邻居们心惊胆战地谈论这件事,并警告我母亲不要这样做。但就算不说,她也已经决心永远不离开我们半步。

我们的小城夏天绿意盎然,天气燠热,秋天则是金黄色的,如琥珀一般闪耀,然而,在一个晚上,它突然变成白茫茫一片。那是十一月末十二月初。1939年和1940年之交的冬天早早来临,寒冷刺骨。那是一座结霜的冷酷地狱。在斯波科伊纳街,我祖母的墓地那边,我和妹妹躲在灌木丛里,清楚地看到一辆货运列车停在铁路侧线上。车厢里有一些人,他们要离开了。去哪里?大人们说是西伯利亚。我不知道那是什么地方,但从这个词的发音来看,很明显,哪怕想想这个西伯利亚都会令人不寒而栗。

我没有看到我的老师。他肯定早就离开了,因为运输车一辆接一辆地开走。我们躲在灌木丛中，心脏因恐惧和好奇而怦怦直跳。从铁路侧线的方向传来呻吟和哭泣声。不一会儿，这些声音变得响亮而刺耳。马车从一个车厢驶到另一个车厢，收走那晚冻饿而死的人的尸体。四个NKVD的人跟在马车后面，数着什么，写着什么。他们一遍遍地数着，写着，数着，写着，然后关上车厢门。门一定很重，因为他们看起来很吃力。车门在小滚轮上移动，发出可怕的尖啸。四个人用铁丝把门锁住，再用钳子把铁丝拧紧。然后他们分别试了试锁，以确保没有任何一个人能拧开铁丝。我们蜷缩在灌木丛中，因为寒冷和感情的冲击而变得浑身僵硬。机车鸣了几次笛，然后火车开始移动。当它开到远处后，四个NKVD的人转身回了车站。

　　我们跟母亲什么都没说，免得她生气。她整天站在窗前，一动不动。她会一连几个小时这样。家里还有一点荞麦和面粉。有时我们吃荞麦，有时母亲在炉子上用面粉做煎饼。我注意到她自己什么都不吃，当我们吃的时候，她会背过身去，或者去另一个房间。我们出去时，她会说，"带点柴火回来"。我们在附近走来走去，从积雪下面挖出干燥的秸秆和树枝。也许她自己已经没有力气出去了，但又必须把炉子烧热，哪怕只有一点温度，因为我们都快冻成冰棍了。晚上，我们坐在黑暗中，因为寒冷和恐惧而发抖，等待着流放的到来。

有时我和朋友们在城里游荡，小城被冰雪覆盖，闪耀在阳光里。我们在找吃的，但并不真的指望能找到什么。可以吃一点雪，或者吮吸一块冰，但这只会让饥饿感加剧。最折磨人、与此同时也是最愉快而罕见的，是食物的香味。"喂，伙计们。"我们中的某个人喊道，示意我们过去。我们冲向他，他已经站在栅栏前了，鼻子伸进篱笆中间，盯着某户人家的房子。我们一起用力呼吸那飘过来的烤鸡或酸菜炖肉的味道。最后我们不得不用力拉扯对方，这样才能从栅栏旁边离开。

有一次，在饥饿和绝望的驱使下，我们走到值守兵营的卫兵面前。胡贝特说，Tovarishch, pokushat（同志，给点吃的吧），他比着手势，假装把一块面包塞进嘴里。但卫兵只是耸耸肩。最后，一名卫兵把手伸进口袋，但他掏出来的不是面包，而是一个小帆布袋，他一言不发地递给我们。里面是切得很细的烟丝，深褐色的，接近黑色。这位红军战士还给了我们一张报纸，教我们把它拧成圆锥形，然后把潮湿刺鼻的烟丝倒进去。在那个时候，正常的香烟，也就是用好的烟草和专门的卷烟纸制成的香烟，是买不到的。

我们开始抽烟。烟雾刮擦着我们的喉咙，刺痛我们的眼睛。世界开始旋转、摇摆、颠倒。我吐了，头痛得要裂开。但那无孔不入的、令人难以忍受的饥饿感缓解了，减轻了。尽管味道难闻，尽管恶心得难受，但这比那尖锐、顽固、几乎撕破肠胃的填饱肚子的需求容易忍受多了。

班里的人少了一半。老师让我跟一个名叫奥利安的男生坐在一起。我们立刻喜欢上了对方，开始结伴走路回家。有一天，奥利安告诉我，扎瓦尔纳街上可以买到糖果，如果我想去，我们可以一起去排队。告诉我关于糖的消息，这是一个美好的举动，因为很长时间以来，我们连做梦都吃不到糖果了。母亲同意了我的请求，于是我们去了扎瓦尔纳街。天已经黑了，雪花飘落。商店前面早已排了一长队孩子，队伍一直延伸到几栋房子之外。商店用木制护门板紧紧关着。站在队伍最前面的孩子说，商店明天才开门，得在这里站一晚上。我们很沮丧，回到了队伍末尾。但仍有孩子不断前来，队伍变得看不到尽头。

寒冷加剧，比白天更冷，霜冻凛冽刺骨。时间一分钟一分钟过去了，然后是一个小时接一个小时，站立变得越来越困难。我的腿和手上那些令人痛苦的冻疮已经长了一阵子了，现在正变得灼热，充溢着脓液。冰冷的寒意加剧了疼痛，每动一下，我都忍不住发出呻吟。

与此同时，队伍一小段一小段地脱落，散落在冰雪覆盖的街道上。为了取暖，孩子们玩起了捉人游戏。他们扭打在一起，在白色的雪粉中翻滚。然后他们回到队伍里，轮到下一批孩子尖叫着冲出去。半夜,有人点起了篝火。一团芬芳而茂盛的火焰冲天而起。我们轮流来到火边,短暂地温暖一下双手。好不容易挤到火堆旁的孩子们脸上反射着金色的辉光。在这种光芒中,他们的脸颊解冻了,洋溢着红晕。他们带着这样的温度回到自己的位置,把热量传递给仍然站在队伍中的人。

黎明时分,疲惫不堪的队伍被睡眠征服。常有警告说,不能在零下的温度睡着,那意味着死亡,但这些警告都没用。没有人再有力气去寻找柴火或者玩跳格子游戏了。寒冷刺穿了骨头,发出残忍的噼啪声。手和脚都麻木了。为了活下去,为了熬过这个夜晚,我们排着队紧紧贴在一起,一个挨着一个。我们紧密而绝望地拧成一条锁链,残存的温度仍在流逝。越来越多的雪覆盖在身上,给我们披上了一层洁白柔软的羊皮。

晨光熹微中,两个裹得严严实实的妇女来了,开始打开店铺。队伍顿时活跃起来。我们幻想着堆积如山的糖果,宏伟的巧克力宫殿。幻想着杏仁糖公主和姜饼小仆。我们的想象力燃烧起来,其中的一切都熠熠生辉,辉煌夺目。终于,商店的门打开了,队伍开始移动。每个人都推推挤挤,好让自己暖和起来,并能站得靠前一点。但是,商店里既没有糖果,也没有巧克力宫殿。妇女们卖的是空的水果糖罐子。每人只能买一个。罐子又大又圆,侧面印着五颜六色的雄鸡,还刻着波兰字母 —— E. WEDEL[1]。

一开始,我们沮丧极了。奥利安哭了。但仔细检查战利品后,我们慢慢振作起来。罐子内壁还残留着甜美的糖渣,五颜六色的小颗粒,还有浓郁的水果香气。哎呀,可以让母亲在罐子里煮些水,做成一种香甜的饮料!我们平静下来,甚至感到满足,但我们没有直接回家,而是转向了公园,夏天那里曾经有个马戏团。马戏团早已离开,但匆忙中忘记带走旋转木马,发动机不见了,几乎所有座位也被偷走了,但还剩下一个。可以几个男孩一起,用棍子拨动旋转木马,让它动起来,让它疯狂地旋转。

公园里空荡荡的,一片寂静,所以我们跑到旋转木马那里,开始转动它。它已经在动了,发出吱吱的响声。我跳到座位上,扣上链条。奥利安发号施令,大声给男孩子们打气,鼓励着他们,他们则像划船的奴隶一样,拼命推着杆子,越来越快,越来越快!奥利安像是发烧了一样,声嘶力竭地呼喊着,其他男孩子也被一种疯狂的情绪攫取。木马急速旋转着,我感到一阵刺骨的寒风在我脸上呼啸而过,越来越猛烈的风,我乘着风的翅膀升起,像个飞行员,像一只鸟儿,像一片云。

---

[1] E. WEDEL是波兰一个历史悠久的巧克力品牌,历史可追溯到1851年。

西伯利亚铁路，1958

我与帝国的第二次邂逅发生在遥远的亚洲草原和雪地上，一片难以抵达的广袤领土，整个地理环境都由陌生而奇特的名字组成——被称作额尔古纳、温达和恰伊恰尔的河流，被称作青安、伊尔丘里和扎格迪的山脉，以及被称作基尔科克、通吉尔和布卡查查的城市。仅用这些名字，就可以创作出铿锵有力、充满异国风情的诗篇。

西伯利亚铁路列车正在进行它为期九天的前往莫斯科的旅程，它前一天从北京出发，在经过中国的哈尔滨后，驶入苏联的边境车站外贝加尔斯克[1]。每接近一处边境，我们的心情都会紧张起来；情绪也随之高涨。人并不适合生

---

[1] 外贝加尔斯克，又译"后贝加尔斯克"，是俄罗斯外贝加尔边疆区的市级镇，靠近中俄边界，设有外贝加尔斯克火车站。

活在边界环境中,他们避免这种环境,或者试图尽快逃离。但是,人到处都会遇到边界,到处都能看到或感受到它们。让我们看看世界地图,里面到处都是边界。大洋和陆地的边界。沙漠和森林的边界。降水、季风和台风的边界。耕地和休耕地。永久冻土和沼泽。石质土和陶土。让我们再加上第四纪沉积层和火山流的边界。玄武岩、白垩岩和粗面岩的边界。我们还可以看到巴塔哥尼亚板块和加拿大板块的边界,温带气候区和北极气候区的边界,阿迪查流域和乍得湖侵蚀区的边界。各种哺乳动物栖息地的边界。各种昆虫的分布边界。各种爬行动物和两栖动物的分布边界,包括极其危险的黑色眼镜蛇,以及可怕但幸而极其懒惰的水蟒。

也许还有君主国与共和国的边界?遥远的帝国和失落的文明?契约、条约和联盟?黑色部落和红色部落?民族迁徙?蒙古人曾抵达的边界。可萨人。匈奴人。

多少生命,多少鲜血和苦难,都与边界事务息息相关!为保卫边界而死去的人的墓地看不到尽头。同样无边无际的,还有勇敢扩张其边界的鲁莽者的墓地。可以肯定地说,在我们这个星球上行走过,但最终命丧荣耀战场的人中,有一半死于因边界问题而起的各种争端。

这种对边界问题的敏感性,这种不断划定边界、扩大边界或捍卫边界的不懈热情,不仅是人类的特点,也是整个生物界的特点，是陆地、水和空气中一切活动的特点。各种哺乳动物为了捍卫牧场的边界，甘愿被撕成碎片。各种猛兽为了巩固新的狩猎领地，也会把对手活活咬死。甚至我们那安静而温驯的小猫，为了挤出几滴尿液以在各处标记上自己的领地，也会何其努力，何其压榨而折磨自己。

还有我们的大脑呢？毕竟，有无数种边界编码于其中。左脑和右脑之间，额叶皮层和颞叶皮层之间，胼胝体和小脑半球之间。还有脑室、脑膜和脑回之间的边界呢？延髓和脊髓之间的边界？请注意我们的思维方式。比如，我们会想：这就是极限了，越过它就不行。或者我们会说：小心，别走太远，否则你会越界的！更何况，所有这些思想和感情的边界，命令和禁令的边界，都在不断变化，不断交叉渗透，层层堆积。在我们的大脑中，边界的运动永远不会停歇——跨越边界，接近边界，占领边界。这就有了头痛和偏头痛，有了脑中的骚乱；但也由此产生了一些珍贵的东西：幻觉、启示、灵光一闪，以及——很遗憾更为罕见的——天才。

边界意味着压力，甚至意味着恐惧（相对较少的是：解放）。边界的概念可能包含某种终极性；门在我们身后永远地关上了：这就是生与死之间的界限。诸神知晓这种焦虑，所以他们向人类承诺，得救者将进入没有边界的神圣王国，以此来赢得信众。基督教上帝的天堂，耶和华与真主的天堂，都是没有边界的。佛教徒相信，涅槃境界是一种无止境的喜乐状态。简而言之，人们最渴望、最期待、最憧憬的，正是这种无条件的、完全的、绝对的——无边界。

外贝加尔斯克—赤塔

带刺铁丝网。首先映入眼帘的是带刺铁丝网做成的栅栏。它们从雪地里探出来，悬浮其上——线条、支架、栅栏。多么奇妙的组合啊，纠结，起伏，整个带刺铁丝网结构将天空和大地连接在一起，嵌入每一寸冰冻的土地，融入白色的风景和冰冷的地平线。乍看上去，这条沿着边界延伸的贪婪而多刺的屏障，似乎是一种荒谬而超现实的想法，因为谁会强行通过这里呢？眼前只有一片雪的荒漠，没有道路，没有人，积雪足有两米深，根本无法迈出一步。然而，这些带刺铁丝网做成的栅栏有话要说，有事情要跟你交流。它们说：小心，你正在跨越边界，进入一个不同的世界。你再也无法逃脱；你走不了。这是一个极其严峻、充满绝对服从和命令的世界。你要学会倾听，学会谦卑，学会占据尽可能小的空间。管好你自己。最好保持沉默。最好不要提问。

总之，在驶向火车站的整个旅程中，带刺铁丝网一直在教育你；它以一种无情的方式把那些你从现在开始就该记住的东西印在你的大脑里，把一连串限制、禁令和指示灌注进你的思想，但这终归是为了你好。

接下来出现的是狗。德国牧羊犬，狂怒、震颤、疯狂。列车刚一停下，它们就扑到车厢底下，不停狂吠。但是，在这零下四十摄氏度的天气里，谁会待在车厢底下？多少羊皮大衣都没用，只消一个小时，人就会冻僵，而我们已经连续行驶了整整一天。这些追捕犬的景象是如此摄人心魄，以至于很久之后你才会注意到下一个画面——士兵瞬间站立在火车两侧，就像从地底下冒出来的一样。他们列队的方式使火车车厢处于完全的监控之下，如果，比方说，有哪个乘客——某个疯子（也可能是个特务，一个渗透者，一个间谍）——决定跳出车厢，投身到雪白冰冷的广阔天地中去，那他将立刻被发现，并被处以枪决。

但谁能立即射杀他呢？事实上，那些站在瞭望塔上、用枪口瞄准车厢门窗的哨兵可以在一秒钟内完成这个任务（因为我刚才正朝窗外张望，其中一个枪口正对着我的方向——是的，直接瞄准我！）然而，另一方面，没有疯子（或者特工、渗透者、间谍）能跳出来，投身到雪原中，因为所有车厢的门窗都紧紧关闭着，完全封死了。

简而言之，跟那些密集的、一层楼高的铁丝网一样，

西伯利亚铁路，1958

这种全方位的监控也起到了同样的警示作用：这是无声但强烈的警告，免得那些荒谬的念头一不小心闯进你的脑袋。

但事情还没结束。那些兴奋而多半饥肠辘辘的德国牧羊犬才刚刚从车厢下面穿过，士兵们才刚刚警觉地排列在铁轨两旁，瞭望塔上的哨兵才刚刚用枪口对准我们，巡逻队就进了车厢（一手拿着手电筒，一手拿着长长的钢矛），把所有乘客都赶到过道上。车厢搜查开始了，他们在架子上、座位底下、储物柜及烟灰缸里翻找着，敲打着墙壁、天花板和地板。寻找、观察，又摸、又闻。

现在，乘客们带着所有东西——行李箱、袋子、包裹、包袱——进了车站大楼，那里摆着长长的铁皮桌子。到处都是红色的横幅，欢迎我们来到苏联。横幅下面，海关检查员站成一排，有男有女，个个凶狠严厉，甚至带着怨愤的神情。是的，明显是怨愤。我试着在他们中间寻找一张稍微温和开朗的面孔，因为我自己也想放松一下，暂时忘记周围的铁丝网、瞭望塔、猛犬和面无表情的哨兵。我想建立任意一种联系，礼节性地互相致意，聊上几句。一直以来，这都是我非常需要的东西。

"你嬉皮笑脸地干什么？"一个海关检查员厉声问道，满脸狐疑。

我感到一阵寒意。权力是严肃的：在跟权力打交道的时候，微笑是不得体的，代表缺乏尊重。同样，不可以长时间凝视那些拥有权力的人。我早就从军队中知道了这一点。我们的班长扬·波克里夫卡会惩罚那些长时间盯着他看的人。"过来,"他喊道,"你盯着我看什么?"他会让那些人去打扫厕所,以示惩罚。

检查开始了。打开,松开,解开,倾倒一空;摸索,插入,拉出,摇晃。这是什么?那又是什么?这是干什么用的?这个呢?那个呢?这个呢?那个呢?怎么用?为什么?最糟糕的是书。带着书旅行是多么可怕的事!你可以带一箱可卡因,然后放一本书在上面。可卡因不会引起任何兴趣,但所有的海关检查员都会冲那本书扑过去。而如果——不得了了!——你带的是一本英文书,那么真正的浏览、检查、翻阅、阅读就开始了。

然而,尽管我带了几本英文书(主要是学习汉语和日语的教材),但我还不是最糟糕的。最糟糕的被安排在一张单独的桌子旁,属于二等公民的桌子。这些人都是当地人,是苏联公民,瘦弱的不起眼的人们,穿着破旧的外套和满是窟窿的毡靴,是肤色黝黑、眼睛狭长的布里亚特人和堪察加人,通古斯人和阿伊努人,奥罗奇人和科力亚特人。我不知道他们是怎么去的中国,但无论如何,他们回来了,还带来了食物。我用余光看到,他们的袋子里装满了荞麦。

荞麦正是问题所在。除了书,荞麦是最容易引起怀疑的物品之一。它似乎具备一种模糊性,一些反常、狡猾的特质,一些欺骗性,一些两面性。是的,看起来是荞麦,但实际上可能并不完全是荞麦;是荞麦,但并不百分之百是荞麦。所以海关官员把整袋荞麦都倒在桌子上。桌子开始闪烁着金色和褐色的光泽,好像一座撒哈拉沙漠的微缩模型摊在面前。筛选荞麦的工作开始了。用手指小心翼翼、细致入微地筛选。海关检查员让荞麦流过他们的手指,筛啊筛,然后突然间——停!手指停下来不动了。出现了一颗奇怪的谷粒。手指感觉到了;它们向海关检查员的大脑发出信号,大脑随即做出反应——停!手指停下来,等待着。大脑说,再试一次,小心一点。手指轻轻地、难以察觉地,轻轻地、难以察觉地,但非常小心、非常警惕地又摩挲了一遍谷粒。手指在调查。苏联海关检查员那经验丰富的手指,训练有素,随时准备把这颗谷粒扼杀在摇篮中,逮捕它,把它关起来。但这颗小谷粒只是它本来的样子——也就是说,只是普通荞麦的一颗普通谷粒,外贝加尔斯克边防站的桌子上撒落着百万颗谷粒,而让它脱颖而出的是一种奇特的形状,是磨盘上某处凸起造成的后果,它变得扭曲、不平整。所以,海关检查员的大脑得出结论,这不是违禁品,没有阴谋诡计,但它仍不死心。相反,它命令手指继续筛选,继续检查,继续触摸,哪怕有一丝丝怀疑也要停下来——立刻停下来!

让我们思考一下，毕竟，这是二十世纪五十年代，中国的磨坊陈旧而低效。让我们思考这会给外贝加尔斯克的海关检查员带来什么问题。有无数形状不规则的可疑谷粒。每秒钟，手指都会向大脑传送信息。大脑不时发出警报——停！一粒又一粒，一把又一把，一小袋又一小袋，一个又一个布里亚特人。

我无法把目光从这个奇观中移开。我看得入了迷，忘记了铁丝网和瞭望台，忘记了那些狗。这些手指应该去雕刻黄金、打磨钻石。多么细微的动作，多么灵敏的颤动，多么敏锐的感觉，多么精湛的技艺！

我们在黑暗中返回车厢。雪正在落下，靴子底下的冰嘎吱作响。在外贝加尔斯克，我学到了另一个教训，即这里的边界不是地图上的一条线，而是一所学校。从这所学校毕业的学生分为三类。第一类——彻底愤怒的人。他们将是最不幸的，因为周围的一切都会给他们带来压力，使他们陷入愤怒的状态，直至疯狂。他们将烦恼痛苦，饱受折磨。在意识到自己无法改变周围的现实、一切都不会改善之前，他们就会因为心脏病或中风而倒下。

第二类会观察苏联人民，模仿他们的思维和行为方式。这种姿态的本质是顺应既有的现实，甚至从中获得某种满足。有句话在这方面很有帮助，值得每天晚上对自己和他人说一遍，不管刚刚过去的这一天多么糟糕："享受这一天，因为再也不会有像今天这样美好的日子了。"

最后是第三类人。对他们来说，所有东西都很有趣，非同寻常，不可思议，他们想了解这个迄今为止不为自己所知的世界，研究它，探测它。他们知道如何用耐心（而不是傲慢）来武装自己，并以冷静、专注、清醒的目光保持着距离。

这就是置身于帝国的外国人所持的三种态度。

赤塔—乌兰乌德

透过飞驰的火车车窗，我想：西伯利亚，原来就是这个样子！我第一次听到这个名字是七岁的时候。我们街上那些严厉的母亲警告我们说："孩子们，要听话，不然他们会把你们流放到Sybir（西伯利亚）去！"（她们用俄语说，Sybir，因为这样听起来更具威胁性，更有世界末日的感觉。）温和的母亲们则会生气地说："怎么能这样吓唬孩子呢！"

很难想象西伯利亚是什么样子。直到一个朋友给我看了书里的一张图画：大雪纷飞中，走着一列衣衫褴褛、佝偻着背的人，他们的手脚都被沉重的铁链拴住，铁链末端还系着铁球，他们就拖着这些铁球在路上行走。

西伯利亚，在其邪恶而残酷的形象中，是一个冰冷而凝固的空间……再加上专政。

冻土地带存在于很多国家，这些土地大部分时间都被冰冷和死寂所覆盖。比如加拿大的广袤地区，丹麦的格陵兰岛，或者美国的阿拉斯加。但没有人会用下面的话来吓唬孩子："洗手去，要不就送你去加拿大！"或者"好好跟那个小姑娘玩，要不他们会把你流放到美国去！"那些国家没有人会用铁链拴住别人，没有人会被囚禁在集中营里，被派去地狱般的严寒中工作，迎接必死的命运。那里的人们只有一个敌人：寒冷。而在这里，人的敌人有三个：寒冷、饥饿和武装暴力。

1842年，在巴黎，波兰诗人亚当·密茨凯维奇在法兰西学院发表了两场纪念科佩茨将军[1]的演讲。科佩茨将军在马切约维采附近与科希丘什科[2]并肩作战，被俄国人俘虏并被判流放西伯利亚。他们押解着科佩茨在俄罗斯和西伯利亚的荒原上行驶了大约一万公里，最终抵达堪察加。

那是一次真正的地狱之旅。

正如将军所写的，他们用一辆警用马车载着他，马车

---

[1] 即约瑟夫·科佩茨（Józef Kopeć，1762—1833），波兰军官，出生于平斯克，在科希什库暴动失败后被流放到西伯利亚。

[2] 塔德乌什·科希丘什科（Tadeusz Kościuszko，1746—1817），波兰军队领导人，领导了反抗沙俄和普鲁士王国的科希丘什科起义。

的形状像个箱子，外面盖着兽皮，里面则是铁板，只在一侧有个小窗户，用来递水或食物。

科佩茨继续写道："箱子里没有座位。因为我的伤口还没有愈合，所以他们给了我一个装着稻草的麻袋。我被指定为秘密囚犯，没有名字，只有一个编号。对他们来说这是最重的囚犯，任何人都不能和他交谈，甚至不能知道他的名字和被捕的原因，否则就会受到最严厉的惩罚。"

他坐在警用马车里，就像被关在一口棺材里，只能通过声音来推断自己的位置。听到路石的隆隆声，他猜他们大概是在一个城镇："第六天，我听到了路石的声音，那是斯摩棱斯克[1]。"他们把他从黑暗的警用马车中直接转移到了一个漆黑的牢房里，所以科佩茨无从分辨是白天还是晚上。"有两扇带铁栅栏的窗户，用黑色木板钉住，这样就透不进一丝光线。只能猜测是晚上还是白天。看守们从未跟我说过一句话。"旅途困顿，但科佩茨无法入睡——在进入西伯利亚腹地的旅途中，这个休息站竟成了一个折磨人的地方："我睡不着：我似乎听到了墙外的殴打声、酷刑的声音和镣铐的摩擦。"

他们把他押去审问。密茨凯维奇写道，"他们问科佩茨，为什么叛乱？他回答说，是出于对祖国的热爱。委员

---

[1] 斯摩棱斯克，位于俄罗斯西部第聂伯河畔，距离莫斯科三百六十公里。

会对这个回答感到愤慨,然后中断了审讯,他们无法忍受一名囚犯的骄傲。"

他们载着他继续向东。"从斯摩棱斯克到伊尔库茨克[1],"将军回忆道,"我的押解人员中有三名士兵死亡,其他人则从马车上摔下来,摔断了胳膊或腿。他们醉醺醺的,心不在焉,驶下山坡时像飞一样,然后经常发生的情况是,当马突然狂奔起来的时候,车子翻倒,被马拖出四分之一里,而我被关在里面,像木桶里的鲱鱼一样四处乱撞。幸好我被麻袋裹着,里面的麦秸和稻草让我免于一死。"

尽管被囚禁在马车棺材里,但将军意识到,在某种程度上自己是享有特权的——他乘着车,其他人则被迫步行数年。"在路上,我遇到了几百个被押往伊尔库茨克的男男女女,只有一个很小的押解队,把他们从一个流放定居点送到另一个定居点,要到第三年的年底,如果有可能的话,他们才能从欧洲抵达伊尔库茨克。一路上没有人可以逃脱,因为任何地方都没有次级定居点……如果有个囚犯想偷偷溜到一边,溜到森林里,他会被野兽吃掉……"

流放者的这种漂泊并不仅仅是空间和时间上的位移。它还伴随着一种去人性化的过程:那些到达终点的人(如

---

[1] 伊尔库茨克,位于贝加尔湖南端,是西伯利亚最大的工业城市和交通枢纽,距离莫斯科约五千公里。

西伯利亚铁路,1958

果没有死在路上)已经被剥夺了一切人性。他没有姓氏;不知道自己身在何方;他不知道会受到何种处置。他被剥夺了语言:没有人愿意跟他交谈。他是一件被交运的货物,他是一个物品,一件微不足道的东西。

后来,连马车也被剥夺了,他们强迫他步行前进:"我们总是从早走到晚,没有任何休息。"

然后他补充道:"没有任何道路,只有可怕的高山和峡谷。"

乌兰乌德—克拉斯诺亚尔斯克

"没有任何道路,只有可怕的高山和峡谷。"

我梦想着看到贝加尔湖,但那是晚上,贝加尔湖只是结霜的窗户上一个黑色的斑块。直到早上我才瞥见高山和峡谷。一切都被雪覆盖着。

雪,无尽的雪。

时间是一月,西伯利亚的冬天正走到半途。

窗外的一切都因寒冷而显得僵硬,连冷杉、松树和云杉也像是巨大的、石化的冰柱,如同深绿色的钟乳石一样从雪地中升起。

这种静止,风景的静止,使得火车仿佛停在原地,好像它也是这个地区的一部分——也一动不动。

还有白色——到处都是白色,耀眼、深不可测、绝对的白色。一种能把人吸进去的白,如果有人任自己被引诱,任自己踏入陷阱并继续向前,深入那白色的核心处——他将会毁灭。白色摧毁所有试图接近它的人,所有试图破译其神秘的人。它把他们从山顶上推下去,抛弃在冰冻的平原上。

西伯利亚的布里亚特人把所有白色的动物视为神圣,他们相信,杀死白色的动物是犯罪,会招致死亡。他们把白色的西伯利亚视为神殿。他们对着平原顶礼膜拜,向风景致以敬意,他们时刻恐惧着,担心从那白色的深渊中,死亡降临。

白色经常与终结、结束和死亡联系在一起。在那些惧怕死亡的文化中,哀悼者会身着黑色,为的是把死亡从自己身边吓走,隔绝它,把它限制在死者身上。但在这里,死亡被视为存在的另一种形式,生命的另一种形态,哀悼者身着白色,给死者也穿上白色的衣服:在这里,白色是接受、默许、对命运表示屈服的颜色。

在这一月份的西伯利亚风景中,有一种征服一切、压倒一切、震慑人心的东西。最重要的是它的广袤,它的无限,像海洋般无边无际。地球在这里没有尽头;世界在这里没有尽头。人不是为这种无限性而生的。对他来说,他的村庄、他的田地、街道和家都是舒适的、可感知的、实用的尺度。在海上,甲板的大小就是这样一种尺度。人是为那种他只需尝试一次、只需努力一次就能征服的空间而生的。

克拉斯诺亚尔斯克—新西伯利亚

过了克拉斯诺亚尔斯克(已经是旅行的第四天了吗?),天色开始变亮。(在这个季节,这里白天和晚上的大部分时间都被黑暗笼罩。)我喝着茶,望向窗外。雪原一如昨日,一如前天(而且我很想补充说,一如去年,一如数个世纪之前)。同样无边的森林。同样的森林和林中空地,开阔地带同样高高的雪堆,被风雕刻成最奇特的形状。

我突然想起了布莱斯·桑德拉斯[1]和他的《西伯利亚铁路和法国小让娜之歌》。这首诗写于"一战"前,桑德拉斯描述了这同一条铁路线上的旅行,不过他的方向刚好相反——从莫斯科到哈尔滨。在这首诗的叠句部分,他那惊恐万状的女友让娜反复问出下面的问题:

---

[1] 布莱斯·桑德拉斯(Blaise Cendrars,1887—1961),瑞士出生的法国作家,其诗作中经常出现轮船、火车等现代交通工具。

布莱斯，告诉我，我们真的离蒙马特很远了吗？

　　让娜经历了置身于西伯利亚那无垠白色中的每个人所共有的感觉——沉入非存在之中，一种渐渐消逝的感觉。

　　作者不知道说什么能安慰她：

　　很远，让娜，你已出发七日。
　　你远离了蒙马特。

　　巴黎是世界的中心，是参照点。该如何衡量距离和遥远？远离什么？远离哪里？我们星球上的那个点在哪里——离那个点越远，就感觉离世界的尽头越近？这个点是情感意义上的（我的家是世界的中心），还是文化意义上的（如希腊文明）？又或者是宗教意义上的（如麦加）？当被问及哪里是世界的中心，是巴黎还是墨西哥城时，大多数人会说，是巴黎。为什么呢？其实，墨西哥城比巴黎大，同样有地铁，同样有宏伟的古迹、伟大的绘画和杰出的作家。然而，人们会说，世界的中心是巴黎。如果有人宣称，对他而言，世界的中心是开罗呢？毕竟开罗比巴黎大，有古迹，有一所大学，还有艺术。但有多少人会把票投给开罗？所以，就是巴黎（至少，当惊恐的让娜忧心忡忡地穿越西伯利亚时，世界的中心就是巴黎）。是欧洲。欧洲文明是唯一一个拥有全球野心并且（几乎）实现了这种野心的文明。其他文明要么因为技术原因无法实现（比如玛雅文明），或者干脆没有这种兴趣（比如中国），因为他们坚信自己就是整个世界。

只有欧洲文明表现出了克服民族中心主义的能力，从其内部产生了了解其他文明的愿望，并诞生了如下理论（布罗尼斯拉夫·马林诺夫斯基[1]提出），即全球文化是由一系列平等的文化共同构建的。

新西伯利亚—鄂木斯克

白天，黑夜，又是白天。

车轮单调而固执的轰隆声越来越难以忍受，在夜间尤为嘈杂：人被囚禁在那轰隆声中，就像待在一只颤动、摇摆不定的笼子里。我们遇上了一场暴风雪，雪突然间封住了窗户，在车厢里都能听到风的呼啸。

"没有任何道路，只有可怕的高山和峡谷。"

---

[1] 布罗尼斯拉夫·马林诺夫斯基（Bronislaw Malinowski, 1884—1942），波兰人类学家，最大的贡献是提出了新的民族志的写作方法，被称为"民族志之父"。

鄂木斯克－车里雅宾斯克

旅行的第六天，也许是第八天。在这广袤而单调的空间里，时间的尺度消失了；它们不再拥有任何力量，也不具备任何意义。时间变得无形无状，像萨尔瓦多·达利的钟表一样伸缩自如。此外，火车穿越不同的时区，要不停调整手表的指针，但这有什么用呢？这样做有什么好处？在这里，对变化的感知（时间的首要决定因素）萎缩了；对变化的需求也萎缩了：人活在一种沉闷、麻木的状态，一种内在的瘫痪。现在是一月份，夜晚很漫长，白天的大部分时间也弥漫着一种灰暗而持久的阴霾。太阳只是偶尔出现，世界随之变得明亮、蔚蓝，被一条明确而果断的线描画出轮廓。但之后，阴霾似乎变得更加深重，也愈发弥漫不散。

在西伯利亚铁路上旅行时，人们能从这个国家的所谓现实中看到什么？什么都看不见，真的。大部分路程被黑暗笼罩，即便在白天，除了朝各个方向蔓延的白雪皑皑的空旷之外，也几乎什么都看不到。一些小小的火车站，在夜晚发出孤独微弱的灯光，一些幽灵凝视着在雪埃中飞驰的火车，然后立刻消失了，沉没在视线中，被近处的森林所吞噬。

我待在一间双人包厢中，但全程只有我一个人。一种压抑的孤独感。没办法阅读,因为车厢朝各个方向摇晃,字母跳动,模糊不清,眼睛一会儿就痛了。没有人可以交谈。我可以去过道里走走。但然后呢?所有的包厢都关着门。我甚至不知道里面有没有人,因为没有往里看的小窗户。

"这些包厢里有人吗?"我问乘务员。

"说不好。"他含糊地说,然后消失了。

没办法跟任何人开启谈话。人们(即便从某个地方出现了人)要么立刻绕过我,要么——如果我几乎抓住他们的袖子——回答一句然后马上消失。即使他们真的回答了,也是拐弯抹角、模棱两可,说一些单音节的词,无法从答案中推断出什么。他们说,"看情况吧";他们说,"嗯,是的";或者他们说,"谁说得准呢?"或者"当然了"。但他们最常说的那句话表明他们已然洞悉了一切,他们已经深入到事实的核心。他们说:"嗯,生活就是这样。"

如果的确存在所谓民族天分的话,那俄罗斯民族的天分首先表现在这句话中:"嗯,生活就是这样。"

如果充分地思考这些话的意义,能明白很多东西。但我想了解更多——却做不到。我周围都是空虚;都是焦土。都是墙。原因并不神秘:我是一个外国人。外国人会引发复杂的情感。他引发好奇心(必须扼杀这种好奇心!),引发嫉妒(外国人总是过得更好,看他衣着光鲜就知道了），但最重要的是引发恐惧。这个系统赖以存在的一个支柱就是与世界隔绝，而一个外国人仅仅凭借他的在场就能破坏这个支柱。跟外国人接触的人会被判处五年、十年监禁，甚至遭到枪决，所以人们像害怕火一样害怕外国人就不足为奇了。

我也坐在一辆警用马车里，只不过它比运送科佩茨将军的那辆要舒服得多。我没有被判刑；我不是被流放者。但隔离的原则是相同的。这凸显了一个事实，即你在这里是陌生人，是他者，是入侵者，是个可恶的、不和谐的东西，是个麻烦。这还是最好的情况。因为一个外国人有可能危险得多，有可能是渗透者和间谍！他为什么一直盯着窗外，他在找什么？他什么也不会看到的！整条西伯利亚铁路已经清除了一切能引起间谍注意的东西。火车像在塑料隧道里行驶——只有光秃秃的墙：夜晚之墙，雪之墙。他为什么要问这些问题？他为什么对这个感兴趣？他为什么要知道这些？他记笔记了吗？他记了。他记了什么？所有东西吗？他把那些笔记放在哪里？一直带在身上吗？这可不妙！

那他问了什么？他问这里离斯玛还有多远。斯玛？我们不在斯玛停。没错，但他的确问了。那你说什么？我？我什么也没说。什么也没说是什么意思？你总得说点什么吧。我说还有很远。这可不好！你应该说我们已经过了斯

西伯利亚铁路，1958

玛了，这样就会迷惑他！

所以，看到了吗？最好回避问题，因为不知道该如何回答。很容易说出一些愚蠢的话来。人类的某些本性使他很难直来直去地回答一个问题。最糟糕的是，任何与外国人见面并交流过的人都会被怀疑，会被贴上标签。一个人必须这样活，必须以这种方式在城市、马路和火车车厢的过道里行走，免得发生上述情况，免得为自己招来不幸。

车里雅宾斯克—喀山

越来越接近古老的、本原的俄罗斯，尽管离莫斯科还有很长一段距离。

"没有任何道路，只有可怕的高山和峡谷。"

上大学的时候，我读过别尔嘉耶夫[1]的一本旧书，他在书中反思了帝国疆域之辽阔如何影响了俄罗斯人的灵魂。在叶尼塞河畔，在阿穆尔针叶林的深处，俄罗斯人在思考什么？他走的每条路似乎都没有尽头。他能沿着它走上几天，几个月，而俄罗斯会一直环绕着他。平原没有尽头，

---

1 尼古拉·别尔嘉耶夫（1874—1948），俄罗斯宗教和政治哲学家。

森林没有尽头，河流没有尽头。别尔嘉耶夫说，要统治这样无边无际的领土，必须创造一个无限的国家。如此一来，俄罗斯人便陷入了一个悖论——为了维持广袤的领土，俄罗斯人必须维持一个巨大的国家；而为了维持这个巨大的国家，他们耗尽了自己的精力，以至于没有足够的精力做其他事，例如优化组织、发展畜牧业，等等。他们把精力花在一个国家上，而这个国家却束缚、压抑他们。

别尔嘉耶夫认为，俄罗斯这种广袤和无限对其居民的思维方式产生了负面的影响。因为它不需要他们集中精力、绷紧神经、增强能量，或者创造一个富有活力、生气勃勃的文化。一切都七零八落，被稀释了，被淹没在这种难以把握的无形无状之中。俄罗斯——这片广阔的土地，一方面是无尽的、宽广的，另一方面又如此令人窒息，让人喘不过气来，没有任何东西可以呼吸。

喀山－莫斯科

疲惫，一种越来越折磨人的、令人窒息的、催眠般的疲惫，一种黏滞而麻木的感觉。在罕见的能量迸发中，人只想跳出这个疾驰的、颤动的牢笼。我钦佩科佩茨的忍耐力，还有成千上万跟他一样的人，我对他们承受的痛苦和折磨表示敬意。

起初是绿色的、积雪覆盖的树林,以及更多树林,然后是树林和房屋,然后是越来越多的房屋,然后是房屋和公寓楼,最后只剩下公寓楼,越来越高。

乘务员从包厢里收走了床单、枕头、两条毯子和一个茶杯。

过道里挤满了人。

莫斯科。

南方，1967

在乘火车横贯西伯利亚九年后，我再次来到帝国。此次考察带我走遍了苏联的七个南方加盟共和国：格鲁吉亚、亚美尼亚、阿塞拜疆、土库曼斯坦、塔吉克斯坦、吉尔吉斯斯坦和乌兹别克斯坦。这次旅行的节奏非常紧凑——每个共和国都只有几天的时间去了解。我明白这种接触是多么肤浅和空洞。然而，面对一个如此难以接近、封闭且神秘的国家，我们必须利用哪怕最小的机会，利用最出人意料的可能性，以便掀开——哪怕是稍微掀开——那暗不透光的沉重的帷幕。

在与帝国的第三次相遇中，最令人惊讶的是什么？在我的想象中，苏联是一个统一的、铁板一块的实体，其中一切都同样灰暗、阴郁、单调、陈腐。没有任何东西可以超越强制性的规范，脱颖而出，带上自己独立的特征。

这次旅行中,我去了当时还隶属于苏联的一些非俄罗斯共和国。我注意到了什么?那就是,尽管受到当局僵硬严格的束缚,那些小小的、古老的乡土国家依然成功保留了它们的某些传统和历史,还有它们隐秘的骄傲和尊严。在那里我发现,一块东方地毯沐浴在阳光下,其中许多地方仍保留着古老的色彩和原始设计中引人注目的多样性。

格鲁吉亚

第比利斯博物馆值得一看。它位于一家神学院的旧址上,斯大林曾在这里学习。入口处有一块大理石铭牌用来纪念此事。建筑很灰暗,但很宽敞,坐落于市中心,位于老城区的边缘。展厅差不多都是空的。一个学生带我参观,她叫塔米拉·特夫多拉泽,一个颇具含蓄浪漫之美的女孩。

格鲁吉亚古代艺术的精湛和辉煌摄人心魄。最精彩的是圣像!它们比俄罗斯圣像早得多;早在安德烈·鲁布廖夫[1]之前,格鲁吉亚的圣像就已经佳作频出了。根据塔米拉的说法,它们的独创之处在于大部分是用金属雕刻的,只

---

[1] 安德烈·鲁布廖夫(1360?—1427?),俄国圣像画家,最杰出的代表作是他为谢尔盖圣三一修道院创作的《三位一体》。

有脸部是绘制的。此类创作最辉煌的时期从八世纪持续到十三世纪。圣人们面容深沉,但在灯光下闪耀着光泽,静静地栖身在镶嵌着宝石的金色框架中。有些圣像画可以展开,像维特·施托斯[1]的祭坛一样,它们尺寸巨大,堪称宏伟。其中一幅圣像花费了数代工匠三个世纪的时间。还有一座小小的十字架,是玛拉女王[2]留下的唯一遗产,也是整座博物馆最珍贵的收藏。

接下来是格鲁吉亚的教堂壁画。如此这般的奇迹,但在格鲁吉亚之外鲜有人知。不幸的是,最好的那些已经被毁坏了,它们曾经覆盖生命之柱主教座堂(Sveti Tschoveli)的内壁,那是格鲁吉亚最大的教堂,建于1010年,位于格鲁吉亚前首都梅赫特,靠近第比利斯。这些壁画是可与沙特尔主教座堂[3]的彩绘玻璃相媲美的中世纪杰作。但在沙皇总督的命令之下,它们被涂掉了,他说,他希望教堂被粉刷成白色,"就像我们这里的妇女把炉灶刷成白色一样"。任何修复工作都无法让这些壁画重返人间。它们的光辉永远地熄灭了。

---

1 维特·施托斯(Vit Stoss,1450—1533),德国著名雕刻家。
2 玛拉女王(Tamara,约1160—1213),格鲁吉亚第一位女性统治者,延续了其父格奥尔基三世在位期间格鲁吉亚王国的黄金时期。
3 沙特尔主教座堂,位于法国的沙特尔市,主体建筑完工于1194年,最显著的特色便是其内部176扇狭长花窗玻璃,被认为是中世纪时期最完整、保存最完好的藏品之一。

生命之柱主教座堂是欧洲保存最完好的十一世纪建筑遗迹。尽管从未进行过修复，但它看起来仿佛只有不超过一百年的历史。这座教堂是由格鲁吉亚建筑师阿舒克斯基设计建造的，后来国王命人砍掉了他的手，以防他建出任何可与之匹敌的东西。帖木儿曾多次试图炸毁这座教堂，但墙壁纹丝不动。教堂至今仍在使用，格鲁吉亚教会的领袖、格鲁吉亚大主教杰弗里姆二世仍在这里主持祝祷。

我还看到了瓦尔耶兹，尽管只是在照片上。这是当代人无法解释的奇迹之一。瓦尔耶兹是十二世纪格鲁吉亚的一个城镇，完全在岩石上雕刻而成。它不是水平铺设的，而是像楼层一样垂直建造。最重要的是要明白，它不是一些洞穴或废墟的集合，而是一个完整的城镇，有规划，有街道，有独特的建筑，只是所有这些都被刻在活生生的岩石上，镶嵌在一座巨大的山里。这是如何做到的？借助了什么工具？开凿一个这样的城镇比建造一座埃及金字塔还要困难。瓦尔耶兹曾经是一个具有实际用途的造物，但今天，像金字塔一样，它已经死了，只剩下一堵岩壁，呈现出一幅阴沉的、超现实的画面。

最后，塔米拉带我去了尼科·皮罗斯马纳什维利的展厅，给我看那些不久后将被送往巴黎展出的画作。塔米拉说，尼科·皮罗斯马纳什维利最近在巴黎很火爆。他1916年去世，是格鲁吉亚的尼基福尔或卢梭。

一位伟大的天真派画家[1]。

尼科生活在纳查洛夫采,那是第比利斯的贫民聚居区。他一直处于赤贫状态,自己亲手制作画笔。尼科的画中最突出的颜色是黑色,因为他总从棺材厂获取颜料。他搜集旧的锡制招牌做画板,所以有时候,会有字母隐约出现在画作背景中,比如未被完全覆盖的"杂货店"或"烟草店"。在金色和红色的广告之上,是尼科的黑白幻象,格鲁吉亚的天真派艺术覆盖在俄罗斯的商业新艺术之上。尼科在小酒馆里作画,闷热的纳查洛夫采酒吧,有时看客会给他买酒喝。他可能患了肺结核,也可能是癫痫,他的行迹多半已不可考。许多作品都已散佚,只有一小部分留了下来。他绘画的主题是晚宴。

尼科像韦罗内塞[2]一样描绘晚宴。

只不过他的晚宴是格鲁吉亚式的、世俗的。一张丰盛的餐桌,背景是格鲁吉亚的风景,格鲁吉亚人围坐四周,狂饮,饕餮。餐桌位于前景,是最重要的东西。尼科醉心于饮食。有哪些食物可供人们填饱肚子?尼科把这一切都

---

1 天真派画家(Naïve),指出现在两次世界大战之间的画家群体,他们通常自学成才,没有接受过专业的艺术训练,绘画风格则充满了简单和率真。
2 保罗·韦罗内塞(Paul Veronese,1528—1588),意大利文艺复兴时代的画家,晚餐是其最重要的创作主题之一,代表作有《加纳婚宴》和《利未家中的筵席》。

画出来。他描绘想吃的东西,那些他今天吃不上,也许永远都吃不上的东西。餐桌上堆得满满的。烤羊肉。油乎乎的烤乳猪。深红浓郁如小牛血般的葡萄酒。汁水四溢的西瓜。芬芳扑鼻的石榴。尽管尼科的画面是明快的,甚至是幽默的,却总有一种自虐的意味在其中,就像把刀插进自己的肚子。

尼科画中的格鲁吉亚是餍足的,总是宴饮不辍,营养充足。土地上流着奶。吗哪[1]从天而降。所有的日子都很甘美。如此这般的格鲁吉亚会出现在纳查洛夫采居民的梦里。

尼科描绘了纳查洛夫采的梦。

绘画没有给他带来幸福。他有一个女友,名叫玛格丽特。不清楚她是什么样的女孩。尼科爱她,给她画了一幅肖像。玛格丽特的脸是按天真派的惯例画的,一切都很大,而且不成比例。大号的嘴唇,鼓凸的眼球,硕大的耳朵。尼科把这幅肖像送给了玛格丽特。女孩愤怒地尖叫起来。她被惹恼了,满腔怨恨地离开了他。他的才华注定了他的孤独。

从那时起,他就生活在一种隔绝状态。

他忍受着生锈的招牌、棺材厂得来的颜料。他一遍又一遍地描绘他的盛宴,用叠嶂的山峦衬托那张桌子。有时,

---

[1] 吗哪,一译玛纳,是《圣经》中上帝赐给以色列人的神奇粮食。以色列人出埃及,在汛的旷野流浪四十年,耶和华降吗哪给他们吃,四十年从不间断。

围观者会请他喝酒。他五十四岁去世，死在第比利斯的某个房间里，死因不详，可能是饥饿，也可能是疯狂。

瓦赫坦格·伊纳什维利带我参观了他工作的地方：一个大厅，酒桶一直堆到天花板。它们巨大而沉重，静静地躺在木马架上。

在这些酒桶里，白兰地正在成熟。

不是每个人都知道白兰地是如何制作的。你需要四样东西：葡萄酒、阳光、橡木和时间。除了这些，就像任何一门艺术那样，你还必须拥有品位。其余部分则如下所示：

秋天，葡萄收获后，制作葡萄酒精，把酒精倒入木桶。木桶必须是橡木的。白兰地的全部秘密都藏在橡树的年轮里。橡树一边生长一边吸收阳光。阳光沉淀在橡树的年轮中，就像琥珀沉积在海底。这是一个漫长的过程，要持续几十年。用年轻橡木制造的酒桶无法酿出上好的白兰地。橡树生长，树干逐渐泛出银色；橡木膨胀，木材积攒着力量、颜色和香气。不是每棵橡树都能酿出好的白兰地。最好的白兰地来自孤独的橡树，它们生长在僻静的地方，扎根在干燥的土地上。这种橡树沐浴在阳光里，蕴含的阳光就像蜂巢里的蜂蜜一样多。湿润的土地是酸性的，如此一来橡树就会变得太苦，这在白兰地中会立刻体现出来。年轻时受过伤的树也酿不出好的白兰地。在受伤的树干上，汁液无法正常循环，木材便不再具备原来那种味道。

然后，制桶匠制作木桶。制桶匠必须深谙这门手艺的诀窍。如果他切割技术不佳，木材就无法散发出香气。它会释放颜色，但香气会大打折扣。橡树是一种懒惰的树木，而一旦盛上白兰地，橡木就必须工作。制桶匠应该具备小提琴制造师的敏锐触觉。一个好的木桶可以使用上百年，还有些酒桶的历史长达两百多年甚至更久。不是每个桶都能成功。有的酒桶没有味道，而另一些能让白兰地变得像黄金一样。几年之后，人们就能一查究竟了。

把葡萄酒精倒入木桶。五百升，一千升，要视情况而定。把木桶放在木马架上，就这样放着。不需要做更多事情，只需等待。一切皆有定时。酒精现在渗入木桶，然后木材会释放出它所具备的一切。它释放阳光，释放香气，释放颜色。木材从自己身上榨出汁液；它在工作。

这就是为什么它需要宁静。

通风是必要的，因为木头需要呼吸。空气必须是干燥的，湿度会破坏颜色，让它变得过深，失去光泽。葡萄酒喜欢湿气，白兰地却忍受不了。白兰地更挑剔一些。收获第一桶白兰地需要三年时间。三年，三颗星。星级白兰地是最年轻的，品质较低。最好的白兰地没有星级，而是用名字命名，那是陈化了十年、二十年，甚至一百年的白兰地。但白兰地的真实年龄更大，得把制造木桶的橡树的年龄也算上。目前，有一些正在使用的橡木，还是法国大革命时期生长出来的。

可以通过口感来判断一款白兰地是年轻还是年老。年轻的白兰地尖锐、快速、冲动。它的味道酸涩而粗糙。而陈年的白兰地入口温和柔软，缓慢地散发光芒。老白兰地中有许多暖意、许多阳光。它能平静地进入一个人的头脑，不慌不忙。

然后它会做它该做的事。

亚美尼亚

瓦尼克·桑特里安带我在埃里温的小巷散步，是我要求他这样做的：让我们远离康庄大道吧。就这样我们来到了本尼克·佩特鲁斯杨的后院。这是本尼克作品的常设展览场所，四面都被公寓楼环绕。本尼克今年二十八岁，毕业于埃里温学院，是一名雕塑家。他身材瘦弱，很腼腆，住在狭窄的工作室里，工作室的门刚好对着后院。工作室里悬挂着令人叹为观止的亚美尼亚石质十字架，即当地人所说的哈奇卡[1]（hachkars）。过去，亚美尼亚人在悬崖上雕刻

---

[1] 该词原文为斜体字，本书中采用楷体字，以表特指。后同。

这种十字架，它们在亚美尼亚随处可见，是亚美尼亚的象征，有时也被用作界碑或者路标。最古老的哈奇卡能在道路最险峻之处找到，比如峭壁的顶端。它们的雕刻者大都是修士，已经无法弄清他们是如何爬到那里去的。

本尼克请我们喝葡萄酒。我们坐在一张木板床上，四周都是他潜心雕刻多年的石头。他打开磁带录音机，让我们听帕塔克（patarks），那是一种亚美尼亚赞美诗，缠绵而动听。本尼克有一盒新的法国录音带，是亚美尼亚合唱团在巴黎演出时的录音。在亚美尼亚，如果你去埃里温以外的地方，也能听到帕塔克，比如埃奇米阿津[1]，那里相当于亚美尼亚教会的梵蒂冈。

除了雕刻石头，本尼克也做一种叫作切坎卡（chekanka）的金属浮雕。他显然很有才华。他的雕塑和切坎卡总是围绕"爱"这一主题，或者更确切地说，是"爱的拥抱"，但这些姿态中少有快乐可言：只有那些即将永别的恋人才会用这种方式拥抱对方。本尼克创作的一个系列是关于亚当和夏娃的分离。

他的雕塑很少有机会展出。大多数时间，它们就这样伫立在后院里，在树底下，或倚墙而立，或者干脆躺在地

---

[1] 埃奇米阿津，位于亚美尼亚西部，靠近土耳其边境，是亚美尼亚使徒教会的总堂和亚美尼亚宗主教驻地。

上。本尼克为后院周围四栋公寓楼的居民雕刻。他为管理员和邮递员雕刻,为来回收成堆废弃物的工人雕刻,为那些图好玩儿或者为了得到一块糖果而冲洗这些雕塑的孩子们雕刻,为电力公司的收费员雕刻。他也为警察雕刻,如果对方是来处理公务的话。

在本尼克居住的同一街区,阿马亚克·布德扬有自己的工作室。布德扬制作巨大的双耳瓶、花瓶和水罐,将其陈列在埃里温的广场上。这是一种巨大的陶瓷作品,非常适合展示在埃里温宽阔林荫路边的草坪上。布德扬喜欢明亮欢快的颜色,但坯体质地粗粝,疙疙瘩瘩,他用轻盈明亮的釉料覆盖这些凹凸不平的地方,让那些花瓶和水罐从远处看起来闪闪发光。城里到处都能看到布德扬的双耳瓶。布德扬是亚美尼亚艺术学院的教授,他发起了一场运动,旨在将埃里温变成一个建筑杰作,同时也变成一个艺术展示场所。市政当局为这个雄心勃勃的计划提供了全力的支持。由此,布德扬设计了埃里温剧院的内部,这是当代室内设计最有趣的成就之一。阿拉克斯河咖啡馆和亚拉拉特山餐厅的内部装潢也是他的手笔。亚拉腊山餐厅位于地下,是兼具品位和克制的现代设计的典范。埃里温已经有很多这样的地方。亚美尼亚的首都正在逐渐变成一座新兴艺术的博物馆。

我们到布德扬家时,天下着大雨,他的工作室比街面地势低,已经泛滥成灾。布德扬像古代的陶艺师一样,正用黏土制作一个细长的罐子。他给我看了一些照片，是他的作品在加拿大、瑞士、意大利和叙利亚等地展出的情况。他四十二岁了，身材魁梧，话不多但激情十足。令人遗憾的是，布德扬最有趣的作品只能在埃里温看到，因为他首要的作品是这座城市。

我们还拜访了一位年轻的作曲家，艾明·阿利斯塔凯申。瓦尼克带我去的目的，是让我听听伟大的科米塔斯的作品如何被演唱出来。科米塔斯之于亚美尼亚，正如肖邦之于波兰，是民族的音乐天才。科米塔斯原名苏穆·苏摩尼扬，但作为修士，他取了科米塔斯这个名字，这里的人也是这样称呼他的。他1869年出生在土耳其，当时大多数亚美尼亚人都生活在那里，估测的数字从两百万到三百万不等。他在柏林学习作曲，一生都奉献给了亚美尼亚音乐。他在农村四处游荡，收集谣曲，建立了几十个——也有人说是几百个——亚美尼亚合唱团。他是一个流浪的民谣歌手，即兴创作史诗，他演唱，还创作了数百首瑰丽宏大的曲目，为全世界的爱乐乐团所熟知。他写的弥撒曲至今仍在亚美尼亚的教堂中传唱。

1915年，土耳其对亚美尼亚人的屠杀开始了。在希特勒的时代到来之前，这是"世界历史上规模最大的一次屠杀"：一百五十万亚美尼亚人丧生。土耳其士兵把科米塔斯拖到悬崖边，准备把他推下去。在最后一刻，他的学生、伊斯坦布尔苏丹的女儿，救了他。但他已经看过深渊，这让他失去了理智。

那时他四十五岁。有人把他带到巴黎。他不知道自己在巴黎。他又活了二十年，没有再说过一句话。这二十年他都是在精神病院里度过的。他很少走路，也不说话，但是他观察。人们推测他能看见；那些探望他的人说，他会观察人的脸。

被问问题的时候，他不回答。

人们尝试了各种方法。让他坐在风琴前，他站起来走开了。给他播放唱片，他似乎并没有听见。有人把一种民间乐器塔尔（tar）放到他膝盖上，他小心地把它放到一边。没有人确切地知道他是否真的病了。也许是他主动选择了沉默？

也许对他而言，那意味着自由。

他没有死，但他不再活着了。

他似活非活地存在于那个生与死之间的灵薄狱，那是精神病患者的炼狱。探望他的人说他越来越疲惫了。他佝偻着背，形容枯槁。他的皮肤变得暗沉。有时他默默地用手指沿着桌子敲打，因为桌子发不出任何声音。他很平静，总是很严肃。

他1935年去世：所以直到二十年后，他才落入那个他的学生、伊斯坦布尔苏丹的女儿曾拯救他免于坠落的深渊。

在马特纳达兰[1]可以看到亚美尼亚人的古代书籍。对我来说，它们是双重的不可触及：它们摆放在玻璃橱窗里，而我也不知道如何阅读它们。我问瓦尼克能不能看懂。能，但也不全懂，因为他能阅读字母，但无法理解其中的含义。亚美尼亚的字母表已经维持了十五个世纪不变，但语言发生了变化。亚美尼亚人走进马特纳达兰时，就像穆斯林进入麦加。这是朝圣的终点，他被深深触动，感到手足无措。在亚美尼亚的历史中，书是民族的圣物。我们的导游（多么漂亮！）压低嗓音说，我们看到的许多手稿都是以人的生命为代价保存下来的。有很多被鲜血染红的纸页。有些书籍一直藏在地下，藏在岩石缝里。亚美尼亚人掩藏它们，就像败军埋葬自己的旗帜一样。重新找回它们没花什么力气：关于它们藏匿地点的信息已经传递了一代又一代。

一个没有国家的民族在符号中寻找救赎。保护符号对亚美尼亚人来说就如其他国家保卫边界一样重要。符号崇拜是国家崇拜的一种形式，保护符号是一种爱国主义的行为。亚美尼亚人并非从来不曾拥有国家。他们有过一个，但古代就被摧毁了。它于九世纪重新诞生，但一百六十年后，它又以先前那种形式永远地消亡了。这并不仅仅关乎国家身

---

[1] 马特纳达兰，位于埃里温的古代写本存储库、科学研究所和博物馆，是世界上拥有中世纪手抄本和书籍最多的存储库之一。

份。至少有两千年的时间,亚美尼亚人都面临着彻底灭绝的危险。直到本世纪[1],直到1920年,这种威胁仍然存在。

亚美尼亚的历史可以追溯到数千年前,这个地区通常被称为"文明的摇篮",我们正在人类生存最古老的遗迹中间行走。在埃里温附近的拉兹丹河口,发现了五十万年前的石器。亚美尼亚首次被提及是在四千年前,但据石碑记载,那时亚美尼亚境内已经有"六十个帝国"和"数百座城市"。因此,亚美尼亚与世界上最古老的文明是同代人。巴比伦和亚述是它的邻居。圣经中的底格里斯河和幼发拉底河都发源于其境内。

亚美尼亚人对时间的度量与我们不同。他们在两千五百年前经历了第一次分裂。他们的复兴发生在我们这个纪元的第四世纪。他们接受基督教的时间比我们早七个世纪,用自己的语言书写的时间比我们早一千年。但和埃及、苏美尔和拜占庭一样,亚美尼亚也上演了这个地区的典型剧本,其本质是缺乏历史连续性,即国家的历史中突然出现空白的章节。

辉煌的崛起,然后是令人沮丧的衰落。

渐渐地,生活在这个人类摇篮中的国家,在创造了伟大、不朽的文明之后,仿佛被非人的努力耗尽了力气,或

---

1 本书中的"本世纪",均指二十世纪。

者甚至被自己创造的东西压垮了,无法再进一步发展它。它们把缰绳交给了充满活力并且渴望生活的年轻民族。欧洲即将登场,随后便是美国。

亚美尼亚所有不幸的根源在于其灾难性的地理位置。我们得从地图上寻找答案:不是从我们自己的视角,不是从欧洲中心的视角,而是从一个完全不同的位置,从亚洲南部看。那些决定亚美尼亚命运的人正是从这里观察它的。历史上,亚美尼亚占领过亚美尼亚高地,并周期性地扩张到更远,是一个坐拥三片海的国家——地中海、黑海和里海。但我们还是留在高地的范围内吧,这片区域构成了亚美尼亚人历史记忆的基础。从十一世纪开始,亚美尼亚人就再也没能在这个边界内成功地重建国家。如今的亚美尼亚共和国仅仅占据了那个古老的亚美尼亚面积的十分之一,剩下的主要在土耳其,还有一部分在伊朗。

从亚洲南部看地图,可以解释亚美尼亚人的悲剧。命运不可能将他们的国家放在更不幸的地方了。在高地南部,它与历史上最强大的两个国家——波斯和土耳其接壤。让我们再加上阿拉伯哈里发国,还有拜占庭。四个雄心勃勃、极力扩张、狂热、贪婪的政治巨人。那么——如果这四个强权的统治者看地图,他会看到什么?他会看到,如果占领亚美尼亚,他的帝国将在北方拥有一个理想的天然边界。因为从北方看,亚美尼亚高地被两个海洋(黑海和里海)

和高加索的巨大屏障极好地保护着。而对于波斯、土耳其、阿拉伯和拜占庭来说，北方是危险的。因为在那个时候，北方蒙古人那不可遏制的怒火正在步步逼近。

所以，亚美尼亚让所有的帕夏[1]和皇帝夜不能寐。他们每个人都希望自己的帝国拥有一个漂亮浑圆的边界，就像腓力国王的领土一样，太阳永不落。一个不会在平原中消散的边界，倚着一座适当的山、靠着大海的边缘。这些野心的结果，便是对亚美尼亚的持续入侵；总有人在征服和破坏它，总有人试图逼它就范。

这是政治领域。此外还有宗教问题。公元301年，在亚美尼亚皇帝提里达特三世阿拉沙库尼统治时期，亚美尼亚接受了基督教。这是世界上第一个将基督教定为国教的国家。冲突一触即发：邻国波斯信奉拜火教，对基督教充满敌意；伊斯兰教正从南方逼近，对两者都不友好。凶猛的狂热时代开始了：宗教屠杀、宗派主义、教派斗争、中世纪的疯狂。亚美尼亚也进入了这个时代。

亚美尼亚人有自己的教会，被称作"亚美尼亚圣使徒教会"。在梵蒂冈和拜占庭长达几个世纪的斗争中，他们占据了一个中间的位置，但与梵蒂冈更加亲近一些。所以，尽管他们采用了希腊的礼拜仪式，但在君士坦丁堡，他们

---

[1] 帕夏，奥斯曼帝国行政系统里的高级官员，通常是总督、将军和高官。

被视为分裂分子,甚至是异端。正如朗西曼[1]所说,"他们的仪式在很多细节上都与希腊不同。他们欣然奉上血淋淋的动物祭品,在七旬斋开始大斋戒,星期六禁食。最重要的是,他们在圣餐礼中使用无酵饼。"因为这种被视为异端的面包,他们被轻蔑地称为"无酵者"。

亚美尼亚教会的领袖是大教长[2],传统上居住在埃里温附近的埃奇米阿津。大教长中出了几位杰出的诗人、哲学家、音乐家和语法学家。当亚美尼亚不存在国家时——在封建时期和更近的时代,这几乎是一种永久状态——是大教长在国际舞台上履行着亚美尼亚的事务。他们充当了一个不存在的国家的非官方首脑,由此获得了额外的声望。直到如今,大教长仍旧备受尊敬。这是传统的一部分。

在一个名叫马什托兹的修士的努力下,亚美尼亚字母诞生了。马什托兹的生活带有匿名修道士的烙印。他的整个存在都隐匿在他的工作之中,亚美尼亚人总是称他为"天才马什托兹"。因为这个字母表,教会把他封为圣人,在这种情况下,此举可被视为一种国家荣耀。一个当时鲜为人知的修士的发明,竟能被如此迅速而普遍地接受,这是令人惊讶的。然而这就是事实。当时,亚美尼亚人中间

---

[1] 史蒂文·朗西曼(Steven Runciman,1903—2000),英国历史学者,研究范围为拜占庭帝国及其相关国家的历史,最著名的作品是三卷本《十字军史》。
[2] 大教长,又被称为"牧首",是部分东方基督教教会领袖所使用的头衔。

肯定存在着强烈的对身份认同和个性化的需要，在一个异族的亚洲元素的海洋中，他们是一个基督教孤岛。山脉无法拯救他们：几乎就在马什托兹字母表诞生的同时，亚美尼亚失去了独立。

从那时起，外国军队——波斯人、蒙古人、阿拉伯人、土耳其人——像阴风一样吹过这片土地。一个诅咒即将笼罩这里。一切建造都将被摧毁，河中流淌着鲜血，编年史中充满凄惨的画面。"亚美尼亚的玫瑰和紫罗兰已经凋零，"中世纪历史学家列奥哀叹道，"亚美尼亚已经成为痛苦之乡。亚美尼亚流亡者要么漂泊异国，要么在尸横遍野的故土流离失所。"

在战场上被征服的亚美尼亚人，来到缮写室寻求救赎。这是一种撤退，但在这种撤退中有尊严，有生存的意志。什么是缮写室？可以是一间牢房，可以是土坯小屋里的一个房间，甚至可以是岩石里的一个洞穴。缮写室里有张写字台，后面站着一个抄写员，正在书写。亚美尼亚人的意识总是伴随着毁灭之感，还有强烈的得到救赎的渴望。拯救自己的世界，既然不能用剑来拯救它，那就让它的记忆得到保存。船会沉没，但让船长的日记留存下来。

如此一来，便有了世界文化中独一无二的现象：亚美尼亚书籍。一拥有自己的字母表，亚美尼亚人便立刻开始写书。马什托兹本人也树立了榜样。我们发现，几乎还没有做出字母表的时候，他就已经开始翻译圣经了。他得到了另一位亚美尼亚杰出人物、大教长萨克·帕尔特夫以及一整个在各个教区中招募的翻译团队的协助。马什托兹发起了一场伟大的中世纪抄写员运动，将这一运动在亚美尼亚发展到了其他地区望尘莫及的程度。

到了六世纪，他们已经将亚里士多德的全部作品翻译成了亚美尼亚语。十世纪，他们已经翻译了大部分希腊和罗马哲学家的作品，还有数百种古典文学作品。亚美尼亚人有着开放融合的才智。他们翻译一切可以接触到的东西。在这一点上，他们让我想起日本人，日本人也会毫无保留地翻译他们遇到的一切。许多古典文学作品之所以得以保存，全靠它们的亚美尼亚语译本。抄写员追逐着每一样新事物，并立刻把它们放到写字台上。当阿拉伯人征服亚美尼亚的时候，他们翻译了整个阿拉伯文学；当波斯人入侵亚美尼亚的时候，他们又翻译了波斯文学。他们与拜占庭陷入冲突，但无论市面上出现什么，他们都会拿过来翻译。

一座座图书馆开始形成。这些图书馆无疑是一个庞大的收藏：1170年，塞尔柱突厥[1]在休尼克[2]摧毁了一个拥有

---

[1] 塞尔柱突厥，西突厥人的一支，公元1000年左右在酋长塞尔柱率领下从中亚迁入，并占据波斯大部分，十一世纪末达于极盛，统治区域东起印度兴都库什山，西达地中海，成为当时西亚一大帝国。
[2] 休尼克，亚美尼亚东南部省份。

一万卷藏书的图书馆,都是亚美尼亚语手稿。时至今日,存世的亚美尼亚语手稿有两万五千份,其中超过一万份存于埃里温的马特纳达兰。如果想看其他的,就得去世界各地旅行。最大的收藏分别位于耶路撒冷的圣雅各布图书馆、威尼斯的圣拉撒路图书馆和维也纳的梅克托尔图书馆。巴黎和洛杉矶也有精美的收藏。波兰也曾有一大批收藏。值得一提的是,在利沃夫[1],有过一个大型的亚美尼亚语印刷厂。

最初他们在兽皮上写字,后来转向纸张。他们制作过一本重三十二公斤的书,使用了七百头小牛的皮。但是他们也有一些小东西,像苍蝇那么小的书。凡是能读能写的人都会参与抄写,不过也有专业的抄写员,他们一生都在写字台后面度过。十五世纪的奥瓦尼斯·曼卡莎伦斯抄写了一百三十二本书,他的学生扎哈里亚什记录说:"七十二年来,无论冬夏,无论日夜,奥瓦尼斯都在抄写。到了晚年,他视力衰退,手也发抖,抄写给他带来巨大的痛苦。他八十六岁在帕努去世。现在,我,扎哈里亚什,奥瓦尼斯的学生,正在完成他未竟的手稿。"他们是艰苦卓绝的巨人,是激情的殉道者。另一位抄写员记述说,吃不饱饭的时候,他会把最后一分钱拿去买树脂片,以照亮抄写的

---

[1] 利沃夫,乌克兰西部主要的工业与文化中心,利沃夫州首府。

页面。很多书籍都是书法艺术的杰作。金色的亚美尼亚小字爬过成千上万页。许多抄写员也是技艺高超的画家,在亚美尼亚书籍中,微缩艺术达到了世界水平。尤其是两位微缩艺术家的名字——托罗斯·罗斯林和萨基斯·皮卡克——闪耀着不朽的光辉。罗斯林十三世纪为手稿创作的微缩画,直到今天仍保留着原来的色彩强度,在马特纳达兰的书页上闪烁着光芒。

这些书的命运就是亚美尼亚人的历史。在遭受迫害和灭绝的时候,亚美尼亚人用两种方式做出反应:一些人逃到山上,在洞穴中避难;另一些人则流亡到世界各地,足迹遍及各个大洲。无论是前者还是后者,都随身携带着亚美尼亚的书籍。由于流亡者是徒步离开的,所以那些太重的手稿常被一分为二,这两半往往漂泊到地球的不同角落。

阿塞拜疆

在石油工人大道,古尔娜拉·古塞伊诺娃用花香给人看病。老年病患者闻月桂叶,患高血压的人闻天竺葵,对哮喘症患者来说,最好的选择是迷迭香。人们带着加萨诺夫教授的纸条来找古尔娜拉。纸条上写着花的名字和嗅闻的时间。人们一般坐着闻,时间通常是十分钟。古尔娜拉确保每个人都闻到了他们该闻的香气，比如说，对于一些高龄的老人来说，一开始就用迷迭香可不是个好主意。花朵被成排放置在一个名叫"植物疗法办公室"的玻璃房里，它看起来像一个大型温室。古尔娜拉让我坐下来，也闻点什么东西。闻到香味了吗？我什么也没闻到。好吧，那是因为花本身没有气味，得轻轻摇晃花茎，花会发现有人对它感兴趣，然后就会释放出自己的香气。花不为自己散发气味，它只为别人，它用香味回应每一次触摸——它天真又轻浮，想取悦每个人。

"同志们，动起来，动动那些花！"古尔娜拉对坐在办公室里的老人们这样说，他们开始摇晃花枝，就像在赶走蚂蚁一样。

古尔娜拉是医学系的学生，我问她是否真的相信花朵能治愈病人。我说的不是精神上的治疗，因为这已经被证明是有可能的，而是从身体上治愈——例如恢复钙化关节的柔韧性。古尔娜拉笑了。她只说世界各地的人都来找她治病。"甚至有从美国来的。"她强调说。加萨诺夫教授的花香疗愈法已经闻名于世。

我觉得——无论是对古尔娜拉，还是对我来说——这种方法的迷人之处都在于美学的一面，还有其智慧带来的愉悦和善意。有人已经七十岁了，忘了自己的出生日期，对此，教授还能做什么呢？当然，可以把他送进拥挤的病房,那里充满碘酒和氯仿的气味。但这又何苦?一个花香满盈的黄昏,岂不比弥漫着氯仿的黄昏更美吗?所以,当一个必须看着身份证才能报上出生日期的人来找教授,抱怨有东西在自己脑袋里捣乱时,教授会认真倾听,然后在一张纸上开具药方:"处方:月桂叶。每天十分钟。连续三周。"古尔娜拉说,你瞧,人们一窝蜂地去找教授,想见他都得排上好几个月的时间。

我和古尔娜拉坐在石油工人大道边,一旁就是海。巴库[1]从这里像石头梯田一样缓缓升起。这座城市坐落在海湾之上,形状像圆形竞技场,所以一览无余。古尔娜拉问我喜不喜欢巴库。我说是的,非常喜欢。它的建筑一座挨着一座,是不同时期和不同风格的大型汇演。这里什么都有!仿哥特式,仿巴洛克式、后摩尔式、柯布西耶学派、二十年代的建构主义、风格宏大的大型建筑,还有漂亮的现代建筑。这是个独一无二的奇观。所有东西汇聚一处,所有风格都摆在这里,就像伦敦不动产代理商 Mr. Cox 的橱窗,为所有人呈上他们想要的东西。

其实,有好几个不同的巴库。

最古老的巴库是最小的。它不仅很小,而且挤挤挨挨,如此紧凑,如此杂乱,我走进去的时候不由得深吸一口气,

---

[1] 巴库,阿塞拜疆首都。

以确保有足够的空气可供呼吸。如果站在街道中央伸开双臂，可以一只手抚摸左边公寓摇篮里熟睡的孩子，另一只手拿起右边公寓桌子上的梨招待自己。在这里只能单列行走，如果肩并肩，马上就会造成交通阻塞。而且巴库的老城区没有任何规划，或者说它可能有，但过于超现实，以至于没有一个正常的头脑能够理解。永远找不到离开的路。我是和瓦莱里一起来的，他在巴库出生长大；我们尝试了各种备选方案，这条路，那条路，但无一成功。就在我们走投无路的时候，一群孩子救了我们。

这部分巴库被称作"伊琴谢雷"（Ichen-Shereh），意为"内城"。它有许多传奇，被很多庭院民谣传唱。对大巴库的居民来说，伊琴谢雷一直是个极具异国风情的地方，这里的人们说自己的语言，好像生活在同一个屋檐下，彼此没有秘密。今天，伊琴谢雷正在被逐渐拆除，这里将会出现一个新的社区。

内城周围是巴库的主体部分，庞大，略显势利。因为这个巴库是为掠夺者、暴发户和石油大亨量身建造的。巴库一直以石油为业。早在十世纪，阿拉伯作家就提到了从巴库运来的石油。据十二世纪波斯著作《阿德贾伊卜·阿都尼亚》所述，"巴库整夜熊熊燃烧。他们在地上放一口大锅，里面烧着水。"1666年，土耳其旅行家埃韦利·切莱比描述了这种景象："在巴库的一些荒凉地方，人或马只消在那里站上一会儿，脚就会着火。商队向导在这些地方挖开地面，把锅放在那里，食物会立刻沸腾起来。上帝的智慧真是了不起！"

商队将石油运到亚洲各地。马可·波罗写道，这主要是因为石油是治疗骆驼皮肤病的良药。因此，从某种意义上说，中世纪亚洲的整个交通网络都依赖巴库的石油。由于地上的大火，巴库也是印度拜火教教徒的麦加，他们从印度长途跋涉至此，到火神身边取暖。他们的神庙，阿特什加（Ateshga），保存了下来，有四个熄灭的烟囱。

一百年前，第一架油井在巴库建起。这座城市开始了令人眩晕的发展。一个波兰人匆匆赶来，据说是个很优雅的人。他雇了一辆车，让人拉着他四处查看。突然，他摘下礼帽扔到地上。他给惊讶的车夫指了指帽子掉落的地方，说，"我们要在这里钻探。"后来他变得非常富有。有超过两百家外国公司在巴库开采石油。"1873年，"哈维·奥康纳[1]写道，

> 巴库的第一批石油从一个自动升降井喷出。在接下来的十年里，巴库发展成世界上最富有的城市之一，亚美尼亚和鞑靼的石油富豪开始与得克萨斯的石油大亨平

---

1 哈维·奥康纳（Harvey O'Connor，1897—1987），美国激进派记者、作家和政治活动家。

起平坐。这座城市成了世界上最大的炼油中心。俄罗斯则成了原油出口大国,并在几年内让美国黯然失色。1875年,诺贝尔兄弟偶然来到巴库,一年后在这里建造了他们的第一座炼油厂,并在1878年成立了诺贝尔兄弟清油公司,到1883年,该公司已经控制了百分之五十一的原油生产。他们在巴库地区建造了第一条输油管线,在宾夕法尼亚聘请钻井工人,并用最新的科学手段组织这个混乱的行业。在几年的时间里,诺贝尔家族拥有了一支庞大的船队,其中既有巨型远洋蒸汽轮,也有用来在伏尔加河上运输石油的小型内河游轮。而与此同时,美国的帆船仍在用桶和罐子运输石油。诺贝尔家族是一个例外,因为在通常情况下,一个人在巴库石油大亨中间哪怕只生活一年,都再也无法成为一个文明人。"黑城"巴库成了世界上最丑陋、最繁华、最喧扰的角落之一。鞑靼人、亚美尼亚人、波斯人和犹太人与俄罗斯人一起,创造出了一个民族马赛克,时不时爆发激烈的屠杀。不少储量丰富的油田被沙皇当作礼物送给了宫廷弄臣。投机行为遍地开花,财富被一天天地赚走。这个世界从未见过这样的景象,就连宾夕法尼亚西部都没有。由于无法截取所有喷涌而出的原油,所以井口筑起堤坝,形成了湖泊。尽管如此,仍不时有整条原油河从油井直接流入大海。

"原谅我，我要讲的东西可能有点民族主义。"这个不服输的阿塞拜疆女孩很有趣，她知道民族主义是一个禁果，但却无法抵挡诱惑。我们站在一张中亚的浮雕地图前，她想向我展示曾经的阿塞拜疆是多么伟大（这就是她认为的民族主义）。我告诉她，在如今的世界上，展示昨日的辉煌是一种很普遍的冲动。无论去哪个国家，人们都会夸耀他们的祖先曾经抵达的高度。这种思想似乎是人们需要的，甚至随着时间的推移，这种需要会变得越来越强烈。我告诉她，这里面一定有某种补偿法则在发挥作用。世界曾经是广阔的，如果某个国家突然感到扩张的需要，那它可以在这种扩张中走很远。想想罗马那骄人的扩张；想想蒙古人是如何开疆扩土的；想想土耳其。你能不佩服西班牙是如何壮大自己的吗？甚至威尼斯，它那么小，但在扩张方面取得了多么辉煌的成就。

今天，扩张是困难和危险的，作为一项铁律，扩张必然以收缩告终，这就是为什么一个国家必须用深度来满足自己对于广度的冲动，这就意味着深入历史深处，以证明自己的力量和重要性。这是所有珍视和平的小国所处的境况。幸运的是，如果我们看一下人类的历史，就会发现每个民族都有过膨胀和扩张的阶段，或者至少有过一次民族主义的爆发，这使得今天的人类能保持一定程度的心理平衡，尽管这种平衡是相对的。

我还不知道这位阿塞拜疆女孩的名字。在这里，女孩的名字都有特定的含义，父母们很重视名字的选择。古尔娜拉的意思是"花"，娜格斯是"水仙"，巴哈尔是"春天"，安迪恩是"光明"，塞维尔的意思是"有人爱的女孩"。瓦莱里告诉我，革命后，人们开始给女孩们起那种庆祝现代事物进入乡村的名字，比如有些女孩的名字是"拖拉机""柠檬水"或"司机"。有位父亲为了获得税收优惠，给女儿取名为 Finotdiel，这是"财政部"的缩写。

就这样，我跟这个未透露姓名的阿塞拜疆人一起站在亚洲地图旁，回望阿塞拜疆曾经的辉煌。它从高加索延伸到德黑兰，从里海延伸到土耳其。苏联时期的阿塞拜疆只是那个早期阿塞拜疆的一小部分，其余部分现在属于伊朗，大多数阿塞拜疆人至今仍生活在那里，约有四百万人，相比之下，生活在苏联的只有三百五十万人。

过去，阿塞拜疆更像一个地理和文化概念，而不是政治概念。从来不存在一个中央集权的阿塞拜疆，从这一点上看，它的历史与格鲁吉亚和亚美尼亚不同。它的不同还体现在其他方面。格鲁尼亚和亚美尼亚通过黑海和安纳托利亚[1]与古代欧洲和拜占庭保持了联系。它们从那里接受了基督教，在它们的领土上，一股抵制伊斯兰教传播的力量

---

1 安纳托利亚，一般指小亚细亚半岛。

得以形成。而在阿塞拜疆，欧洲的影响一开始就很弱，充其量也是次要的。在阿塞拜疆和欧洲之间，有高加索山脉和亚美尼亚高地的阻隔，而在东部，阿塞拜疆变成平原，那里开放而容易接近。

阿塞拜疆是中亚的门户。

占主导地位的宗教是拜火教，其次是伊斯兰教，然而读《阿塞拜疆历史与哲学概览》这本书时，我惊讶地发现，在这里，有多少异端、叛教者、无神论者、宗派分子、异教徒、神秘主义者、穴居人和隐士找到了讲坛和庇护所。阿塞拜疆曾经有过玛塔扎里派、巴蒂派、伊斯玛仪派、马兹达克派、摩尼教徒，还有一体派、拜火教徒、别达什派、努格达维特派，以及苏菲派、胡里玛派、纯洁兄弟派和胡鲁夫派（也被称为"数字神秘主义者"）、赛尔贝德派、卡迪里派和逊尼派。与东方的中心地区相比，这里必然被视为边远地区的腹地，一个用来避难或活下去的地方，然而事实并不遂人愿：1417年，异端哲学家伊马德丁·涅济米在这里被活活剥了皮，而在此之前的几年，胡鲁菲派的领袖希恰比丁·法兹鲁拉赫·奈米·泰布里齐·阿兹特拉巴迪·胡鲁菲，死在阿塞拜疆穆斯林的宗教裁判所。

这位殉道者的信徒们，也即后来的胡鲁夫派——数字神秘主义者、卡巴拉派和占卜师——相信宇宙的起源与"28"和"32"这两个数字有关，这两个数字可以解释一切事物的奥秘。胡鲁夫派认为真主通过美来彰显自己：一件东西越美，真主就越在其中显现。美是他们评价现实世界的标准。

他们在人类的面容中寻找上帝。

尽管他们是穆斯林，但他们在美丽女人的脸上看到了真主。

十二世纪，阿塞拜疆有一位享誉世界的诗人，名叫尼扎米[1]。像康德一样，尼扎米从未离开自己的家乡占贾（今基洛瓦巴德[2]）。黑格尔曾称赞尼扎米的诗歌"柔和甜美"。尼扎米写道："夜里，我炼取诗句的珍珠，我在一百堆火焰中炙烤我的大脑。"他说"言语的表面应该是广阔的"，这句话很有智慧。尼扎米是一位史诗诗人，也是一位哲学家，潜心研究逻辑、语法甚至宇宙论。

一边是土耳其的压迫，一边是波斯的钳制，这让阿塞拜疆无法确保自主权。这里的确出现过一些公国，但它们的影响仅限于当地。在许多世纪，阿塞拜疆只是波斯的一个行省。1502年至1736年，波斯由萨法维王朝统治，该王朝的统治者拥有阿塞拜疆血统。正是在这个时期，波斯迎来了巅峰岁月。但阿塞拜疆语不属于波斯语系，而属于突

---

1 尼扎米（Nezāmī，1141—1209），波斯文学史上最重要的诗人之一。
2 现在名字又恢复为"占贾"，阿塞拜疆西北部城市，是该国第二大城市。

厥语系。很少有人意识到，突厥语族是苏联人口最多的语言族群。乌兹别克人、鞑靼人、哈萨克人、阿塞拜疆人、楚瓦什人、土库曼人、巴什基尔人、吉尔吉斯人、雅库茨人、多尔干人、卡拉卡尔帕克人、库米特人、哈古斯人、图瓦人、维吾尔人、卡拉恰伊人、查卡斯人、楚勒人、阿尔泰人、巴拉什人、诺盖人、土耳其人、希尔泰人、卡拉人、克里米亚犹太人和托法尔人，都讲突厥语。一个乌兹别克人和一个鞑靼人，一个吉尔吉斯人和一个巴什基尔人，彼此之间都可以用自己的语言交谈，并能很好地理解对方。

傍晚，尼克·尼克让我去爬一座高塔。

在塔上，我能看到奥利拉克斯[1]在燃烧，尼克说，不看这个我不能离开阿塞拜疆。高塔屹立在大海中央，海是黑色的，尽管它被称为"里海"。我往天国攀登的楼梯吱吱作响，因为它是木头做的，整座高塔是用木头钉起来的，一直朝着星星的方向延伸，尽管风像摇晃一棵芦苇那样摇晃着它，但它屹立不倒，gniotsa nie lamiotsa（既不弯曲，也不折断）。我沿着塔攀到半空中，这里很黑，像大海一样黑，我们这是走进了柏油里。我不想再看了，我想停下来，够

---

[1] 奥利拉克斯，字面意思为"石油岩"（Oil Rocks），是巴库附近的一个工业定居点，建在一座近海石油平台上。

了,但我听到尼克·尼克还在走,所以我也不得不跟上,走进黑暗,走向深渊,走入鸿沟。一切都变得很不真实,因为我什么都看不见了,也就是说,我只能看见我周围这个木头做的东西,粗糙,未经抛光,看起来还有毛刺,像一块楔入天空的原木,在一个毫无缘由的地方,突兀地显现在黑暗里,不真实,不可思议。

"尼克·尼克!"我大喊。

因为,你要明白,我孤零零地跟这块木头在一起,处于某种奇怪的、难以理解的境地,被悬浮在一个无法定义的地方,木头之外是一片黑暗,没有任何参照物能帮我确定自己的坐标,没机会迈出几步,点根烟,冷静地思考接下来该怎么走。最重要的是,我不知道该拿这块木头怎么办,我就这样愚蠢而毫无意义地在黑暗中进退,直到我听见尼克·尼克的声音从上面某个地方传来,来自银河系的另一个区域。

"你看到了吗?"尼克·尼克气喘吁吁地说,他早就消失在我的视线中了。直到现在我才往下看,但内心无比恐惧,因为我恐高。

我看到了那座城市。

看到一座城市没什么奇怪的,即使是乡下人如今也习惯了这种景象,但我看到的是一座位于大海中央的城市,一片风暴肆虐、汹涌浩瀚的大海。这座城市距离陆地的最

南方,1967

近距离是一百公里。

我看到了城市的灯光,看到了消失在地平线上的街道,看到了喧闹的市中心,人们刚从电影院走出来,昨天,我自己也去那儿看了一部波兰电影《回旋镖》。市中心霓虹闪耀,公共汽车在行驶,咖啡馆灯火通明,商店和公寓的窗户发出微弱的光。一艘油轮停泊在港口,这里也有港口,甚至有两个,还有一个机场。我能看到远处的钻井塔,像蜂巢一样嗡嗡作响,尽管从这里听不到声音。上夜班的人正在塔楼上工作。这座城市从不入眠,即使在清晨也是如此。

下面,在城市之下,海水涌动。

海水拍打着支撑城市的钢桩阵列,涌入金属组成的迷宫。这些钢铁结构将街道、广场和房屋保持在水面之上。但城市岿然不动,耸立在牢牢扎入海底的坚固支柱上。让我们换一种说法:这是一座建在山顶上的城市,只不过山在水下。

有条水下山脉连接里海的东西两岸,从巴库一直延伸到土库曼斯坦的克拉斯诺沃茨克。整条山脉都蕴藏着丰富的石油和天然气。当海面平静时,人们可以在某些地方看到这条海底山脉的山峰。石油从缝隙中、从岩石下、从四处渗漏出来。这就是为什么这些岩石被称为"石油岩",而这座建在大海中央的城市也因此得名。

土库曼斯坦

阿什哈巴德，一座宁静的城市。偶尔有辆"伏尔加"牌轿车驶过。偶尔有驴蹄敲打着柏油路面。俄罗斯市场上有人在卖热茶，二十戈比一壶。但茶的价值能用这种方式衡量吗？在这里，茶就是生活。一个年迈的土库曼人拿起茶壶倒了两小碗，一碗给自己，一碗给那个金发小男孩。"Nu。"他对小男孩说。"哎，爷爷，"小男孩说，"我一直告诉你，要说na，不要说nu。"爷爷笑了，也许他跟我想的一样：已经没有人可以教他什么了。一个活到白胡子年纪的土库曼人什么都知道。他的头脑中充满智慧；他的眼睛已经阅读过生命之书。当他得到第一头骆驼的时候，他尝到过财富的滋味。当他的羊群死去的时候，他体会到了贫穷的苦涩。他见过干枯的井，知道何为绝望；他见过沛然的井，所以也知道何为快乐。他知道太阳赋予生命，也知道太阳带来死亡，而关于这一点，没有任何一个欧洲人会懂。

他知道什么是口渴，也知道解渴的快慰。

他知道在炎热的天气里要穿得暖和些，穿上罩袍和羊毛，而不是像有些人那样一丝不挂。一个穿着衣服的人会思考，否则——不会。赤身裸体的人能犯下各种愚蠢的行径。那些创造伟大事物的人总是穿着衣服。在苏美尔和美索不达米亚，在撒马尔罕和巴格达，尽管酷热难耐，但人们总是穿着衣服行动。伟大的文明在那里诞生,这是澳大利亚和赤道非洲比不了的,那里的人总是赤裸着身子行走在阳光下。只要读点世界历史,你就能明白这个。

也许这个老人知道莎士比亚那个伟大问题的答案。

他见过沙漠,也见过绿洲,归根结底世上就只有这一种划分。地球上的人越来越多,绿洲变得拥挤不堪,即使欧洲这个最大的绿洲也是如此,更不要说恒河和尼罗河的绿洲了。所有证据都表明,人类在沙漠中诞生,难道他不应该回到自己的摇篮中去吗?他应该向谁寻求建议呢?向这个满头大汗、开着一辆破"菲亚特"、带着冰箱却找不到插头的城里人吗?他会不会转向那些白胡子的土库曼人,或者裹着头巾的图阿格雷人?这些人知道水井在哪里,也就是说,他们知道生存和救赎的秘密。他们的知识是伟大的,服务于生活,没有学术的虚浮和教条主义。在欧洲,人们习惯说沙漠里的人是落后的,极度落后。但没有人意识到,这样的评判方法不适合一个能在最恶劣的条件下生存几千年的民族,他们创造了一种最宝贵的文化,这种文化是实用性的,让整个民族得以生存和发展,而就在同一时期,许多定居文明却在地球上永远地消失了。

有些人认为,人们进入沙漠是因为贫穷,是因为没有别的选择。但事实恰恰相反。在土库曼斯坦,只有那些拥有牧群的人,也就是富人,才能进入沙漠;游牧是富人的特权。加布里埃尔教授说,"居住在沙漠中是一种荣誉,沙漠是被选中的土地。"对游牧民族来说,改为定居生活是不得已的选择,是生活失败的象征,是一种堕落。要让游牧者定居下来,只能靠武力征服、经济钳制或政治胁迫。对他们而言,沙漠赋予的自由是无价的。

如果没有游牧民族的贡献,人类文明会是什么样子?以金帐汗国和帖木儿帝国为例,它们是中世纪最伟大的帝国。世界文学中最长的史诗是《玛纳斯》(*Manas*),共四十卷,是关于吉尔吉斯游牧民族的史诗。再想一下大莫卧儿游牧王朝统治下印度艺术的繁荣。还有,别忘了伊斯兰教,这个影响世界大势长达十三个世纪的现象,一个信众仍在增加的宗教,其信徒遍布全球,从塞内加尔到印度尼西亚,从蒙古到桑给巴尔的广大地区。

但最重要的是,在那些不知飞机为何物,连蒸汽船都没有的千年历程中,游牧民族是唯一掌握了征服死寂空间这一壮丽而危险的艺术的人。在不断迁徙的过程中,他们创造了世界上第一个真正的大众传播系统,从城市到城市,从大陆到大陆,从一个尽头到另一个尽头,不仅运送黄金、香料和椰枣,也运送书籍、信件、政治新闻和关于新发现的传说,以及伟大的学术和想象之作的原件和副本。在那些分散孤立的年代,这使得人类成就的交流和文化的发展成为可能。

在我和土库曼老人还有小男孩喝茶的地方旁边，站着一个卖花的商贩。"公民，"她喊道，"来看看玫瑰！"阿什哈巴德玫瑰，沉甸甸的，姿态慵懒。但没有人买花，这个时候的市场空无一人；现在是沙漠里的中午，被热浪压垮的阿什哈巴德躺在阳光下，麻木而寂静。这里距离我的旅馆一百米。从这里去伊朗边境只需一个小时的车程，但离莫斯科很远，有四千三百公里。到华沙则超过五千公里。1935年，一群土库曼人骑马前往俄罗斯。他们日夜兼程地行进了快三个月，共计八十三天。这一纪录被载入《土库曼苏维埃社会主义共和国史》。

市场上有蔬菜商贩，他们是集体农庄的农民，来卖自家花园和菜地里的收成；还有药品商贩，能在他们的摊位上买到药，还有国营书店以及理发师。理发师很多，但只为男人提供服务。土库曼女人编发，不需要理发师。有一个卖铅笔和笔记本的小贩，他汗淋淋的，浑身湿透，看起来像一直站在莲蓬头下似的。"乌兹别克人！"他朝卖茶的人喊道，"给我来杯茶！"他一碗接一碗地灌下那种热饮。"公民们！"过了一会儿他喊道，"支持文化事业！来买笔记本！"

整座市场都铺着沥青，街道也是如此。路上行驶着像火炉一样滚烫的有轨电车。街道两旁都种着树木，有许多花坛和草坪，可以看出人们很重视绿化。这个城市经营有方，整洁而精致。树木提供了阴凉，但它们还有另一种功能，这是心理上的。绿色植物的存在缓解了令绿洲居民感到压抑的幽闭感。定居的人害怕沙漠，沙漠让他恐惧。而在这里，只需走到城市的边缘，或者仅仅只是走到自家后院的边上，便置身沙漠。沙漠涌入城市，覆盖了广场和街道。我去过撒哈拉沙漠的努瓦克肖特市，那里的柏油路面上有一堆堆流沙，需要定期清扫，就像我们冬天清扫积雪一样。在阿塔尔绿洲，我见过农民们不断挖出被沙子埋到树梢的椰枣树。沙漠袭击房屋，这就是为什么这里的窗户永远闭着，在这样的天气里！然而，人们只能通过这种方式让房屋、食品和财物免受沙土的侵袭。

树木营造出一种令人宽慰的印象，即绿洲不是一个无休止地受到沙漠天气侵袭的孤岛，而是有利于人类和植物生存的更大的地球的一部分。

从两种意义上说，阿什哈巴德都是一座年轻的城市。它1881年才开始形成，当时，俄罗斯军队击败了土库曼人的抵抗，在这里建了一座军事要塞。要塞开始生根发芽，小小的街道和城镇围绕它生长起来。1948年，这里发生了一次地震，是现代历史中最严重的地震之一，在短短十五秒的时间里，这座小城在地球上消失了。米沙回忆说，最开始城里只有一个墓地，但地震过后，墓地的数量变成了十五个。在城市所有的建筑中，只有列宁的雕像幸存下来。

我们今天看到的阿什哈巴德是灾难之后重建的，基本上连地基都是新的。这里没有任何可供考古爱好者参观的地方。

拉希德在地图上给我看乌兹伯伊河的流向。

它是阿姆河的支流,穿越卡拉库姆沙漠,汇入里海。这是一条美丽的河流,拉希德说,跟塞纳河一样长。他说这条河已经死了,它的死亡成了战争的开端。他还补充说,考古学家尤苏波夫研究了乌兹伯伊河的历史。根据尤苏波夫的说法,这条河是在沙漠中突然出现的,时间也相对晚近,可能是在五千年前。鱼和鸟也跟着水流一起来到沙漠。后来,人也来了。他们属于阿里-伊利、奇兹尔和提维杰等部落。当时土库曼人分成一百一十个部落,甚至可能更多。阿里-伊利、奇兹尔和提维杰人把乌兹伯伊河分成了三段,每个部落拥有其中一段。乌兹伯伊河两岸变成了鲜花盛开、人口众多的绿洲。村庄和制造中心,花园和农场相继出现。沙漠中心变成了一个拥挤而热闹的地方,这就是水的力量。水是一切的起源,是最初的滋养,是地球的血液。人们用三条波浪线代表水,又在这三条线上画了一条鱼。而鱼是幸福的象征,于是,三条线再加上一条鱼便代表了——生命。

商船在河上航行,货物从这里经过,从印度到安纳托利亚、从花剌子模到波斯。乌兹伯伊河享誉世界。在有文字记录的国家,关于它的各种记载都流传下来。我们在希腊人和波斯人那里找到了相关的说法，在阿拉伯人那里也找到了引述。乌兹伯伊河岸边有好客的商队客栈，船夫可以在那里休息，找个地方吃饭、睡觉。多福-卡瓦、奥尔塔-库伊和塔拉依哈都有集市，人们可以在那里买到来自世界各地的最高质量的商品。

乌兹伯伊人崇拜圣石。这是沙漠居民的典型特点，他们崇拜身边的一切——石头、峡谷、水井和树木。圣石所在的地方禁止斗殴。圣石可以保护人们免于死亡，它包含一种浓缩的力量，被固定在不变的形态中，赐圣石以永恒。亲吻圣石让人获得近乎感官上的愉悦。拉希德让我留意《旅行》中的一个片段，其中，Abū 'Abd Allāh Mohammad ibn 'Abd Allāh al-Lawātī aṭ-Ṭandzi（即伊本·白图泰[1]）写道："亲吻石头时，嘴唇感到无比甜蜜，让人想永远亲吻下去。"对乌兹伯伊人来说，石头是一种神圣的存在。

在那个时代，人们的思想是围绕诸如水资源的分配这样的问题展开的。我们可以通过演绎推理得知这一点。即便在革命后，直到改革之前，对土库曼人来说，水资源的分配都是一个与战争爆发或和平协议签署同等重要的问题。几乎一切都取决于它。水通过被称为雅利克（aryks）的河

---

[1] 伊本·白图泰（Ibn Baṭṭūṭah, 1304—1369），是摩洛哥的穆斯林学者，世界上最伟大的旅行家之一，其旅行足迹遍布北非、非洲之角、东欧、中东、南亚、中亚、东南亚及中国等地。

渠流入田地，水的分配则在主要的雅利克上进行。如果水源充足，分水就会成为一个庆典，但这里很少出现充足的水源。一整年的降水量可能只相当于欧洲的一场雨。也可能发生的情况是，一整年的降雨在短短两天之内倾泻下来，之后便只有干旱了。在这种情况下，水资源的分配就会演变为战争。在雅利克两岸，墓地延伸开来，河渠底部散落着人骨。

富人的雅利克很大，穷人的则很小。穷人会偷着打开阀门，让更多的水流进自己的雅利克；富人则会强行阻止这种做法。这就是阶级斗争的景象。水成了投机对象，是黑市上的一种商品。有"水交易所"，水价会暴涨，也会崩盘。人们靠水资源发家致富或失去一切。出现了各种各样的习俗，能废除它们的只有一场革命。女人没有获得水的权利，只有已婚男人才能得到水。于是，生了儿子的男人会让婴儿娶一个成年女孩，这个已婚的婴儿就能获得水的分配权。对那些生了很多儿子的人来说，水是致富之路。直到1925年，土库曼苏维埃社会主义共和国第一次代表大会才通过了一项革命性的法令，禁止婴儿结婚，并赋予女人获得水的权利。

每个人都想尽可能地靠近乌兹伯伊河生活。这条河承载着水，也承载着生命。商队的脚步沿着河岸响起，成吉思汗的军队在急流中饮马，撒马尔罕的商人和"约穆德"

（Yomud），也就是奴隶贩子，沿着它旅行。

拉希德说，乌兹伯伊河的创痛始于四百年前。就像它突然出现在沙漠上一样，它也突然开始消失了。乌兹伯伊河在沙漠中心创造了一种文明，养活了三个部落，连接了东方和西方。在乌兹伯伊河的河岸上曾矗立着几十个城市和定居点，尤苏波夫会对它们进行挖掘。如今，沙漠正在吞噬这条河流。它的能量开始减弱，水流逐渐减少。不知道是谁首先注意到了这一点。阿里-伊利人、奇兹尔人和提维杰人聚集在岸边，看着这条生命之河离他们而去。他们坐着、看着，因为人喜欢注视自己的不幸。水位一天天下降，一个深渊在他们面前打着哈欠。围绕打开阀门和关闭阀门所展开的阶级斗争失去了意义。什么人拥有什么样的雅利克已经没有区别——所有雅利克都没有水了。人们跑到毛拉那里，跑到伊斯罕那里，拥抱他们遇见的每一块石头，但都没什么用。土地在干涸，树木在枯萎。一羊皮袋的水能换来一只卡拉库尔羊。以前在这里停留的商队，现在匆匆而过，就好像这片土地上发生了瘟疫。集市越来越冷清，商人们关闭了自己的店铺。

尤苏波夫在乌兹伯伊河原来的绿洲上开展挖掘工作，他说，那里出土的物品极其杂乱。人们就那么抛弃了他们拥有的一切。孩子们扔下了玩具；妇女们扔掉了锅碗瓢盆。人们一定是被恐慌、歇斯底里和恐惧攫住了。毫无疑问，最离奇的谣言四处传播。也许还出现了预言家和占卜者。人们感到沙漠的箍带越来越紧。沙子在他们门前呼啸而过。

一场《出埃及记》开始上演。阿里-伊利人、奇兹尔人和提维杰人（后者也被叫作"骑骆驼的人"）开始向南进发，因为当时的南方有著名的马尔和泰吉恩绿洲。这些流离失所的人穿过卡拉库姆沙漠。卡拉库姆的意思是"黑沙"，这是土库曼斯坦乃至整个中亚地区最大的沙漠。而他们身后是一条死去的河，像个破碎的水罐一样躺在沙子里，沙子淤埋了雅利克、田地和房屋。

拉希德说，来自死河的部落遭遇了南部绿洲人口，即特克和萨里克部落的抵抗。无论新来者还是本地人，都属于土库曼人，水引发的战争将这个民族撕裂。拉希德说，在绿洲，水资源的数量和人口数量之间存在一个理想的比例，这就是为什么绿洲无法吸纳新的居民。它可以容纳一个客人，可以容纳一支商队，但无法容纳一整支部落，因为这将立刻打破绿洲的存在所依赖的平衡。所以沙漠和绿洲之间必然存在战争。和生活在温带的兄弟们相比，这里的人发现自己处在一个更加戏剧化的环境中，因此战争的根源更加深刻，也更为人性，不像在欧洲，历史上的战争都因一些琐事而起，如冒犯君权、王室纠纷或者统治者的被害妄想症。在沙漠中，战争的起因就是生之渴望，人一出生就陷入这种冲突，这就是悲剧所在。所以土库曼人从来不知统一为何物,干涸的雅利克将他们分裂。

乌兹伯伊河的死亡把原本属于它的部落赶到了南方,引发了土库曼人的自相残杀。战争持续了数个世纪,一直到革命之后,尽管那时的战争更加政治化了。拉希德说,现在水资源由部委进行分配。他说,1954年,推土机来到博萨加。博萨加位于土库曼斯坦的阿姆河上,距离阿富汗边境不远。人们从那里开始挖掘一条运河。如此一来,这条曾经自己出现然后又自己消失的河流被人类再次引进沙漠。历史绕了一个圈。就像以前一样,鱼和鸟被吸引到沙漠里。运河两岸变成了鲜花盛开、人口众多的绿洲。运河目前长八百公里,完工后将拥有两倍于此的长度,一直延伸到里海,就像乌兹伯伊河曾经做到的那样。

拉希德说,运河里的水是甜的。他舀了一壶让我喝,水清凉可口。一条驳船在岸边摇晃,四周都是沙漠。驳船上有一间大舱室,里面贴满了女演员和裸体女郎的照片,里面住着雅罗斯拉夫尔·夏维耶的同事,是四个乌克兰人。虽然实属偶然,但我和拉希德成了他们的客人,我们的摩托艇坏了,不得不停在这里。这支队伍正在挖掘运河的支流,好让水流到附近的集体农庄去。巨大的卡车,轮胎有一人多高,把沙子从一个地方运到另一个地方。沙堆上站着一个蓝眼睛的女孩,负责记录每个司机的分数。她怎么记录呢?只要确保每个司机都完成自己的工作任务就可以了。她叫帕林娜,从哈尔科夫附近的某个地方来到这里。如果司机表现得很友好,帕林娜就会给他打足够多的钩,让他成为业务标兵。天气炎热时,帕林娜会放下笔记本,跳进运河,游到对岸再游回来,接着用她的铅笔打钩。夏维耶催着她煎了一些鱼;他还派其中一辆大卡车去集体农庄买伏特加。他们为我们准备了丰盛的晚宴。我们在傍晚时分离开。船的灯光倒映在水面上。

回到马雷后,我度过了在土库曼斯坦的最后一天。马雷是穆尔加布绿洲的首府,是仅次于阿什哈巴德的第二大城市,有六万人口。土库曼斯坦的人口(不足两百万)居住在五个绿洲中,而共和国的其余部分,即百分之九十的面积,都是沙漠。马雷的市中心很古老,建筑都是单层的,粉刷成黄色和蓝色。这里曾有数百家小商店,都是乌兹别克人、俄罗斯人,还有亚美尼亚人开的,现在这些小商店被收归国有,或者改成了车间和仓库。天气炎热而闷窒,中午时天变得灰蒙蒙的,一场沙尘暴正从沙漠袭来,尖利的风和滚滚的沙尘填满了天地之间的所有空隙。沙尘眯住眼睛,让人喘不过气来。没有空气可供呼吸,所有的生活都停止了。机器也停止运转。帕林娜、夏维耶和其他所有人都躲在角落里,钻进缝隙,用床、毯子或者手边的任何东西盖住头,免得窒息。沙尘掩埋一切,暴雨(沙漠中是有暴雨的!）则将人和牲口吞噬,扼住他们的喉咙,塞住他们的口鼻,让他们憋闷至死。尘土颗粒,这些近乎虚无的碎片(它们是被风和水磨成颗粒的石头),悬浮在空气中,在太阳下变得温热,形成一种干燥的雾气。这是令所有沙漠人都害怕的东西,一片干燥而炎热的雾气,像烧红的炭一样热。这就是沙漠在愤怒的时候命令人们呼吸的东西。我待在旅馆房间里;没有灯,更重要的是没有水。一定是风扯断了电线,沙子堵住了水管。我的水壶里还有一口温水,但接下来呢?这座城市没有水,电话线路也坏了,只有无线电通信。我躺在床上,到处都潮乎乎的,覆满沙尘。枕头散发出火炉般的热量。在沙漠里,在风暴中,人会陷入对水的狂热,他们会突然喝光所有的水,贪婪而不假思索,那是一种真正的疯狂。他们喝水不是因为他们在忍受口渴,而是出于恐惧,陷入无水可喝的执念,他们喝水是为了打败不可避免的事。荒凉的街道,安静的酒店,空空荡荡的走廊,我走下楼,餐厅也是空的。酒吧女招待坐在那里凝视窗外。一个俄罗斯人从街上走进来,浑身尘土,被风吹得衣衫不整,衬衫跑到了裤子外面。他戴着一顶有护耳的保暖帽,带子系在下巴处。他对女招待说,"来两百毫升,"她站起来,给他倒了一杯伏特加。他喝了下去,发出"啊啊啊啊"的声音。"现在好多了。"他说,然后带着内心的火焰走到街上——走进沙漠之火。"他是我们的人,"她说,"什么都能忍受。"她看着我,友好中带着一丝讥讽,然后默默递给我一瓶柠檬汽水。

塔吉克斯坦

我们要去"第三国际"集体农庄(kolkhoz),它位于杜尚别[1]附近,包括十五个村庄。这是一座大型集体农庄,但还有比它更大的。"第三国际"的主任叫阿卜杜尔卡林·沙里波夫,是个只有一条腿的大块头。他在保卫乌克兰的战争中被德国人的弹片击中,失去了一条腿。人们把他送到医院,然后他从医院回了家。他从没见过德国人,无论是战争期间还是在那以后。

沙里波夫行动不便,他开着那台主任专属的小皮卡带我们到处去。路上,他告诉我们一个集体农庄的成员可以拥有的东西:三头母牛,十二头羊,驴子和马可以随便养。一头好羊的价格是一百五十卢布,一座新房子值十五头羊。除了饲养动物,集体农庄的成员还种地,一亩地能收八百磅小麦。收成如此之少,收获季却持续数月,这并不奇怪,因为农田都在山上,位于不同的海拔高度,低地的庄稼熟

---

[1] 杜尚别,塔吉克斯坦的首都。

得早，高地的则比较晚。整个塔吉克斯坦都是如此，一年四季都在播种和收获。六月，瓦赫什河谷已经到了收获的季节，而帕米尔地区的农民才刚刚开始播种。列宁纳巴德[1]的杏子正在成熟，而伊斯法拉的杏树刚刚开花。

我们经过一个村庄。塔吉克妇女们停下来，转过身背对着汽车，用手遮住脸。革命将这些面孔从遮挡中解放出来，妇女摘掉了面纱，但这种反射性的动作却保留了下来。在杜尚别的大学里，我认识了罗查·纳比耶娃，1963年，她成为第一个获得学术学位的塔吉克妇女。她论文的主题是废除面纱的斗争。这场斗争牺牲了很多人的生命，数百名揭下面纱的妇女被杀害，被巴斯玛奇分子[2]公开处决。有一点很有趣，人类的本质确凿而恒常，却在不同纬度的地区产生了如此矛盾的风俗。在某些文明中，男人的雄心是尽可能地展示女人的脸，而在另一些文明中，则是尽可能地将其掩盖。

沙里波夫把我们载到村子边缘，来到一片茂盛的树荫下。他在这里举办了一场宴会。现场摆放着樱桃、杏子和

---

1 1939年至1992年称为"列宁纳巴德"，现称"苦盏"，是塔吉克斯坦第二大城市。
2 巴斯玛奇运动是以突厥人为主的穆斯林反对俄罗斯帝国和苏联在中亚统治的抵抗运动，开始于1916年，到1934年渐渐平息。其主体是反对俄罗斯的文化帝国主义，但也包含了穆斯林传统主义和泛突厥主义的一些主张。

苹果，一大碗一大碗热气腾腾的肉，成堆的小麦煎饼。各式各样的汤、民族菜肴和沙拉。食物堆成了山。沙里波夫不喝酒，说穆斯林禁止饮酒。但最后他还是喝了一些。然后他站起来，脱掉衣服，取下义肢，走进附近的小溪里。农民们盯着这个赤身裸体的主任。他在干什么？我问。有人回答说，他在给自己降血压。

主任离开后，宴会继续进行。许多人聚集在一起。有人开始讲故事，其他人不时爆发出一阵大笑。我问他们在讲什么，于是一位老师开始给我翻译这个故事：一个年轻的塔吉克人从战场上回到"第三国际"集体农庄，忘了自己的语言。他跟别人说俄语，但村子里很少有人懂俄语。"说塔吉克语。"他父亲对他说，但是这个年轻的塔吉克人假装不明白父亲在说什么。人们开始在他父亲的房子前面聚集，想看看一个忘记自己语言的塔吉克人是什么样子。起初是邻居，然后整个村子的人都来了。大家站在那里，看着这个从战争中返回的塔吉克人。有人开始笑，然后笑声传开来，整个村子的人都笑了，笑声震天动地，人们捧着肚子在地上打滚。终于，这位年轻的塔吉克人忍不住了；他走出房子，冲人们喊道："够了！"他是用塔吉克语喊的，喊完自己也笑了起来。就在这一天，年轻的塔吉克人记起了自己的语言，村里宰了一只羊，人们整夜狂欢。

"懂俄语是好事，"老师总结说，"但塔吉克人必须懂得自己的语言。"我们举杯祝福世界上所有的语言。

第二天早上我要飞往吉尔吉斯斯坦。图兰把我送到机场。每个方向都是不同的风景。北边是平缓的绿色山丘。南边是白雪皑皑的高山。东边是被太阳炙烤的荒芜的山脉,然后是郁郁葱葱的杜尚别。雪山之外是印度。而在山脉之外,是中国。

吉尔吉斯斯坦

在吉尔吉斯斯坦,陪同我的是拉斯坦·乌姆拉林。拉斯坦是个寡言少语的人,一整天只说了几句话。"我不太喜欢说话。"第一天见面的时候他告诉我。所以我们的时间就在沉默中度过。星期天,我们去了城里。伏龙芝[1]跟阿什哈巴德或杜尚别很相似,但气候更好一些,那些因为各种理由不得不在亚洲生活的俄罗斯人会选择在伏龙芝定居。从外观和气氛上看,这座城市更具欧洲和俄罗斯风情。城市的主要街道名叫"中央政治局第二十二次会议大街",是一

---

[1] 伏龙芝,现称"比什凯克",吉尔吉斯斯坦首都。1926年,苏联共产党将这座城市命名为"伏龙芝",以纪念在这里出生的布尔什维克军事领袖米哈伊尔·伏龙芝。1991年苏联解体后,吉尔吉斯斯坦议会将首都的名称改为"比什凯克"。

条步行街，许多年轻人成双成对地在这里散步——一对俄罗斯夫妇，一对乌兹别克夫妇，一对吉尔吉斯夫妇。在中央政治局第二十二次会议大街上，人们可以买冰激凌和肉馅饺子，可以看现代化的橱窗，也可以坐在长椅上。

在老邮局前，一群非洲学生聚在一起，他们很时髦，但无所事事，没有女伴。很难决定要去哪里。有一个酒吧，但前面排着队。我们看了看体育场，有青年队在比赛，看台是空的。我们继续向前走，但我们要去哪里呢？为了什么？我感觉拉斯坦不知道该带我去哪里。他必须陪着我，因为这是我访问计划的一部分。我不知道该怎么做。停下来还是接着走？"要不我们别走了？"我问拉斯坦，但他表示反对，"怎么能不走呢？还是要走。"他说，再次陷入沉默，一直向前走着。我跟在后面，他心烦意乱，我也心烦意乱。我们无法找到一个舒服的契合点，无法亲近起来，无法变得友好。我们甚至无法在最简单的事情上达成一致——走，还是不走。

从中央政治局第二十二次会议大街，我们转入索维耶特卡亚街。这里有一些小别墅，很舒适，被收拾得很好，窗下种着蜀葵和覆盆子。这是一个景观，从斯摩棱斯克直接移植到这里，一直延伸到天山脚下。俄罗斯祖母们坐在门廊上，尽管天气炎热，她们仍然戴着格子头巾，穿着暖和的小羊皮外套和长及脚踝的裙子。祖母们谨小慎微地卖着东西，明面上只摆着一两杯樱桃，一杯十戈比。每个门廊上都有一个老妇人孤单地坐着，整条延伸数公里的索维耶特卡亚街都是如此。

我在朱马尔·斯马诺夫的毡房里过了一夜，这里位于天山山脉的苏萨米尔山谷，距离伏龙芝两百公里。朱马尔是潘菲洛夫集体农庄的一名牧羊人，由于在工作中表现突出，他被政府授予"吉尔吉斯苏维埃社会主义共和国杰出牧羊人"的称号。朱马尔放牧的羊群有六百只。如果仔细了解，你会发现羊群中只有一半是集体农庄的，剩下的都属于朱马尔自己、他的兄弟、叔叔和邻居等人。朱马尔只上到七年级，今年四十一岁，有九个孩子。这里通常都是大家庭，多子多孙。朱马尔整个夏天都在毡房里度过，冬天则回到集体农庄。一同住在毡房里的还有他妻子、其他牧羊人以及各家的孩子们。这些人好客极了，为了迎接我这完全偶然的到访，朱马尔宰了一只公羊，举办了一场宴会。整个毡房里都挤满了人，他们都是从骑马的信使那里得到消息，从其他牧场赶来的。我们盘腿坐在毡毯上，啃羊骨头，喝伏特加。在喝伏特加方面，吉尔吉斯人超越了俄罗斯人，更不用说波兰人了。妇女们也喝酒。一般来说，在宴会期间，她们会待在毡房外面。主人会时不时倒上一杯苏联红牌伏特加，然后喊一个女人的名字，这个女人就会走进来，蹲下，把酒一饮而尽，然后不说一句话，也不吃一口东西，就站起来消失在外面的夜色中。

在宴会上，人们会给客人端上一盘煮熟的羊头。客人必须把羊脑吃掉，然后挖出其中一只眼睛，主人则吃掉另一只。这样一来，兄弟情谊便结成了。这是一段令人难忘的经历。

乌兹别克斯坦

埃尔金说他有事要去城里，然后便离开了，把我一个人留在布哈拉埃米尔[1]的城堡。城堡里有一个博物馆，可以看到埃米尔的金色长袍和行刑者的刀，刀由于长期使用而磨损严重，已经没什么刀刃了。上了年纪的美国妇女在院子里四处走动，绕着埃米尔的卧室拍照，凝视着地牢深处。为长袍和刀兴奋不已。"现在看这里。"一位老师对一群学童说。他们围在地牢入口处，那里有铁栅栏挡着。里面，半明半暗的地方有一些雕像，象征着埃米尔的囚犯。

---

1 布哈拉是乌兹别克斯坦城市，沙赫库德运河穿城而过，有两千五百多年历史，是中亚最古老的城市之一，九至十世纪时为萨曼王朝首都。埃米尔是阿拉伯国家的贵族头衔，用于大中东地区的伊斯兰国家，北非和突厥人在历史上也使用过这个称号。

一个人被吊在绞索上,另一个人浑身是血。有几个人坐在地上,被链条拴在墙上。老师解释说,埃米尔是多么残酷的统治者,而这一切——堡垒、长袍,还有那个被吊起来的人——都叫作封建主义。

已经中午了。我走出堡垒,来到一个尘土飞扬的大广场上。对面是一家茶馆(chaykhana),这个时间里面坐满了乌兹别克人。他们头上戴着五颜六色的无檐便帽,蹲坐在那里,喝着绿茶。他们可以这样喝上几个小时,甚至一整天。这是愉快的生活,在树荫下消磨时间,和亲密的朋友坐在小地毯上。我在草地上坐下,点了一壶茶。这边能看到一座宏伟的堡垒,和克拉科夫的瓦维尔城堡[1]一样大,只不过是用黏土建造的,但另一边风景更好。

另一边耸立着一座宏伟的清真寺。

这座清真寺引起了我的注意,因为它是用木头建造的,这在通常使用石头和黏土作为材料的穆斯林建筑中极为罕见。此外,在正午炎热而寂静的沙漠中,可以听到清真寺里传来一阵阵撞击的声音。我放下茶壶,去一探究竟。

那是台球的撞击声。

这座清真寺叫"波罗考兹清真寺"。它是十八世纪中

---

[1] 瓦维尔城堡,波兰克拉科夫的一座哥特式城堡,曾长期是波兰王室的住所,是波兰的国家象征之一。

亚建筑的独特典范,几乎是那个时期唯一幸存下来的建筑。波罗考兹清真寺的大门和外墙上都有木雕纹饰,其美妙和精巧无与伦比,让人沉醉其中。

我往里看了看,有六张绿色的台球桌,每张台球桌前都有满头蓬乱金发的男孩在打台球。一群围观的人在为他们加油助威。租一张台球桌一小时八十戈比,这很便宜,所以有很多顾客想玩,门口排起了长队。我不想站在队伍里,所以没有好好看一下里面的情况,就回到了茶馆。

炫目的阳光落在广场上。狗四处游荡。旅游团从堡垒里走出来,先是美国妇女,然后是那些孩子。在变成博物馆的堡垒和变成台球厅的清真寺之间,坐着喝茶的乌兹别克人。他们遵循父辈的传统,默默地坐在那里,面对着清真寺。在这些人的沉默中有一种尊严,尽管他们穿着破旧的灰色罩袍,但看上去气度不凡。我有一种冲动,想走到他们面前,握握他们的手。我想用某种方式表达敬意,但我不知道该如何表达。在这些人身上,在他们的风度和睿智的平静中,有一种东西激发了我自然而真诚的钦佩。他们世世代代坐在这个茶馆里,茶馆很古老,可能比堡垒和清真寺还要老。现在很多事情都变了——很多,但并不是全部。人们可以说世界正在变化,但它并非全然改变;至少,它的变化还不足以让乌兹别克人不来茶馆喝茶,哪怕是在工作时间。

在布哈拉，我还看到了花花绿绿的巴扎[1]。这些巴扎历史悠久，可以追溯到一千多年前，但仍然很热闹，充满人间烟火。埃尔金带我参观了阿维森纳[2]喜欢逛的巴扎，还给我看了伊本·白图泰买椰枣的巴扎。小小的商店、摊位、展台，每个都有编号，因为它们已经被国有化了。埃尔金说，乌兹别克人更喜欢去巴扎，尽管跟国营商店比起来，巴扎的东西更贵。巴扎是一种传统，是会面和聊天的地方，是第二个家。

我去了米尔·阿拉伯清真学院的校园。清真学院就是穆斯林大学。米尔·阿拉伯是一个宏伟的建筑群，建于1503年，目前正在进行精心的修复工作。革命后，这所大学被关闭了，目前又重新开放。它的新名字是"中亚和哈萨克斯坦穆斯林神学研究院"。

它是苏联唯一一所这样的大学。第一届学生于1966年入学，录取比例为十六比一。

布哈拉是棕色的，是太阳下烧制的黏土的颜色。撒马尔罕则是浓郁的蓝色，是天空和水的颜色。

---

[1] 巴扎，来自波斯语，意为"集市、农贸市场"。
[2] 原名伊本·西那（ibn-Sīna，980—1037），欧洲人称其为"阿维森纳"，塔吉克人，出生于布哈拉附近，是中世纪波斯哲学家、医学家、自然科学家和文学家。

布哈拉是商业的，嘈杂、具体、物质；是商品和市场的聚集地，是一个巨大的仓库，是沙漠中的港口、亚洲的腹地。撒马尔罕则充满灵感，抽象、崇高而美丽；它是专注和反思的城市，是旋律和画面，面朝星空。埃尔金告诉我，必须要在月圆之夜去看看撒马尔罕。那时大地黑暗，但所有的光线都被城墙和塔楼吸收，城市开始闪烁，然后向上飘浮，像一盏灯笼。

H. 帕普沃思在其《帖木儿传奇》（*The Legend of Timur*）一书中，怀疑撒马尔罕这个奇迹并非出自帖木儿一人之力。他写道，这座城市以其所有的美和创造把人的思绪引向神秘和冥想，但它竟然是由帖木儿这样一个残忍的恶魔、掠夺者和暴君所创造的，这令人难以理解。

但不可否认的是，撒马尔罕初步扬名的十四世纪和十五世纪之交，正是帖木儿统治的时期。帖木儿是一个令人惊叹的历史现象，他的名字引发了几十年的恐惧。他是一个伟大的统治者，将亚洲置于自己的掌控之下，但他的威势并没有妨碍他对细节的关注。帖木儿在细节上花费大量心思。他的军队以残酷著称。阿拉伯历史学家扎伊德·沃西菲写道，帖木儿一出现，"鲜血如在容器中倾泻而出""天空变成郁金香花海的颜色"。帖木儿亲自率领每一次远征，亲自监督一切。他命令割下俘虏的头，用他们的头骨建造塔楼、城墙和道路。他亲自监督工程的进展。他下令"剖开商人的肚子寻找黄金"，他亲自监督这个过程以确保搜查得彻底。他下令毒死他的对手和反对者。他亲手调制毒药。他掌握着死亡的标准，这项任务占据了他一半的时间，而在剩下的时间里，他沉浸在艺术中。帖木儿用与散播死亡同样的热情推广艺术。在帖木儿的意识中，艺术和死亡之间的界限极其狭窄，正是这一点让帕普沃思困惑难解。帖木儿杀人，这是事实，但他并非朝所有人扬起屠刀。他赦免那些具有创作才能的人。在帖木儿的帝国里，最好的避难所就是才华。帖木儿把才华引入撒马尔罕；他招揽每一位艺术家。他不允许任何一个携带着上帝荣光的人受到伤害。艺术家们开花结果，撒马尔罕也兴旺发达。这座城市是他的骄傲。在其中一座城门上，帖木儿命人刻下这样的话：如果你对我们的力量有所怀疑——看看我们的建筑！这句话比帖木儿多活了很多个世纪。直到今天，撒马尔罕仍以其无与伦比的美丽、其卓越的形式和艺术天赋震撼着我们。帖木儿亲自监督每一个建筑工程。他下令拆除那些不成功的，而他的品位极好。他仔细考虑各种装饰的替代方案，他判断纹饰的精巧和线条的利落。然后，他再度投身到新的军事远征中去，投身到大屠杀、血雨火海和哭声里。

帕普沃思不理解的是，帖木儿在玩一种鲜有人能承受的游戏。他在探索人类可能性的极限。帖木儿展示了后来由陀思妥耶夫斯基所描述的事实——人可以做任何事。帖木儿的创造可以用圣埃克苏佩里的一句话来定义:"我所做的事,没有动物能做到。"好的坏的都是这样。帖木儿的剪刀是双刃的——创造之刃和毁灭之刃。这两个刀刃定义了每个人活动的极限。在通常情况下,剪刀只是微微张开。有时它们开得大一点。在帖木儿手中,它们张开的程度达到了极致。

在撒马尔罕,埃尔金带我看了帖木儿的墓,它用绿色的软玉筑成。陵墓入口处有一块碑文,由帖木儿亲笔题写:"在世界抛弃他之前抛弃世界的人是幸福的。"

他在六十九岁时去世,那是1405年,远征中国期间。

鸟瞰图

(1989—1991)

第三个罗马

1989年秋,当我开始在帝国领土上往来旅行时,我与这个大国已经接触过很多年,尽管都是零星而短暂的。我以为它们会对我大有帮助,但是我错了。最后这一系列旅行对我有两个重大的启示:首先,我从未如此亲密地涉足过这个国家;我不是专家;既不是俄罗斯专家、苏联专家,也不是克里姆林宫专家。我对第三世界很感兴趣,被亚洲、非洲和拉丁美洲的多彩大陆所吸引,我的精力几乎只用在这些地方,因此,我对帝国的熟悉程度微乎其微,零星而肤浅。其次,随着旧时代逐渐远去,我们对这个体制和国家的了解也呈几何级增长。每一年、每个月都有新材料和新信息出现,甚至每周、每天都有。那些对作为一种意识形态的共产主义及其世俗政治化身的国家刚刚产生兴趣的人不会意识到,他目前所掌握的材料,有百分之九十甚至更多,是几天前才重见天日的。

在哥伦布生活的地理大发现的年代,每一次航海探险都会改变世界的图景。如今,我们生活在一个政治大发现的时代,越来越多的新发现不断改变着当代性的面貌。

1989年春天,我阅读来自莫斯科的新闻,心想:这个地方值得去一趟。那时候,每个人都对不寻常的事物抱有一种好奇和期待。当时,八十年代末,世界似乎正在进入一个巨大的变革期,这种变革是如此深刻而根本,以至于它不会绕过任何人、任何国家和政权,当然也不会绕过地球上最后一个帝国。

那时候,一种有益于民主和自由的氛围在世界上日益盛行。在各个大洲,独裁政府相继垮台:乌干达的奥博特,菲律宾的马科斯,智利的皮诺切特。在拉丁美洲,专制的军事政权失去了权力,取而代之的是更温和的文官政权;而在非洲,曾经无处不在的一党制(通常荒谬而腐败)正在分崩离析并退出政治舞台。

在这个新的充满希望的全球格局下,苏联的斯大林-勃列日涅夫体系显得日益不合时宜,如同一个腐朽无用的遗迹。但这个过时之物仍然具有强大而危险的力量。帝国正在经历的危机受到了全世界的关注,但那是满怀焦虑的关注——人人都知道,这是一个配备了大规模杀伤性武器的政权。然而，这个阴暗且令人沮丧的可能性，并没有掩盖另一个前景所带来的普遍的宽慰，更何况，这将是一个不可逆转的结局。

此即"时代精神"，德国人所谓的Zeigeist。这是一个迷人的时刻，时代精神像只湿漉漉的大鸟一样蜷缩在树枝上，悲戚而冷漠地打着瞌睡，当它突然毫无理由地（或者至少没有完全合理的解释）展翅高飞时，我们都听到了它飞翔的沙沙声。它激发我们的想象，赋予我们能量：我们开始行动了。

如果可能的话，我计划在1989年走遍整个苏联，包括它的十五个加盟共和国。（但我并不打算前往全部四十四个共和国、地区和自治州。我可活不了那么久）。我行程中最遥远的地方将是：

往西——布列斯特（与波兰接壤）

往东——太平洋（符拉迪沃斯托克、堪察加或马加丹）

往北——沃尔库塔或新地岛[1]

往南——阿斯塔拉（与伊朗接壤）或铁尔米兹（与阿富汗接壤）

---

1 新地岛，俄罗斯北冰洋沿岸岛屿。

一个广袤的世界。帝国的领土总面积超过二千二百万平方公里,其陆地边界比赤道还长,绵延四万两千公里。

需要记住的是,无论何时,只要技术上可行,这些边界都围着厚厚的带刺铁丝网(我在帝国与波兰、中国和伊朗的边界上看到过这样的屏障)。由于气候恶劣,铁丝网老化很快,因此需要经常更换,范围涉及数百公里,甚至数千公里。可以推断,苏联的冶金工业有相当一部分被用来生产这种带刺铁丝网。

还不仅是边境。古拉格群岛用了多少公里铁丝网做围栏?还有那些分布在帝国领土上的数以百计的营地、集结点和监狱呢?有多少公里铁丝被用于圈禁大炮、坦克和核试验场?还有兵营呢?还有各种仓库呢?

如果将所有这些都乘以苏维埃政府统治的年份,那就很容易理解,为什么在斯摩棱斯克或鄂木斯克的商店里很难买到锄头和锤子,更别提刀子和勺子了:因为这些东西根本无法被生产出来,它们所需的原料都被用来生产铁丝网了。还不仅仅是这样。毕竟,成吨的铁丝网必须通过轮船、铁路、直升机、骆驼和狗队运输到最遥远、最难以抵达的角落,然后卸下、展开、切割、固定。不难想象,那些边防军指挥官、集中营的指挥官和监狱长们要没完没了地打电话、发电报、发信函,申请更多的铁丝网,他们会费尽心思地建立起这种铁丝网的储备供应,以防中央仓库出现短缺。同样容易想象的是，成千上万个委员会和监察团被派到帝国的整个领土上，以确保一切都得到了妥善的封锁，确保围栏足够高、足够厚，编织得足够细致，连只老鼠都钻不过去。同样容易想象莫斯科官员与他们的外地下属之间的通话，这些通话表现出持续而警觉的关注，表达的是同一个问题："你们真的好好围起来了吗？"因此，多年来，人们不是忙着为自己建造房屋和医院，不是在修缮不断出现故障的排污和电力系统，而是忙着从内到外、从中央到地方地把整个帝国围起来。

阅读有关改革[1]的新闻时，我萌生了做一次大旅行的念头。这些新闻几乎都来自莫斯科。即使涉及像哈巴罗夫斯克[2]这样的边远地区，发稿地点也会注明"莫斯科"。我那记者的灵魂在反叛。在那种时刻，哈巴罗夫斯克吸引了我，我想亲自看看那里发生了什么。这种诱惑格外强烈，因为即使我对帝国的了解有限，我也知道莫斯科与该国其他地方是多么不同（尽管并非在所有事情上都不同），而这个超

---

[1] 改革（peretroika），俄语字面意义为"重建"，特指时任苏共总书记的戈尔巴乔夫于1987年6月开始推行的一系列经济改革措施。它与当时的政治改革"公开性"共同构成了戈尔巴乔夫执政时期国内政策的关键词。

[2] 哈巴罗夫斯克，一译"伯力"，位于黑龙江与乌苏里江交界处东侧，是俄罗斯联邦哈巴罗夫斯克边疆区首府。

级大国的广阔领土仍是一个不可估量的未知领域（即使对莫斯科的居民来说也是这样）。

但疑虑立刻袭来——去莫斯科以外的地方寻找改革，这真的对吗？我刚读了著名历史学家纳坦·埃德尔曼1989年初出版的新书《俄罗斯的顶层革命》（*Revolution from the Top in Russia*）。作者认为，改革只是俄罗斯历史上一系列转折点中的一个，他提醒我们，这个国家所有类似的转折、革命、动荡和突破之所以出现，皆是因为它们是出自沙皇、总书记或克里姆林宫（或圣彼得堡）的意志。埃德尔曼说，俄罗斯民族的能量从未用于独立的基层行动，而总是用于执行统治阶级的意志。

潜台词是：只有克里姆林宫允许，改革才会持续下去。

所以，如果想知道风的方向和强度，最好的办法是去莫斯科，去克里姆林宫附近，观察分布在宫墙周围的地震仪、温度计、晴雨表和风向标。苏俄政体研究经常让我联想到气象学，而不是那种在历史和哲学的交会处获得的知识。

现在是1989年秋天。时隔多年后，我再次与帝国相遇。我上次来这里是二十多年前，当时勃列日涅夫时代刚刚开始。斯大林时代，赫鲁晓夫时代，勃列日涅夫时代。而在此之前，是彼得一世时代、叶卡捷琳娜二世时代、亚历山大三世时代。还有哪个国家，其统治者的形象、性格特征，其狂热和恐惧，能给国家的兴衰和历史进程留下如此深刻的烙印？所以，在俄罗斯乃至全世界，人们总是聚精会神地关注着沙皇的消沉、沮丧和反常举止——有多少事情取决于此！（密茨凯维奇写尼古拉一世："沙皇震惊，圣彼得堡的居民便在恐惧中战栗，/沙皇愤怒，朝臣恐惧至死；军队行进，他们的上帝和信仰/是沙皇。沙皇愤怒：让我们去死吧，以博沙皇一笑！"）

几个世纪以来，在整个俄罗斯的历史上，沙皇都被视作字面意义上的神。直到十九世纪，才有一部沙皇的法令要求将沙皇的肖像移出东正教堂。沙皇的法令！没有这个法令，没有人敢动这些肖像，或者毋宁说是圣像。即使是巴枯宁，那个无政府主义者、煽动分子、雅各宾派和炸弹制造者，也把沙皇称作"俄罗斯的基督"。正如沙皇是上帝的代理人一样，列宁和斯大林也是世界共产主义的代理人。直到斯大林死后，全能者的统治才开始了缓慢的世俗化进程。世俗化——伴随着全能权力的逐渐削弱。勃列日涅夫对此表达过不满。1968年秋，杜布切克和他的人民想要改革捷克斯洛伐克的体制，招来了苏联的坦克，对此，勃列日涅夫哀叹道："你们以为掌了权便可为所欲为。大错特错！哪怕是我，也不是想做什么就做什么的。在我想做的事中，也只有三分之一能够实现。"（齐德内克·姆利纳尔，《东方寒霜》）

就这样，机场，入境检查。小窗口里是一名年轻的边防士兵。护照检查开始了，浏览，阅读，但最重要的是看照片。找到照片了！士兵看看照片，又看看我，看看照片，又马上看看我，看看照片，又看看我。他似乎觉得有什么地方不对劲。"把眼镜摘下来！"他命令道。看看照片，又看看我；看看照片，又看看我。但我能看出来，摘下眼镜后，他感觉更不对劲了。在他那浅灰色的眼睛中，我看到了专注，我能感觉他的头脑在紧张地运转。我想我知道这个头脑此刻在想什么——它在寻找敌人。敌人并不会把身份印在额头上，恰恰相反，敌人是戴着面具的，所以诀窍就是如何揭下他的面具。这就是我面前这个士兵和他的数千名同行所接受的训练。这里有一百张照片，中士说，其中有一张是间谍的。谁能猜对，谁就能获得一周的假期。男孩们凝视着照片，额头上冒出汗。一周的假期！

这个？还是这个？不，不是这个，这个人看起来是个正派人。所以你觉得间谍头上长了角吗？间谍看起来也许很正常；他甚至能友好地微笑！他们当然猜不到，因为这一百个选项里没有一个是间谍。现在已经没有间谍了。没有了？能想象一个没有间谍的世界吗？士兵的头脑在运转，在搜索，在领悟。有一点是肯定的——间谍想不惜一切代价进入这里，悄悄溜进来，或者破门而入。唯一的问题是，在这几十个人中，哪一个是他？每个人都耐心地等待着，等着那双警惕而苍白的眼睛在自己脸上停留。有人说冷战已经结束了。但冷战仍然存在，存在于照片和面孔之间的来回打量中，存在于持续而锐利的凝视中，存在于这审视和怀疑的目光里，存在于沉思、犹豫和最终该如何处理我们的不确定中。

莫斯科的景象曾让夏多布里昂赞叹。这位《墓中回忆录》的作者陪同波拿巴远征莫斯科。1812年9月6日，法国军队抵达这座宏伟的城市：

> 拿破仑骑着马出现在先头部队附近。还需要越过一座小山丘；它在莫斯科边缘，就像蒙马特在巴黎边缘一样。这座山被称为顶礼山，因为俄罗斯人在这里对着圣城莫斯科顶礼膜拜，如同朝圣者看到耶路撒冷。如斯拉夫诗人所言，金顶的莫斯科在阳光下熠熠生辉，二百九十五座教堂，一千五百座宫殿，房屋雕梁画栋，黄色的，绿色的，粉色的，唯一缺少的只有柏树和博斯布鲁斯海峡。克里姆林宫是这个整体的一部分，用抛光或彩绘的金属板覆盖。莫斯科河在砖块和大理石建造的华美别墅中间流淌，四处松树环绕，那是这片天空下的棕榈树。亚得里亚海上的威尼斯在其鼎盛时期也不会更加壮丽了……莫斯科！莫斯科！我们的士兵呼喊着，开始鼓掌。

"……因为俄罗斯人在这里对着圣城顶礼膜拜,如同朝圣者看到耶路撒冷。"

是的,对他们来说,莫斯科的确是一座神圣的城市,是世界之都,是第三个罗马。早在十六世纪,普斯科夫的圣哲和先知菲洛泰乌斯修士就提出了这种观点。他在写给当时的莫斯科大公瓦西里三世的一封信中说,"两个罗马已经陨落(罗马和拜占庭),第三个罗马(莫斯科)仍屹立不倒。"他继续对大公说,"不会再有第四个了。"莫斯科是历史的终结,是人类在尘世漫游的终点,是通往天堂的洞开之门。

俄国人坚定而狂热地深信这一点。

拿破仑在1812年9月那个阳光明媚的下午看到的莫斯科已经不复存在。俄国人第二天就把它烧了,以迫使法国人转身离开。后来,莫斯科又多次被火焰吞噬。屠格涅夫在某处写道,"我们的城市每隔五年就要烧毁一次。"这是可以理解的:俄罗斯人使用木材做建筑材料,因为木材很便宜,森林到处都是。造一座木制建筑速度很快,而且木墙的保温性能良好。但一旦发生火灾,一切都会燃烧,整座城市都会化为灰烬。在火海中丧生的俄国城镇居民难以数计。

只有那些用砖块和石头建造的教堂和贵族官邸才有可能幸免于难,但这种建筑在俄罗斯很罕见,是一种奢侈品。所以,拆毁东正教堂不仅是一场针对宗教的斗争,也是在摧毁过去仅存的遗迹、摧毁整个历史。所余唯有一片沙漠，一个黑洞。

斯大林想一劳永逸地让古老的莫斯科消失，那个莫斯科如今只能在米哈伊尔·皮拉耶夫的画中看到。

无论在哪个时代，无论在哪个国家，独裁者都有一个共同的特征：他们什么都懂，是通晓一切的专家。胡安·庇隆，卡扎菲，齐奥塞斯库、伊迪·阿明，阿尔弗雷德·斯特罗斯纳，他们的思想博大精深，智慧无穷无尽。斯大林精通历史、经济、诗歌和语言学。事实证明，他在建筑方面也造诣颇深。1934年——这是一次可怕的大清洗和下一次更可怕的大清洗中间的停顿——他下令制定了一个莫斯科重建计划。正如人们虔诚记载的那样，他为此投入了大量的时间和精力。新的莫斯科将在外观上体现以下时代特征：胜利、权力、庄严、力量、严肃、巨大和不可战胜（出自E. V. 西多林：《哲学问题》，1988年12月）。工作迅速展开。炸药、镐头和推土机投入运转。整个整个的社区被夷为平地，教堂和宫殿被炸毁。数以万计的人被赶出漂亮的市区公寓，被迫住进帐篷和贫民窟。老莫斯科从地球上消失了，取而代之的是威武壮观却未免沉重单调的大厦——这正是新政权的象征。幸运的是，正如在现实中经常会发生的那样，无序、懒惰和工具的匮乏让这座城市的一部分免遭灭顶之灾。

正如之前所说，少许老街道、房屋和小型公寓楼保留了下来：没错，它们被遗忘了；它们破旧不堪，长满青苔，但它们还站在那里。只要稍加努力，就可以想象这曾经是个相当宜居的城市。人们可以坐在小门廊上，或者坐在树荫下的长椅上休息，可以走进一家旅店、小酒馆或酒吧放松一下，暖暖身子，喝点茶或白兰地。但今天的莫斯科已经没有这样的地方了。我在城里转了好几个小时，没有地方可去。为数不多的餐馆要么关门，要么有老克格勃把守在门口，他们就等着抓住你的衣领，把你扔去马路中间，扔进飞驰的车流。此外，我的袜子在靴子里扭成一团，我没法再走下去了；必须整理一下袜子，但是，在莫斯科雨雪交加的深秋，当一个人走在大街上，既没有家也没有旅馆可去（家和旅馆都离得很远），唯一剩下的地方只有冰冻的泥潭，哪里有地方能坐下来呢？

我就这样走过莫斯科老城区的街道，突然意识到我开始理解十月革命的意义——二十世纪这一重大事件，（正如我们都知道的那样）改变了人类历史的进程。我注意到，这些房屋和小型公寓楼的门面，很久很久之前是用来做商店、手工作坊、餐馆和咖啡馆的。橱窗、楼梯的类型，对开门，还有宽敞的内部空间都可以证明这一点。一个充满商业气息、喧嚷而进取的老莫斯科，它的心脏仍在这里跳动。成群结队的人曾穿过这些街道，五光十色，喧闹拥挤，充满异国情调。如今，走在这些已变得温顺却死寂的街道上，我本能地看向橱窗，里面都放着办公桌。没有柜台和货架，也没有食品杂货和纺织品，只有一些多多少少都有些破旧的办公桌，而且紧紧挤在一起，好像是被强行塞进去的，几乎就像军营里的双层铺位。哪里还有空间再放进一张办公桌？这是一个重要问题，围绕这一问题要进行多少讨论，召开多少会议，举行多少表决？透过橱窗可以看到，这些办公桌上堆满了表格和问卷，还有同样无处不在的玻璃茶杯。

诡诈往往在最简单的事物中显露出来。我现在走过的街道证明了这个事实。制胜策略是赶走商人（那些奉市场规律为圭臬的独立人士），征用他们的店铺，并把文员——温顺、服从的权力工具——安置在里面。柜台后面的人被办公桌后面的人所取代：这就是胜利。

莫斯科，即使是老莫斯科，也非常庞大，哪怕在其中建起没有尽头的房屋、街道甚至一个个居民区，它依然保持着宽敞和整饬。而宽敞正是这座城市的显著特点。与世界上所有大城市一样，要到达任何地方都需步行数小时，或者乘坐数小时的地铁、公交车或出租车。对于那些居住在城市周围的大型新社区的人们来说,这一点尤其麻烦。但这些问题没有吓退人们,所有人都想住在莫斯科。这座城市约有一千万人口,每天还有一千万人因工作或购物而涌入。莫斯科作家弗拉基米尔·索罗金称他的邻居们(他们是俄罗斯市的普通居民)为城市农民。这些人是一种社会学上的奇迹。曾几何时,他们离开村庄,却再也无法回到那里:村庄不复存在,它们被摧毁,取而代之的是集体农庄。但这些人仍保留着某种记忆、某些习惯和条件反射。俄罗斯村庄的精神保留了下来,但吊诡的是,它并不存在于伏尔加河流域的广阔田野,而是在莫斯科的新街区中得以延续,这些街区被称作"别拉耶夫""米德韦德科夫""戈利亚诺夫",每栋楼都有几十层高,要找到其中任何一个街区都很困难。到了晚上,如果不熟悉这个地方,根本连方向都无法辨别。莫斯科出租车司机的一首幽默小调就提到了这个问题:

> 我要带你去苔原[1]
> 甚至去伊沃诺夫
> 我想带你去你想去的任何地方
> 只要不是戈利亚诺夫(米德韦德科夫、博贝洛夫)

---

[1] 指苔原带,主要分布在亚欧大陆及北美大陆的最北部,以及北极圈内的许多岛屿。

在1989年底飞抵莫斯科，意味着进入一个被泛滥的、不受约束的文字所主宰的世界。在多年的禁言、沉默和审查之后，大坝决堤，狂风骤雨般，无处不在的文字洪流淹没了一切。俄罗斯知识分子再次（或者毋宁说是首次）回归他们的本质——无休止的、不知疲倦的、激烈、狂热的讨论。他们多么热爱这一切，这让他们感觉多么幸福！只要有人宣布要开始讨论，就会有无数人涌向那里。讨论的主题可以是任何事情，但首选当然是关于过去。列宁怎么样？托洛茨基呢？布哈林呢？在这里，诗人与政治家同等重要。曼德尔施塔姆是饿死在集中营还是死于某种传染病？谁要为茨维塔耶娃的自杀负责？这些问题一争论就是几个小时，一直到天亮。

但更多的时间是花在电视机前，观看夜以继日的最高苏维埃会议的转播。有几个因素共同促成了这种政治激情的勃发。首先，几个世纪以来，最高权力层的政治活动一直处于一种密不透风、近乎神秘的秘密状态。统治者执掌生死，但人民却从未目睹过他们的真容。然后，突然间，你可以看到他们了，他们生气了，领带歪在一边，抓耳挠腮，挥舞着手臂。其次，当关注最高人民会议的讨论时，俄罗斯人第一次对重大事件有了参与感。

最后——改革恰逢电视机在这个国家的爆炸性普及。电视为改革带来的广泛影响，是帝国历史上的其他事件从未有过的。

教堂和宫殿

无论经过那里多少次，我都无法将目光移开。我仔细凝望，仿佛穿越迷雾、穿越时间寻找着什么，当然，什么也看不见。

要抵达那里，得沿着我住的列宁大街往市中心的方向开，穿过卡缅尼桥（俄语的意思为"石桥"），然后立刻向右下方转弯，再右转，来到被称为"纳别列兹那亚街"的滨河林荫道。那个地方就在那里，过了红绿灯便是，在高架桥正对面，被一道栅栏围在里面。

冬天，一团团白色的蒸汽升腾到空中。这些蒸汽来自一个大型户外游泳池，那里的水是加热过的，所以全年开放。当气温达到零下三十摄氏度时，泳池就成了一类特殊人士的天堂，他们在如此寒冷的天气中沐浴在露天泳池里，这给了他们极大的满足。他们安然无恙，活得好好的！他们从水里出来后在泳池边昂首阔步的姿态说明，他们对自己确实很满意：一举一动充满了活力，身影坚定，挺胸抬头。

1812年秋天，拿破仑带领他的残兵败将放弃莫斯科，逃离了俄国。他遭遇了惨败。俄国人扩大了攻势，正在取得胜利。上苍将俄罗斯从濒临毁灭中拯救出来，为了表达他们的感恩之情，沙皇亚历山大一世决定"以俄罗斯拯救者的名义"——也就是以基督救世主的名义，在莫斯科建造一座教堂。

教堂的规模要衬得上沙皇对上帝之子的感恩之情——因此它必须是巨大的。

然而，沙皇正忙于征服阿塞拜疆和比萨拉比亚[1]，再加上混乱的局势，或许再加上普遍的健忘，圣殿没能在他有生之年落成。直到亚历山大一世的继任者、他的弟弟尼古拉一世在位的第五年，即1830年，建造圣殿的想法才重新被提出来。两年后，尼古拉一世批准了建筑师康斯坦丁·托恩提交的设计方案。在接下来的六年里，他一直在考虑选址问题。最终他下定决心，选择了今天这个有一群人冒着

---

[1] 比萨拉比亚，指德涅斯特河、普鲁特河-多瑙河以及黑海形成的三角地带，现在的摩尔多瓦共和国。

严寒露天游泳、以证明其毅力和气概的地方。这个地方的优势有二：首先，它靠近克里姆林宫；其次，它附近有一条河，是东正教徒进行传统宗教沐浴的地方。

不久，沙皇成立了基督救世主大教堂[1]建造委员会，开始了大规模的建造工程。

这一工程持续了四十五年，从未间断。

尼古拉一世是工程的负责人，但1855年他神秘地去世了。他的儿子沙皇亚历山大二世继承了父亲的事业，但1881年3月，他在一次爆炸事件中丧生。幸运的是，下一任沙皇亚历山大三世，即亚历山大二世的儿子，也对这项工程表现出了持久而热切的关注。每一位沙皇都为这项雄心勃勃的（也似乎是不朽的）工程投入了数不清的时间和金钱。不仅莫斯科，也不仅俄罗斯，整个世界都以惊讶和无言的钦佩注视着这项工程。沙皇来了又走，老一代人死去，新一代人在世上繁衍，俄罗斯陷入连绵不绝的战争和征服的泥沼，遭受着饥荒和瘟疫的反复侵袭，但没有什么能够打断，或者哪怕延迟俄国人在这一独特而非凡的建筑上的劳作。

---

1 从教堂类型上看，这座教堂应被称为"基督救世主主教座堂"，但本书按照中文的习惯用法将其翻译为"基督救世主大教堂"。

1883年5月26日，教堂举行祝圣仪式，沙皇亚历山大三世亲自到场。多年来，这座建筑的外观在众人眼前一点一滴落成，早已广为人知，但进入它的内部后，人们仍不由自主地发出阵阵惊呼和赞叹。建筑师们提供的数据更进一步强化了这种激动和狂喜。

的确如此。基督救世主大教堂有三十多层楼那么高，墙壁厚度三米二，由四千万块砖石砌成。墙壁内外两侧都覆盖着阿尔泰和波多利亚的大理石，以及芬兰的花岗岩石板。这些石板通过特殊的铅夹具固定在砖块上。神殿的顶部是一个巨大的圆顶，覆盖着重达一百七十六吨的铜板。圆顶顶部矗立着一座三层楼高的十字架。圆顶被四座钟楼环绕，每座悬挂十四口钟，总重量达六十五吨，其中主钟重二十四吨（波兰最大的钟，即瓦维尔城堡上的齐格蒙特钟只有八吨重）。十二扇青铜铸造的大门通往教堂内部，它们的总重量为一百四十吨。

最令人惊叹的是教堂内部。三千座烛台上同时燃烧着蜡烛，将室内照亮。此外，按东正教习俗，信众进入教堂后也要点燃蜡烛，而这座建筑可同时容纳一万多名信徒，所以窗户的光亮从很远处就能看到。

进入教堂后，人们会迎面看到一个巨大而耀眼的圣障[1]，用四百四十二公斤黄金铸成。圣障反射着成千上万支脂烛的微弱光芒，其强烈而威严的光辉让人不知不觉进入一种澄明和谦卑的境界。

墙壁的下部镶嵌了一百七十七块大理石饰板，上面镌刻着以下内容：俄罗斯军队战斗的时间和地点、参与战斗的团和师的名称、指挥官的姓名、伤亡人数、获得勋章的人员及勋章的种类，特别是被授予圣乔治十字勋章的人员。

在墙面更高的位置，从大理石饰板一直到穹顶顶部，这上面都是壁画，用特殊技艺绘制在白色灰泥上。有圣徒的肖像，有基督和使徒的生活场景，还有其他圣经故事。创作者都是当时俄罗斯最著名的画家，布鲁尼和维耶尔什查金，克拉姆斯科伊和利托夫琴科，谢多夫和苏里科夫。[2]

这座令人叹为观止的宏伟圣殿，独一无二的建筑典范，是俄罗斯艺术真正的瑰宝。这座大教堂存在了四十八年——1931年夏天，斯大林决定将其拆除。他的行事方式并没有过分粗鲁，他也没有向所有人宣告："现在我们将摧毁基督救世主大教堂。"

---

1 圣障，教堂中殿与圣台之间的隔墙，象征着人世与天堂的连接。
2 这部分文字的事实来源于各种资料，主要是伊琳娜·伊洛万斯卡·阿尔贝蒂的文章，收录在《基督救世主大教堂的摧毁》（伦敦，1988年）一书中。——原注

没有，当然没有。

没有类似的声明或宣言。事情很简单，1931年7月18日，《真理报》发布了一则消息，称苏联当局决定在莫斯科建造一座苏维埃宫。这则消息还提到了宫殿的选址。这个地址对外人来说毫无意义，但对莫斯科居民却意味深长——宫殿将建在大教堂所在的位置。为什么刚好是这个地方？毕竟，莫斯科是一座巨大的城市，有许多空地，哪怕在克里姆林宫附近也有许多，有无数好地方可供选择。但是，不，不，他们需要的恰恰就是基督救世主大教堂所在的那片方寸之地。

莫斯科最大的宗教建筑被下令拆除。让我们放飞一下想象力。那是1931年。让我们想象当时正统治意大利的墨索里尼下令拆除罗马的圣彼得大教堂；让我们想象时任法国总统的保罗·杜梅尔下令夷平巴黎圣母院；让我们想象波兰元帅约瑟夫·毕苏斯基[1]下令夷平琴斯托霍瓦的光明山修道院[2]。

我们能想象这样的事吗？

不能。

---

1 约瑟夫·毕苏斯基（Józef Piłsudski，1867—1935），波兰政治家，曾任波兰第二共和国国家元首、"第一元帅"。
2 光明山修道院，波兰最重要的朝圣地点，创建于1382年。

一夜之间，巨大的神殿被栅栏围了起来，天一亮就开干了。从声学角度看，拆毁教堂的工作可被分为两步：一，安静阶段；二，嘈杂阶段。在安静阶段，他们对教堂进行了清洗。我们知道那里有多少珍宝。仅黄金就有半吨，还有多少吨白银、黄铜、珐琅和紫水晶！多少钻石和祖母绿，绿松石和黄宝石，多少价值连城的圣像和装饰华丽的福音书，多少权杖和香炉！还有那些用金银编织的礼仪法衣，那些镶嵌着宝石的长袍、绶带和鞋子。

现在，所有这些东西都必须从墙壁和祭坛上拆下来，从壁橱、抽屉、画框和铰链上取下来，都必须搬走，送进克里姆林宫的仓库或者NKVD的保险柜。拆除大理石的工作最为繁重，它们用铅焊接在砖墙上，不肯松动，很难把它们剥离下来。拆卸工作持续了数周，我们不知道这一延误是否让人感到恼火。如果有，那也不足为奇。因为这段时间斯大林心事重重。居于首位的是一场将导致一千万乌克兰人死于饥荒的运动。他亲自阅读从乌克兰发来的电文，责骂办事不力的手下，颁布新的指示和命令，这一切无疑会耗费大量的时间和精力。与此同时，他还密切关注着雄心勃勃的劳动营扩建计划——在一个幅员辽阔的国家，这是一项艰巨的任务。如果再考虑到气候之恶劣、运输之困难以及建筑材料之匮乏，情况便更加不同了。而且时间紧迫——第一次大清洗正在酝酿之中。在这种情况下，如果他在某种程度上放松了对基督救世主大教堂拆除计划的监督和关注，那也情有可原。

然而，事实并非如此。一切迹象都表明，在这件事上一刻都没有松懈过。他一定意识到了面临的挑战是何等巨大。毕竟，其目标是用非常落后和原始的技术，用短短四个月的时间，摧毁四十五年来以非凡的努力和巨大的牺牲所建立起来的东西。

但即便如此，这也被证明是有可能的。最终，大教堂被剥除了所有能从其耀眼而奢华的内部搬运出来的东西，从库房到更衣室，从壁橱到秘密储物箱，从祭坛到钟楼，从圣障、墙壁到大门，一切可以敲掉、砍掉、拧掉、拔掉、强行移除、凿出和打碎的东西。正如我所说的，当这些身手矫健的小分队没日没夜地工作，终于完成他们的壮举时，拆毁者们看到了一个令人震撼的景象：他们最终面对的，是一个巨大、阴郁且令人恶心的砖砌外壳，上面到处都是工人站在脚手架上的身影，如同昆虫附着在怪兽的皮肤上。

这令人想起乔凡尼·巴蒂斯塔·皮拉内西[1]画作中那令人战栗的景象。

---

[1] 乔凡尼·巴蒂斯塔·皮拉内西（Giovanni Battista Piranesi, 1720—1778），意大利雕刻家和建筑师，他的大幅版画经常描绘古典和后古典时期罗马及其周边的建筑及废墟，充满了神秘的脚手架和酷刑工具。

教堂和宫殿

基督救世主大教堂这场戏的第二幕开始了。在此之前，重点是清洗和摧毁，现在是把它夷为平地。但这里出现了一个真正的技术问题：如何拆毁这样一座耸立在市中心的庞大建筑？最简单的办法是轰炸，但这是不可行的，因为教堂附近有很多大使馆，最重要的是克里姆林宫就在不远处。如果打偏了怎么办？

他们尝试用锤子，但锤子在这里一点用都没有。一百米高、三米厚的墙壁怎么能用锤子拆除呢？当然，军队仓库里有足够的炸药，可以把引信放到大教堂下面，炸毁整个建筑。但如果出现计算错误，导致半座城市连同——最糟糕的情况——克里姆林宫都被炸毁怎么办？

最终，他们（毅然）决定走试验和经验的道路。他们钻了一个洞，放进一根炸药。一声巨响，一道闪光，尘土升起。尘土散去后，他们围上前去测量炸毁的部分。然后又钻了一个更大的洞，放进两根炸药。随之而来的是更大的爆炸声，更明亮的闪光、更多的尘土。如此循序渐进，一步接一步，一根接一根，一米又一米。现在他们拆掉了一部分穹顶；现在他们炸掉了钟楼的顶端；现在他们粉碎了一面墙。他们指望这些冲击波能将整座建筑震得七零八落，破坏并削弱其结构，这样只需最后一次猛烈的冲锋，整个大教堂就会变成废墟。

莫斯科的居民（当时的数量为三百万）对此有何反

应？毕竟，正在拆毁的是他们的圣彼得大教堂，他们的巴黎圣母院，他们的光明山修道院。

他们说了什么吗？

什么也没说。

生活还在继续。早上，大人们匆匆忙忙去上班，孩子们匆匆忙忙去上学，祖母们排在队伍里。越来越频繁地，有家庭成员被带走。后来是工作上的朋友。后来是邻居。

这就是生活。

只有教堂附近的居民才表现出些许活跃。闲暇时，他们会走到阳台上，或者爬上屋顶，观察那些拆除工人的工作，观察那些爆破手，用锤子砸毁圣徒雕像、大门和檐口的人。

他们注视着，观察着，保持沉默，有什么好说的呢？

没有抗议示威，没有标语。柯巴[1]无论如何不会容忍这类事情。

教堂的毁灭发生在1931年12月5日。

从早上开始，城市一直在强烈的爆炸声中震荡。到了下午，教堂所在的地方变成了一座冒着浓烟的巨大瓦砾堆。"这里一片死寂。"一位目击者说。浓重的烟尘笼罩在莫斯

---

[1] 约瑟夫·维萨里奥诺维奇（斯大林）的化名之一。——原注

科上空。那天留存下来的唯一一张照片拍摄得非常笨拙，已经陈旧褪色，甚至很难看出当时已是冬天，也无法确定是不是下了雪。

随即宣布举行苏维埃宫的设计比赛，（我们还记得）它将建在基督救世主大教堂的原址上。在所有提交的方案中，两位建筑师的作品立即被选中了，他们是约丰和舒塞夫。斯大林是否提前透露过自己的想法，还是约丰和舒塞夫揣测到了他至丰至伟的野心和梦想，如今已无从考证。无论如何，和所有苏联领导人一样，他拥有一个至丰至伟的野心和梦想，那就是赶超美国。

当然，英国很重要，法国、德国和意大利也很重要，但如果看一下世界地图，会发现它们都是小国，甚至是很小的小国。只有美国才是大国。对于像苏联这样的大国来说，超过法国有什么光荣的？超过美国才值得一提。

谁都明白，很难在高速公路建设或汽车生产等方面超越美国。但他相信，如果能找到一些领域，集中所有资源，就可以迎头赶上并把它甩在身后。这个念头被约丰和舒塞夫巧妙地捕捉到了，可以建造一座比美国最高建筑（当时是纽约帝国大厦）还要高的建筑，给它点颜色看看，并且，为了让对方彻底死心，还要在这座建筑物的顶部放一座比自由女神还要高的雕像。

所以，1933年6月4日，他在约丰和舒塞夫的方案上签了字，由此发起挑战。如此一来，苏维埃宫的规模将是帝国大厦的六倍，其顶部的列宁雕像将比自由女神像高出两倍（超过一百米），是其重量的两倍半。科巴还接受了其他令人晕头转向的数字：

连同顶部的列宁雕像在内，宫殿高四百一十五米（约一百五十层楼高），宫殿的重量为一百五十万吨，宫殿的容量为七百万立方米，相当于当时纽约最大的六座摩天大楼的总和。

关于列宁雕像：

弗拉基米尔·伊里奇的食指长六米，脚长十四米，肩宽三十二米，雕像重量六千吨。

方案计划从西班牙进口彩陶板，从佛罗伦萨进口锡釉陶。总体而言，要从国外进口大量配件。

这个日期值得铭记：1933年6月。

1933年6月是这些月份当中的一个：乌克兰有成千上万饿殍散落在田野和道路上，当时还发生了（如今才浮出水面的）此类事件：一些因饥饿而丧失行为意识的妇女吃掉了自己的孩子。此外，在伏尔加地区、西伯利亚、乌拉尔和白海地区，人们正在因为饥饿而死去。

这一切是同时发生的——教堂被拆毁，数百万人被饿死，将使敌人黯然失色的宫殿，食人事件中不幸的母亲。

建造苏维埃宫引出了两个问题：首先，它为什么如此巨大？其次，它为什么必须建在基督救世主大教堂所在的地方？

为什么如此巨大，我们已经知道了——要赶超对手。但为什么选这个地方？（在此补充一点：教堂所在的地基很糟糕，地表多孔且不稳定，常年积水。对于建筑来说，这是一片不可靠的危险土壤，意味着每项投资的成本都要翻倍，尽管成本在这里并不重要。）

无神论已取得主导地位，当局正在与宗教作斗争，关闭了教堂和修道院——这些解释当然没错，但不能说明一切。毕竟，莫斯科有数不清的教堂；连克里姆林宫里都有教堂，但统治者的手最终却指向了这里，这里矗立着一座令人印象深刻的教堂，是沙皇为了感谢上帝而建造的，感谢它迫使拿破仑撤退，拯救了他们的帝国。

长久以来，我一直想要找到答案，直到我来到伊尔库茨克。我随身携带了一本旧的城市指南，其中有张照片，展示了一个广场，上面有一座装饰华丽的大教堂，建于1894年。我找到那个广场，但没有看到大教堂。我给一个行人看指南上的照片，问他，"教堂在哪里？""就在这里。"他不情愿地回答道，用手指了指一座大型的灰色建筑，建筑上飘扬着红旗。这里是州党委所在地。我走上前去，对比照片和面前的景象。没错，一切都吻合——州党委的大楼建在了大教堂的地基上。

沙皇既是人又是神——俄罗斯最高权威的这种双重性质决定了它的稳定、长久和力量。这种权威无处不在，因为它得到了上天的认可。沙皇是全能上帝的使者和受膏者，更为重要的是，他还是上帝的化身，是上帝在人间的投影。只有那些坚称（并能以某种方式证明）自己的权威同时具备人性和神性的人，才能统治这里，引导人民，并得到他们的服从和忠诚。因此，在俄罗斯历史上，出现了很多自封的沙皇、伪先知和鬼迷心窍的圣人，他们声称自己能够统摄灵魂，声称自己被上帝之手触摸过。在这种情况下，上帝之手成为权力的唯一合法来源。

如今，在这一传统中更进了一步：它不仅是上帝在尘世的映射，它就是上帝本身。为了实现这种地位，把自己变成新的上帝，必须拆毁前任的住所（将殿堂拆毁或剥夺它们的神圣性，把它们变成燃料仓或家具仓库），并在它们的地基上建造新的圣殿、新的被瞻仰和崇拜的对象。在这场改造中——或者更确切地说，在这场革命中——一种简单却激进的符号交换发生了。在这个地方矗立过一座教堂，你曾怀着炽热的信仰膜拜天上的全能上帝，现在你仍将在这里，向人间的全能上帝顶礼膜拜。换句话说，背景变了，但在前景中继续发挥作用的主要历史原则——崇拜的原则——并没有改变。因此，批判者借用了神学词典中的术语"个人崇拜",这绝非巧合。

事态出现了令人不安的变化,建造苏维埃宫的计划变得复杂了。就在以为可以集中精力建造宫殿的时候,一个弱小的反对派的残余势力(出于完全无关的原因)重新活跃起来。即便是最轻微的反对也是极其危险的,必须全力应对。在约丰-舒塞夫方案被批准几个月后,苏联政治保卫局(GPU)局长米尔金斯基去世,一位来自波兰罗兹的药剂师亨里克·雅戈达被任命接替他的位置。不久之后,在斯大林授意之下,他的主要竞争对手基洛夫死了。这场死亡是一个事件的开始,在历史上它有一个较温和的术语,"清洗"。然后,是所谓的莫斯科大审判,其间清除了他最亲密的合作者;接着是1937年的下一轮清洗;然后是波兰、立陶宛、拉脱维亚和爱沙尼亚的事务,然后是芬兰战争,最终是第二次世界大战。战争一结束,就得拔除那些被指控叛国的民族(克里米亚鞑靼人,车臣人,印古什人,等等),必须指挥一些行动,把波兰人、立陶宛人、日耳曼人和乌克兰人整车流放到西伯利亚和哈萨克斯坦;必须组织新的审判和清洗……

面对如此繁重的任务,指望一个人能静下心来参与宫殿的建设未免是种奢望。而且,由于他在最后几年里很少离开克里姆林宫,所以几乎可以肯定,他甚至没去看一眼那座未来建筑的工地,看看到底发生了什么。

深坑里积满了水,附近的孩子们想在里面抓鱼。我不知道那里是不是有鱼,但随着时间的推移,大量青蛙在那里繁殖,水面上覆盖着绿色的藻类。夏天,工地上长满密密的杂草——牛蒡、牛至、荨麻,还不时冒出一丛灌木,为当地的醉汉和娼妓提供了栖身之所。慢慢地,从大街上就能看到工地的情况,因为人们把栅栏拆了,偷走木材做燃料,再也没有东西能掩盖克里姆林宫附近那个可悲的垃圾场。

最后,或许是在赫鲁晓夫的命令下,那里建起了一个露天游泳池,让基督救世主大教堂的地基有了用武之地,也给那些零下三十摄氏度在泳池边昂首阔步、袒露胸膛的人带来了很多乐趣。冬天,厚厚的水蒸气在这个奇特的地方高高升起,把他们遮蔽起来。

为了拆除基督救世主大教堂,并将其从莫斯科和俄罗斯的地图上抹去,成立过一个委员会,主席是维亚切斯拉夫·莫洛托夫,几年后,就是这个人和里宾特洛甫[1]一起,签署了将波兰从地图上抹去的协议[2]。

---

1 约阿希姆·冯·里宾特洛甫(Joachim von Ribbentrop, 1893—1946),纳粹德国政治人物,希特勒政府时期曾任驻英国大使与外交部部长等职务。
2 指《苏德互不侵犯条约》。

我们看,我们哭

我飞去南方,前往外高加索地区,去我熟悉的地方,尽管我已经很长时间没见到它了(超过二十年)。一开始我想走老路线,第比利斯—埃里温—巴库,但时代变了,埃里温和巴库之间没有交通,所以我选择了另一种方式:先去埃里温,再去第比利斯,然后从那里前往巴库。

在飞机上,我右边的邻座是列昂尼德·P,来自莫斯科的一位民主派人士。莫斯科的民主派是一批新型人物,是改革的产物。他们不是异见者。异见者(数量从来不多,1968年,在莫斯科红场抗议武装入侵捷克斯洛伐克的只有六个人)要么流亡国外,要么像马尔琴科那样被关在监狱里。民主派通常来自知识界,最常见的是学术界和文学界,他们与执政的领导干部意识形态相左。

与一般民主主义者相比,莫斯科的民主派拥有完全不同的思维方式。一般民主人士的头脑在当代世界的各种事务中自由驰骋，思考如何良好而幸福地生活，如何使现代科技更好地为人类服务，如何让每个人生产出越来越多的物质财富，同时获得越来越多的精神财富。但所有这些都不在莫斯科民主派的视野中。他们只对一件事感兴趣，那就是如何对抗共产主义。在这个问题上，他们可以精力充沛、激情澎湃地讨论好几个小时，构思方案，提出建议和计划。殊不知，当他这样做的时候，他已经再次沦为牺牲品：第一次是被迫的，被系统所囚禁；而现在，他自愿成为受害者，因为他让自己被困于这个问题之网中。这就是一切邪恶的本质——它在人们不知情、未同意的情况下蒙蔽他们，迫使他们穿上它的紧身外衣。

我曾在伦敦、多伦多、鹿特丹和桑坦德观看过莫斯科民主派的演讲，观察过听众的反应。这是自由思想（听众）和执念思维（演讲者）的碰撞。观众礼貌地倾听着，但也越来越确信，尽管双方都认为自己是民主主义者，却生活在不同的世界里。听众思考的是如何提高自己生活的舒适度和满意度，而演讲者却忙着为索尔仁尼琴那个问题寻找答案，即：我们是如何陷入这个泥潭的？

在旅行的前半程，列昂尼德·P试图说服我，如果托洛茨基多听听他那些顾问的意见，他也许有机会战胜斯大林。然而，不幸的是，托洛茨基非常自负，自信满满，甚至有些孩子气。这使人们对他产生了反感,尽管仍有许多人愿意为他献出生命。让我们想象一下,假如托洛茨基赢了会怎样?我说我不知道。"你不知道?"他激动起来。"这很值得讨论!"

在飞行后半程,我的邻座开始思考亚美尼亚是否会脱离帝国。作为一个民主主义者,他赞成分离;而作为一个莫斯科人,他希望事情不要走到这一步。他说,最好的情况是摆脱现有体制,彻底实现民主化,他为这个想法感到振奋,但出于谨慎,他还是征求了一下我的看法。

我回答说,老实说,我并不相信一个通过数百年的征服和兼并建立起来的国家能够实现民主化。不必回顾罗马甚至土耳其那些遥远的例子,让我们举一个更近的例子——从个人经历看,我对这个例子更熟悉——那就是二十世纪七十年代的伊朗。反对沙赫[1]的革命是一场民主运动,一场自由主义运动,针对的是一个独裁体制的警察国家。但伊朗是一个多民族国家,波斯人统治着境内的阿拉伯人、阿塞拜疆人、俾路支人、库尔德人和其他少数民族。现在,这些被压迫的民族听说德黑兰有人在讨论民主,他们会立刻将这个口号翻译为独立的信号,立刻想要脱离伊朗,建立自己的国

---

[1] 沙赫,又称沙阿或沙王,在波斯语中是古代君主头衔的名称。这里特指伊朗国王穆罕默德·礼萨·巴列维。

家。伊朗面临解体的风险，有可能失去几个重要省份，沦为一个残缺不全的国家。就在这个时候，大波斯民族主义崛起，其守卫者、以阿亚图拉·霍梅尼为首的什叶派神职人员掌握了政权。"民主"这个词从旗帜上消失了，而革命最终以一系列针对阿塞拜疆人、库尔德人的血腥镇压运动而告终，独裁统治取得胜利。伊朗的版图仍保持不变。简而言之——我迅速结束话题，因为飞机已经开始下降了——帝国的刚性专横与民主的弹性宽容之间存在着不可调和的矛盾。帝国的少数民族会利用民主的任何一点蛛丝马迹来分离出去，实现独立和自治。对他们来说，能回应"民主"这个口号的词只有一个，那就是自由。而自由被理解为分离。这当然会激起大多数执政者的反对，他们为了保住特权地位，会随时准备诉诸武力，采取威权的解决方案。

飞机的轮子刚一着地，这架巨大而沉重的AN-86型飞机上的三百名乘客就像触了电一样，从座位上弹起来。伴随着阵阵欢呼声，他们推搡着向出口冲去。但此时飞机刚到跑道起点，还在急速前冲，机身还在摇晃，轮子还在颠簸，减震器发出重重的撞击声，空乘们在呼喊，一边哀求一边威胁，试图把乘客按回座位，但无济于事。她们的努力是徒劳的，再也没有人能继续控制这些人了，一股原始的力量在他们中间喷发出来，并掌控了局势。

我们幸运地抵达航站楼，舷梯也随之打开，然后，新一轮冲锋开始了，我的同行乘客们跳下台阶，与其说走，不如说跌到沥青路面上。他们满载着行李、篮子和包裹跑向航站楼，那里已经等候着一群密集、拥挤而疯狂的人群，此时，这两股同样炽热、兴奋、激动的人群扑向对方，我目瞪口呆地看着这一幕，他们拉扯、拥抱、推搡，欢呼声不绝于耳。

亚美尼亚人！他们必须在一起。他们在世界各地寻找彼此，但命运那悲惨的悖谬之处在于，他们的流亡越广、越分散，他们对彼此的渴望就越强烈，他们想要在一起的希求和需要就越壮大。只有了解了亚美尼亚人这一特性，才能体会到对他们而言，纳戈尔诺-卡拉巴赫[1]问题是多么尖锐的一根刺——相距十几公里，却不能在一起！永远的刺，永恒的伤口，永恒的耻辱。

我的亚美尼亚守护天使，瓦莱里·瓦尔塔尼安，奇迹般地把我从人群中拯救出来，带我去了城里的一间公寓。房间里挤满了人（这里住着一个大家庭），人们围坐在一张

---

[1] 纳戈尔诺-卡拉巴赫，中文简称"纳卡地区"，是位于南高加索的一个内陆地区。国际上通常认为该地属于阿塞拜疆，但1988年卡拉巴赫运动发生后，阿塞拜疆就无法对该地行使政权。1994年第一次纳卡战争结束后，在欧洲安全与合作组织明斯克小组的调停下，亚美尼亚与阿塞拜疆政府就该地的争议状态进行过多次和平会谈。

大桌子旁，桌上摆满食物，有肉、面包、奶酪、洋葱、辣椒、各种蔬菜，还有蛋糕、糖果、一瓶瓶的葡萄酒和白兰地。但这里一直以来都是如此，有什么新变化吗？就在这时，一群孩子走进房间，他们怀着激动的心情和顽强的决心唱起了关于游击队的歌。如今，年轻的游击队员成了英雄，为了纳卡地区的自由，他们不惜牺牲自己的生命。

是的，现在我明白了，我来到了另一个亚美尼亚，一个拥有游击队的亚美尼亚。而且这个亚美尼亚拥有多个面向、多种形式，任何一个像我这样多年后重返埃里温的人都会注意到这些变化。

首先，埃里温从一个慵懒的小城变成了一个大城市。这是一个繁忙、嘈杂、多彩的都市，颇具东方风情，我们仿佛置身于大马士革、伊斯坦布尔或德黑兰。集市上人头攒动，街道上车辆如织，每个人都随心所欲地行驶，这里的交通规则只有一条，那就是"谁撞谁负责"。喇叭声此起彼伏，每个人、所有人，都在按喇叭，他们仿佛需要通过这种方式来确认自己在开车。到处都是新开的酒吧、小餐馆和烤肉串。吆喝声、呼喊声、争吵声、讨价还价的声音此起彼伏。混乱。这样的国家对任何政治解冻的反应都是加剧的混乱（这常常令人恼火，但也为生活增添了风味）。一股很难定义的东方城市的味道，飞扬的尘土，广场上的疤癞犬，热浪，闷窒。人行道上，墙角边、门廊内、树荫下，不时出现沁人心脾的凉荫。

其次，几乎所有俄罗斯和苏联的符号都从街上消失了。俄文标识、海报和肖像不复存在。这座城市正在经历一个严苛而审慎的去俄罗斯化时期。许多俄罗斯人离开；俄语学校和俄语剧院正在关闭。不再有俄语的报纸和书籍。亚美尼亚学校也停止了俄语教学。但由于英语和法语教师短缺，亚美尼亚人越来越封闭在自己那门极其复杂的语言当中，越来越与世隔绝。我只能通过懂俄语的大人，才能跟孩子们聊上几句。

最后，是游击队员。他们成群地走在大街上，开着卡车四处游荡，在城市的各个角落设立哨卡。对了解旧帝国风俗的人来说，这些游击队员可能是最不寻常的景象。曾几何时，在这里，只有红军战士才能佩带武器。就在几年前，拥有武器还可能面临劳改，或者更常见的是被处决。而现在，据说亚美尼亚有多达三十七支私人国民军队。称之为"军队"可能大而不当，但确实可以看到很多年轻人手持武器。他们兴之所至地穿着最奇特、最怪异的服装，只要能使人联想到制服或游击队员就行。那他们如何相互辨别，认出对方来自哪支部队呢？我猜只能通过面孔。在我看来，在这个小国家，人人都互相认识。

但在大部分地方，生活依然如故。在我下榻的酒店对面，人们正在拆除埃里温的老街区。他们拆毁旧房屋，拆毁门廊、凉亭、悬空花园、花坛和菜地，也拆毁小溪流和微型瀑布、铺满花毯的小小屋顶和覆满浓密藤蔓的篱笆。他们拆毁木头楼梯，拆毁墙边的长凳，拆毁柴房和鸡舍、拱门和门廊。所有这一切都在消失。人们眼睁睁看着推土机压平这片由无数岁月雕刻而成的风景（取而代之的将是大石板砌成的方方正正的混凝土建筑），将这些宁静舒适、郁郁葱葱的街道、小巷和角落变成垃圾场。人们站在那里哭泣。我也站在他们中间，眼泪盈眶。

一切都过去了——苏联，亚美尼亚苏维埃社会主义共和国。但思想习惯留存了下来，这种思想习惯的第一原则就是尽其所能铲除过去的一切；它感觉良好，还在茁壮成长。

赫拉特·马特沃锡安[1]，亚美尼亚的杰出作家，出生于1935年，身材瘦削，个子高大，略有些驼背。他总是一副心事重重的样子，他的思绪永无休止地忧虑着，担心着亚美尼亚人的未来。全球有一千万亚美尼亚人。他们有机会生存下去吗？最重要的是，他们能在亚美尼亚生存下去吗？这里只有三百万亚美尼亚人，而且还在不停地流亡当

---

[1] 赫拉特·马特沃锡安（Hrant Matevosian，1935—2002），亚美尼亚作家和编剧，被认为是亚美尼亚最杰出的当代小说家。

中。等待他们的会不会是犹太人的命运？他们仍将存在，但只能处于离散状态，只能在流亡中生存，在遍布各大洲的隔离区里了却残生。

与亚美尼亚人在一起，你通常只能谈论关于亚美尼亚人的话题。你将了解到他们生活在哪个国家，姓甚名谁，住在哪里。比如，你可以问，"塞内加尔有亚美尼亚人吗？"稍作思考后，他们就会给出答案："曾经有过一位亚美尼亚妇女，嫁给了一名法国医生，但她已经离开了，目前生活在马赛。"

亚美尼亚人生活在各处，努力行善。你知道吗，当土耳其人给密茨凯维奇下毒后，试图把他救活的医生是个亚美尼亚人？你不知道？这可是事实！

但我们没有跟马特沃锡安谈论塞内加尔，也没有谈论密茨凯维奇。我们谈论的是过去。能否把过去抛诸脑后？亚美尼亚的过去是一棵悲剧之树，仍在持续投下阴影。如果没有过去，没有1915年殃及一百万亚美尼亚人的大屠杀，说不定可以跟土耳其达成和解，跟伊斯兰和平共处。但过去就在那里。在对话过程中，我们无法就任何事情得出结论，也无法为任何问题找到答案。我想起了法国哲学家安托万·古诺[1]的一句话：我们并不解决困难，我们只是转移

---

[1] 安托万·古诺（Antoine Cournot，1801—1877），法国数学家、哲学家、经济学家。

它们。古诺说,"解释的艺术,就像谈判的艺术一样,通常只是将困难转移的艺术。在某些事物中,保留着一种难以触及的不可理喻,人类智慧既不能将其消除,也不能将其减少,只能通过这样或那样的方式将它们重新排列,有时把一切留在半明半暗中,有时又照亮某些点,然后把剩下的部分留在更深的黑暗中。"

告别时,马特沃锡安对我说:"打电话给我,打电话大声说 —— 赫拉特,我要喝茶!"

我返回酒店。这是一个初秋的夜晚,温暖宜人。人们在街上漫步,街道和城市充满友善的气息。在一条僻静的小巷里,黑暗深处,煤炭发出微光。一个小男孩坐在铁炉旁,正在烤肉串。他那黑色的大眼睛盯着炉火,那是一种迷醉的、几无意识的凝视,仿佛超越了地点,超越了时间。

提格朗·曼苏里安[1],作曲家。波士顿和伦敦爱乐乐团曾演奏他的大提琴协奏曲。最近他创作了一首《墓地》,以纪念在斯皮塔克地震[2]中去世的十二岁小提琴手希拉努斯·马托西安。

1　提格朗·曼苏里安(Tigran Mansurian, 1939—),亚美尼亚古典音乐和电影配乐作家,曾于2004年和2017年获得格莱美奖提名。
2　指1988年12月7日发生在亚美尼亚北部斯皮塔克附近的大地震,震级为里氏6.8级。

"这里？"他重复了一遍问题。"这里是文化沙漠。我们有一位伟大的歌唱家，名叫阿拉克斯·达夫蒂安，是世界上最好的十位女高音之一，但在这里，没有人知道她。也没有人听说过她。她可能得对着空荡荡的大厅演唱。这里？这里的人知道怎么扣动扳机，这很容易。每当一年结束的时候，他们会对自己说，多幸运，又过了一年！"曼苏里安，紧张、活泼、敏感的化身。他还没有出过自己的唱片。在这里没有人关心这些。

　　他凝视着窗外。他住在勃列日涅夫时代那种可怕的公寓楼里，家在四层。这些建筑粗劣、扭曲、歪斜和肮脏，甚至在交付给住户之前就该直接拆掉。令人难以置信的是，电梯井里竟然是矿井笼一样的梯厢，成捆的电缆不是嵌在墙里，而是悬挂在墙外，或者沿着楼梯的边缘铺设。因为没有晾衣间，而且只有精英阶层才拥有洗衣机和烘干机，所以人们都把衣服挂在阳台、楼栋和街道之间的绳索和钢丝上。当奇迹发生时，商店里会有肥皂卖，这时到处都会洗衣服、晾衣服、晾床单。如果有风，衣服会翻滚，飘荡起伏，整座城市就变成了一支漂浮在亚美尼亚土地上的庞大航海舰队，在波涛汹涌的大海上驶向遥远的彼岸。

　　曼苏里安的家门前有一丛高大的白杨树，从窗口可以看到白杨树的叶子在阳光下摇曳，发出银白色的光。曼苏里安坐在狭小而整洁的公寓里，对我说，"我的世界就是德彪西和这些叶子，我可以一直听它们的音乐。"他沉默了一下，歪着头，用手指指窗外，"你听到了吗？"他微笑着问。这是一个丰盛的音乐背景，在树木轻快而有节奏的沙沙声中，可以听到清脆而活泼的音调，交织着鸟儿高亢、颤动的啁啾声，形成一个精致而动感的音乐主题。

瓦莱里还开车带我去了埃里温以东三十公里处的加里。我根本没有时间去，但事实证明，去加里是一件绝对、彻底、必须要做的事情！在这里，你必须谦卑、顺从、听话，否则你将一无所见，一无所学。

放眼望去是一片荒芜的丘岩，几百万年来被风打磨得失去了棱角，没有树的痕迹。突然，在一座山丘的顶部出现了一头母牛。一动不动，像石头一样扎根在地上。这可怜的动物靠什么为生？这里什么都没有，没有草，没有叶子。一头被遗弃的牛，好像被所有人遗忘了。她只能靠自己，靠自己的耐心，靠自己的运气。在这里，人们终于能够理解叶赛宁，他坐在巴黎，却梦想着用双臂环绕一头牛的脖子！

一路上，瓦莱里不时停下来，向我展示叶格依舍·恰连茨[1]喜欢去的地方。恰连茨是亚美尼亚最伟大的诗人，1937年被处死。

---

1 叶格依舍·恰连茨（Egishe Harenc，1897—1937），亚美尼亚诗人、作家和公共活动家。

所以，当你踏过芬芳的田野

春天漫步你身旁……

从这个地方望去，视野开阔而高远。山，更多的山，雾和光，一种粉彩似的明亮色泽——印象派。

加里是一座修建于两千多年前的神庙，为美丽的太阳神赫利俄斯所建。我必须看一看加里，因为如果我还对亚美尼亚是否真正属于地中海世界，即古希腊和古罗马的世界怀有疑虑的话，那么加里可以提供证据。一座堡垒的废墟散落四周，几个世纪以来，这座堡垒抵挡了数不清的蒙古人、鞑靼人和整个凶残的亚洲。在加里的时代，这就是殖民化的含义。那意味着修建沿用至今的道路，意味着建造工厂、修筑宏伟的爱奥尼亚神庙。而今天，殖民化又意味着什么呢？意味着把AK-47交到赤脚、饥饿、充满仇恨的人们手中。

我坐上了从埃里温前往格鲁吉亚的公共汽车，我要去第比利斯。城市边缘有一个路标：

第比利斯——253公里

莫斯科——1971公里

公路沿着塞凡湖[1]延伸。在水陆相接的地方，一群男孩拦住了大巴——他们在卖鱼。乘客们纷纷涌向车门。就像在帝国的任何地方一样，只要有商品出现，马上就会形成一个拥挤喧嚷的人群，一场战斗一触即发。现在他们正抢着彼此手里的鱼，但这是一场艰难的战斗，因为鱼滑溜溜的，而且还活着，敏捷而强壮，总是挣脱出来。有些人试图把它们藏在外套或口袋里，但这些家伙要么溜出来，要么被一些贪婪而熟练的同行者据为己有。

人鱼大战陷入僵局。一半乘客手里湿漉漉黏乎乎的，却空无一物。剩下的人则把那些仍在跳动却已奄奄一息的战利品塞到任何能塞的地方。车里闻起来像鱼市一样臭气熏天，但我们还得继续向前行驶。

我带了一本《历史之书》上路，这是中世纪晚期亚美尼亚历史学家阿拉克里安的作品。在第五十三章，作者向我们介绍了神秘而多彩的宝石世界：

> 红宝石（Kayc，或 Korund），其特性如下：如果把它放进嘴里，会不再觉得口渴；如果熔化金子，扔一颗红宝石进去，红宝石既不会燃烧，也不会改变颜

---

[1] 塞凡湖，位于亚美尼亚东部，是一座大型的高山湖泊，面积约1360平方公里，是高加索地区最大的湖泊。

我们看，我们哭

色和光泽。还有人说：随身携带红宝石会赢得众人的喜爱，此外，红宝石还能治疗中风。

我们沿着峭壁行驶，下面是涓涓溪流，上面是皑皑白雪。突然，一个转弯，出现了边防巡逻队。军队。俄罗斯人。他们上了车，四处张望，寻找着什么。显然是在寻找武器。突然间，一个亚美尼亚人或格鲁吉亚人开始冲他们大喊大叫，说他们耽误了大巴，浪费了大家的时间，如此等等。他喊个没完。我想，这个军人有可能把他当场打死的，但这种事并没有发生，那个时代过去了！军人开始解释，道歉，说他们也是奉命行事——整支巡逻队很快就消失了，我们继续在山上缓慢地行驶。

玛瑙，又称 ayn-ul-hurr。它具备红宝石的所有特征。佩戴它的人不会患麻风病、疥螨病等疾病。他的财产和财富永不减少，他的为人处世和言谈举止都令人欣悦。佩戴玛瑙增进人的洞察力，无论喝多少酒都不会失去理智。有人如此说，但我不相信，因为酒是狮子的乳汁，任何贪杯的人都会失去声望、理智和财富。

我们来到了格鲁吉亚。无须已经改用格鲁吉亚字母的路标，只要看看周围就知道了。跟亚美尼亚相比，格鲁吉亚更富裕：更好、更富足的房屋，大片的葡萄园，漂亮的牛群和羊群，大型烟草种植园，绿意盎然的牧场。

公路继续在群山中穿行，蜿蜒而上，紧贴着陡峭的山崖。森林已经变成了秋天的模样，色彩斑斓，错落有致。鱼，还有一股鱼市的味道。

> 钻石。至于钻石的特性，如下所示：如果一个人的皮肤上有斑点，那钻石可以祛除斑点。佩戴钻石的人会获得国王的喜爱，他的言语令人尊重，他不怕邪恶，不会患胃痛或螨虫瘙痒症，他的记忆力不会衰退，他将获得永生。如果把钻石放在铁砧上敲打，然后拿给一个人吃，就能像使用毒药一样杀死他。

再往上就是山顶，突然间，从这里，你可以俯瞰整座城市。

这就是第比利斯。

柏油山上的人

曾经，第比利斯只有一条街道——鲁斯塔维里大街，沿着蜿蜒的山谷底部绵延数公里。第比利斯坐落在阳光照耀的绿色群山之中，单从地理位置讲，它令人想起瑞士和意大利阿尔卑斯山麓那种宁静而受欢迎的疗养胜地。在整个帝国，人们不得不排队才能买到一瓶矿泉水，但在这里，城里有大量泉眼，可以直接喝到同样的矿泉水。

鲁斯塔维里大街的西端是索罗拉基社区，它坐落在平缓的小山坡上，颜色淡雅的房屋纵横排列，到处都是阳台、露台和花园。时至今日，索罗拉基社区仍然保留着几分昔日的魅力，而在另一侧，大街的东端则消失在环绕城市的森林之中，直到最近那里才建起一个新的社区。

近年来，第比利斯发生了巨大的变化。和帝国南部其他地区一样，格鲁吉亚采用了第三世界的典型发展模式，即以忽视和进一步剥削农村为代价，来支撑首都地区迅速却不自然的发展。于是，在首都和国家其他地方之间，出现了巨大的不平衡。

如今，四分之一的格鲁吉亚人生活在第比利斯，而在亚美尼亚，三分之一的居民生活在埃里温。按照这个比例，就相当于有五千万人生活在华盛顿特区，八百万到一千万人生活在华沙。

外省的生活意味着停滞、贫穷和绝望。因此人们都一窝蜂跑到大城市生活，尤其是首都。在这里有可能过上更好的生活，获得升迁，找到工作。结果，古老的第比利斯、埃里温和巴库到处都是庞大而拙劣的住宅项目，建得随意、廉价而马虎，公寓楼里所有的东西都关不上、拧不紧，所有东西都不配套。然而，在整个帝国，这类房屋的质量仍然呈现出明显的地区差异。莫斯科的质量最好，帝国的其他欧洲地区差一些，最差的则落到了格鲁吉亚人、乌兹别克人、雅库特人和布里亚特人的头上。

还记得圣埃克苏佩里的《风、沙与繁星》吗？1926年，作者还是初出茅庐的飞行员，他计划从图卢兹出发，穿越西班牙，飞往达喀尔。当时航空技术刚刚起步，飞机经常出现故障，所以飞行员必须随时随地做好着陆的准备。圣埃克苏佩里研究了他的航线地图，但地图对他毫无帮助，地图过于抽象、笼统、"空洞无物"。于是他决定咨询一位资深的同事亨利·吉约梅，后者熟悉这条路线。"他给我上了一堂多么奇妙的地理课啊！"作者回忆道，"……他没有谈论瓜迪克斯［加的斯］，而是说起了城边的三棵橘子树。'小心这三棵树，最好在地图上标出来。'从此以后，那三棵橘子树在我心中的地位可比肩内华达山脉。"吉约梅提醒他留意一条小溪，它流经远处某个地方，被草丛掩盖，"小心那条小溪：它把整片田野一分为二，记得在你的地图上标出来。我本可以在这片田园乐土上找到活命的希望，但那条小溪蜿蜒潜伏在草丛中，在距离图卢兹、西班牙和达喀尔两千公里的地方等着我。一有机会，它就会把我变成一团烈火。我也对散落在山坡上的三十只羊严阵以待，它们摆成一个松散的阵队……你以为草地上什么都没有，然后砰的一声，三十只羊扑到你轮子下面……"

我觉得每个格鲁吉亚人，每个高加索地区的居民，记忆中都有这样一幅地图。他们从小就在家里、村庄和街道上研究这幅地图的细节。这是一幅记忆的地图，一张充满危险的地图。只不过高加索居民的地图并不会提醒他们注意橘子树、小溪或羊群，而是提醒他们对其他家族、其他部落、其他民族的人保持警惕。"小心，那是奥塞梯人的房子……""那是阿布哈兹人的村庄，尽量避开它……""不要走这条路，因为你不是格鲁吉亚人。他们不会放过你的……"

跟这些人交谈时,人们会惊讶地发现,每个人都对自己的地区拥有精微、详尽的了解。他们知道谁住在哪里,属于哪个部落,那个部落有多少人,相互之间以前是什么关系,昨天是什么关系,今天又是什么关系。这种令人难以置信的对他人的详尽了解只限于最近的邻居。至于边界之外的事物(再说,边界是极难定义的)则没有人知道,或者更重要的是,没有人愿意知道。高加索居民的世界是封闭、狭窄的,只限于他的村庄、他的山谷。故乡就是那个一眼就能望穿、一天就能走完的地方。高加索是一片色彩斑斓的民族马赛克,由无数小型甚至微型的群体、家族、部落和民族交织而成,称得上"民族"的很少(然而,因为"民族"一词暗含威望和尊重,它在这里仍被普遍使用,即使涉及的只是一些小社区)。

第二件引人注意的事情,是习见的源远流长和成规的专横顽固。这里的一切都是确凿、固定的,造就它们的年代早已消逝在历史迷雾中。没有人能够真正解释为什么亚美尼亚人和阿塞拜疆人彼此深恶痛绝。他们恨对方,仅此而已!每个人都知道这一点,每个人都从母亲的乳汁中汲取了这一点。助长这种顽固成见的,还有相互之间的隔绝(高山!),而且整个高加索地区都被夹在后进国家——伊朗、俄罗斯和土耳其——之间。不可能接触到自由民主思想，邻国也无法提供建设性的范例；没有人可以学习。

生活在这里的人还有一个特点，那就是令人惊讶和难以理解的情绪波动，以及无法预测的心情变化。总的来说，他们友善好客；毕竟他们已经在一起相对和平地生活了很多年。然后，突然之间，真是突然之间，出事了。什么事？他们连问都不问，连听都不听，只是抓起三叉戟和剑（现在则是自动步枪和火箭筒），心急火燎地冲向敌人，不见血誓不罢休。但他们每个人，单独看起来都叫人喜欢，和善而有礼。唯一的解释就是，一定有魔鬼潜伏在什么地方，煽动纷争。然后，又是突然间，一切都平静下来，恢复到日常的、普通的面貌，简而言之，恢复到外省的无聊中去。

1990年夏天，人们在鲁斯塔维里大街的几个地方静坐，手持横幅、海报和照片，供好奇的路人阅读和查看。这是一种抗议的形式，或者，简单地说，是为了引起公众关注他们的问题。我记得伊朗和黎巴嫩有过类似的活动，各地都习惯用英语来称呼它：sit-in。

参加静坐示威的人数从几个到几千不等。一个人也可以静坐，但效果往往不太好：一件严肃的事情需要一些人数上的优势（在鲁斯塔维里大街上静坐的通常有几十人）。静坐示威通常组织在政府大楼的台阶上（以迫使当局采取行动），或者清真寺的台阶上（因为那里最安全）。

简而言之，静坐就是坐在地上，公开表明自己的诉求。就是这样。仅此而已。这是一种极其平静而温和的行动，没有人喊口号，没有人挥舞拳头或者咒骂，呼喊上帝来作证。参加静坐的人都保持沉默。他们相互之间尽量不说话，也不跟路人交谈。他们专注而警惕。静坐是抗议和接受、叛逆和谦卑的奇妙组合。从根本上说，静坐的参与者接受现实及其最普遍的形态，他们只是想做一些修正，并留下自己的痕迹。他们承认世界是不公正的，只有当这种不公正超过一定的限度时，他们才会表示反对。如果有人愿意，他很乐意跟他们进行谈判。实际上，这正是他们内心深处所渴望的——他们需要某种社会心理医生，需要有人对他们抱有热情，同情地注视他们痛苦的灵魂。

静坐是一种非常东方化的抗议形式。在欧洲，示威者会整齐划一地游行，但这样的示威活动很快就会分散并消失；在阿根廷，示威者围成一圈走，但这种方式也不能持久。然而，作为一种抗议的形式，静坐有两个明显的优势。第一，它较为持久。静坐可以持续数周甚至数月。这当然需要东方人的特质——他们坚如磐石的耐心、惊人的忍受力和顽强。其次，驱散坐着的人比驱散行进的人更困难。

再说，为什么要赶走那些坐在政府大楼台阶上的可怜人呢？他们没有伤害任何人。通常都是些穿黑衣服的妇女，她们想告诉人们一些悲惨的消息：她们的女儿在抗议活动中丧生，她们的儿子被军人杀害。我看到，这些妇女拿着她们死去的孩子的照片，希望人们停下脚步，把这些照片拿在手上，去凝视那些年轻的，有时美丽得令人震惊的面孔。对我们来说这可能很难，但在格鲁吉亚，在这里，哀悼是公开的；这是公开的、令人心碎的展示。

在那些不幸的母亲身边，还有其他静坐团体，是一些要求民族自决的独立组织，希望有权决定自己的命运。例如，十万阿布哈兹人希望脱离格鲁吉亚，建立自己的国家。这也不奇怪。阿布哈兹是世界上最美的地方之一，第二个里维埃拉，第二个摩纳哥。在阿布哈兹人的脑袋里浮现出的想法，与二十年前安提瓜岛上的居民如出一辙。安提瓜岛是加勒比海上一座永远阳光灿烂的绝美岛屿，曾是英国的殖民地。二十世纪七十年代，安提瓜居民成立了民族解放党，宣布独立，并将该岛租赁给希尔顿连锁酒店。伦敦不得不派遣一支武装远征军（四百名警察）来解散该党，并废除合约。高加索地区也是如此：获得解放的阿布哈兹人很可能与西方某个酒店签订协议，从此过上美好的生活。

但格鲁吉亚会放弃阿布哈兹吗？它是如此令人垂涎。格鲁吉亚有四百万人，但阿布哈兹只有十万人。结局很容易预测。

阿布哈兹的事务（及其独立的野心）最能解释为什么高加索的事态突然升级，为什么高加索（也不仅仅是在那里）赤焰腾腾。原因在于两个因素汇合到了一起，形成一种不稳定的、极易爆炸的混合物。利益冲突的概念第一次浮出水面；市场也第一次提供了获得武器的便利途径。

在这样的国家，只存在一种利益，那就是国家利益。其他一切都无情地屈从于它；其他一切利益都会遭到彻底打压。而现在，国家这一垄断势力突然不可逆转地崩溃了。随即，数以百计、数以千计的各种利益，大的，小的，私人的，集体的，民族的，都抬起头来，表明自己的身份，确定自己的地位，并强烈要求早已被剥夺的权利。一个民主国家当然会有各种各样的利益集团，它们的矛盾和冲突会通过经验丰富、屡经考验的公共机构来解决或缓和。而在这里，没有这样的机构（短期内也不会有）。那么，既然不能再使用驱逐或鞭笞的老办法，该如何解决利益之间的自然摩擦呢？

于是，在尚不存在仲裁机构的地方，最简单的办法出现了，那就是武力。随着旧势力的瓦解，军队纪律松弛，黑市上出现了各种武器，包括装甲车和坦克，这更进一步助长了武力的气焰。每个人都在武装自己，磨刀霍霍。在这个国家，获得枪支和手榴弹比获得衬衫或帽子更容易，所以有那么多军队和师团在路上游荡，很难辨认谁是谁，很难搞清楚他们在追求什么,为什么而战。混乱时期典型的权力觊觎者的套路正在复苏,形形色色的指挥官、领袖、复辟者、救世主纷纷出现,你方唱罢我登场。

要想证明这一点,最好的办法就是每隔几个月重新造访一个国家。每次你都能看到新的面孔,听到新的名字。以前那个人怎么样了?谁知道呢。也许他们躲起来了?也许他们开了一家公司?也许他们随时会宣布回来?难怪游乐园里那种以极快的速度上下冲刺的设施被称为"俄罗斯山"。小车飞速前进,以至于根本无法看清任何一个乘客的面孔,所有人都一闪而过,然后又消失不见。这就是当地政治的样子。他们选出一个人,很快又把他赶下台。没过多久,被赶下台的人又回来赶走接替他的人。照片上,复辟者的卫兵高举手枪以示胜利。而与此同时,新的流亡者带着他的卫兵,在夜色的掩护下逃走了。

英国著名历史学家奥拉夫·卡洛爵士在谈及高加索地区时写道,"研究土耳其和蒙古历史的学者就像站在楼台上,看着因某个重大事件聚集起来的人群以无序而难以预测的方式流动着。人群相聚、融合,又分解、消散。突然的利益把一群人引向同一个方向,然后再次分裂;演说家或领袖可能会在一段时间内聚集起一帮追随者;政治和个人冲突时有发生,成为骚乱的导火索;军队经过,带来破坏性的屠杀,尽管在一段时间内也带来目标感和努力的方

向。"(《苏维埃帝国》,1967年)

阿布哈兹的首府苏呼米是棕榈和九重葛之城。1967年我去过那里,以下是当时的一则记录:

> 在苏呼米,古拉姆带我去一家名叫"迪奥斯库里亚"的餐厅吃炸鱼。那是一个迷人的地方,餐厅建在俯瞰黑海的悬崖上,而餐厅背靠的岩石是一座废墟,也叫"迪奥斯库里亚",两千五百年前曾是希腊的殖民地。坐在桌边,能看到沉入海底的城市的一部分,现在已经变成了一个怪异的水族馆,一群群肥胖而慵懒的鱼沿着城市的街道游弋。

我很想知道,迪奥斯库里亚是仍旧屹立海底,还是在存在了两千五百年后,最终被格鲁吉亚-阿布哈兹的火箭炮扫荡一空?

我和我的东道主吉亚·萨尔塔尼亚(一位年轻的作家和翻译家)驱车离开城市,去圣塔夫罗的圣尼娜教堂朝圣。基督教在格鲁吉亚是一种古老的宗教,早在公元四世纪就扎根于此,而这座小教堂就是在那个时期建造的。然后,我们参观了兹瓦里亚的一座教堂,它比圣尼娜教堂晚了两

柏油山上的人

百年。尽管相隔两个世纪，两座教堂却十分相似，是同一种想象力和感受力的产物，显然，这些特质在几个世纪的时间里并没有改变。

如今进入这些教堂，仿佛穿越了一千年的时光。问题在于，它们要么被关闭，要么变成了无神论博物馆或者燃料与小麦仓库。而在那之前，它们已被洗劫一空，只剩下光秃秃的朴素的墙壁。现在，它们又以这种状态向信徒敞开，一切都仿佛回到了地下墓穴的时代。在这空荡荡、光秃秃的墙壁之间，第一批基督教信徒曾聚集在一起。

> 这时，天色彻底暗下来，而月亮还没有升起，要不是如希洛所预言的那样，基督徒自身指示着道路，要找到路会非常困难。事实上，右边、左边和前方都可以看到黑压压的人影，他们正小心翼翼地走过沙丘。其中一些人提着灯笼，但他们尽可能地用斗篷把灯笼遮住。另一些人更熟悉路线，在黑暗中行走得更加自如。

这段话出自亨利克·显克维支[1]的《你往何处去》。眼

---

[1] 亨利克·显克维支（Henryk Sienkiewicz，1846—1916），波兰作家，1905年获诺贝尔文学奖。

下，我和吉亚成了一场类似的神秘事件的见证者。在这座空旷冰冷的兹瓦里亚教堂里，只有一件东西是外来的——一个小小的金属十字架，立在光秃秃的石头祭坛上。牧师俯身站在祭坛前，头上戴着兜帽。四下无声，只能听到水沿着墙壁滴落的声音。几位妇女拿着蜡烛慢慢走进来，烛光照亮了昏暗的教堂。其中一位妇女从包里拿出一块麦饼，与在场的每一个人分享。这弥漫着湿气和黑暗的室内，这样一个有麦饼出现的静谧场景，还有那位牧师奇怪的举止——他既不转身，也不看向我们——所有这些，都令人感动。

黎明时分，我坐公共汽车从第比利斯前往巴库，几乎全程穿越在大高加索和小高加索之间的山谷中。这是一场滑稽的小型奥德赛，其主人公是我们的司机，名叫雷瓦兹·加利泽，是个年过半百的大块头，甚至可以称得上是个胖子。我不知道当一名汽车司机对他来说是荣升还是降职，但他立刻告诉我，他开了很多年TIR（国际公路运输）拖挂卡车，前往欧洲各国，所以他拥有世界性的风度和礼仪。在这条长达五百公里的路线上，公共汽车一直满员，乘客频繁更换，但真正买票的只有我和两位前往基洛瓦巴德的俄罗斯妇女。其余的乘客都会按照雷瓦兹规定的金额付钱，他则把收到的一沓沓卢布塞进自己的口袋。雷瓦兹是这条公路上真正的国王，是无可争议的主人和统治者。

那一天阴雨连绵，相比周边其他地区，这一带人口稠密，所以我们不断遇到冻僵的人群，冒着严寒湿漉漉地站在路边。他们要么背着沉重的包裹，要么用绳子牵着一头绵羊或山羊，一看到公共汽车驶来，他们就伸手做出乞讨的姿势。他们并不是在讨要几个戈比或一把大米，而是恳求雷瓦兹发发慈悲，带他们一起走。可以推测这些人整天站在这里，因为公共汽车不常从这里路过。这条路很危险，附近阿塞拜疆人和亚美尼亚人正在发生冲突，所以，勇敢的雷瓦兹的确享有垄断地位。

当然，他也充分利用了这一局面。雷瓦兹进行的是一场残酷的竞价。也就是说，如果在路上遇到一群着急搭车的人，他会停下来问他们愿意付多少钱，要去哪里。如果他们付的钱多，但距离又很短，雷瓦兹就会把那些付钱少的人赶下车，哪怕他们离家还有一百公里！哪怕他已经收了他们的车费！

雷瓦兹没有把我赶下车，因为，第一，我是唯一一个持有车票的乘客（俄罗斯妇女已经下车了）；第二，我是外国人；第三，我高烧近四十度，奄奄一息。越接近巴库，雷瓦兹就变得越无情。旅途开始的时候，车上还有很多他的格鲁吉亚同胞，雷瓦兹还对他们表现出一定的尊重；而现在整辆车上都是阿塞拜疆农民，他们慌乱、羞怯、不知所措。这些人的贫穷令人沮丧，其中一个人看见我发烧了，从篮子里拿出一瓶柠檬汽水递给我，我感动得几乎哽咽了。

我们离巴库很近了。这是一幅噩梦般的景象：大片大片的土地被柏油浸透，覆盖着碎石渣，混凝土板扔得到处都是。巴库的重油四处流淌，流进河里，把水坑、池塘、湖泊和海湾弄得臭气熏天。石油漂浮在海面上，漂浮在沙滩上，我记忆中黄色的沙滩已变成黑色，油腻不堪，覆盖着油污和烟灰。

巴库位于海湾之上，为了到达那里，必须沿着陡峭而蜿蜒的山路攀登，爬上环绕城市的山丘。在一个弯道上，我目睹了一个场景，让我对雷瓦兹产生了一点温暖的感觉。在这片黑乎乎、黏腻腻、烟尘浓重的风景中，有一个混凝土块，上面站着一个活人，但这个人没有腿，显然是被什么人抬上去的，他的躯干插在一个木制的水果箱里。

我成了某种仪式的见证者，这个仪式显然渊源甚久。当我们开到那里时，雷瓦兹停下车，向那个人打了声招呼，然后把一卷卢布塞进了对方的衬衫口袋。

逃离自我

在巴库,我住在一位俄罗斯妇女的公寓里。骚乱、抢劫和纵火开始的时候,她成功离开了这座城市。我是在莫斯科遇到她的,当时她正在那里投奔家人。她把公寓的钥匙递给我,坚定地说:我再也不会回去了。她惊魂未定,巴库已经成为嚣张残暴的武装团伙的猎物,这让她感到恐惧。她告诉我,多亏一位救护车司机答应送她,她才能到机场——否则她根本不敢在街上露面。

当雷瓦兹的公共汽车抵达巴库车站时,已是黄昏时分。多辆从乡下驶来的公共汽车鸣着刺耳的喇叭驶入熙攘的人群,其中有迎接和送别的人,有卖西红柿、黄瓜和烤肉串的小贩,有索要施舍的孩子,还有手持棍棒、无精打采的警察。东方,真正的东方,散发着茴香、肉豆蔻、羊脂和煎红椒的味道，某种伊斯法罕或基尔库克，伊兹密尔[1]或赫拉特[2]，一个异域的世界，喧闹、古怪、封闭，专注于自身，不容外人进入。无论在何处，只要人们聚集在一起，一个丰富多彩、激动人心的广场、巴扎、苏克[3]或集市便立刻形成，立刻会有许多喧闹声，人们跳着脚指着彼此的喉咙；会有很多争吵，但随后（请耐心等待！）一切都会化为平静，化为一间廉价的小餐馆，化为一次闲聊、一次平静的颔首，化为一块糖、一小杯薄荷茶。

在那个车站，我很快意识到自己的处境是多么无助。我带了一个装满书的箱子（到处买书是一种疯狂的癖好），还发着四十度的高烧，该怎么从这里去那所我并不清楚确切位置的房子呢？我逢人就抓住对方的袖子和衣襟，问，"您能不能好心告诉我，去普钦大街117号该怎么走？"但人们都挣脱开，不耐烦地推开我，继续匆匆赶路。我终于意识到，他们不会对我有什么帮助，因为他们都是从乡下来的，是从集体农庄来的农民，或者从达吉斯坦、车臣－印古什甚至遥远的卡巴达尔－巴尔卡尔共和国来的纺织品商和水果商。这些来自高加索山区的人正被大城市搞得晕头转

---

[1] 伊兹密尔，旧称士麦那，为土耳其第三大城市、第二大港口。
[2] 赫拉特，阿富汗西部哈里河流域的一个城市。
[3] 苏克（suk），阿拉伯国家的一种露天市场。

逃离自我

向,怎么会知道普钦大街117号在哪里呢?就这样,我孤立无援地在原地打转,快要渴死了,这里没有东西喝,已经是晚上了,唯一一辆卖格瓦斯(一种用发酵面包制成的饮料)的水罐车已经空空如也。

这里没有出租车。我绝望了,几近崩溃,于是站在街上伸出手,手里握着一支BIC圆珠笔。我没站太久,孩子们目光如炬。有个男孩和父亲坐在小汽车里,发现有个男人明显想递给他一支圆珠笔。在孩子的请求下,父亲停下了车。我向他打听普钦大街117号。他们让我上了车。我们出发了,开了很长时间,从汽车站开出很远,停在老城区的某个地方,停在一条古老而灰暗的街道旁(这里对于古老和历史没有谄媚,也没有珍视,古老和历史不代表昂贵和华丽,在这里,"老房子"指的是七十三年来未经任何修缮和翻新的房子)。我穿过一个黑黢黢的门厅,来到一个昏暗的庭院,被脚下的垃圾绊了一跤。我听见一个女人的声音,问我找谁。她走过来拉住我的手,领我走向黑暗中一扇几乎看不到的门,她问我,"师傅,你的手怎么这么烫?"

(在这里,人们越来越少使用"同志"这个称呼,但也不能说"先生",因为那听起来太资产阶级了,而称呼一个不熟悉的人为"你"是不礼貌的。所以他们互称"大姐""师傅"。)

"我发烧了。"我说。我们在黑暗中摸索,找到了用挂锁锁住的门。我们进去，女人打开灯，我看到了床。"你知道吗，"我对她说，"美国有一种明信片，上面写着，'幸福是……'然后搭配各种代表幸福的图画，"我说，"现在，对我来说，幸福就是看到一张床。"

"没错，你的确病了。"她说，过了一会儿，她给我端来一壶热茶，还有放在托盘上的各种果酱和糖果。

她问我是哪个民族的。

就像全世界的农民都用庄稼开启谈话，就像英国人每次聊天都从天气开始一样，在帝国，人和人建立信任的第一步就是确定对方的民族，因为这决定了很多事。

在大多数情况下，标准是清晰可见的。这是一个俄罗斯人，这是一个哈萨克人，这是一个鞑靼人，这是一个乌兹别克人。但在这个国家，有很大一部分公民的自我认同存在严重困难，换句话说，他们不觉得自己属于任何一个民族。比如，我的朋友鲁斯兰来自车里雅宾斯克，他的祖父是俄罗斯人，祖母是格鲁吉亚人，他们的儿子，也就是鲁斯兰的父亲，决定成为一个格鲁吉亚人。他娶了一个鞑靼人。出于对母亲的爱，鲁斯兰也自称是鞑靼人。在鄂木斯克的大学里，他跟一个乌兹别克女同学结婚了。他们现在有了一个儿子穆塔尔。穆塔尔是什么民族？

有时，这些家谱可以更复杂，以至于许多人觉得自己跟任何民族都没有关系。这就是所谓的苏维埃人（Homo

sovieticus)——他之所以是他,不是因为任何特殊的思想意识或态度;他唯一的社会标志就是苏维埃国家的一员。现在,这个国家垮台了,这些人正在寻求新的身份认同(甚至包括那些已经思考过这个问题的人)。

苏维埃人作为一个民族,是苏联历史的产物,这部历史充满了不间断的、密集和大规模的人口迁徙。大迁徙始于十九世纪流放人口去西伯利亚,同时还有在亚洲地区的扩张,但直到1917年后才达到高潮。数百万人失去栖身之所,涌上道路。有些人从第一次世界大战的前线归来,另一些人则奔赴内战的前线。1921年的饥荒让数百万人为了一块面包四处流浪。那些在战争和革命中失去父母的孩子,还有数以百万计的无家可归者(bezprizorny),组成了肆虐全国的饥饿十字军。后来,大批寻找工作和面包的劳动者来到乌拉尔地区和国内其他地方,在那里找到了工作,当上了建筑工、矿工、钢铁工人和水坝建造者。四十多年来,数千万人踏上殉难之旅,前往遍布这个超级大国的劳动营和监狱。第二次世界大战爆发后,随着前线位置的变化,又有大批人被遣往各处。与此同时,在这些前线的后方,在贝利亚的指挥下,波兰人、希腊人、日耳曼人和卡尔梅克人被流放到高加索和西伯利亚的腹地。结果,整个整个的民族发现自己身处异乡,陷入陌生的环境,处于贫困和饥饿之中。而这些行动的目标之一,就是创造出无根的人,让他们脱离自己的文化、环境和乡土,让他们无力反抗,更加顺从于来自政权的命令。

在这幅无休止的大规模强制迁徙的画面中,让我们再加上几十次自愿的"共青团入伍",几十次在"祖国需要金属""耕种休耕地""征服针叶林"等口号下发生的迁徙。让我们也记住,每一次民族冲突爆发时,掀起的难民潮也会波及整个国家。

即使到了今天,仍有成千上万人在机场、火车站、贫民窟、军营和帐篷里颠沛流离。游牧的精神和氛围仍然存在。有这样一种说法很流行:"我的地址不是门牌号,不是街道名称,也不是城市的名字,我的地址是苏联。"(今天,是独立国家联合体;明天,我不知道那会被叫作什么)。

不间断的大迁徙和世世代代的民族融合造成的后果便是,对于第一次接触帝国居民的人来说,更引人注目的是人与人之间的相似性或统一性,而不是他们的独特性和多样性。

> 这些人似乎都一样。无论男女都穿着同样类型的保暖夹克,同样的工作靴。他们的脸看起来也是一样的。专注于自身,不愿交流。无法确定他们是否满意或是否充满怨怒,甚至无法确定他们是否感兴趣。这

些人很奇怪。(克萨韦里·普鲁什因斯基,《夜》)

普钦大街117号俄罗斯妇女的恐惧是一种被夸大的恐惧:俄罗斯人在这里不会被动一根手指头。乌兹别克人会和塔吉克人打架,布里亚特人会和车臣人发生冲突,但没有人会碰俄罗斯人。密茨凯维奇对这个乍看上去很奇怪的现象进行了反思:沙皇时代的一个官员能把一整排图瓦人[1]赶去劳动营,而这些不幸的臣民中竟没有一个人会反抗。毕竟,他们可以轻松地杀死这名官员,然后消失在森林里。但是他们没有,他们顺从地前进,温驯地执行命令,默默忍受辱骂。密茨凯维奇解释说,原因在于,在这些被奴役的图瓦人眼中,这位官员是无所不能的国家力量的化身,这引起了他们的不安、紧张和恐惧。举手反对这名官员,就等于举手反对一个超级大国,而没有一个人敢这样做。突尼斯作家阿尔伯特·梅米在他的《殖民者肖像》(*Portrait du colonise*)一书中,准确地描述了被殖民者对其统治者的态度,即仇恨与恐惧并存。梅米指出,在最终的较量中,恐惧将压倒仇恨,并让仇恨变得麻痹。

只要看看近来发生过种族冲突的城市就可以了,比如

---

[1] 图瓦人,突厥语民族之一,现代图瓦民族主要聚居在俄罗斯的图瓦共和国。

费尔干纳或奥什[1]。在乌兹别克人、卡拉卡尔帕克人或塔吉克人被烧毁的房屋中，能看到俄罗斯人毫发未损的屋舍。当一个可怜的卡拉奇人被一个狂怒的土库曼人攻击时，谁会站在他背后呢？顶多是另一个卡拉奇人。那么俄罗斯人背后又有什么呢？有卡拉什尼科夫冲锋枪、坦克、核弹。

然而，我那位来自巴库的俄罗斯朋友，当街上传来第一阵骚动、武装团伙的脚步第一次逼近时——人们都知道，这些队伍的目标是打爆亚美尼亚人的头，只针对亚美尼亚人——就收拾行李匆匆赶去了机场，庆幸自己成功逃出了地狱。然而，这个地狱在哪里呢？

在她内心深处，在她的意识里。

我想起了六十年代的非洲，在阿尔及尔、利奥波德维尔和乌松布拉[2]机场的情景；然后，七十年代，同样的景象出现在罗安达机场和洛伦索·马克斯[3]机场：白人难民蜷缩在行李上，因疲惫和恐惧而气息奄奄。他们是昔日的殖民者，曾经统治着这片土地。然而，如今他们唯一的愿望

---

[1] 费尔干纳，乌兹别克东部城市，距离塔什干四百二十公里。奥什，吉尔吉斯斯坦第二大城市。
[2] 乌松布拉，现称"布琼布拉"，是布隆迪最大的城市。
[3] 洛伦索·马克斯，现称"马普托"，是莫桑比克最大的城市和首都。

逃离自我

就是离开这里，立刻离开，把一切都抛在身后——鲜花盛开的房子、花园、游泳池、帆船。是什么让他们如此急迫和决然？是什么让他们突然决定返回欧洲？是哪种巨大的力量，如此猛烈无情地把他们从这片热带阳光普照的乐土上连根拔起？是原住民开始大规模屠杀他们的白人主人了吗？是因为他们的豪华社区已成一片火海？不，什么都没有发生。

原因在于，在殖民者的意识中，一种内在的地狱开始骚动。他那负罪的良心一直被掩藏着，以千百种方式沉睡，而且常常模糊不清，未被清晰理解，如今它已苏醒了。这种负罪的良心无须影响殖民者中的每个个体。他们中的很多人觉得自己是无辜的，且是完全无辜的。但是，他们也是自己亲手创造的环境的受害者，那种环境的本质是一种不对称和从属的原则，即被殖民的人从属于殖民者。其悖论在于，即使我不想成为殖民者，甚至抗议过殖民主义，但仅仅因为我是殖民者民族的一员，我就成了殖民者。只有以放弃自己的国家和民族为代价，或者以改变自己的肤色为代价，才能洗刷这种污点、这种耻辱。但正因为这些选择是不可能的，才造成了机场紧张而拥挤的景象：十几年前的罗安达机场，还有现在，1990年的巴库机场。

但你们在逃离谁？难道不是在逃离自己吗？

但是，一个必须离开非洲的葡萄牙人和法国人，跟一个必须离开的俄罗斯人是不同的，后者必须离开阳光明媚的巴库或者美丽的新艺术风格的里加，回到阴冷刺骨的诺里尔斯克[1]，或者肮脏污秽、烟雾缭绕的车里雅宾斯克。他们竟然不想离开？对此我一点都不意外。他们在前属地建立了各种各样的组织和党派，其口号是"原地不动，寸步不离"！普钦大街117号的俄罗斯人毋宁说是个例外，因为她的处境堪称奢侈——她有一个家，还有一套公寓，而且还是在莫斯科！

巴库：我喜欢这座城市。它是为了服务于人而建，而不是为了反对人（是的，有些城市是为了反对人而建的）。在这里，你可以整天漫步。巴库有美丽的林荫大道，有几条布满华美的新艺术风格建筑的街道，这种风格是石油大王阿尔弗雷德·诺贝尔引入的。实际上，在这里，你能看到你所能想象的所有建筑风格。在主干道旁边，矗立着几座明亮豪华的大型公寓楼，那是阿塞拜疆统治者盖达尔·阿利耶夫为他的朋党建造的。阿利耶夫最初是阿塞拜疆克格勃的负责人，二十世纪七十年代成为阿塞拜疆第一书记。他是勃列日涅夫的亲信，后者提拔他担任苏联副总理。1987

---

[1] 诺里尔斯克，俄罗斯北部城市，矿业城市，曾建立大量劳动营，发生过多起囚犯暴动事件。

年,戈尔巴乔夫解除了他的职务。阿利耶夫是勃列日涅夫那一派的人,其特点是高度腐败,热衷东方式的奢华,从事各种堕落的行为。他们的腐败中没有丝毫节制;相反,那是一种公然的、挑衅的炫耀。这个公寓群是一个完美的例证,它建在城市最重要、最具代表性的位置。阿利耶夫亲自拟定分配方案,并且亲自把钥匙交给那些被选中的人。分配的标准很简单——最好的公寓属于他的近亲,其次是表亲和派系中的高级人物。在这片土地上,裙带关系仍然是最重要的,一如几千年前。

我就住在其中一套公寓里,公寓的主人,也就是我的东道主,在当地议会工作,但更重要的是,他是阿利耶夫的堂兄弟。这个人尽管官俸微薄,却在墙边摆放了一整套电子设备,包括电视机、打印机、音响、扬声器、灯光,等等,还有天知道是什么的一些东西。即使他拥有几百万卢布,也不可能在商店里买到这些,因为商店里根本没有。餐桌上摆满了各种食物,甜点、椰枣、坚果。我的东道主对萨哈罗夫[1]最为光火。"萨哈罗夫?我们要萨哈罗夫干什么?他娶了个亚美尼亚女人!"但除了这个这问题(意思是,除了萨哈罗夫),一切都很好。他请我吃荷兰的奶酪、

---

[1] 安德烈·德米特里耶维奇·萨哈罗夫(1921—1989),苏联原子物理学家,曾主导苏联第一枚氢弹的研发,被称为"苏联氢弹之父"。1975年获得诺贝尔和平奖。

巴哈马的虾子。他心满意足地坐在家人中间。电子设备从各个方向冲他眨着五颜六色的小眼睛。

第二天，我们与阿尤丁·米尔萨利诺格鲁·马梅多夫教授进行了一次谈话。教授好奇心旺盛，睿智，满脸喜悦，因为成立突厥文化协会的申请刚刚获得了批准，这是自1917年以来的第一次。多年来，教授一直在编辑一份突厥文化期刊。很多人都不知道，土耳其语是帝国的第二大语言。大概有六千万人说土耳其语。一个阿塞拜疆人不仅在安卡拉可以与人交流，在塔什干和雅库特也可以，讲土耳其语的同胞遍布各地。从某种意义上说，苏联是一个斯拉夫－土耳其超级大国。索尔仁尼琴的想法就是摆脱土耳其因素，只留下一个斯拉夫超级大国。

"阿塞拜疆人"这个称呼是1937年才有的。在此之前，他们的身份证上写的是"土耳其人"。现在，他们的自我认同是阿塞拜疆人、土耳其人和穆斯林。

马梅多夫教授说，过去几十年给人的意识造成了巨大的破坏。人们不想努力工作，过上好日子。他们想糟糕地工作，恶劣地生活。这就是全部的真相。就拿大学来说吧，四年的学习，四年填鸭式的历史教育，四年的意识形态理论灌输——结果一切都被证明是谎言。

在经历了漫长的七十三年之后，人们不知道何为思想自由，于是他们代之以行动自由。而在这里，行动自由意味着置对方于死地的自由。这就是所谓改革和新思维。

这个体制是在无家可归者的帮助下建立起来的，他们是数百万饥肠辘辘、赤着脚在俄罗斯的道路上流浪的孤儿。他们偷了所有能偷的东西，被关进寄宿学校，在那里学会了仇恨。长大后，他们穿上了NKVD的制服，让整个国家陷入了动物般的恐惧中。

就像一盘棋，这些民族被重新安排，打乱，更换了位置，以至于想要触动任何人，都不可能不同时触动其他人，不可能不给他带来伤害。眼下，有三十六场边境冲突正在同时进行，甚至可能更多。

巴库市中心的一家小餐厅。土耳其风味？伊朗风味？阿拉伯风味？阿塞拜疆风味？在这一地区，所有这些小餐馆都很相似。独立的小房间。烤肉串，米饭，西红柿，柠檬汽水。与阿塞拜疆国民阵线领导人、作家尤西夫·萨梅多格鲁共进晚餐。他正试图在当地政治领袖的专政和伊斯兰信仰之间寻求平衡。但是，对于自由主义者、中间派人士，对于那些愿意伸出手拥抱所有人的人来说，这是个艰难时期。我知道他会就巴库的局势发表看法，所以我没有问他这个问题，转而问他有没有在写什么东西。他摇了摇头，无奈地表示否认。该如何写呢？他一直用西里尔字母写作，但现在西里尔字母将被废除。他们将只使用拉丁字母，就像在土耳其一样，或者回到阿拉伯字母，目前还不清楚。那他用西里尔字母写的书该怎么办？翻译成其他文字吗？谁来做这件事？值得做吗？一个正处于创作巅峰的作家就这样两手空空，他的作品将变得无法阅读。

有生以来第一次，我乘坐的飞机就像高峰时段的公交车一样拥挤。在巴库机场，一群怒气冲冲的人整装待发冲进机舱，毫无让步的打算。机长大吼，威胁，咒骂，但无济于事。人们挤在过道里，对机长的话充耳不闻。最后，机长摇了摇头，关上了驾驶舱的门，然后启动引擎，起飞了。

沃尔库塔 —— 冰冻于火焰中

抵达沃尔库塔应该是晚上,但我们白天就着陆了。所以这一定是另一个机场。

哪一个呢?

我在飞机上如坐针毡,但我马上发现,我是唯一感到不安的人,其他人连眼睛都没眨。我在这个国家的飞机上飞行过大约十万公里,从这些旅程中得到两点体会:首先,飞机总是满员——无论哪个机场,无论飞往哪个目的地,总有大批人在等待,有时一等就是数周,所以要想找一个空座位是不可能的。其次,在整个飞行过程中,机舱内都是一片寂静。乘客们一动不动地坐着,没有人说话。如果听到某处传来嗡嗡声、笑声或者玻璃杯碰撞的声音,那就意味着飞机上有一群波兰人,旅行总让他们进入一种无限的欢欣状态,几近疯狂,没有人知道这是为什么。

不，这里不是沃尔库塔，这里是瑟克特夫卡尔[1]。

我不知道瑟克特夫卡尔在哪里，我忘记带地图了。我们涉雪来到机场大楼。里面又闷又热，人很多。找到一张空的长椅是不可能的。所有长椅上都睡满了人，他们睡得那么沉，那么安详，仿佛早已放弃了有朝一日能飞离这里的希望。

我决定跟我那架飞机上的乘客待在一起，我害怕错过重新登机的广播，被落在这里。我们站在大厅中央，因为连靠墙的位置也都被占了。

我们站着，就那样站着。

我们站着，一直站着。

我穿着羊皮大衣（毕竟我要飞往北极圈），但在这个有暖气却不通风的大厅里，我的汗水开始滴落。把大衣脱掉吗？那我拿它怎么办？我手里拿着行李，大厅里也没有挂衣服的地方。我们已经站了一个多小时了，情况正变得越来越难以忍受。

但最糟糕的还不是闷热和汗水。最糟糕的是我不知道接下来该怎么办。我还要在瑟克特夫卡尔站多久？一个小时？二十四个小时？一辈子？说真的，我为什么在这里？

---

1 瑟克特夫卡尔，俄罗斯科米共和国首府，位于共和国西南部。

沃尔库塔——冰冻于火焰中

我们为什么没有飞去沃尔库塔?我们还会飞去那里吗?什么时候?有没有机会脱掉羊皮大衣,坐下来,喝上一杯茶?这有可能吗?

我环视周围的人。

他们站在那里,直勾勾地盯着前方。就那样看着:目不转睛。在他们的表情中看不到不耐烦。没有焦虑,没有烦躁,没有愤怒。最重要的是,他们什么都不问。他们不向任何人提出任何问题。他们会不会是已经知道什么了?

我问其中一个人,知不知道我们什么时候起飞。在这里,如果你突然问别人一个问题,你必须耐心等待。因为你可以从被询问者的脸上看出,他刚醒过来,他刚在这个刺激(问题)下重新获得生命,开始了从其他星球返回地球的艰难旅程,而这需要时间。然后,他会露出一丝轻微的,甚至感到好笑的惊讶神情——这个白痴为什么要问这个问题?

被询问者完全有理由把问问题的人当成白痴。因为他的全部经验告诉他,提问不会带来任何好处。无论如何,问不问都一样,他只会得知他们想告诉他的东西(或者毋宁说是他们不会告诉他的东西),并且,提问非常危险,会招来巨大的不幸。

诚然,斯大林时代已经过去一段时间了,但关于它的记忆还在,那个时代的教训、传统和习惯留了下来,深植在人们的意识中，并将长时间影响他们的行为。有多少人（或者他们的家人、熟人，等等），就因为在一次会议中，甚至一场私人聊天中问了这个或那个问题而进了劳动营？有多少人因此毁了前程？多少人丢了工作？多少人丢了性命？

多年来，官僚机构和警方维持了一套完善的监视和举报系统，只为了揭露一种罪行：他问了吗？他问了什么？告诉我那个提问的人的名字。

两个好朋友在会议开始前的对话：

"你知道吗，我想在会上问问那件事。"

"我求你了，千万别问，他们会把你抓起来的！"

或者另外一对朋友的对话：

"菲迪亚，我想给你一点建议。"

"什么？"

"我注意到你问太多问题了。你是想自毁前途吗？理智点，控制住自己，别再问了！"

有些文学作品（比如瓦西里·格罗斯曼的作品）描述了一个人从劳动营返回家乡的情景。一个男人在西伯利亚度过了艰苦的十年，回到家后，第一天晚上，他和妻子、孩子和父母围坐在餐桌旁。他们共进晚餐，甚至还交谈了几句，但没有人问这个新来者这些年他去了哪里，做了什么，他到底经历了什么。

有什么好问的呢?

《传道书》中有一句至理名言:"谁收集知识,谁就收集痛苦。"

在阐述这个令人痛苦的观点时,卡尔·波普尔写道(我只是凭记忆引述),无知不是简单和被动地缺乏知识,而是一种主动的立场;是拒绝接受知识,不愿意拥有知识;是对知识的拒绝(或者换句话说,是反知识)。

问题所涉及的领域如此广阔,且对生活至关重要,然而,它不仅是被禁止的雷区,而且被视为一种公开挑衅的、令人厌恶的言论形式,这是因为在苏联,提问的权力被垄断在审讯员手中。有一次,在从敖德萨开往基希讷乌[1]的火车上,我和同包厢的乘客聊了起来。他是德涅斯特地区集体农庄的农民。我问了他一些工作、住房和收入的情况。我每问一个问题,他对我的不信任就增加一分。最后,他怀疑地看着我,咕哝了一句:"到底是怎么回事,你是审讯员吗?"然后就再也不肯讲话了。

事实恰恰如此。如果我是审讯员,那就没问题了;审讯员是可以提问的;审讯员的任务就是提问。但普通人呢?一个坐在从敖德萨开往基希讷乌的火车包厢里的普通人呢?

---

[1] 基希讷乌,东欧国家摩尔多瓦的首都,也是该国的工业和商业中心。

"在这里，我才是那个提问的人！"面对因受诬陷而被捕、惊恐万分的叶夫根尼娅·金兹堡，审讯员利瓦诺夫这样喊道（《旋风之旅》）。是的，只有他，审讯员，才有提问的权力。

但人人都知道，审讯员提出的并非学术性的、不偏不倚的问题，他提问不是为了探究生存的深刻奥秘。相反，每一个问题都隐藏着致命的指控，他提问是要摧毁，要把人按在地上，彻底击垮。"交叉火力询问"的说法借用了战斗、前线、战争和死亡的词汇，这不是偶然的。

审问式的语言被警察、被所谓当局（organa）据为己有，所以一个试图了解什么的问句本身就预示了危险，甚至某种厄运。这导致在帝国，提问的人越来越少，问题本身也越来越少。这就是提问的艺术（这的确是一门艺术）逐渐消失的原因，一同消失的还有提问的必要性。渐渐地，所有事物都表现得它们原本就该是那个样子，不容置疑、难以辩驳的现实取得了胜利。既然如此，那就再也没有问题了。

取而代之的是无穷无尽的俗语、口号和习语，用来表示认同，或者至少是漠不关心、毫不惊讶、谦卑顺从、听天由命：没关系！那又怎样！一切皆有可能！好吧，算了吧！该怎样就怎样！你还能怎么样！Vsievo mira nie piereyebiosh（你又不能干掉全世界）！活到最后你就明白

沃尔库塔——冰冻于火焰中

了！Nachelstvo lutshe znayet（老板比你懂）！这就是生活！要知足！扮猪吃老虎！你抓不住正在飞的鸟！如此等等，无穷无尽，毕竟这是一门极其丰富的语言。

一个不问问题的文明，一个将焦虑、批判和探索的世界——这个世界通过提问得以呈现——排除在罗盘外的文明，是一个原地踏步的、麻痹的、不再流动的文明。而这正是当局所追求的，因为统治一个静止的、噤声的世界是再容易不过的事了。

几个小时后，我们从瑟克特夫卡尔飞往沃尔库塔（一直到今天，我都不知道那一站的目的是什么，也不知道那令人沮丧厌倦的等待是为了什么）。在夜间飞这条航线是一种对艺术和绘画至高水平的体验。飞机在爬升到几千米的高度后，突然飞入一个巨大的太空剧场的后台。我们看不到舞台本身，它消失在地球某个黑暗的地方。我们只能看到悬挂在空中的发光的帷幔，高达数百公里，呈现出轻盈的粉彩色，间杂着黄色和绿色。

这些帷幔发射出有节奏的、颤动的光。

飞机仿佛迷失在这些明亮的帷幔中，找不到出路，失去了方向，它在这些多彩的褶裥织物中不安地盘旋。绿色。最引人注目的是绿色。"绿色和蓝色在半明半暗中显得更加浓烈。"这是列奥纳多·达·芬奇在《绘画论》中说的。的确，在黑色的映衬下，在柏油般深邃无边的天空中，绿色失去了它原本的镇静和平衡，呈现出如此强烈、如此威严的色调，以至于其他颜色都变得黯淡，沉入背景中。

当北极光的壮丽景象消融于黑暗的时候，我们已经在机场上空了。

气温零下三十五摄氏度。我立刻感到寒冷，感到刺骨的冰霜，我呼吸困难，身体发抖。人们四散离开。小小的机场航站楼前，是空无一人的广场。四处空旷，灯光暗淡。该怎么办呢？我知道，在这种温度里我坚持不了太久。航站楼里有一个警察岗亭，警察躲在一件巨大的羊皮大衣里，说很快会有辆公共汽车过来，我可以坐车去城里的旅馆。"这里只有一家旅馆，"他补充道，"很容易找到。"

一辆又小又旧的公共汽车，人塞得满满当当的。人们紧紧包裹在羊皮、皮草、头巾和一块块毛毡里，就像僵硬而笨拙的大蚕茧。当公共汽车刹车时，蚕茧们会突然前倾；当它突然启动时，蚕茧们又向后仰去。每到一站，就有几个蚕茧消失在黑暗中，然后别的蚕茧出现在它们的位置上（我只是猜测它们是新来的，因为所有蚕茧看起来都差不多）。有时候，我觉得有什么东西狠狠碾在我的脚上，感觉骨头都要裂开了，那是一些正向出口挪动的小蚕茧。打听旅馆的情况时，我必须对着蚕茧的上半部分，也就是正前方的球形物体，就像对着麦克风说话一样。得竖起耳朵才能听到回答,因为声音不是冲着我们说的,而是从蚕茧中飘浮出来。这种旅行方式的缺点在于,你可能坐在一个非常漂亮的女孩旁边却浑然不觉,看不清任何面孔,也看不清自己身在何处,所有窗户都被厚重的冰霜和繁丽的白色洛可可花束所覆盖。

我在蚕茧中逗留的时间不长,因为不出所料,半小时后,我们就来到旅馆附近的某个地方。车门砰一声打开,蚕茧们友好地退向两侧,好让远道而来的客人能从车厢里爬出来,下车,消失在黑暗和寒冷之中。

无论是卢浮宫,还是卢瓦河上的任何一座城堡,都无法媲美沃尔库塔酒店那阴暗简陋的室内,它给人带来如此愉悦而难忘的感受。在此发挥作用的是相对论那颠扑不破的法则。从巴黎的人行道迈进卢浮宫,并不是从尘世过渡到天堂,而从大街上进入沃尔库塔酒店的大堂却是。大堂救了我们的命,那里很暖和,而温暖是这座城市中最宝贵的东西。

我拿到钥匙,赶紧跑去我的房间。但我刚进去,就以更快的速度跑了出来:窗户不仅大开着,而且窗框上还包着一层厚厚的结实的冰,别想把窗关上。我赶紧跑去找女服务员,告诉她噩耗,但她一点都不吃惊。"我们的窗户就是那样的。"她试着让我平静下来;她不想让我太激动。还能怎么办呢？这就是生活，这就是沃尔库塔酒店的窗户。

这是一个古老的列宁主义的问题（甚至可以追溯到杜勃罗留波夫[1]和车尔尼雪夫斯基的时代）：怎么办？我们商量了很久。最后，我恍然大悟，除非我拿出纽约产的昂贵古龙水，否则她什么法子都不会想的。果然，一个简单而实用的办法立刻出现在她脑中。她消失了一会儿，然后从走廊的黑暗中走了出来，手里拿着一把锤子，那胜利的姿态，宛如印第安酋长在战胜白人之后高举他们的战斧。

我们开干了。这是一项几乎可以动用瑞士钟表匠的工作。关键是要在不损坏玻璃的情况下把巨大的冰块从窗框上撬下来。如果我们弄碎了玻璃，那所有工作都白干了，女服务员解释说，因为只有夏天才能更换玻璃，而离夏天还有半年的时间呢，那时我早就走了。"在那之前怎么办？""在那之前就得忍着。"她叹了口气，回答说，耸了耸肩膀。虽然花了很长时间，但我们还是从矩形冰框中凿出了一条足够深的沟槽，勉强把窗户关上了。为了让我振作起来，女服务员还拿来一壶热水。水壶里冒出的蒸汽足够让房间暖和一阵子了。

我想见一个人，我有他的电话号码。我拨通了电话，

---

[1] 尼古拉·亚历山大罗维奇·杜勃罗留波夫（1836—1861），俄罗斯文学评论家，记者、诗人和社会革命者。

那头传来刺耳的嘎吱声。"是热纳季·尼古拉耶维奇吗?"我问。电话仍在嘎吱作响,是的,我是。我们都很高兴。他知道我要来,正在等我。"坐公共汽车过来吧。"他说。我想,天都黑了,但我马上意识到,在这个季节,这里总是夜晚,于是我说,"我这就过去。"

我说,"我这就过去,"没有意识到我正在踏上一条濒临死亡的道路。

沃尔库塔位于科米共和国,在北极圈内。二十世纪二十年代,这里发现了大量煤矿。一个煤炭工业区迅速形成,其建造者主要是囚犯,恐怖政策之下的受害者。几十个劳动营拔地而起。很快,沃尔库塔就像马加丹一样,成了一个象征,一个唤起忧惧的名字,一个可怕的、往往是有去无回的流放之地。为之添砖加瓦的,还有NKVD的穷凶极恶,煤矿中致命的劳役、导致囚犯大量死亡的饥饿,还有噩梦般的令人难以忍受的寒冷。这里的酷寒折磨着手无寸铁、衣不蔽体、长期挨饿的人们,耗尽他们的忍耐力,让他们成为最残忍的折磨的牺牲品。

如今,沃尔库塔仍然是一个煤炭工业区,由十三座煤矿组成,它们沿着城市形成一个大圆环。每个煤矿旁边都有一个矿工定居点,其中一部分就是以前的劳动营,现在仍然有人居住。定居点和矿井之间通过一条环形公路相连,两路公共汽车在上面相向而行。汽车在这里仍是稀罕物，所以公共汽车是唯一的交通工具。

就这样，我坐上其中一路公共汽车，去拜访热纳季·尼古拉耶维奇，我只知道我要找"共青团波西奥莱克"，6号屋。一个小时后，司机停在一个应该是共青团波西奥莱克站的车站，打开车门，给我指了指要去的方向。但他指得很模糊，几乎可以理解为朝着银河系数百万颗星星中的任何一颗走去。但他的模棱两可并没有带来什么后果，因为一下车，我很快就迷失了方向。

起初，我发现自己站在一片漆黑中，什么也看不见。视力逐渐适应黑暗后，我发现周围是积雪覆盖的山丘。强风每隔一会儿就会吹袭山巅，把大片的雪花掀向天空，仿佛山顶上喷发出白色的岩浆。到处都是"雪山"，没有灯光，没有人烟，我冷得无法呼吸，一呼吸肺部就会剧烈地疼痛。

自我保护的本能告诉我，要摆脱这种局面，唯一的办法就是不要离开车站，要等下一班公共汽车来，它迟早会来的（虽然时间已经过了午夜）。但我的本能让我失望了，于是，在某种致命的好奇心的驱使下，或者仅仅出于轻率，我开始寻找共青团波西奥莱克和6号屋。轻率之处在于我没有意识到，身处北极圈的夜晚、身处白雪覆盖的荒原、脸冻得生疼、几乎无法呼吸，这一切意味着什么。

我径直向前走，不知道身在何处，也不知道下一步该怎么办。我应该选一座山作为目标，但我还未能接近它，它就消失了，我跌跌撞撞过雪地，呼吸困难，身体逐渐变得虚弱。狂风不停地刮着，一场致命的极地大清洗，把一座座雪山从一个地方移动到另一个地方，改变它们的位置和形状，改变整个地理面貌。没有东西能帮我固定视线，也没有东西能引导我的方向。

在某一刻，我看到前方有一个深坑，深坑底部有一栋木制的平房。我滑了下去，沿着结冰的山坡滚了一段路。那是一家商店，门锁着，上着木栅栏。这个地方看起来安静而舒适，我甚至想在这里住下来了，但极地探险家的警告浮现在我脑海中，他们说，在冰天雪地的荒原里，这样一个温暖的雪凹就意味着坟墓。

于是我又爬了回去，重新出发。但去哪里呢？该往哪个方向走？我能看到的东西越来越少，雪粘在我脸上，遮住我的眼睛。我只知道我要不停地走，我知道一旦停下来就会丧命。还有恐惧，一种动物性的本能恐惧，你正被一种自己无法辨认也无力反抗的力量诱向死亡陷阱，你能感觉到这股力量正把你推向白色的深渊，你越来越虚弱，越来越无力。

我已经快没力气了，但仍时不时振作起来再走几步，就在这时，我看见一个女人的身影，她正在狂风中挣扎，弯曲着身子，弓着背。我拖着身体走向她，气喘吁吁地说：

"6号屋,"然后又说,"6号屋。"声音里充满希望,好像我的全部救赎都藏在这个地址中。

"你走错方向了,师傅。"她大声喊道,好盖过风的声音。"这是去矿井的方向,你应该……朝那边走。"她也像公共汽车司机一样,用手指了指银河系数百万颗星星中的一颗。

"不过我也要去那里,"她接着说,"走吧,我带你去。"

进入热纳季·尼古拉耶维奇的房子,就像进入这个定居点所有的房子一样。首先,必须从远处定位到一座正确的雪山;山内部和山脚都有房子。人必须先爬上山顶,往下看,能看到一座两层建筑的屋顶,有一段开凿在冰雪岩壁上的台阶,从山顶通往房门。下山非常吃力,战战兢兢,不敢有丝毫马虎。然后,在那里,在居民的帮助下,人要跟雪堆搏斗一番,好把门推开一条缝,进到屋里去。

在这里,外人来访是一件极其重要的事,以至于所有住户(每栋房子里都有几套公寓)都会出来迎接。每个人都会邀请客人去自己家坐坐,哪怕一分钟也好。

热纳季·尼古拉耶维奇是名矿工,刚刚过了五十岁生日,退休了。在如此恶劣的极地环境中工作,其中一项福利便是提前退休。但这个福利也不大牢靠——只有百分之二十的矿工能活到五十岁。他的胸部宽大浮肿,说话时声音嘶哑,还伴着哨音——他患有严重的尘肺病。他十六岁就来这里工作了。是来服劳役吗?不是,他来自库尔斯克附近一个集体农庄,那里发生了饥荒。有人告诉他:如果想吃饭,就去沃尔库塔,那里据说能吃到东西。确实,他在沃尔库塔能买到面包,有时甚至还能买到肉。现在,情况还不如以前,因为唯一能吃到的就是驯鹿肉,硬得跟石头一样。"实在太费牙了。"热纳季·尼古拉耶维奇说,微笑着露出牙齿,他有些牙是金色的,有些是银色的。在这里,牙齿的颜色很重要,暗示了一个人在社会等级中的地位。地位越高,金牙就越多;地位越低,银牙就越多。地位最低的人用的假牙在颜色和外观上都和真牙一样。

我向他打听沿途看到的营房。他解释说,那都是老营地。但我看到窗户里有灯光。是的,他说,因为有人住在那里。劳动营已经被正式关闭了,因为不再进行判决,没有看守,也没有刑罚。许多以前的囚犯都离开了。但也有一些人留了下来——他们没地方可去;他们没有家人,没有朋友。这里至少有一方屋顶,有工作和伙伴。沃尔库塔是他们在地球上唯一的归宿。

对热纳季·尼古拉耶维奇来说,营地内外的界限并不十分清晰。那不是奴役和自由的分界,只是囚禁程度不同而已。有人说,他是自愿来沃尔库塔的。自愿?他是被饥饿赶出了家门。还有人说他可以随时离开这里。离开？去哪里？住在哪里？靠什么生活？

他知道我来这里是因为煤矿工人罢工。他所在的煤矿已经恢复生产了，但其他煤矿的罢工还在继续。如果我愿意，我们可以去矿上看看。我们一头扎进黑暗的海洋，扎进暴雪和冰冷的狂风中。我们相互搀扶着，以免被狂风刮倒，或者被吹去相反的方向。

在沃尔库塔，我第一次感觉到寒冷不再是刺骨的、带有穿透性的寒意，而是身体上的剧痛。我的头好像要被冻裂了，四肢疼得禁不住碰触。

在浓雪和狂风中，一些人影模糊不清地闪烁着，模糊的轮廓，蜷缩的身影弯成了两半。

"那是第二班，"热纳季·尼古拉耶维奇喘着粗气在我耳边大声说，"第二班现在收工回家。"

跟我们擦肩而过的，都是些几个月不见天日的人。他们在夜里走向矿井，进入地下，那里也是一片漆黑，下班回来的时候仍旧被浓重的阴影包围。他们就像潜艇上的船员，只有手表和日益增长的疲惫、饥饿和困倦，告诉他们时间的流逝。

共青团煤矿——冰雪覆盖的墙壁，冰雪覆盖的建筑，稀疏的灯光，脚下乌黑的湿泥。妇女们分发手推车，操作着一些杠杆、横梁和支架。热纳季·尼古拉耶维奇问,"你想跟她们聊聊吗?"但聊什么呢?如此寒冷,如此昏暗,如此悲伤。女人们忙碌着,沉重而疲惫,也许有什么事困扰着她们?也许有什么事正在伤害她们?给她们一些尊重吧,给她们一些安慰,至少别要求她们做任何事,别要求她们付出任何额外的努力,哪怕只是常规问题所需的微不足道的努力。

我们回到房子,来到米哈伊尔·米哈伊洛维奇的房间,他和另一名年轻的矿工叶甫根尼·阿列克谢维奇已经在等我了。他们会带我去瓦尔加索夫斯煤矿,那里的罢工仍在持续,还将召开一次会议,但我们还有很多时间。米哈伊尔是个身材瘦削的黑发男子,他不停走来走去,情绪激动,对自己的煤矿(也就是我刚刚去过的煤矿)停止罢工感到愤怒,原因仅仅是矿长承诺改善伙食。"这个国家什么也干不成,"米哈伊尔沮丧地说,"这些人只关心一件事,那就是pazrat(吃饭),pazrat!"他生气地大喊,"pazrat!pazrat!pazrat!"说得如此引人遐想,我都开始流口水了。"饥饿,这就是我们的驱动力,我们唯一关心的事。"

显然,他希望我明白,他,米哈伊尔,是不同的,是更贵重的材料制成的。他自豪地从橱柜抽屉里拿出他最珍贵的东西——一本装饰华丽的1900年版谢尔盖《圣经》。

他注视着我,看我是否会感到惊讶和赞叹。然后他随手翻开一页读了起来:"你要收集些小麦、大麦、荞麦豆、扁豆、小米和野豌豆,放进一个容器里,做成面包……"

他震怒地停下来。连《圣经》都在讨论pazrat!

"你还读些什么?"后来我问他。他正在读沃韦纳格的著作。他给我看了1988年在列宁格勒出的一个版本,绿色封皮。在谈到这位十八世纪法国思想家的箴言集时,他说,"里面有很多有意思的东西。'奴役使人堕落,甚至让人爱上奴役。'这话多么真实!"他摇了摇头,"但这个法国人在另一个地方说:'诡诈对我们助益不大。'对此我不能苟同。在我们这里,诡诈能让你得到一切。"

邻居们陆续来了,米哈伊尔·米哈伊洛维奇的小屋变得拥挤。叶甫盖尼·阿列克谢耶维奇打开了橱柜上的彩色电视机。那只樱桃色的大盒子激烈地咆哮起来,仿佛随时都会暴怒。"基辅迪纳摩对战莫斯科斯巴达克。"叶甫盖尼·阿列克谢耶维奇低声向我解释道,而其他人早就知道了。

我盯着屏幕。上面没有清晰的图像,只有成千上万个彩色的火花在凸面玻璃上不安地闪烁着。电视机坏了,但在共青团村,如果这样一个设备坏了,那它就是坏了。

我从未见过这样的场景。几十个人紧张地凝视着屏幕,上面不时爆出火花,就像有人往火堆里扔干燥的松树枝一样。斑点、线条、一团团的光粒在屏幕上舞动,闪烁,跳跃,像一个缥缈游移的幻影。这是多么丰富的光的形式,多么疯狂而不知疲倦的哑剧。所有这些闪烁看起来都疯狂且不合逻辑,但是我错了。这些彩色颗粒的漫游,不止不休的运动,突然转变的方向,都遵循一个完美的秩序。例如,屏幕左侧突然开始闪烁红色的光芒,红色在那里狂乱地震动起伏,然后房间里突然响起一声呼喊:"进球了!迪纳摩进球了!""你们怎么知道进球了?"我恼火地问叶甫盖尼·阿列克谢耶维奇,因为电视连声音都发不出。"什么叫怎么知道?"他惊讶地回答说,"迪纳摩队穿红色球衣!"过了一会儿,屏幕另一端聚集了大量蓝色(斯巴达克队的颜色),这时整个房间(在场的人显然是迪纳摩队的球迷)发出叹息:"扳平了!"中场休息期间,火花平静下来,不再跳动,均匀地分布在整个屏幕上,之后会开始新的花样和动作。但天色已晚,我们还得去开会。

瓦尔加索夫斯卡的灯光在苍茫冰冷的黑暗中闪烁着,这是沃尔库塔联合矿业最北端的矿井。一百八十公里以外就是喀拉海(北冰洋的一部分)。

我穿着矿工的保暖外套,用巨大的驯鹿皮帽子和耳罩遮住脸,通过了警卫室。之后就再也没有人要我出示通行证或身份证,甚至还有人友好地告诉我会议室的位置。那是一间标准的会议室,里面有一座列宁石膏像,悬挂着共产主义胜利的横幅，前面有一张铺着红布的主席桌。会议室大概能容纳三百人。里面座无虚席。空气中有一些好奇，但也有一些不安：经验告诉这些人，跟权力打交道可不是闹着玩的。但另一方面，莫斯科宣布会有新思想，所以也许事情会有所改变。

会议一开始便是一片混乱、嘈杂和无序。谁来主持会议？谁有权力安排别人发言？凭什么让那个高个子先讲，然后才轮到那个矮个子？凭什么礼堂后面那个人先发言，左边这个女人后发言？她已经要求发言很久了。总之——我们开会的目的是什么？我们聚集在一起，然后呢？我们宣布罢工，然后呢？

你会立刻注意到领导人的缺席。时不时会有人试图引导会议的走向。"科兹洛夫！让科兹洛夫来主持！"科兹洛夫整理了一下思路，支支吾吾，有点不好意思。他无法决定让谁第一个发言——是正在问什么时候给5号仓库安装玻璃的这个人，还是叫声穿透整个大厅、要求知道列宁全集什么时候出版的那个人？"彼得罗夫！"对科兹洛夫不满的人们喊道。"让彼得罗夫发言！"但彼得罗夫也支支吾吾，彼得罗夫也捏着一把汗；他也不知道要如何面对如此咄咄逼人的集会者。

不过，最后，一个解决方案自动出现了。当然了，这也是人们熟悉的方案。当然了——管理层出现了。几位领导走进会议室，罢工的人们在会议室墙上贴了两幅标语："推翻官僚主义！""推翻党治！"（就是这样，b小写，而P大写[1]）。罢工者中间一阵慌乱，但领导们很冷静。他们露出嘲讽的笑容，好像在说，没错，打倒我们，推翻我们，但没有我们，你们一步都迈不出去。

还有什么好说的——领导们是对的。再也没有其他地方能如此清楚地看到社会被划分为统治阶级和被统治阶级，而这种划分至少可以追溯到彼得大帝时代。发生变化的只有阶级的名称，但阶级之间从属和不对称的关系却没有改变。如何组织和主持会议这样一件看似简单的事情，已经被统治阶级垄断了。实际上，总经理走进会议室，站到主席台上，就像理查德·施特劳斯或阿图罗·托斯卡尼尼站到指挥席上一样，从容不迫、绝对自信。

会议室安静下来。

"谁想发言？"领导平静地问。几个人举起了手。领导定好发言的顺序，用眼神谴责一个抢着发言的人，示意他坐回去。但领导自己先说了起来。

"会已经开了五个小时了，"他说，"你们解决了什么问题？"

---

[1] 文中b是官僚制（bureaucracy）的首字母，P是Partocracy（政党政治）的首字母。

会议室传来声音："什么也没解决。"

"噢，你们瞧，"领导装作很苦恼地说，"你们瞧，什么也没解决。而我呢，我已经解决了矿上的问题。没错，已经处理好了。我昨天才从莫斯科回来。"（在这里，说去了莫斯科，能立刻把一个人的地位提高好几个档次。）

他停顿了一下，凝视着突然安静下来的会议室，片刻后，他继续充满感情地说："我们，我们自己，将向英国和美国出口煤炭，不再需要经过莫斯科！我们，直接从瓦尔加索夫斯卡出口！"

会议室里一片欢腾，兴奋和喜悦洋溢开来。向美国出口——意味着什么？这意味着美元！那美元又意味着什么？意味着一切，字面意义上的一切。

我看着这些可怜的、冻僵了的人们，这些常常几个星期不见天日的人们，被这个昨天刚从莫斯科回来的人愚弄、欺骗。我看出来了，但无能为力，我不能站起来大喊：大家不要相信他！我不能这样做。瓦尔加索夫斯卡将向英国和美国出口煤炭，我不能剥夺这个念头给他们带来的一丝安慰。

在通过决议、宣布罢工结束后，米哈伊尔开着一辆破旧但速度很快的"莫斯科人"汽车送我去城里的酒店。这是一段三十公里的路程，路上结满厚厚的光滑的冰。米哈伊尔以每小时一百公里的速度疾驰。我们行驶着,之所以还活着,全赖随时有可能出现在我们面前的第一块石头的恩慈。在这样的道路上,以这样的速度行驶,一块石头就意味着死亡。我直勾勾地盯着前方,心想:啊,这片黑暗,这些车灯,这条在你眼前升起、顷刻间就能把你切成碎片的冰路之刃,就是你对世界最后的印象吗?

我来沃尔库塔是为了看看罢工,也是为了朝圣。因为沃尔库塔是一个殉道之地,是一个神圣的地方。在沃尔库塔的劳动营里,数以十万计的人失去了生命。究竟有多少?具体数字无法计算。第一批囚犯于1932年被带到这里,最后一批于1959年被释放。大多数人死在铁路修建期间,如今,煤炭就是沿着这条铁路被运往阿尔汉格尔斯克、摩尔曼斯克[1]和圣彼得堡。也是在修建这条铁路期间,NKVD有一名军官说:"枕木不够吗?没关系,你们就来充当枕木吧。"

事实就是这样。在铁路沿线,是如今肉眼已不可查的绵延数百公里的墓地。只有当行走在紧邻路堤的冻土上时(一年中只有两三个月没有积雪的时候才能在上面行走),

---

[1] 阿尔汉格尔斯克,俄罗斯西部城市,位于北德维纳河河口附近,曾是俄罗斯重要的港口城市。摩尔曼斯克,俄罗斯西北部城市,距离挪威及芬兰不远,是北极圈内最大的城市,由于洋流的关系,港口终年不冻。

才会时不时看到一些腐烂的木桩，上面钉着木制的编号。如果能在上面看到类似A 81的字样，那就意味着这里埋葬着至少上千人。A 52、A 81这些代码是劳动营的书记员使用的，他们仔细记录死亡的人数，以便相应减少面包的供应。

在这里，一个人并非死于某种特定的武器，而是一整个残酷系统的牺牲品。

在这里，在北方，除了NKVD，囚徒最大的敌人是寒冷：

> 可怕的、非人的、惩罚性的劳动。在炽热的火光中，在极地的夜色里，成百上千的铁锹发出微光，它们铲掉铁轨上的雪，再用推土机把雪推到更远的地方。只要有足够的理智和体力支撑下去，只要一直保持运动，就有机会活下来。但每天都会有十几个人蜷缩在篝火旁，他们裹紧身上的每一块布，一动不动地围坐成一圈，在他们中间，木屑欢快地噼啪作响，涌出一股股暖流。这些人已经是活死人了。没有人能挽救他们的健康和生命。他们身体的一侧被火光温暖着，被树枝燃烧产生的刺鼻烟雾炙烤着，另一侧却暴露在零下十几度的严寒中。任何有机体的内部都无法忍受这样的温差。脸部、手部、胸部和腹部的血液升温，被

衰弱的心脏泵入几乎陷入冬眠的身体。身体内部发生了一些它自己也无法解释的事情，它被困倦和恶心压倒，一阵更大的寒意席卷过来，所以它离篝火再近一些，几乎爬进火里。这样坐几个小时后，篝火旁便只剩下尸体或者垂死挣扎的人。没有什么能将这些人从火边移开，无论是武力威胁、殴打，还是试图刺激僵硬的肌肉和冷却的血液，都无济于事。被强行拖走后，他们像木头一样一动不动地倒在雪地里，几乎每一天，都要把十几具僵硬的尸体用担架抬进营地。（玛丽安·马克·比勒维茨，《我逃离了黑暗》，1989年）

我在黑暗、寒冷、冰雪覆盖的沃尔库塔四处走了走。只要走到主干道的尽头，就能看到地平线上一些长条形的平房，那是老营房。公交车站上这两位老妇人是谁？她们当中哪一位是囚犯，哪一位是监工？年迈和贫穷给了她们暂时的平等；很快，冻土将使她们最终永远和解。我穿越雪堆，路过一模一样的街道和房屋，已经不太清楚自己身在何处。我眼前一直浮现着尼古拉·菲奥多罗夫的身影。

费奥多罗夫是一位哲学家，一位先知；很多俄罗斯人把他视为圣人。他一生一无所有。在俄罗斯寒冷的气候中，连一件外套都没有。他是莫斯科的一名图书管理员，住在一个小房间里，睡在一只硬木箱上，把书垫在头下当枕头。

他1828年出生，1903年去世。他去哪里都是步行，最终死于一场严寒，有人劝他说，他还是应该穿上羊皮大衣，坐雪橇出门。第二天，他得了肺炎，死了。费奥多罗夫认为，追求名誉和声望是无耻的表现，所以他用笔名发表文章，但大多数情况下，他什么都不发表。大师去世后，他的两个学生收集了他的作品，将其结集出版，书名为《共同事业的哲学》，书印了四百八十册，都是免费发放。

费奥多罗夫相信生命的永恒，认为复活的概念是基督教信仰的基石。

被这一思想所激励，他一心思索如何让所有死去的人复活。全世界所有死去的人。他相信这是可能的，只要人能掌控自然力量。自然力量，当它们不被控制、自行其是，就是危险的，与人类对立。为了免受其侵害，人类的内心发展出自我保护的本能。这种本能是人与人之间敌意、战争和杀戮的根源。如果我们发展科学，使自然臣服，那么这种自保本能就会消失——不会再有任何令人惧怕的东西。地球上将是友谊和爱的王国。也正是科学，能让所有死去的人复活。因为人类是一个不能被死亡隔绝的大家庭。只有战胜死亡，夺回死亡所夺走的一切，才是人类真正的胜利。

但沃尔库塔的死者复活，将会是什么样的情景？城里的街道上，会不会突然出现一列列被驱赶的苦役？或者衣衫褴褛的饥饿的人影？骷髅行进的队伍？尼古拉·费奥多罗夫梦想让他们全部复活。但复归到什么样的生活呢？

我在一条街上发现一个木制摊位。一个瘦高的阿塞拜疆人正在卖这里唯一一种鲜花——红色康乃馨。"帮我挑一些，"我说，"挑最漂亮的。"他选了十二朵，用报纸仔细包好。我想把它们放到某个地方，但不知道该放在哪里。我想把它们插在雪堆里，但到处都是人，我觉得那样会很尴尬。我又走了一段路，但在下一条街上，情况还是一样，到处都是人。与此同时，花开始结霜了，变得僵硬。我想找个没人的院子，但到处都有孩子们在玩耍。我担心他们会发现康乃馨并把它们拿走。我游荡在大街小巷，感觉指间的花朵正在变得僵硬而脆弱，像玻璃一样。我一直走到城外，在那里，我静静地把花放在了积雪中。

明天，巴什基尔人的反叛

离开沃尔库塔，我回到莫斯科，想暖和暖和，也想看看权力之巅又刮起了什么新风。

尤其是帝国权力的巅峰。

在苏联这样的国家（今天是独联体，明天呢？），有这样一群人，他们的使命是只在帝国层面思考问题，甚至更大——只在全球层面思考问题。你不能问他们"沃尔库塔发生了什么"，因为他们根本回答不了。他们甚至会感到奇怪：那有什么关系呢？无论那里发生什么，帝国都不会有丝毫损伤。

他们的存在只有一个目的，那就是确保帝国的持续和发展，无论它使用什么名称。（即使它解体了，他们的任务也是让它尽快重新建立起来。）

在一些中小型国家，不存在这里所说的这类人。在这些国家，精英们忙于自己的内部事务，忙于局部竞争和封闭的小天地。但在帝国，统治阶级（通常也包括普通民众）思考问题的尺度却全然不同，都是关于帝国，关于整个世界，关于大规模大空间，大洲和大洋，经度和纬度，大气层和平流层，直至宇宙。

西欧人经常惊讶地在电视上看到，莫斯科的贫穷老妇人走出等待救济的队伍，她们不买面包了，而是走上街头高喊口号，"不要交出千岛群岛！"

但何必惊讶呢？千岛群岛是帝国的一部分，而帝国的建立，正是以这些妇女的衣食为代价的，是以她们漏水的鞋子和寒冷的公寓为代价的，最悲惨的是，是以她们丈夫和儿子的鲜血与生命为代价的。现在要把千岛群岛还回去吗？绝对不行。永远不行。

在俄罗斯人和他的帝国之间，存在着一种强大的、生死攸关的共生关系：超级大国的命运深深牵动着每个人。即使在今天也是如此。

世界上有两种世界地图。

一种是美国国家地理学会发行的。在地图的中心位置，是被大西洋和太平洋包围的美洲大陆。苏联被切成两半，低调地出现在地图两端，免得它那庞大的体量吓到美国孩子。莫斯科地理研究所则印制了一版完全不同的世界地图，它的中心位置是苏联，它如此巨大，大得让我们喘不过气，而美国则被切成两半，低调地分布在地图两端，免得俄罗斯孩子们想，天哪，这个美国真大！

几代人以来，这两幅地图塑造了两种不同的世界观。

在漫游帝国的过程中，我首先注意到这样一个事实：即使是破败荒凉的小镇，即使是空无一人的书店，一般也会出售这种大幅国家地图，在这幅地图上，世界的其余部分几乎都是背景，是边缘，是阴影。

这个地图对俄罗斯人来说是一种视觉上的补偿，一种特殊的感情升华，也是一种难以掩饰的骄傲。

它还可以解释一切短缺、错误、贫穷和孱弱，并为之辩护。反对改革的人们说，这个国家太大了，无法进行改革；从布列斯特到符拉迪沃斯托克的清洁工们举起双手表示赞成，这个国家太大了，根本无法清扫；空空荡荡的商店里，售货员们也在嘟囔，这个国家太大了，货物不可能运送到每一处。

幅员辽阔，可以解释并赦免一切。当然了，如果我们是瑞士那样的小国，这里的一切也能像钟表那样运转。看看荷兰有多小，让一个地图上几乎看不见的国家实现繁荣，那简直易如反掌。但在我们这儿，你不可能让人人都得到满足。

我还没有来得及在莫斯科四处转转，获取一些信息，开展几次重要而富有启发的谈话，就传来了一则令人震惊的消息，说伏尔加河与乌拉尔山脉之间一座拥有百万居民的大型城市乌法受到了毒气污染。不是臭气和燃烧气体之类的普通污染，这已经司空见惯，而是说整座城市都受到了严重的、危险的、致命的毒害。

"另一个切尔诺贝利！"朋友向我转述这个消息时说。

"我要去乌法，"我说，"如果有座位，我明天就飞过去。"

在莫斯科飞往乌法的飞机上，每个人都带着装满了水的瓶瓶罐罐。乌法已经被苯酚污染了，朋友告诉我，喝了那里的水，要么生病，要么会死。

乌法是巴什基尔共和国的首府，那是乌拉尔山脉西麓的一个自治共和国。它南面是哈萨克斯坦，东面是西伯利亚，北边是鞑靼斯坦。这里的自然风光曾经很美，高山郁郁葱葱，有六百条河流和小溪，数千个湖泊。成群结队的四足动物，熙熙攘攘的鸟，不停劳作的蜜蜂。直到化学制品的出现。巴什基尔变成了苏联的化学试验场和化工业中心。浓烟遮蔽了天空，空中粉尘弥漫，苯酚顺着河流流淌。我在百科全书中查到，苯酚是一种深褐色的剧毒酸，是生产炸药、塑料、染料、鞣制剂和其他上百种物品所必需的原料。由于这里的化工厂建造质量落后，适当的过滤和清洁设备被视为环保纯粹主义者的杜撰和异想天开，所以苯酚不断排放到河中，但排放得无声无息，这样毒性就能随着时间的推移而分散，瘟疫就不会突然降临在这座城市。

但这种情况恰恰发生了。打开水龙头，出来的是一种铁锈色的浑浊物质，公寓里充斥着难闻的气味。苯酚！苯酚！它从一户人家传到另一户人家，从一条街道传到另一条街道。

不过，并没有出现明显的恐慌。这里的人们把所有不幸，甚至是那些由当权者的冷漠和愚昧造成的不幸，都视作无所不能、反复无常的大自然的暴行，就像洪水、地震与严寒一样。权力的鲁莽和残忍只是大自然任意制造的一种灾害。你必须理解这一点；必须让自己接受这一点。

在街头和广场，人们排成长队。这些队伍很奇怪，因为它们的终点不是任何一家商店或机构。人们在等水罐车，水罐车会带来水。至于这些水从哪里来，什么时候来的，有多少，就没有人知道了。

队伍安静而有序。孕妇站在最前面。她们之间是有一定的等级的——肚子最鼓的最优先。其次是带小孩的女人。她们后面则是独自一人的妇女（其中年长的排在前面）。之后是男性，其中没有明显的划分和偏好。

水罐车来了，每个人想取多少就取多少。但这种状况还要持续多久呢？一天？两天？还有另一个无人能回答的问题——接下来怎么办？在这个国家，报纸、广播和电视上充斥着有头无尾的故事。费尔干纳爆发了冲突：有人死亡，有人受伤，城市陷入火海。但第二天，费尔干纳就从人们的视野中消失了，无从知道那里发生了什么。库兹巴斯[1]发生罢工！这可是件大事，因为那里有一个巨大的煤矿区。罢工于两年前爆发。然后发生了什么？罢工结束了吗？还是仍在继续？

我在乌法街头闲逛，偶然发现了一家博物馆。我知道我身处巴什基尔人的土地，但在今天，做一个巴什基尔人意味着什么？里姆·扬古津博士向我展示了他最近在附近山区、旧定居点的遗址还有河岸边发现的东西。这是巴什基尔人的剑，这是巴什基尔人的项链，那是一个装水和牛奶的陶罐。还有一艘船，是十七世纪巴什基尔人出海乘坐的，还有他们的马装配的华丽马具。我还看到一副带铁刃的木犁，一个腐烂的蜂箱，以及用来捕猎野生动物的陷阱。

扬古津博士自豪地说，所有这些东西都是巴什基尔人制作的。后来，我们坐在他的办公室，里面摆满了巴什基

---

[1] 库兹巴斯，库兹涅茨克盆地的简称，位于西伯利亚西南部托木河流域，是俄罗斯主要产煤区。

尔织物（一共三十一个部落，每个部落都有自己的纹样）、巴什基尔钱币、指环、剑和镰刀。透过窗户，可以看到街道上取水的队伍，远处是工厂高高的烟囱。听着扬古津博士充满感情地讲述巴什基尔失落的天堂，我能清楚地看到这个城市的现实有两个不同的层面，而且两者之间的冲突日益加剧。

一个层面是化学的，是合成物和有机体，苯酚和炸药。这个世界的主宰是俄罗斯人，由莫斯科某部委管理。

另一个层面则是巴什基尔人新生的（或者更准确地说，是复兴的）民族意识。

一场民族主义革命正在席卷世界。我们将乘着它的浪潮驶入二十一世纪。此刻，它的回声也传到了巴什基尔，激荡着那里敏感热切的心灵。

大约有一百万巴什基尔人。在当代世界，他们该占据什么位置？他们该采取何种姿态？难道他们要承认，经过三百年俄罗斯化之后，他们不再是巴什基尔人？这是不可能的！再多恐怖、迫害和劳动营，也无法根除巴什基尔人身上的巴什基尔性。况且，俄罗斯化本身也在消退，愿意学俄语的巴什基尔年轻人越来越少。那么接下来该怎么办呢？强化他们的独特性，提振他们的民族主义情绪吗？但这样会带来严重的后果。一个解放了的、思考着的巴什基尔，在认识到自己的民族利益之后，环顾四周，他会看到什么?他将有何发现?

首先,他将发现,历史上巴什基尔的疆域从伏尔加河一直延伸到乌拉尔山,但目前,巴什基尔共和国的边界内只剩下这片疆域的一半。如今,旧巴什基尔的一部分属于哈萨克斯坦,一部分属于鞑靼斯坦,还有一部分属于俄罗斯联邦(甚至连巴什基尔共和国也是俄罗斯联邦的一部分)。如果一个有此意识的巴什基尔人大声说出这一切,他马上就会获得三个敌人——鞑靼人、哈萨克人,还有俄罗斯人。问题在于,民族主义不可能以无冲突的状态存在,也不可能在没有怨恨和诉求的情况下存在。无论哪个群体的民族主义崭露头角,这个群体的敌人立刻就会出现,就像从地底下冒出来一样。

同时,这个觉醒的巴什基尔人环顾四周,会发现他那美丽的绿色家园变成了一个巨大的化工厂,废气正在污染天空。回想这一变化,他会发现从来没有人问过他,是否同意把自己的国家变成化工厂。更重要的是,这个巴什基尔人会意识到,他并没有从这种规模巨大且有害的化工生产中获得任何好处,因为帝国并不向其内部属地支付任何费用。啊,这样一来,他会很快意识到巴什基尔只是一块属地,而深深扎根在这里的Agrochima和Chimstroy公司,让他想起了加丹加的联合矿业[1]以及毛里塔尼亚铁矿公司。

然而,在得出这些颠覆性和革命性的结论后,巴什基尔人又能做什么呢?他像格列佛一样,一觉醒来,发现自己被千丝万缕紧紧缚住,一动也不能动。他该怎么办?要求关闭工厂吗?但整个帝国近一半的化工生产都在这里。骑马搬到山里去吗?到那里干什么?如何生存?

觉醒的巴什基尔人的意识是分裂的,充满了矛盾。他对独立的渴望与日俱增,却不知道该如何实现这种渴望。他确信自己坐在一袋金子上,却是个穷光蛋。在帝国的巨幅地图上,他那小小的、私密的家园融化在茫茫大地上,不见踪影。巴什基尔人想找到它,勾勒出它的边界,为它筑起高大的围墙。在帝国其他较小的民族间弥漫的情绪也感染了他——首先要让自己独立,建起一道中国式的长城,仿佛任何异族的气息都会像苯酚一样污染空气。在已然觉醒的雄心壮志中,巴什基尔人并不孤独。今天的帝国就像一个湖面,湖底的火山纷纷苏醒。平静光滑的湖面上突然涌现出气泡。随着时间的推移,气泡会越来越多。水四处沸腾。在深处,可以听到低沉的轰隆声。

今天,帝国境内有几十个像巴什基尔这样的民族和部

---

[1] 联合矿业(Union Minière),成立于1906年,是一家比利时矿业公司(英国占少数股份),在1906年至1966年间控制和经营了现代刚果民主共和国的采矿业。

落。他们正越来越固执而大胆地思考如何加入众神的盛宴。他们在乐观时思考这个问题,但随之而来的却是绝望,是不可救药的无力感,是漫长的崩溃。

里姆·艾哈迈多夫。他给了我一本他于1990年在乌法出版的《关于河流、湖泊和草地的格言》。在苏联,人们用各种各样的方式解决"我与体制"的问题。一些人支持当权者,另一些人反对,还有很多人只是想为自己寻找一个庇护所——离政治越远越好。比如前列宁格勒有一对动物学家夫妇,他们选择以猴子的模仿能力作为自己的研究对象。

从表面看来,但只是从表面看来,大自然就是这样一个对象/庇护所。在斯大林时代,描写自然的大师是米哈伊尔·普里什文。在那个还没有电视和彩色摄影的年代,普里什文的散文无与伦比,闪烁着秋日森林、溪底卵石、蘑菇冠和鸟羽的斑斓色彩。我一直认为,这种对露珠和稠李花的描写是一种逃避,一种平静的撤退。我向俄罗斯诗人加拉·科尼洛娃表达了这种看法,但她反驳道:"哪里呀!这是一种抵抗性的写作!当局想摧毁我们的语言,而普里什文的语言是丰富的。当局希望一切都失去个性,没有区别,灰暗无光,但俄罗斯在他笔下如此绚丽,如此独特!在那些年里,我们阅读普里什文,是为了不忘记我们的语言,它正在被新语[1]所取代。"

里姆·艾哈迈多夫的散文也有类似之处。里姆不写政府取得的成就,不写化工业、导电塑料、水龙头和单宁酸。里姆根本不去注意这一切。相反,为了对抗巴什基尔的破坏者,他描写那些尚存的自然美景——苏托洛卡河里的鳊鱼,努尔陶山上的树,通往扬塔·图尔穆什农场的花团锦簇的乡间小路。他乘船旅行,带着狗和帐篷在他的国家四处漫游。

他最喜欢的是草本植物。艾哈迈多夫是位草药学家,他收集草药,把它们晒干,混合,加入一些东西制成药品。他告诉我,用一种药治疗所有人是不好的,也不可能有效。每种药都必须在与病人交流后单独配制。跟患者交流很有必要,这样才能选择合适的草药,唤醒病人战胜疾病的力量。没有这一点,就不可能治愈疾病。

他儿时记得最清楚的是一种金绿色的小甲虫——隐翅虫。他在枯死的荨麻叶上找到了这种生物,枯死的荨麻叶不扎人。

他已经六十岁了,但他再也没有找到过那种甲虫。

1　乔治·奥威尔在《一九八四》中设想的一种新人工语言,是大洋国的方言,其原则是俭省、简化语言,以达到控制和消灭思想的目的。

俄罗斯神秘剧

乌法，是我乌拉尔—西伯利亚之行的起点。

路线如下：莫斯科—乌法—叶卡捷琳堡—伊尔库茨克—马加丹—诺里尔斯克—莫斯科。如果把在各地的即兴探险也算在内，那我要在白雪皑皑的荒原中穿越大概两万公里。现在是四月，在这个季节，河流仍是绵延数百公里的冰楔。偶尔才能发现一些城市，像戈壁滩或撒哈拉沙漠中的绿洲一样与世无争，过着自己的生活，仿佛不受束缚，与任何事物都没有联系。

高加索陷入火海，亚洲各共和国（塔吉克斯坦、乌兹别克斯坦，等等）持续爆发血腥的骚乱，德涅斯特河两岸战火纷飞，对此，世界早已习以为常。所有这些摩擦、叛乱和战争都发生在苏联的边陲，从某种意义上说，它们发生在俄罗斯以外，远离它的躯干。

但是，巴什基尔人民族意识的觉醒向我们揭示了帝国内部正在酝酿的一种新的冲突。只需看看地图：巴什基尔共和国，那里有排着长队只为喝上一杯水的居民，有扬古津博士和他收藏的古剑，有调配草药治愈疾病的里姆·艾哈迈多夫——这个巴什基尔人的国家就坐落在俄罗斯联邦境内。现在，巴什基尔人，还有生活在俄罗斯领土上的其他非俄罗斯人，正在提高声量，要求权利，要求独立……

今天，联邦的领土上生活着几十个非俄罗斯民族和部落，越来越明确地表示反对莫斯科，越来越强烈地要求各自独立的利益。在巴什基尔人、布里亚特人、车臣人、印古什人、楚瓦什人、科里亚克人、鞑靼人、摩尔多维亚人、雅库特人和图瓦人中间，这场运动正在以雪崩般的速度扩大。

这似乎是不可遏制的，因为这些世世代代受到压制与俄罗斯化的民族和部落正在迅速扩张，而俄罗斯人在联邦居民中的比例多年来一直在下降。俄罗斯人的出生率很低，因此而产生的焦虑、不确定和挫败感也与日俱增。

在伊尔库茨克，我看到一张戏剧海报，标题是"关于俄罗斯的一席话"。

我买了张票就去了。

演出在一座教堂里举行，这里以前叫作"无神论博物馆"。

关于东正教:

颇具讽刺意味的是,那些被改造成反宗教中心的教堂保存得最为完好——反对东正教仪式、反对东正教神职人员、反对修道院、反对教堂本身。这些无神论博物馆变成了永久性的展览场所,向人们解释宗教如何成了民族的鸦片。相应的图画和文字把亚当和夏娃描绘成神话人物,神职人员在火刑柱上烧死妇女,教皇有情妇,修道院里到处都是同性恋。全国各地有许多类似的展览,都是按照最高层批准的同一个设计方案组织的。在过去,如果在帝国旅行,参观无神论博物馆是雷打不动的保留节目。

外国人在参观完这样的博物馆后,有时会表示震惊和愤怒,因为一个敬拜上帝的地方,竟然变成了与上帝作斗争的大本营。但是他们错了。让我们假设,某个教堂被指定为与上帝作斗争的场所,也就是将其改造为无神论博物馆,那么当地政要的妻子们就会受雇于此。为了让自己暖和,她们会确保窗户上有玻璃,门关得严严实实,小火炉生着火。教堂内部也会相对干净,地板会经常清扫,墙壁不时粉刷。而没有承担这一使命的教堂命运则完全不同:它们被改建成马厩、牛棚、燃料库和仓库。在利沃夫附近的涅斯特罗夫,美丽的方济各教堂被改造成汽修厂。它和成千上万座多年来被用于存放石油和化肥的教堂都没能被拯救下来。还有那些五六十年前便被洗劫、摧毁、关闭，任凭风霜雨雪摧残，被遗弃给老鼠和鸟类的教堂，也没有被拯救下来。也许德罗霍贝奇的犹太会堂还有救，它的屋顶很结实，被用作家具仓库，所以没有遭到化学物质的破坏。如今，大多数还能修复的教堂，正是昨天的无神论博物馆（近年来它们经常改名为"圣像博物馆"）。

关于圣像：

摧毁教堂的蛮力也同样摧毁了圣像，一开始这种力量鲁莽而原始，后来它变得有预谋、有条理。

有多少圣像成了牺牲品？

从1917年10月到最近这十年，俄罗斯有两三千万个圣像遭到毁坏。

俄罗斯艺术史学家A. 库兹涅科夫在《莫斯科》月刊（1990年一月刊）中提到了这一数据。他列举了圣像被破坏之后的用途：

在军队 —— 用作射击场的靶子

在矿井 —— 用作水漫通道的路面

在市场 —— 用作制造土豆筐的原材料

在厨房 —— 用作切肉和切菜的案板

在住宅 —— 用作冬天炉灶的燃料

作者还补充说，还有大量圣像直接被烧了，或者被运到乡村和城市的垃圾场。

伊尔库茨克的教堂（它得以保留下来，因为它的地基上要建党委大楼）有高高的白墙，在墙壁的映衬下，圣像显得愈发色彩浓烈，年岁久远的清漆闪耀着光泽。这些深色的画作被装裱在镶有银色饰边的外框中，圣人、传道者、使徒和神秘主义者的面孔从画中注视着我们，当光线变暗时，他们又重新退回到神秘莫测的黑暗中去。

中殿里摆着长凳。大约两百人坐在里面，所有座位都坐满了。人们裹着大衣，感觉寒冷。这里是西伯利亚东部的伊尔库茨克。

舞台设在圣坛上，七个高大的年轻人走上来。他们穿着老式的俄罗斯麻布衬衫，腰里系着绶带，麻布裤子鼓鼓囊囊的，塞进高筒皮靴里。他们的发型是老式斯拉夫风格，梳着齐刘海，两侧剃光，还留着长长的络腮胡。其中三个人手持军号，就像弗拉基米尔军团里的号手一样，还有一个人不时击鼓。在这支整装待发的队伍中，站在最前面的是指挥官、旗手兼意识形态宣传家。他发表了一首献给俄罗斯的颂歌，其中不乏雄浑激昂的历史演说，有些地方又变成了激情澎湃的赞美诗，还间杂着献给俄罗斯的冗长祷文。他的演讲得到了斯拉夫战士们的热烈响应，每次结束时都伴随着轰鸣的号角和爆裂的鼓点。

"俄罗斯！"战士们高呼，"你永远神圣而伟大！荣耀属于你，俄罗斯！"（号角，鼓点，战士们画着十字，深深鞠躬。)

"是的,"旗手说,"俄罗斯曾无比强盛,俄罗斯民族曾引领全世界!"

"全世界!"战士们高呼。(号角,鼓点,画十字,鞠躬。)"来自欧洲和五湖四海的国王们来向沙皇致敬,献上黄金、白银和宝石!"(鞠躬,鼓点。)

"但俄罗斯的伟大激起了敌人的仇恨。俄罗斯的敌人虎视眈眈,窥伺她的灭亡!"

旗手沉默了,环视全场观众。我们都一动不动地坐着,凝神静听。突然,在教堂深沉的寂静中,他踮起脚尖,仿佛要腾空跃起,他绷紧身体,大声喊道:"一九一七!"

他的呼喊让我背上一阵寒意。

"那是一场针对俄罗斯民族的国际阴谋!"片刻后,"要把俄罗斯从地球上抹去!"

"俄罗斯,他们要置你于死地!"战士们附和着。(号角,鼓声,鞠躬。)

"所有人串通一气,"宣传家说,"所有人都参与了阴谋,拉脱维亚人,犹太人,波兰人,日耳曼人,乌克兰人,英国人,西班牙人,人人都想毁灭俄罗斯民族!"他总结道,"三股势力谋划了这场阴谋……这些魔鬼把我们引入漫长的地狱!"

"滚开,滚开,撒旦。俄罗斯,拯救你自己,拯救你自己!"战士们高喊着,画着十字,吹着号角,击着战鼓。

最让宣传家愤怒的是犹太人。

"犹太人,"他以最大的蔑视和愤怒喊道,"想把大屠杀据为己有。但是,真正的大屠杀发生在俄罗斯人民身上!"

他等着战士们唱了一首歌,歌颂俄罗斯大地的力量和不朽,随后,他发表了如下论述:

"1914年,"他说,"世界上有一亿五千万俄罗斯人。据我们的学者估算,如果这些俄罗斯人正常地生活和繁衍,那今天他们将超过三亿人。但实际上我们有多少人呢?"他面向听众,立刻回答说,"只有一亿五千万人。那我请问,另外一亿五千万俄罗斯人在哪里?我们那一亿五千万兄弟姐妹在哪里?他们死了,被屠杀,被枪毙,被折磨,或者根本就没有出生,因为他们年轻的父母还没来得及看到自己的后代,就被枪毙了。"

"我再说一点。请问,如果他们想毁灭一个民族,他们首先打击谁?他们会打击最优秀、最具才干、最富智慧的人。在俄罗斯就是这样。我们民族中最优秀的那一半人都死了。这才是真正的大屠杀。他们和帝国主义者,还有犹太复国主义者,这个撒旦的国际联盟,无法忍受俄罗斯人成为世界上最伟大的白种民族!最伟大的!"

号角刺耳,鼓声轰鸣。

我环顾四周。人们全神贯注地坐在那里倾听着,但他们脸上没有表情，没有情绪，没有感觉。他们一言不发，缩在大衣里，裹着披肩和围巾。他们一动不动。在我们周围，在白色的墙壁上，成排的圣像发出幽暗的光，就在这时，圣坛上的七个俄罗斯年轻人唱起了一首关于民族灭亡的歌。

歌声结束后，宣传家继续说："世界应该谦卑地祈求俄罗斯的原谅，原谅他们给她造成了如此沉重的打击，原谅他们像使用毒剑一样，用革命刺向她。"

"各国必须请求俄罗斯的宽恕！"战士们高呼。

"世界必须洗刷对俄罗斯犯下的罪孽！"

我的上帝啊，我想，你已经迷惑了他的心智。

我快冻僵了，但不想离开，我想看看接下来会发生什么。

"俄罗斯人民立刻站出来反对，"意识形态宣传者说，"每个县，每个州都是如此，起义和暴乱在各地爆发。让我给你们念念一个士兵写的话，他曾在坦波夫州与俄罗斯农民并肩作战，他说：'我参加过许多与德国人的战斗，但我从未见过这样的场面。机关枪一排排地扫射，但他们仍不停地前进，仿佛眼中空无一物，他们跨过尸体，从伤员身上踏过，他们不可阻挡，眼神吓人。母亲们把孩子抱在胸前，呼喊着，圣母啊，代祷者，救救我们吧，可怜可怜我们吧，我们为保卫您而死。他们再也没有任何恐惧了。'"

旗手收起写着这段话的卡片。四周仍一片寂静。

"在战争时期，"他以平静的声音说道，"他们杀害了一千多万俄罗斯农民。另有一千万人死于饥饿。今天他们想把一切都归咎于斯大林。但斯大林当时还没有掌权，事实上，当时掌权的是布朗斯坦和捷尔任斯基[1]，他们都不是俄罗斯人。"

"阴谋还在继续！"旗手高呼，他指着教堂的大门，好像国际阴谋家随时会冲进来把我们扔进监狱。

"阴谋还在继续，"他重复道，"民族正在灭亡。"

漫长的、哀伤的鼓声响起。

观众席一片寂静，彻底的寂静。

宣传家再次开口，这一次，他用一种实事求是的口吻谈起了俄罗斯人如何在帝国时代过着最糟糕的生活。"立陶宛人的平均寿命是七十二岁半，俄罗斯人只有六十八岁。立陶宛人！立陶宛人比俄罗斯人多活五年！"他在意的并不仅仅是有人比其他人寿命更长，而是区区一个立陶宛人竟然比伟大的俄罗斯人活得更久！

他主要担心的是，俄罗斯人，真正的俄罗斯人，数量仍在减少。在人口最多的五个地区（普斯科夫州、图拉州、

---

[1] 费利克斯·埃德蒙多维奇·捷尔任斯基（1877—1926），波兰裔革命家，俄国共产党（布）与苏维埃俄国领导人之一，在十月革命后的国内战争中，指挥克格勃的前身"契卡"。

加里宁格勒州、坦波夫州和伊万诺沃州），人口还在逐渐减少。古老的俄罗斯正变得荒芜。最荒凉的是农村。近年来，农村人口以每年百分之十的速度减少。到处都是废弃的村庄。夏天驱车前往，有些地方只能看到一些老妇人在茅屋外的土凳上晒太阳。那里没有男人，连老年男子都没有。你看不到一匹马，也看不到一只母鸡。根本看不到任何牲畜。到了冬天，连那些老妇人也不见了。就像瘟疫过境一样。

"出路在哪里？"他问道，目不转睛地盯着礼堂，让人以为他驱车几千公里从莫斯科来到伊尔库茨克，就是为了能在这里找到这个困扰他的问题的答案。但我们都默默坐着。几个人在座位上轻轻晃了一下，似乎觉得有义务开口提一些有用的建议，但过了一会儿，他们也安静下来。

"俄罗斯是智慧而不朽的，"宣传家如此回应了我们窘迫而无措的沉默，"俄罗斯会找到解决办法，俄罗斯将得到拯救。"

他有一项计划，他称之为"俄罗斯复兴"。其本质就是把俄罗斯人重新安置到俄罗斯去。这样，他们就能像他所说的那样，"回到俄罗斯空荡荡的摇篮"。这并不容易，不仅因为俄罗斯人正在离开俄罗斯，而不是回到这里，也因为这个项目巨大的规模和成本：有大约两千四百万俄罗斯人生活在俄罗斯联邦境外。

"回来吧,回到俄罗斯母亲的怀抱!"战士们高呼,画十字,向地面鞠躬。但教堂中殿没有做出任何积极的回应。

在这场俄罗斯人回归俄罗斯的伟大运动中,必须小心,因为一些乌兹别克人、土库曼人或格鲁吉亚人也想趁势搬过来。

"俄罗斯属于俄罗斯人!"旗手高喊。(号角、鼓声、十字。)

这是一个自负却问题重重的宣言。问题在于,当代俄罗斯人的意识被一种不可调和的矛盾撕裂了,那就是血统标准和土地标准之间的矛盾。你应该追求什么?如果以血统为标准,那最重要的是保持俄罗斯民族在种族上的纯洁性,但这样一个种族纯粹的俄罗斯只是当今帝国的一部分。其他地方呢?如果以土地为标准,那最重要的是保持帝国领土的完整性,但如此一来,就不可能保证俄罗斯人在种族上的纯洁。

矛盾,矛盾。

宣传家明白这一点,所以在喊出"俄罗斯属于俄罗斯人"的口号后,他立刻作出了让步。

"俄罗斯人必须保持世界强国的地位,"他喊道,"他们想让我们变成美国土地上的印第安人。他们想让我们喝得烂醉,试图毒害我们。但我们不会变成印第安人。我们不会变成香蕉共和国。(号角声,更多的鼓点。)

他用拳头比出威胁的手势。"不要跟着西方音乐跳舞！不要把可口可乐瓶挂在脖子上！"（只有鼓声。）

"我们的目标是拯救民族和国家，"他语重心长地说，坚定而有力，"我们的目标是：一个国家，一块领土，一种精神，一个俄罗斯！"（许多号角，许多鼓声。）

"很快，"他满怀希望地补充道，语气中充满信念，"这个国家会受够了这种多元化的混乱，受够了这整个乱七八糟的假面舞会，它会明白，只有沙皇能拯救这个国家！"

另一首献给俄罗斯的赞美诗开始了。

"俄罗斯啊，请原谅我们犯下的罪，"宣传家说，"无信仰之罪，软弱之罪，迷失之罪。我们发誓要恢复您的力量，我们发誓效忠于您。让您的太阳，俄罗斯啊，以圣父、圣子、圣灵之名照耀全世界！"（长长的号角，嘹亮的鼓声，十字，更多的十字，鞠躬，更多的鞠躬。）

我走到门外。那是一个寒冷的夜晚，繁星点点，美丽而无风。我正返回旅馆，它位于贝加尔湖的方向。昨天，我跟当地大学一位优秀而勇敢的年轻学者奥列格·沃罗宁一起乘公共汽车去了湖边，前往一个名叫利斯特维扬卡的地方。大雨夹杂着雪花落下来，一切都变得模糊不清。

湖水结冰了。驳船锈迹斑斑的残骸探出冰面。看不到对岸，也看不清利斯特维扬卡的全貌。定居点里有两家商店和一家酒吧,都关门了。我们没地方可去,也无事可做。等车的时候,我们沿着空荡荡的道路走了几个小时。据说这里到处都很美,高山,森林,河流,但一定要在夏天来,那时候阳光灿烂。

我们好不容易回到城里。严格来说,我并没有亲眼见到贝加尔湖。我在伊尔库茨克买了一本书,从中可以了解到很多关于贝加尔湖的信息。作者G. I. 加加齐写道,贝加尔湖是一个很深的湖,水量丰富。他问道,如果人类的水源只剩下贝加尔湖,那他们还能活多久?然后他回答说:四十年。

跳水坑

"你叫什么名字?"

"塔尼娅。"

"你几岁了?"

"再过两个月我就十岁了。"

"你在干什么?"

"现在吗?我在玩。"

"你在玩什么?"

"我在跳水坑。"

"你不怕被车撞到吗?"

"这里没有车经过!"

塔尼娅说得对。昨天气温升高,中午甚至到了零上二摄氏度，整座城市陷入泥泞之中。雅库茨克[1]，名副其实的西伯利亚科威特，一个富饶之地，一个坐拥黄金和钻石的共和国的首府。世界上的钻石和珠宝——无论是世界各地的富太太们佩戴的那些，还是纽约、巴黎和阿姆斯特丹的珠宝橱窗里陈列的那些（更不用说那些用于地质钻探和金属切割的钻石了）——有一半都来自雅库茨克。

塔尼娅有一张苍白的小脸。这里的冬天总是阴沉沉的，即使太阳出来，也感觉不到温暖；它发出明晃晃的光，刺得眼睛直痛，却又遥远而冷淡。这个女孩穿着一件很短的外套，是用绿棕相间的格子布料做成的。可惜它太短了，毕竟不能每年都有新衣服穿。妈妈哪里有钱买？即使她有那么多钱——塔尼娅心不在焉地笑着说——又有谁愿意去排队，一直等到一批尺码刚好适合十岁女孩的外套运到雅库茨克呢？更何况还是如此高挑的十岁女孩。

塔尼娅用一种非常成熟的方式分析并判断这一切。

在跳水坑这件事上，她运用的是同样的推理。必须跳得非常精确无误，以免弄湿鞋子，因为去哪里找一双换洗的鞋子呢？

"没错，"我赞同地说，"而且你可能会着凉，得流感。"

"着凉？"女孩惊讶地说。"现在吗？雪已经化了，天

---

[1] 雅库茨克，俄罗斯萨哈共和国首府。

也开始变暖,你可能不知道什么是真正的冷。"

这个西伯利亚小女孩看着这个男人,流露出明显而又有所保留的优越感:他年长许多,却对寒冷一无所知。

她跟我解释说,有一个办法可以判断真正的严寒,那时空气中会弥漫着明亮的、闪烁的薄雾。人在行走时,薄雾中会形成一条走廊。走廊的形状刚好就是那个人的轮廓。人走了,但走廊会留在原地,固定在雾气中。大个子会形成一条宽敞的走廊,小孩则会形成一条小走廊。塔尼娅的走廊很窄,因为她很苗条,但按她的年龄来说,这个走廊又很高。这是可以理解的,毕竟她是班上个子最高的。早上出门时,塔尼娅可以从这些走廊判断她的女伴们是否已经上学去了,她们都知道最亲近的邻居和朋友的走廊是什么样的。

这里有一条宽大低矮的走廊,轮廓清晰,这说明校长克劳迪娅·马特维耶夫娜已经走过去了。

如果早上没有出现符合小学生身材的走廊,那就说明天气太冷,学校停课了,孩子们都待在家里。

有时能看到一条歪歪扭扭的走廊,然后突然不见了,这意味着——塔尼娅压低了声音——有人喝醉了,脚下一滑,摔倒了。醉汉经常在严寒中冻死。这样的走廊看起来像是一条死胡同。

跳水坑

我一点儿也不后悔来雅库茨克，因为我在这里遇到了这样一位出色而睿智的姑娘。我是偶然遇见她的，当时我正走在扎罗日纳亚社区的街道上。在这附近空无一人的风景中，塔尼娅是我看到的唯一一个活着的生物（当时是中午，人们都在上班）。而且我迷路了，想问问去克鲁普斯卡街怎么走，我在那里有个约会。

"我带你去，"塔尼娅兴奋地主动提出来，"因为你自己可能找不到。"这意味着我必须加入她的游戏，因为到达克鲁普斯卡的方法只有一种——跳过水坑。

这里是扎罗日纳亚：南北垂直相交的宽阔街道，既没有铺柏油，也没有铺鹅卵石。每条街道都是一座由水坑、泥潭和沼泽组成的细长而平坦的岛屿。没有人行道，甚至没有我们平斯克那种木板人行道。沿街都是小小的木质平房，都是些老房子，木头潮湿而污糟，正在腐烂。窗户很小，窗玻璃却很厚，窗框里衬着棉絮、毛毡和破布。因为这些窗玻璃的缘故，这些房子看上去就像快失明的老妇人一样，正透过厚厚的镜片看向我们。

在扎罗日纳亚，寒冷是一种救赎。

寒冷让周围的环境和土壤都保持着严格的纪律，处在一个坚不可摧的秩序和强大而稳定的平衡中。房屋笔直而稳固地嵌在坚硬如水泥的冻土中，人们可以在街道上骑车、行走，车轮不会陷入泥泞的沼泽，鞋子也不会被黏乎乎的泥浆困住。

但是，只需要一天的时间就够了，就像我遇见塔尼娅的那天一样；也就是说，只要天气转暖就够了。

房屋摆脱了严寒的束缚，变得松散，重重地滑入地下。多年来，它们一直立在街道水平线以下。这是因为它们建在永久冻土上，随着时间的推移，它们散发出来的热量在冰冷的土壤中掏出一个洞，每年，它们都会在这些洞中越陷越深。每座小房子都矗立在一个单独的、越来越深的坑里。

现在，四月的暖流抵达扎罗日纳亚，那些倾斜的、可怜的小房开始变形，它们歪歪扭扭，趴了下去，越来越接近大地。整个街区都收缩、变小、下沉，有些地方只能看见屋顶，好像一支庞大的潜艇舰队正逐渐沉入大海。

"你看到了吗？"塔尼娅问。

我沿着她手指的方向看过去，看到了这样的情景：解冻后松动的污泥开始流动，在溪流、沟渠和缝隙中蜿蜒，径直流进房屋。西伯利亚的自然是极端的，这里的一切都狂暴而激进，所以，如果雅库茨克的泥浆威胁到房屋，那就不是滴滴答答的细流或者水汪汪的黑灰色黏液，而是一场绝望的雪崩，突然朝门廊和大门的方向涌去，填满走廊和院子。好像街道溃堤，涌进扎罗日纳亚的房屋。

跳水坑

屋子里，人们行走在泥浆中，泥巴覆盖着地板，到处都是。"味道很难闻，"塔尼娅补充道，"因为扎罗日纳亚没有下水道，所以泥巴里什么都有……"她皱了皱眉，寻找着合适的词汇，最后败下阵来，重复道，"总之，各种各样的东西。"

我还应该注意另一点，就是地上到处插着指示牌，警告人们不能随意挖土。为什么呢？因为脚下就是电线，草草埋在那里，如果铁锹碰到电线，电流当场就会要了人的命。因此，在扎罗日纳亚，一个人不仅有可能陷进泥浆里，弄脏衣服，沾满泥巴，甚至还有可能掉进下水道，甚至触电身亡。这就是为什么冬天更安全，因为在冬天，没有人会去挖土。

快到克鲁普斯卡街时，我们遇到一位老妇人，她正在一栋小房子外用扫帚用力扫着，阻止泛滥的泥浆涌上门廊。

"真不容易。"我跟她攀谈起来。

"啊，"她耸耸肩，"春天总是很糟糕，所有东西都流来流去。"

一阵沉默。

"日子怎么样？"我问了一个最陈腐、最白痴的问题，只是为了让对话继续下去。

老奶奶直起身，双手扶在扫帚柄上，看着我，露出一丝笑容。"kak zyviom（我们过得怎么样）？"然后她用充满自豪和决心，又饱含苦与乐的声音说出了俄罗斯生活与哲学的真谛："Dyshym（我们还在喘气）！"

跟拉丁美洲的贫民窟（里约热内卢的法维拉、智利圣地亚哥的卡帕斯）一样，雅库茨克的扎罗日纳亚也是一个封闭的结构。贫穷、污垢和泥泞在这里形成了一种均质、连贯、统一的景观，其中所有元素都互相连接，彼此关联。目光所及之处没有任何对比，在贫穷的全景画卷上没有任何象征繁荣的符号。这种封闭结构的本质在于，你无法改善其中任何一个单一的事物，因为链条中的其他环节会立刻形成阻碍。比如说，没办法让人们穿上干净的鞋子，因为无处不在的泥垢不允许这样做。

唯一能做的只有拆掉扎罗日纳亚，让居民们搬进新房。但新建的楼房也好不到哪里去。甚至可能更糟糕。用大块混凝土板建成的公寓刚草草完工，就已经歪斜开裂了，墙壁上的灰泥已经脱落。输送冷热水和污水的管道都架在房子外面，跨过院子、广场和街道，向四面八方伸展。到处都能看到这种管子，用一团团织物、各种金属片和胶带裹着，用铁丝和绳子捆在一起。

水管经常爆裂。如果是冬天，裂缝里就会结成巨大的冰山，没有人能把它们清除掉。到处都能见到这种冰山，巨大而沉重，在阳光下闪闪发光。这些管道、电线、接头和水龙头缠作一团，街道在其中蜿蜒，雅库茨克的新社区看起来就像巨大的工厂车间，只是还没来得及加盖屋顶。

在其中一个车间/居民区里，人们正排成长队耐心等待着。我走上前，看见两个穿白围裙的女售货员正在货摊前工作。我想看看她们在卖什么，这群弯着腰、跺着脚的人在等什么。他们在等蛋糕。一种蛋糕，只有一种，所有蛋糕上都有一模一样的粉色糖霜花纹。你可以把蛋糕直接拿在手里，它们不会碎掉，它们硬邦邦的，已经冻得很结实了。

所以，我找到的不是钻石、黄金和科威特，而是扎罗日纳亚和整个贫穷的城市。对雅库茨克来说，钻石既看不见，也摸不着，它们从矿山直接运往莫斯科，用来支付坦克和火箭的生产费用以及帝国的国际政治开支。

我回到奥卡地亚布尔斯卡街，回到我的旅馆。我住在506号房间。要打开门，必须反复转动钥匙。通常需要尝试八到十六次。在第八次期待成功是过于乐观了，但从某种意义上说，在第十六次期待成功也是乐观的，因为到第十六次时，门肯定会打开。但糟糕的是，它没办法从里面关上，不上锁时，它会自动朝走廊的方向弹开。我别无选择，只好请隔壁的房客帮我锁门。那是一个技术员，布里亚特人，我们形成了一种特定的仪式：我敲邻居的门，他出来，我们一起打开我的门，然后邻居再帮我锁上。

在小小的浴室里，洗手池上方的水龙头既出凉水也出热水，但淋浴器里只出热水。我在不知情的情况下打开了淋浴器，滚烫的热水咔嚓一声冲了出来。由于浴室和房间里的温度都很低，所以立刻产生了大量蒸气。我什么也看不见。我扑向淋浴器，但怎么也关不上。我又冲向窗户，想让水蒸气散出去，但窗户也打不开，它用石膏黏合剂封住了，而且窗户的把手也被拆掉了。如果我打开房门，水蒸气就会冲到走廊里，引起混乱，那样会很丢脸。但有什么丢脸的呢？我哪里做错了？我已经在考虑怎么给自己开脱了。这个国家的一切都以某种方式被安排得明明白白，以至于一个人无论做什么，处于何种境地，陷入何种困难和窘境，他都会有一种负疚感。

正如我所说的，房间里很冷，所以水蒸气立刻凝结在墙壁、窗户以及小画框和镜子的玻璃上。我做了最后一次英勇的努力，终于把淋浴器关上了，我浑身湿透，几乎喘不上气来，我发誓再也不碰任何东西了。房间里潮乎乎的，到处都是水，但暂时也暖和了起来。

我来到走廊，想看看是否有人注意到我的房间里刚刚发生的灾难。但走廊里空荡荡的，一片寂静。公共休息室里电视开着，但没有人在看。作家弗拉基米尔·索洛辛正在说话："苏联血流成河，一片血海。"他说有六千六百万人死亡，还不包括第二次世界大战的牺牲者。"所有这一切，"

索洛辛说,"都是以创造人间天堂的名义进行的。"最后,他总结道,"天堂,哈哈!我们今天光着屁股走来走去。"

接着出场的是一名工人。虽然列宁已经一文不值了,但他仍旧自豪地宣布,他只用几个晚上就看完了五十五卷的列宁全集。"很简单,"他说,显然对自己很满意,"我不到一个小时就读完一卷。我知道列宁最重要的话都印成了斜体字,所以我翻得很快,只看斜体字。我给大家推荐这种办法!"他对着雅库茨克旅馆空荡荡的房间鼓励道。

节目最后,莫斯科塔甘卡剧院院长尤里·卢比莫夫用批判而又绝望的语气说,"我们失去了理智,失去了良心,失去了荣誉。我环顾四周,看到的是野蛮!"卢比莫夫铿锵有力、充满戏剧性的声音充满了休息室,洒落在走廊和大堂里。

大堂的书报架上,唯一出售的外国报纸是法国的《人道报》。我买了一份,是为了一张照片。平时我根本不会注意到这种照片,但现在我坐在房间里,凝视着最后一版上的照片。照片上是漂亮而整洁的A6高速公路,沿途绵延着漂亮而整洁的汽车。这一切突然让我着迷:路上的白色指示线,巨大而醒目的路牌,明亮的路灯。一切都被洗刷一新,一切都很干净,一切都很协调。

照片的说明文字是"复活节长周末开始了"。

人们厌倦了巴黎,他们想要休息。

这太遥远了,我看着照片想。就像望着金星一样。

然后,我开始着手清理浴室里的水。

早上,酒店的客人可以在酒吧买早餐。这个时间人们大多穿着运动服。他们排队等候,四周寂静无声。这是绝对的安静。如果有人想跟身边的人说话,他只能小声说。这种寂静有时候很有欺骗性,暗藏着危险。因为突然间,毫无理由地就会爆发出哭声、叫喊和争吵。这种情形一般有两个特点。首先,起因通常是完全不合常理的。是怎么引起的呢?发生了什么事?为什么?——没办法弄清楚,没有人知道,大家都耸耸肩。空气中充满了摩擦,像是布满雷电的云层,最微小的琐事都能释放出破坏性的能量。其次,爆炸是瞬间发生的,没有中间过渡,没有奚落、生气、闷闷不乐、面无表情,只有从沉默到尖叫的突然爆发,就像纵身跳下悬崖。仿佛这场战争只能在一个频率上发生,低一个赫兹或高一个赫兹都不行。这种可怕的、愤怒的、毫无意义的尖叫和咒骂持续了一小会儿,然后就像开始时那样,突然结束了。再一次,寂静降临;再一次,如果有人想跟身边的人说话,他会压低声音。

轮到我们走到酒吧女招待面前了。这个场景所费的言辞很少,而且极其务实。女招待看着客人,一言不发,这说明她在等对方点菜。这里没有"早上好"或者"你好"，客人会直奔主题，他会说：一杯奶油，一个鸡蛋，农夫奶酪，黄瓜，面包。

他不说谢谢，也不说任何多余的话。服务员递给他食物，接过钱，也是一声不吭。她合上收银机，看向下一个客人。

这里的人吃饭很快，很急切，几秒钟就吞下所有东西。尽管有几次我是第一个到酒吧的，但我总是最后一个离开。比我晚到的人要比我早走很多。我不知道反复发生的大饥荒的幽灵在这里扮演了什么角色，它深深根植在集体记忆中——人们潜意识里担心，也许明天就没有东西吃了。

晚上在弗拉基米尔·费奥多罗夫家。费奥多罗夫，俄罗斯族，当地文化界的知名人士。他是当地《东方之星》双月刊的主编，我在上面读到过一篇关于雅库特村庄斯克提亚奇的报道（夏天，乘船沿着勒拿河向北行驶，六天可以到达）。村子里结核病蔓延，能逃的人都逃走了。为了买一块面包，要骑马两百公里去基乌斯乌尔镇，穿越无路的荒野、雪地和针叶林。

费奥多罗夫和他的妻子及两个女儿住在这间小公寓里，公寓很整洁，雅致而温馨，有三十平方米。他的家人都不在，所以一晚上只有我们两个人。费奥多罗夫出生在勒拿河畔的雅库特共和国，他熟悉整个国家，四面八方都游历过。在他的经历和想象中，有一个我所不了解、无法接近的世界。针叶林，河流，湖泊，我从未去过那里，不知道一个人在杀死一头熊后是什么感觉，也不知道正当饥肠辘辘时突然钓到一条大鱼是什么感觉。

关于雅库特人，我有个问题一直挂在嘴边，但不好意思开口。在雅库茨克，雅库特人占少数，只有四十万人。他们和俄罗斯人的关系如何？俄罗斯人十七世纪才来到这里。费奥多罗夫是否认为存在类似于殖民的状况，是否存在殖民式的依赖和剥削？

"怎么可能！"费奥多罗夫回答说。雅库特（1991年秋，雅库特共和国更名为"萨哈共和国"）是他的祖国；他在这里出生、长大，在这里生活和工作。就像南非的阿非利卡人[1]一样，他们出生在这里，没有别的祖国！此外，俄罗斯人和雅库特人在这里受到同样的剥削，而剥削者是同一个。是帝国夺走了他们的钻石，并让他们住进扎罗日纳亚。

尽管很多年过去了，雅库特依然充满了痛苦。这里有过许多劳动营，主要在金矿附近。如果囚犯上交的黄金超过定额，每多交一克黄金，就能得到等量的烈酒、烟草或

---

[1] 阿非利卡人，旧称"布尔人"，是南非和纳米比亚的白人种族之一，以十七世纪至十九世纪移民南非的荷兰裔为主，融合法国、德国移民形成的非洲白人种族。

跳水坑

面包。舞弊层出不穷,在监工中间很流行。一个叫巴甫洛夫的人曾用三百克黄金换了三百克烈酒,犯人们发现这些烈酒没有用水稀释过,是纯正的高浓度烈酒。巴甫洛夫的事迹在劳动营里传开了,他本人也成了一个传奇,这段不寻常的插曲至今仍在共和国流传。

费奥多罗夫也谈到了一些可怕的事情。刑事犯逃跑时,会劝说一些天真无知的政治犯跟他们一起逃跑。这样做是为了防止被饿死,因为饥饿始终是一个威胁,到了最后一刻,他们会杀死这个人,分食他的肉。

如果有越狱事件发生,NKVD会通知当地居民,居民们都了解赏金制度。只要把越狱囚犯的右手交给当局就可以了,当局会通过指纹确认身份。每"送回"一名囚犯,就能得到一袋面粉作为奖励。很多人因此无辜丧命,其中不乏猎人、旅行者和地质学家。

斯大林曾下令在雅库茨克和马加丹之间修建一条公路,全长两千公里,横跨针叶林和永久冻土层。他们从两端同时开始修建。夏天来临,天气变暖,冻土开始融化,土地被水淹没,形成沼泽,道路沉没了。一起沉没的还有在上面工作的囚犯。他下令重新开工。但结果还是一样。再来一次,他命令道。道路的两端从未相遇,但修路的人也许已经在天堂相遇了。

科雷马，雾，更多的雾

我在雅库茨克机场等了四天，才等到去马加丹的飞机起飞。科雷马暴风雪肆虐，据说一切都被覆盖、掩埋，计划中的航班延误了。

在西伯利亚旅行就是这样。

大多数机场照明不足；往返其间的飞机老旧，故障频发，有时还必须在某个地方等上一段时间，等他们从大陆其他地方运来燃油。在整个旅行过程中，人都处于压力之下，神经紧绷，生怕那些意想不到的停留和延误导致错过转机，错过预订，然后意外、不幸、灾难接踵而来。因为在这里是不能任性的，不能改签机票，不能选择其他时间和路线。人可能会被困在一个陌生的、总是人满为患的机场达数周之久，没有机会迅速脱身（所有机票都提前几个月售罄了）。到那时，人该怎么办呢？要住在哪里，靠什么生活呢？

在雅库茨克，我发现自己就正处在这样的状况。我不能回城，如果科雷马的风暴突然减弱了怎么办？那样飞机会立刻起飞，所以我们必须用尽全力坚持下去，如果飞机走了，如果它起飞了，那我们就完蛋了。

所以，唯一能做的事情就是坐下来等待。

当然了，像这样无所事事地静坐，处于一种精神麻痹的状态，这种懒散令人不快，是一种可怕的闲逸。但话说回来，全世界不是有千千万万的人以这样被动的方式消磨时间吗？他们不是已经这样坐了很多年、很多个世纪吗？无论宗教，无论文化，无论种族？在南美洲，我们只需登上安第斯山脉，或者驾车驶过皮乌拉[1]尘土飞扬的街道，或者沿奥里诺科河顺流而下，便随处可见贫穷的泥屋、定居点和城镇，我们会看到许多人坐在屋前的土凳、石头或椅子上，一动不动，什么都不做。让我们再从南美洲前往非洲，让我们探访撒哈拉沙漠上孤独的绿洲和几内亚湾沿线的黑人渔民村庄，探访刚果丛林中神秘的俾格米人，探访赞比亚只有一匹马的小村庄姆文佐，或者探访苏丹美丽的丁卡部落——到处都是一样的景象，人们只是静静地坐着，偶尔说上一两句话，晚上在篝火旁取暖，但实际上他

---

[1] 皮乌拉，秘鲁北部边境城市，西临太平洋。

们什么都不做，只是闲坐不动；而且，他们（或者我们可以这样假设）还处于一种精神倦怠的状态。亚洲又有何不同呢？驾车从卡拉奇到拉合尔，从孟买到马德拉斯，从雅加达到玛琅[1]，我们难道不会被如下事实所震撼吗：为什么成千上万的巴基斯坦人、印度人、印度尼西亚人和其他亚洲人都慵懒地一动不动地坐着，目不转睛地看着不知为何物的东西？让我们飞往菲律宾和萨摩亚，让我们探访育空地区广阔无垠的区域和热带牙买加——到处、到处都是同样的景象，人们一连几个小时一动不动地坐在旧椅子上，坐在木板上、塑料箱上，坐在杨树和杧果树的树荫下，靠着贫民窟的墙壁、篱笆和窗框，不论时间，不论季节，也不论阳光明媚或大雨倾盆。迟钝而面无表情的人们仿佛陷入慢性嗜睡，什么也不做，既没有欲望，也没有目标，（可以推断）沉浸在一种精神的蛰伏状态。

那么，在雅库茨克机场，在我周围，又是什么景象呢？不也一样吗？一群人无言地坐着，一动不动，迟钝到连抽搐——在我看来，甚至连呼吸——都没有。所以，让我们停止不安和挣扎，停止用无法回答的问题折磨空乘，

---

[1] 卡拉奇，巴基斯坦城市，位于印度河三角洲西北部，濒临阿拉伯海。拉合尔，巴基斯坦第二大城市，旁遮普省省会。马德拉斯，现名金奈，印度东南部城市，是孟加拉湾沿岸最大的城市。玛琅，印度尼西亚城市，位于南部爪哇岛东部。

让我们效仿瓦尔迪维亚附近恹恹欲睡的圣胡安村的兄弟姐妹，效仿被酷热压垮的戈壁沙漠定居点的兄弟姐妹，效仿遍地垃圾的设拉子郊区的兄弟姐妹，让我们一动不动地坐着，凝视虚空，越来越深地陷入思维麻木的状态。

四天后，科雷马的风暴结束了，一位活泼的空姐在大厅里跑来跑去，大声唤醒熟睡的人们："马加丹！谁要去马加丹？"我们慌忙收拾背包、袋子、包裹和皮箱，裹上围巾，扣上皮大衣，把带耳罩的大帽子往头上一扣，乱哄哄地朝飞机冲去。飞机立刻转动轮子滑向跑道。我们在飞了。一位妇女坐在我旁边，她要去探望在科雷马服兵役的儿子。儿子的来信让她很担忧，从信中可以得知，他适应不了德杜夫希纳[1]。

你听说过德杜夫希纳吗？是的，我听说过。这是一种士官长和老兵对新兵进行虐待的制度，是困扰军队的一颗恶性肿瘤。它是整个社会被缩减成一个连或一个排的规模，并穿上制服。这个社会的本质：恃强凌弱。新兵是弱者，所以那些军衔比他高或服役时间比他长的人把他视为奴隶、贱民、擦鞋匠和痰盂。新兵必须融入这个新的制度，必须

---

1 德杜夫希纳（diedovshchyna），俄语意为"欺侮"，是俄罗斯军队中一种非正式的欺凌和虐待新兵的做法。

交出人格和尊严。为此，他们虐待新兵，折磨他，殴打他，欺侮他。有时候新兵无法忍受这种残暴而恐怖的折磨，会试着逃跑或自杀。而那些在德杜夫希纳的种种困苦和压迫中熬下来的新兵只会产生一个念头，那就是要补偿，要复仇，因为他曾在泥泞和粪便中打滚，闻军官的袜子，被军靴狠狠地踢脸，所以他要为自己雪耻。但昔日的新兵又能报复谁呢？他能偷走谁的包裹，弄伤谁的肾脏？很自然，只能是比他更弱小的人，也就是更新的新兵。

现在，这种传统而司空见惯的施虐现象有了新的素材，因为军队中爆发了民族和宗教冲突：乌兹别克人杀了塔吉克人，东正教派（俄罗斯人）与穆斯林派（鞑靼人）发生了冲突，萨满教徒（摩尔达维亚人）把刀子插进了无神论者（日耳曼人）的后背。

惊恐的母亲们开始组织各种协会和联盟，迫使当局打击德杜夫希纳。你可以在各种抗议和集会中看到她们的身影，她们胸前举着两张照片：一张是一个年轻的男孩，这是他参军时送给母亲的纪念照；另一张是同样的面孔，同一个头颅，但是已经躺在棺材里了。如果母亲略有积蓄，这些照片就会被装在相框里，镶着玻璃板。但也能看到一些贫苦的妇女，她们拿着破旧不堪的照片。雨雪冲刷并模糊了那张年轻的面孔。如果你驻足片刻，这些妇女会对你的举动表示感谢。

邻座的儿子是一名新兵,她对我讲述了他遭受的折磨。她对着我低声耳语,毕竟她正在泄露伟大军队的秘密。我不知道她是否读过米哈伊洛夫斯基关于陀思妥耶夫斯基的研究,那是一本写于1882年的大部头。米哈伊洛夫斯基是俄国散文家、思想家。他批判陀思妥耶夫斯基,称他为"残酷的天才",但同时又惊叹于后者的天分和洞察力。米哈伊洛夫斯基写道,陀思妥耶夫斯基发现了人类一个可怕的特质,即无谓的残忍。人有一种对他人施加痛苦的倾向,没有原因,也没有目的。一个人可以无缘无故地折磨另一个人,唯一的原因就是这种折磨给他带来了一种他永远不会公开承认的快感。这一特质(无谓的残忍)与权力和傲慢相结合,催生了世界上最无情的暴政。米哈伊洛夫斯基强调,正是陀思妥耶夫斯基发现了这一点,在《斯捷潘奇科沃村及其居民》这个故事中,他描写了一个名叫福马·奥皮斯金的外省小人物,一个虐待狂、怪物和暴君。米哈伊洛夫斯基写道,"假设让福马·奥皮斯金掌握伊凡雷帝或尼禄那样的权力,他绝不会输给他们,他的罪行将震惊整个世界。"在希特勒上台半个多世纪之前,陀思妥耶夫斯基就利用福马·奥皮斯金这个人物构思出了这位暴君的原型。

通过对受害者进行虐待,福马满足了自己施虐、折磨和制造痛苦的需要。福马不是一个务实的人("他需要的是不必要的东西");给他人制造痛苦并没有让他获得任何东西，因此，我们无法从理性、实用的角度来理解他。他没有意识到，对他人施虐没有任何目的，也不会导致任何结果，对他来说最重要的是施虐的过程，是暴虐本身，是为了残忍而残忍。福马无缘无故地殴打一个无辜的人，这带给他愉悦和绝对的权力感。米哈伊洛夫斯基认为，施虐行为中这种纯粹的无功利性，即所谓"无谓的残忍"，是陀思妥耶夫斯基最重大的心理发现。

但是，米哈伊洛夫斯基不禁要问，为什么福马·奥皮斯金这种人在这里会有如此肥沃的土壤？他回答说，"因为他们最根深蒂固的特点就是对苦难的不懈追求，这一点深深根植于这个民族之中。"是的，只有俄罗斯人才能写出福马这个角色，才能发现他那充满"顽固的内源性愤怒"的阴暗灵魂，才能向我们展示他那可怕而难以理解的"地下世界"。

飞机的机翼下，一片白色的平原静静铺展开来，零星之处被森林点染成深色，这是一片单调而寂寥的空间，平缓的山坡状如蹲伏的土冢，没有什么可以吸引目光的东西，没有什么能引起人的注意。这就是科雷马。

从马加丹机场到城区有五十多公里的距离，幸运的是我找到一辆出租车，一辆破旧生锈的"伏尔加"。我的心提到了嗓子眼儿，因为我没有进城的通行证。我担心被拒之门外，这让我非常紧张，因为我想来这里很久了，我想看看这个仅次于奥斯维辛的地方。我们沿着一条积雪覆盖的公路行驶,穿越丘陵,不时经过稀疏的松树林。突然,两个年轻人从其中一片树林里冲出来,他们戴着墨镜,穿着时髦的西式大衣,领子高高竖起,就像犯罪电影里的人物。他们拦住我们,问能不能搭车去镇上。司机看了看我,但我认为没有什么好犹豫的,我们应该载他们。事实证明,他们是好心的天使派来的,因为再走十公里就有一个检查站,我们不得不停下来。我远远看到了民兵,我摘下眼镜,并把它藏了起来,因为这里的人都戴黄色或棕色塑料框架的眼镜,而我的眼镜框是金属的,很轻,一看就跟别人不一样,不是当地人。每当我想消失的时候,我就把眼镜藏起来。我穿着廉价的羊毛绗缝夹克,戴着驯鹿皮的帽子,看起来就像鄂木斯克人或托木斯克人。民兵立刻对年轻人的墨镜产生了兴趣,一场争吵开始了,然后变成了骚乱和混战,他们被拖出车外。总之,民兵扣下了年轻人,命令我们继续前进。

出租车司机称那些人"高加索帮派"。如今,"帮派"这个词很流行,正在逐渐取代"民族"。在这个曾有一百个民族和谐共处、亲如兄弟的地方,如今出现了一百个帮派。民族业已消失,不复存在,取而代之的是三个大型帮派:俄罗斯帮、高加索帮和亚洲帮。这些大的帮派又被划分成无数个小帮派。有车臣和格鲁吉亚帮,鞑靼和乌兹别克帮,车里雅宾斯克和敖德萨帮。小的帮派又被分成更小的,然后是更小的,虽小,却很危险,武装着手枪和匕首。如此一来,帮派的活动范围遍及全国,遍及共和国、城市、社区和街道,甚至连某个单独的院子里都有。帮派的地理分布很复杂,但其成员都很清楚彼此,因为这对他们的生存至关重要。所有的帮派都有两个特点:一,它们的成员不工作,但生活优渥;二,它们要不停处理账务问题。偷盗、走私、结算,这就是帮派成员的日常生活。

对帮派的痴迷,从帮派的范畴内思考一切问题的恼人习惯,并不是凭空出现的,它有着深刻的悲剧性根源。二十世纪头三十年发生的历次浩劫——世界大战,革命,然后是内战和大饥荒——使数百万俄罗斯儿童失去了父母和家园。这数以百万计的孤儿,数以百万计的无家可归者,在这个国家的村庄和城市里四处游荡,寻找食物和栖身之所。(同样是饥饿和无家可归,在非洲和在俄罗斯是有区别的。在俄罗斯,如果没有一个温暖的地方,人就会冻死。)许多人只能以偷窃和抢劫为生。其中一部分被编入NKVD,成为镇压工具,另一部分则变成了职业小偷,后来成为监管者的得力助手和政治犯的威吓者。通过上述两种情况,这一反常现象波及范围广泛,多达数百万人。今天,俄罗斯许多帮派成员的祖父母就是这些无名无姓的无家可归者。摆脱过去并非易事,有时甚至根本不可能。一旦与当局发生冲突,就会把自己孤立无援的身份遗传给儿孙,这正是后苏联社会的典型特征，这里存在的不是单个的罪犯，不是某种犯罪因素，而是一整个犯罪阶层，他们的血统和传承有别于其他社会成员。第二次世界大战，大清洗，勃列日涅夫时代的腐败，苏联解体……每一次接踵而至的危机都巩固和壮大了这个阶层的规模。

疯狂而固执地把世界视为一个巨大的、无所不包的帮派网络（是谁试图脱离格鲁吉亚？是阿布哈兹的帮派。是谁试图攻击亚美尼亚人？是阿塞拜疆的帮派，如此等等），这种思想还有其他的根源。首先是多年来宣扬的历史阴谋论：一切不好的事情背后都有阴谋，有组织，有帮派。其次是该国政治和社会生活中普遍的神秘主义传统、惯例和氛围。是谁掌握了权力？戈尔巴乔夫的帮派。几年后谁会入主克里姆林宫？另一个！

在城里，没有人向我提出询问。尽管马加丹旅馆的接待员态度严厉，用责备的眼神看着我（不知道为什么），但她给了我一间明亮而温暖的房间，256号房。从窗口可以看到白雪覆盖的街道和公交车站，远处是一堵墙，墙后面是一座古老的监狱。

人人都可以来马加丹，就像我在旅馆遇到的三个日本人，他们来自札幌的一家纺织公司。他们根本不知道自己在哪里。

他们是生意人，不停鞠躬，礼貌、整洁、高效。他们想把纺织品卖出去，这就是他们来这里的目的。他们带来了精美的面料，而其他人也可以携带完全不同的行李，那就是对这片土地的了解。事实上，我们正站在骸骨之上。意识到这一点后，人会本能地退出一步，甚至跑出几百米远，但这样无济于事，因为这里只有坟墓，无所不在。

西伯利亚东北部地区名叫"科雷马"，因流经此地的科雷马河而得名，马加丹是科雷马的首府。这是一片寒冷而黑暗的冻土，空旷而贫瘠，几乎无人居住，只有楚科奇人、埃文基人和雅库特人等一些小型游牧部落偶尔造访。直到二十世纪，科雷马才引起了莫斯科的兴趣，因为传言说这里有黄金。1929年秋天，在诺加耶夫湾（鄂霍茨克海上，是太平洋的一部分）建立了第一个基地/定居点，这便是马加丹的起源。当时来这里的交通只有海路，从符拉迪沃斯托克或纳霍德卡向北航行，需要八到十天的时间。

1931年11月11日，俄共（布）中央委员会通过了一项决议，决定在科雷马成立一家名叫"达尔斯特罗伊"（Dalstroy）的联合企业，负责开采黄金、白银和其他金属。三个月后，"萨哈林"号驶入诺加耶夫湾，带来了达尔斯特罗伊的第一任董事长爱德华·别尔金，他是拉脱维亚共产党员，国家政治安全保卫局（GPU）局长，时年三十八岁。他还能再活五年。别尔金的到来，标志着一个名叫科雷马

科雷马，雾，更多的雾 261

的焦炎地狱的诞生，它将与奥斯维辛、特雷布林卡、广岛和沃尔库塔一起，成为二十世纪最大的噩梦。

在俄语口语中，科雷马以一个奇怪的方式变成了一个在相对意义上表示安慰的词。也就是说，当事情变得很糟糕、很可怕、很恐怖时，俄罗斯人会这样安慰彼此："别灰心，科雷马的情况更糟糕！"

然而，科雷马天寒地冻的荒漠需要劳动力。所以，在达尔斯特罗伊成立的同时，莫斯科在这里成立了东北劳动营管理局（USVITLa）。USVITLa之于达尔斯特罗伊，正如奥斯维辛之于法本公司，那就是前者为后者提供劳工。

马加丹的早期阶段正逢大清洗时代的开始。数百万人被送进监狱。在乌克兰，一千万农民死于饥荒。但毕竟还有人活下来，仍有无数"富农"和"人民公敌"可以被流放到科雷马去。唯一的瓶颈是运输。只有一条铁路通往符拉迪沃斯托克，从那里去马加丹港的轮船也只有几艘。二十五年来，正是沿着这条路线，活死人们被不断地从整个帝国运到马加丹。

活着的，也有死去的。在劳动营里待了二十年的瓦尔拉姆·沙拉莫夫讲述了"金姆"号的故事。它的货舱里运了三千名囚犯，囚犯叛乱时，押送人员就往里面灌水。当时的气温是零下四十摄氏度。抵达马加丹时，这些人已经冻成了冰块。另一艘运送几千名流放者的船困在北极的冰层中，一年后才抵达港口——没有一个囚犯活下来。

运送女犯人的"祖尔玛"号抵达了马加丹，其中很多人已经快要死于寒冷和疲惫。这些人处于缓慢的临终状态，在劳动营里被叫作dohodiags，也就是"快死的人"。

> Dohodiags被一一抬上担架，并排放在岸上，这显然是为了方便计数，免得在填写死亡证明时出现混乱。我们躺在石头上，看着我们的队伍，他们正拖着疲惫的身躯去镇上，准备经受洗浴和消毒的折磨。（叶夫根尼娅·金兹伯格，《旋风之旅》）

人在运输过程中已经忍受了数月的监禁、审讯、饥饿和殴打，现在又要在肮脏拥挤的牲口车上度过痛苦的几周，因为缺水而变得神志不清。他们不知道自己要去哪里，也不知道旅程的终点会是什么。这些炼狱中的幸存者会被送到马加丹的临时集中营。那里有一个市场，矿山附近各个劳动营的指挥官走来走去挑选最强壮的囚犯。指挥官的级别越高，他能挑到的囚犯就越强壮。

在马加丹和科雷马有一百六十个劳动营，也被称为北极营。多年间，囚犯来来去去，但这里的人口一直维持在五十万左右。其中三分之一死在劳动营，剩下的在多年苦

科雷马，雾，更多的雾

役之后，要么肢体残疾，要么患上永久性的心理创伤。从马加丹和科雷马幸存下来的人，再也不是原来那个自己了。

劳动营拥有一个残酷的、经过精心设计的结构，其目标是消灭个体，使其在死亡之前经历最大程度的羞辱、痛苦和折磨。这是一个充满荆棘的毁灭之网，人一旦落入其中，就再也无法挣脱出来。

它的构成要素如下：

寒冷——囚犯衣着单薄而破烂，持续忍受寒冷和冰冻。

饥饿——可供充饥的只有水和一块面包，所以囚犯总是饿得发狂，这让寒冷的感觉更加强烈。

苦役——饥寒交迫之下，囚犯不得不从事高强度的、超越极限的惩罚性工作，挖土，推独轮车，砸石块，砍树。

缺乏睡眠——囚犯冻饿交加，精疲力竭，大部分时间都生着病，并且被有意剥夺了睡眠，只能在冰冷的营房里，在坚硬的木板床上，穿着破烂的工作服稍微睡一会儿。

肮脏——不能洗澡，而且也没有洗澡的时间和场所，黏腻的污垢和汗水在囚犯身上结成痂，他们浑身发臭，味道难闻。

虫害——整日遭受蚊虫叮咬。虱子寄生在衣服里，营房的木板床上臭虫结成块。夏天，要忍受成群的蚊虫的叮咬，还有可怕的西伯利亚大苍蝇的攻击。

NKVD的虐待 —— 押解员和看守（NKVD监察员）不停对囚犯发泄怒火。他们大声叫骂，对囚犯拳打脚踢，放狗咬人，还会因为一些微不足道的原因开枪打死囚犯。

刑事犯的恐吓 —— 政治犯被恐吓、抢劫，还要遭受刑事犯的折磨，刑事犯在事实上掌握了底层的控制权。

不公正 —— 忍受极其不公正的对待是一种心理折磨。所有政治犯都是无辜的，他们没有做错任何事。

思乡和恐惧 —— 刑期最高达二十五年，对故乡和亲人的思念、完全的与世隔绝、越来越可怕的未知的明天，担心死亡随时可能到来，这一切折磨着所有人。

瓦尔拉姆·沙拉莫夫写道，"目睹劳动营是一件可怕的事，世界上没有人应该知晓它。在这里，所有的体验都是负面的，每一分钟都是如此。人只会变得越来越糟糕。不可能有其他结果。劳动营里有太多不该为人所知的事。但是，看到生命的最底层状态还不是最可怕的。最可怕的是，一个人完全融入这种状态，从劳动营的经验里借用道德标准，并把囚犯的道德应用在生活中。这时，人的理智不仅为劳动营的情绪辩护，而且还试图为其服务。"

他又接着写道："劳动营对一个人的品格、对普通的道德标准构成了巨大的考验，而百分之九十九的人经不住这一考验。有些人努力比其他人做得更好，对自己更为严苛，想要通过考验，但他们的下场跟那些没有通过考验的人一

样，结局都是死亡。"(《科雷马故事集》)

1937年12月1日，别尔金被召回莫斯科。这个行刑者的手段被认为太温和了，他被下令逮捕并执行枪决。同一天，"尼古拉·叶若夫"号轮船抵达马加丹，带来了科雷马的两个新的统治者接替别尔金，他们分别是达尔斯特罗伊的新领导卡普·帕夫洛夫上校（他将于1956年饮弹自尽）以及他的副手、科雷马死亡营的营长斯捷潘·加拉宁上校。

加拉宁时年三十九岁。他的寿命还剩一年。

加拉宁是科雷马的黑暗传奇。

"伊万·库兹米奇，你还记得加拉宁吗？"

"我还记得吗？开什么玩笑。毕竟我近距离见过他，就像我现在看着你一样。当时他来检阅囚犯，他不是一个人来的，带了随从。他出现前，有电话传来消息说，他可能会在这里停一下，亲自视察劳动营。他还没离开马加丹，我们就已经立正等待了。到处都打扫得干干净净，粉刷一新，地上洒了黄沙。指挥官焦虑不安，控制不了紧张的情绪。突然间传来窃窃私语：他们来了，他们来了。营门大开。他和随行人员开车进来了，有几辆客车，还有几辆卡车载着他的贴身护卫。他从第一辆车上下来，然后他的随从们就像闪电一样迅速站在两侧。他们都拿着毛瑟枪,穿着短羊皮夹克。他自己则穿了一件熊皮大衣,脸色凶狠,醉眼蒙眬,步伐很沉重。我们营地的指挥官、一名少校,跑上前去,用颤抖的声音报告说:"USVITL-NKVD指挥官同志,营地系统独立分营接受检阅。""这里有偷懒的犯人吗?""有。"少校战战兢兢地回答道。大约十二个人从队伍里站出来。"所以你们这些狗娘养的不想干活?"他已经举起手枪。砰!砰!砰!他把他们都干掉了。那些没死透的被他的随从解决了。"这里有人打破纪录吗?超额完成任务的?劳动标兵?""有。局长同志。"标兵们兴高采烈地上前一步。他们没什么可害怕的。加拉宁带着随从走到他们面前,手里仍拿着那把弹匣空空的毛瑟枪。他头也不回地把枪递给身边的人,又从他们手里接过一把新装满子弹的手枪,放进木质枪套里,但手一直没有离开枪托。"所以,劳动标兵们,你们超额完成了任务?""是的。"他们回答道。他又问:"超额完成任务的人民公敌?嗯……你们这些该死的人民公敌,必须消灭你们这样的人……"然后又是砰!砰!砰!又有大约十个人倒在血泊中。然后他似乎振作了起来,眼神变得平静。他用鲜血满足了自己。指挥官把他那亲爱的、尊贵的客人们带去宴会厅,让他们享用预先准备好的大餐。他很高兴自己躲过了一劫。加拉宁兴致来的时候,也会冲着营地的指挥官开枪。加拉宁在位时无法无天,人像苍蝇一样成片倒下。(阿纳托利·日古林,《黑石》)

加拉宁每天都要开枪杀死几个人,有时是十几个甚至几十个。他一边杀人一边大笑,或者唱着欢快的调子。贝利亚突然下令枪毙他,原因不明,似乎是因为涉嫌参与日本间谍活动。但极有可能,这个身材魁梧、肌肉发达的大块头,这个白俄罗斯农民的儿子、文化水平极其有限的职业铁匠,都不知道有日本这个国家。

来马加丹时,我带了三个电话号码。我拨通了第一个,一个年轻的男人接听了,告诉我我要找的那个女人已经去世了。第二个号码一直是拨号音,没有人接听。我拨了第三个:23343。一个低沉而愉快的声音接听了电话。我介绍了自己,电话那头传来友好甚至喜悦的回应,好像这些年他一直在等着我的到来。我们约好见面,他会想办法借一辆越野车,这样我们就能开车四处看看。

早上,一辆绿色的"嘎斯"面包车停了下来。司机是位女性,说自己四十七岁了。奇怪的是,我没记住她的名字(也许她根本没提),只记住了她的年龄。"四十七"是一个魁梧结实的女人，她身上的一切都向前耸起、膨胀、凸出，尤其是眼睛和前胸。她的肩膀强壮有力，我无法想象她身边的男人得有多大块头才能让她有娇弱、害羞的感觉。没有什么东西（同样也没有什么人，我觉得）能抵挡她。

昨天跟我通话的男人坐在副驾驶，他叫阿尔伯特·米尔塔胡季诺夫，是一名作家，成年后的三十多年都在科雷马度过。他从事写作，还研究西伯利亚这个区域的地理。（因为以前只有通过海路才能到达科雷马，所以人们习惯称其为"岛屿"，这更加突出了它与世隔绝的特点。每个离开科雷马的人都会说，我要到大陆去！）

"Pojecha（我们走吧）！"四十七用一种半是提问半是命令的口气说道。我们还没出发，她就开始赞美罗马尼亚人。"molodcy rumyni（罗马尼亚人好样的）！"她喊道。"他们砍了齐奥塞斯库的脑袋！"虽然这件事已经过去一段时间了，但显然给她留下了深刻的印象。"我们什么时候才能砍下那些人的脑袋？"

我想：我是在科雷马。让我害怕的不是她说的话，而是她一手握着方向盘、一手示范如何砍头，而我们正行驶在一条可怕的道路上，到处都是坑洼、裂缝和断层，我觉得自己就像太空舱里的飞行员，不知道自己头在哪里，腿又在哪里。车子一会儿垂直弹起，好像要飞向天空，一会儿又突然跌落，好像要坠入无底深渊。

但是四十七根本不理会路况,她有更重要的问题。"哦,他们把我们害惨了!"她愤怒地说,"把我们害惨了!"

她的精力、她的愤怒、她所有的仇恨,都指向克里姆林宫。那里住着四十七年来一直把她当傻子的人,宣传一些匪夷所思的东西,并且命令她相信。

"但我们会让他们付出代价的!"她陶醉在自己盲目而愤怒的愿景之中。

我们抵达诺加耶夫湾,在海边停了下来,旁边有一些废弃生锈的渔船,那是这个地方的符号和档案,其象征意义与奥斯维辛的大门或者特雷布林卡的铁路坡道类似。海湾、大门和坡道是同一个场景的不同舞台布景,而这个场景就是:地狱入口。

无数人曾被倾倒在我们此刻站立的这片布满砾石的海岸上,其中三百万人再也没能返回。

海湾看起来像一汪宽阔的湖,表面平静,呈灰褐色。它的入海口在鄂霍次克海,与日本隔海相望,这个入口非常狭窄,即使在暴风雨的天气里也不会掀起大浪。四面都是深灰至黑色的丘陵,坡度平缓,没有一丝绿意,就像废弃已久的矿山或炉渣堆。这是一个沉闷、单调、死寂的世界,没有树,没有鸟。看不到任何运动的东西,也听不到一丝声响。云脚低垂,似乎一直冲着我们的方向移动过来。

这种环境会激发极端的行为，人在这里可能会变得神志不清，会发疯，或者陷入最严重的抑郁。最困难的是保持正常的感觉，相信大自然也可以很友好，相信它并不想除掉我们。在科雷马这样的地方，大自然和行刑者为伍，帮助他们摧毁那些毫无招架之力的无辜受害者。大自然也为行刑者服务，臣服于他们，不停递上新的刑具——刺骨的严寒，刺骨的风，层层叠叠的雪堆，还有巨大的、无法穿越的冰冷荒原。

这个港口曾经是运送囚犯的船只停靠的地方，囚犯在货舱里挤成一团，因饥饿和闷窒而奄奄一息。那些还能动的人走下舷梯，来到海岸上。这是他们第一次看到海湾：再也没有回头路了，这种第一印象被记录在数十本回忆录中。他们排成纵队，看守开始清点人数。很多看守都是文盲，清点比较大的数字给他们带来很大的困难。点名持续了几个小时。衣衫不整的流放者站在风雪中一动不动，经受狂风的吹袭。终于，押解员们开始例行训话：无论是向左一步还是向右一步，都等同于逃跑，我们会毫无预警地开枪！这个公式适用于整个领土。两亿人口都必须朝规定的方向列队前进，向左或向右偏离一步都意味着死亡。

他们从海湾出发，沿着马加丹的主街行进，我住的旅馆就在这条街上。这是城里的第一条街道，是别尔金建造的，并以自己的名字命名——NKVD的负责人们用自己的名字命名了城市、广场、工厂和学校，直到一个名副其实的NKVD园区慢慢落成。1935年，别尔金在马加丹开设了一个文化公园，以他的上司、NKVD首领雅戈达的名字命名。三年后，别尔金和雅戈达都被枪决，别尔金大街更名为斯大林大街，而雅戈达公园则以新任NKVD首领叶若夫的名字命名。一年后，叶若夫被枪毙，公园也更名为斯大林公园。1956年，斯大林大街改为马克思大街，斯大林公园改为列宁公园。能用到什么时候，没有人知道。终于，市议会想到一个好主意，开始给街道取非政治性的名称，于是便有了Gazetnaya（报纸）、Pochtovoya（邮政）、Garaznaya（车库）和Nabierzhaya（海岸）这些命名，毕竟，报纸、邮局、车库和海岸线将永远存在。

穿过别尔金/斯大林大街后，疲惫不堪的队伍消失在中转营地的大门内，市区和近郊有好几座这样的营地。直到最近，马加丹的砖砌建筑也只有寥寥几座，整个城市都由小木屋组成，瞭望塔耸立其上，看起来就像一个依山而建的巨大营地，冬天被大雪覆盖，夏天则陷入泥泞。

几天后，囚犯队伍再次出发，被押解人员的叫喊声驱使着，枪托顶在身后，狗不停狂吠。最重要的是抵达最终的目的地，若体力不支中途倒下，那就意味着丧命。队伍朝科雷马腹地行进，前往指定的营地，去挥舞十字镐，去挖空金矿、铂矿、银矿、铅矿和铀矿。几十年来，他们从马加丹出发，有时是每天，有时是每周，一个接着一个，成百上千，成千上万，沿着城里唯一一条街道走向指定的地方，逐渐消失在永恒、浓密、寒冷的雾气里。

"阿尔伯特，"我问，"我们能看看以前的营地吗？"我们从海湾返回，沿着囚犯的足迹朝城里开去。

四十七正在咒骂当地的官僚系统。原来，马加丹与阿拉斯加州建立了友好关系，邀请一群美国孩子来这里进行为期两周的参观。每个孩子都要寄宿在一个俄罗斯家庭。这在城里引发了一场战争，因为每个人都想让美国孩子住在自己家里。当然，问题的关键并不在于一个美国小孩，尽管这里的人非常慷慨，乐于接待他们，问题的关键在于，一旦被分配到这样一个海外客人，整栋公寓大楼都会立刻被翻修：粉刷墙壁，换下楼梯间的灯泡，给窗户安上玻璃，清扫院子，修理水管，换好水龙头，水槽和浴缸也会更换，门锁和铰链重新上油。四十七所住的公寓楼里刚好有个人想争取一个小美国佬，但是，正如她在一片笑闹和叫骂声中告诉我们的那样，他给的贿赂太少了，所以楼梯间里还是黑乎乎的，也没有热水。

总而言之，生活不易。

马加丹市民 K. I. 伊万基安科在一封写给报纸的信里抱怨道：

几天前，我在《克里斯蒂安卡》杂志上看到了我的星座运程，里面说，我会成功买到一件昂贵但实用的东西。于是，梅洛蒂亚商店还没开门，我就在那里排队了，希望能买到一台电视机。不幸的是，我没有成功。但隔壁有一家鞋店，所以我冲了进去。不幸的是，在这里我也没能成功。我一连去了三家蔬菜店，都没买到土豆。我挨家挨户地走，希望能买点什么，什么都行，不一定要贵的，也不一定有用。但到处都一无所获。最后，我来到第十三家商店，这里俗称"三只小猪"，是卖啤酒的。不过没关系，因为事实证明，只有当你从家带了啤酒杯的时候，他们才会卖给你啤酒。(《马加丹真理报》，1990年4月27日)

我们没开太远。以前的营地还保留在老城区里，靠近积雪覆盖的街道，路上既没有行人，也没有路灯。其中一些营地被改成了仓库或修车厂。其余的都已破烂不堪。瞭望塔依然矗立着，到处都能看见，它们东倒西歪，正在腐烂。破碎的大门、篱笆和岗亭散落在积雪和泥巴里，岗亭的铁丝网已经被偷走了。大部分营房都被拆掉用作了柴火，有几座还在，但空荡荡的，没有门窗。

无论在沃尔库塔、诺里尔斯克，还是在马加丹，到处都能看到苦役世界的肮脏，看到极度的衰败和贫穷，还有邋遢、潦草、马虎和原始。这是一个用补丁和破布拼凑起来的世界，用一把普通的斧子钉上生锈的钉子，用麻绳捆起来，再用一根旧铁丝固定。

即便有人想抹去证据，这里的一切也不需要人为分解、拆除或炸毁。半个古拉格群岛已沉入泥潭，西伯利亚一半的营地已被森林覆盖，而通往它们的道路已被春天的洪水冲毁。在城市里，许多劳动营的旧址上建起了新的居民区、工厂和体育馆。

夏天，在科雷马北部的公路上朝着卡拉姆肯、希特列尔卡、布尔什维克岛[1]的方向行驶，如果你恰好知道隐藏在森林和山丘里的旧营地的位置，你会发现一堆堆腐烂的电线杆、一截铁轨，还有一座厨房的陶土残骸。很难找到什么有用的东西，没有勺子或碗，没有镐头和铲子，没有砖头和木板——所有东西都被囚犯或者他们的看守拿走了，或者被后来的居民扫掠一空，因为在那里，每样东西都有它的价格，都有它的价值。

再过几年，劳动营的最后一丝痕迹也会被抹去。

我又问阿尔伯特，那些年没有在马加丹留下一丝痕迹吗？一点实物证据都没有？

---

[1] 布尔什维克岛，北冰洋上北地群岛最南端的一个岛屿。

他陷入了沉思。"几乎没有了，"过了一会儿他说，"达尔斯特罗伊的总部拆了。NKVD的营房拆了。审判监狱也拆了。到处都是新房子和新街道。"

"但还有一栋房子。之所以能幸存下来，是因为它有点偏僻，藏在一个居民区的楼房中间，是原来科雷马营地的NKVD干部政治培训中心。"

我们翻过巨大的积雪堆，走向那座建筑。那是一栋老旧的平房，如今看起来很小。在正厅里，十几个面色苍白、神情严肃的女孩正在练习芭蕾舞步。

行刑者们就是在这个大厅里做简报的。他们在这里决定行刑的频率和规模。加拉宁、尼基肖夫和叶戈罗夫，还有数百个枪管仍旧发烫的人，都来过这里。在他们眼前，在他们的帮助下，有时甚至是在他们手中，三百万人丧生。

我们绕着空荡荡的房子走了一圈。"这里呢？"我指着一扇门，问阿尔伯特。

门后是行刑者的洗手间。它有一个中等房间那么大。没有马桶。凹凸不平的水泥地面上有六个椭圆形的洞。灰色的墙上沾满棕色的水渍。水龙头坏了。

"只剩这些东西了吗，阿尔伯特？"

"只有这些了。"他回答道。

我带了两本书：瓦尔拉姆·沙拉莫夫的《科雷马故事》

和亚历克斯·维斯伯格·西布尔斯基的《大清洗》。对比两个作者的观点和立场，结果引人遐想。通过比较，人们可以深入了解（哪怕只是稍加深入）俄罗斯的思想，破解其谜团和本质。两本书都记录了同样受镇压的受害者的经历，但两位作者的思想是何其不同！

他们属于同时代人（维斯伯格出生于1901年，沙拉莫夫出生于1907年），都于1937年被捕：沙拉莫夫是在莫斯科，这是他第二次被捕；维斯伯格是在查尔科夫，当时他在那里担任工程师。两个人都受到了NKVD的折磨、拷打、骚扰和羞辱。他们都是清白、无辜、诚实的人。

但分歧就在这里开始了。

问题如下：什么东西会在我们内心占据主导地位，决定我们对生活和现实的态度？是我们成长于其中的文明和传统，还是我们拥有并信奉的信仰和意识形态？

维斯伯格是奥地利人，他来自西方，在笛卡尔的理性主义、深刻的批判性思维的熏陶下长大。

沙拉莫夫则是彻头彻尾的俄罗斯人，他从没离开过俄罗斯，只是零星接触过西方思想；他从头到脚都是俄罗斯式的。

此外，西方人维斯伯格是一位炽热而坚定的共产主义者，而俄罗斯人沙拉莫夫是前者的反面。

作为野蛮镇压和"无谓的残忍"的受害者，他们将如何面对自己的处境？如何面对一整个由大清洗、监狱、古拉格和处决组成的梦魇般的世界？

维斯伯格深信自己进了疯人院，相信NKVD的审讯员都是疯子，那时的苏联是一个疯狂、偏执、荒谬的世界。"这里发生的一切，"他写道，"都完全没有意义，都是放肆的官僚机构的恶作剧，完全无法用理性解释。"他说，"我抓着自己的头，问自己，我是在疯人院吗？"他说，"一切都是最愚蠢的行径。我简直无法用语言来形容。"如此等等。但是，他没有一刻放弃自己的信仰："我是德国共产党员，"他朝审讯员喊道，"我来这个国家是为了参与社会主义建设。我是苏联的爱国者。"

维斯伯格深信自己身处疯人院，身处一个充满疯狂和超现实幻觉的可怕国度，但他没有崩溃；在最恐怖的环境中，在拥挤、肮脏、鲜血淋漓的监狱里，他的头脑，一个西方理性主义者的头脑，仍在紧张地工作，为周围发生的一切寻找一个理性的、合理的解释。每到一个牢房，他都会据理力争，提问并交换意见。

但他的俄罗斯战友却把他当成疯子，他们说，你到处乱跑什么？你还想在这里做成什么？坐下来安静地受罪吧！

这两种态度之间没有交流，没有共同语言。我不知道维斯伯格和沙拉莫夫能否相互理解。

沙拉莫夫认为，他周围的一切都是自然界的一部分。劳动营属于自然秩序，而不是人类秩序。人能反抗雪灾或大洪水吗？如果有人对着洪水挥拳头，人们会说他疯了，是从疯人院里逃出来的。洪水来时应该爬上最高的树，耐心等待洪水退去。这是理性，是唯一合理的反应。如果一个人进了劳动营，那他也不应该反抗，因为他会被枪毙。他应该先确保自己活下来。河里的水有一天也许会退去，他们有一天也许会把他放了。除此之外，不能再做什么了，也不需要再做什么。

在《科雷马故事》中，劳动营铁丝网之外的世界是不存在的。"二战"结束时，消息迟迟才传到这里，并没有引起剧烈的反应。营地是唯一真实的世界，是一个完整且符合逻辑的结构。为什么维斯伯格觉得这一切很荒谬呢？如果它很荒谬，那它会立即崩溃。但劳动营有自己的逻辑，与奥地利工程师所寻找的逻辑是不同的。

沙拉莫夫的头脑是理性且符合逻辑的，而维斯伯格的头脑则迷失在抽象概念中。

"每一次对造化之手和上天旨意的干预都是不合适的，与劳动营的行为准则背道而驰。"沙拉莫夫回忆道。字里行间的意思是说，如果有人认为自己可以逃脱这个准则，是因为他没有真正触及生命的底线；没有被迫在一个"没有英雄的世界"里了却残生。

科雷马，雾，更多的雾

弗拉基米尔·索洛维耶夫或许是俄罗斯最了不起的哲学家，他这样解释沙拉莫夫和维斯伯格在面对一个压迫的世界、面对他们所身处的"另一个世界"（赫林·格鲁津斯基）时所表现的不同立场："在人类历史的黎明期，东西方两种文化的对立就已泾渭分明。如果东方文化建立的基础是人对更高力量、对超自然的果断屈从，那么西方则恰恰相反，人只能依靠自己的发明，这产生了广泛的、自发的创造力。"

在马加丹的街道上行走，要穿过在积雪堆中挖出来的高高的廊道。廊道很窄，有人经过时，得停下来让对方先走。有时我会跟一位年迈的老人脸贴上脸，我总是很想问他，你是谁？你是受害者，还是行刑者？

为什么我会产生这样的念头？为什么我不能以正常的方式看待这个人，不带这种反常的、带有侵略性的好奇心？然而，如果我鼓起勇气问出这个问题，如果他能真诚作答，那我可能会听到如下答案："在你面前的既是行刑者，又是受害者。"

就是这样，在很多情况下，这两种角色是无法区分的。先是有人以审讯官的身份殴打别人，然后审讯官自己也被投进监狱并遭到殴打；服完刑后，他会出来寻求报复，如此反复。整个世界就像一个封闭的圆环，其中只有一个出口，那就是死亡。这是一场噩梦般的游戏，所有人都输了。

我走了很远，一直走到海湾。这里再也听不到城市的喧嚣，科雷马的声音也消遁于无形。山丘向下延伸，探入海湾，在山丘的某处，在寂静和黑暗中，躺着这座城市的亡灵。我在一本回忆录中读到，科雷马的永久冻土层对尸体有很好的保护作用，以至于那些被埋葬的人都保留着生前的表情，这些面孔目睹了沙拉莫夫警告人们不要去看的事情。

我思考着苦难那可怕的无用性。爱留下其造物，新一代来到这个世界上，人类得以延续。但苦难呢？人类经历中如此重要、困苦和艰难的部分，就这样不留痕迹地消失了。如果把这里千千万万人散发出的痛苦能量收集起来，转化为创造的能量，就可以把我们的星球变成一座鲜花盛开的花园。

但这里剩下了什么？

锈迹斑斑的船只残骸，腐烂的瞭望塔，矿石开采后留下的深坑。一片令人沮丧的、了无生气的空虚。到处都是寂静，因为疲惫不堪的队伍已经走过，消失在永恒的寒雾中。

克里姆林宫：魔山

我取道诺里尔斯克，从马加丹返回莫斯科。从科雷马到诺里尔斯克，飞机要在西伯利亚上空飞行三个多小时。那是一个晴朗的中午，空气夺目而透亮，甚至产生了一种特写镜头的效果，仿佛在透过放大镜看着大地。

下方，目之所及是一片白茫茫，光滑而坚实的平坦大陆被风打磨出一种极致的光泽。在这刺眼而了无生气的平面上，一个小小的、孤独的深蓝色造物正艰难地前行，那是我们飞机的影子，一个移动的标志，表明它正在飞行，表明我们还活着。

就像所有颜色一样，白色本身是无法描述的。它存在，但只有与其他颜色并置时，它才开始独立出来，并接受某种定义。这里没有其他颜色，只有无边无际的白色宇宙，我们那架伊尔-63的微小身影沉入其中，如同一只昆虫困在琥珀里。

但在某一刻，可以看到，在我们下方那明亮而纯净的表面上，出现了一条线。它孤零零地延伸了一段时间，然后我们又看到第二条线。现在这两条线平行着笔直延伸，直到它们跟一条更清晰、更坚定的线交会在一起。有一段时间什么都没有发生，只有三条线在一片平坦、广阔的背景上伸展。突然，在一望无际的白色背景上开始出现越来越多的新线条，越来越多，越来越密集。此前均匀单调的平面突然分裂出了正方形、长方形、菱形和三角形，变成了错综复杂的几何结构。形状在这里堆积，又向四面八方散开：这就是诺里尔斯克，西伯利亚的采矿和冶金区，就像波兰的西里西亚[1]、德国的鲁尔区、美国的匹兹堡一样，只不过它在北极圈内。

诺里尔斯克和莫斯科之间是乌拉尔山脉。在飞越乌拉尔山的过程中，季节发生了变化。在此之前一直是冬天，以及更多的冬天，而现在，在越过乌拉尔山的顶峰之后，我们直接飞进了春天。大地恢复了它在这个地区自然的灰褐色，银色的河水充盈着河堤两岸，到处散落着浅绿色的

---

[1] 西里西亚，中欧地理区域，大部分属于波兰，小部分属于捷克和德国，该地的工业、煤矿、铁矿产业都很发达。

斑点。沿途还有一些别的城市,有伏尔加河,有森林,而过了森林,就是莫斯科。

一到莫斯科,我立刻陷入一个旋涡,里面都是研讨、辩论、争执和首都的流言蜚语。到处都是邂逅、会面、座谈和会议。每天从早到晚,形形色色的人站在普希金的雕像前高声争论,试图盖过别人的声音,他们用手指着对方的鼻子,把一撂撂传单塞到对方的眼皮底下。对巧舌如簧者、论战者、喋喋不休者、布道者和演说家、言辞犀利者和寻求真理者而言,这个时代宛如天堂。这个国家有几十个甚至上百个类似的街头辩论俱乐部。在利沃夫、鄂木斯克、阿尔汉格尔斯克和卡拉干达的广场上,到处都能看到狂热的辩论者,一如1917年二月革命老照片中的场景。

当然,这些言辞的间歇泉中不乏有趣甚至神奇的东西,但有一天,我还是决定离开这些演说家和辩论者,去克里姆林宫。

去克里姆林宫的念头已经在我心里盘旋很久了。每当我从下榻的列宁大街去往市中心,经过右侧克里姆林宫巍峨的城墙、建筑和高耸的塔楼时,这个念头都会重新萌发。那时,我总是被克里姆林宫周围广阔的石头荒原所震撼——无边无际的广场,宽阔的桥梁,混凝土堤坝,还有铺着沥青和水泥板、绵延数公里的广阔区域。

在这些四通八达的广场上,每隔几分钟,就有一辆辆汽车四散离去,驶向不同的地方。它们一路猛冲,抄每一条可能的近路,猝然消逝在街道深处,而这些街道的起点都在很远的地方。偶然驻守于此的民兵明智地躲开了它们。尽管我们身处一个千万人口的大城市的市中心,但除了这些民兵,这里一个人影也看不到。星期天或者天气恶劣的时候,这种荒凉的感觉尤其强烈。风撕裂荒原,带来雨或雪。我有时会冒险踏入这些无人之地。下方,莫斯科河的灰水翻滚着。河的一侧是铅灰色的精英公寓楼,是这个地区唯一的住宅。我悬浮在一片空白之中,这片空白把难以触及的政府和这个城市的生命组织隔开。这里没有街道的喧嚣和流动,只有西伯利亚干草原般的辽阔和寂静。

克里姆林宫是一座由中世纪建筑和现代建筑组成的大型建筑群,矗立在一座小山上,四周被石墙包围。这道坚固的围墙上耸立着二十座大小不一的塔楼,其中最大的是救世主塔、尼科尔斯塔亚塔、纳若纳亚塔、特洛伊茨卡亚塔和保罗维茨塔。克里姆林宫内部有各种政府建筑,还有现已改为博物馆的东正教大教堂和礼拜堂。但克里姆林宫首先是帝国头面人物的办公地点,通常也是他们的住所。自从1918年列宁决定将首都从圣彼得堡迁往莫斯科以来（主要出于安全考虑：圣彼得堡离海太近，离欧洲太近），帝国就一直在克里姆林宫的高地上施行着它的统治。

从红场方向进入克里姆林宫，路程最短。如果天气晴暖，这里聚集的人最多。广场一侧是等候瞻仰列宁陵墓的长长的队伍，另一侧是等待参观斯帕斯卡亚塔的队伍。黑色的政府用"利哈切夫"（苏联产豪华轿车）时不时飞驰穿过大门，看起来都一模一样（唯一的区别在于，最重要的那些没有车牌），至于车里坐着谁就不得而知了，因为车窗都被帘子遮着。这些车出入的频率如此之高，仿佛克里姆林宫内有一家汽车制造厂，新的汽车一辆接一辆地驶离生产线。

如果没有理由，没有目的，就这样走进克里姆林宫，是绝无可能的。只有三种情况可以：一，工作单位组织的集体参观（这是一种荣誉和奖励）；二，参加这里不时举行的重要会议（这时参会人员和特派记者可以进入）；三，受到某位在此办公的要员的召见。无论上述哪种情况，进入大门后，都要采用指定的路线前往预定地点，并且原路返回。

我试着从西边的特罗伊卡门进入，因为我知道那是供平民出入的步行通道。两位国民军的军官拦住了我，"请出示通行证。"

我给他们看了我的记者证。

"光这不行,还要克里姆林宫的通行证。你要去哪里?"

"去参加西伯利亚少数民族代表大会。"

确有这样一场会议正在举行。他们让我回去拿通行证。当时是下午四点,办公室的工作人员、秘书和清洁工正从这个大门离开克里姆林宫。他们都拎着大包小包,里面装满了克里姆林宫商店出售的商品,都是名副其实的宝贝:火腿,奶酪,橙子。他们满载而归,摇摇晃晃地朝着远处的公交车站和地铁站走去。

第二天同一时间,我拿着通行证出现在特罗伊卡门口。他们检查了通行证,将照片与本人进行了比对,并确认我知道大会举行的确切地点。其实我并不知道,我也不打算去听西伯利亚人辩论。我只想看看克里姆林宫。

但我很快意识到,事情并不简单。我在暮色中穿过幽深而厚重的城门,看到城墙内是大片用石头铺砌的空地。我正前方是一马平川的老参议院广场,右边是国会宫的现代大理石建筑群,左边则是粉刷成黄色的长方形军械库。到处空旷而整洁。人行道显然刚刚清扫过,灌木修剪得整整齐齐,形状统一,路缘也用石灰刷得雪白。一阵风吹过,干枯的树叶出现在广场和人行道上,但在我看来,连它们都很干净。这种超然而严苛的清洁以一种奇怪的方式强化

克里姆林宫:魔山

了这个地方的贫瘠和荒凉。我有一种感觉,这里只有我一个人,我对任何人都无关紧要。但这只是一种错觉。

在我正前方,略微偏左,是我最感兴趣的建筑,它建于十八世纪,曾经是元老院大厦,后来成为苏联政府所在地。这座建筑呈三角形,位于克里姆林宫内部。列宁、斯大林和勃列日涅夫都曾在这里执政。有双重防护把它跟整个城市乃至整个国家隔离开来:首先,是克里姆林宫所在的高地四周的广场和空旷裸露的空间;其次,在要塞内部,它被克里姆林宫坚固的城墙和周围的其他建筑所庇护。

但仅有这些还不够。

1920年,英国作家H. G. 威尔斯来克里姆林宫拜访列宁,他注意到了守卫领袖的第三道屏障:

> 在我的记忆中,1914年的克里姆林宫是一个非常开放的地方,就像现在的温莎堡一样,朝圣者和成群结队的游客畅通无阻。但现在它被封闭起来,难以进入,光是通过最外面那道门也要在通行证和许可证上大费周章。我们穿过五六个房间,被那里的工作人员和哨兵反复检查证件,最终才得以进入。(《阴影中的俄罗斯》)

即使这样仍然不够。

无论是克里姆林宫周围人迹罕至的广场,还是要塞的围墙和大门,抑或要塞内部的空旷,或者建筑和房间内部的检查点,都无法提供足够的安全感。于是他们深入地表,钻到了地下:

> 第二次世界大战之前,在克里姆林宫和位于诺根广场的中央委员会大楼之间,以及市中心的其他一些建筑之间,修建了很长的地下通道,这样政府官员和高级军官无须走上街头,就能从克里姆林宫的某个地方前往城市另一个区域……伊萨科夫上将回忆说:"我们和斯大林一起走在克里姆林宫长长的走廊上,交叉口站着哨兵,他们按照内务安全服务的规定,用目光迎接并追随每一个过路人,直到在心里把他们移交给下一个哨兵为止。我还没来得及思考这个问题,就听见斯大林用愤怒而怨恨的声音说:'他们说是在保护……但随时有可能在你背后开枪。'"(罗伊·梅德韦杰夫,《让历史审判》)

那好吧,地球表面得到了妥善保护,克里姆林宫内部的一切也尽在掌控之中,没有人能挖穿地下。但不是还有来自空中的威胁吗?这一点也考虑到了。克里姆林宫上空设置了严密的防护。直到改革焦头烂额的时候,才出现了一些纰漏,那次,一个年轻的德国人鲁斯特突然降落,因为这次克里姆林宫的防空疏漏,戈尔巴乔夫不得不惩罚几位将军。

尽管1920年的安全系统仍处于幼稚松懈的临时状态,但这种对领导人的保护,仍使威尔斯产生了一个令人不安的想法:

> 也许,要确保列宁的人身安全,这一切都是必要的,但这也不可避免地阻碍了俄罗斯与他的直接联系,更为重要的是,就政府行动的有效性而言,列宁也无法与俄罗斯保持直接联系。如果传达给列宁的消息需要经过一定程度的过滤,那同样,从他那里发出的消息也必然经过一定程度的过滤,而这种费尽心机的过程,很可能会造成一些严重的扭曲。

这位举止无可挑剔的英国绅士总是在清晨散步,下午喝加牛奶的茶,很有可能,当他遭遇列宁的一连串发问时,他意识到,过于严密的隔离影响了领导人的思想:

> 有两个 —— 我该怎么称呼它们呢? ——"话题"贯穿了我们散步的始终,一个是我问他的,"你认为你

给俄罗斯带来了什么？你想创造一个什么样的国家？"另一个是他问我的，"为什么社会革命没有在英国爆发？你们为什么不发动社会革命？你们为什么不推翻资本主义，建设共产主义国家？"这两个话题彼此交织，相互影响，相互启发。第二个话题又绕回第一个，"但你们又是怎么搞社会革命的？你们成功了吗？"由此，我们回到了第二个话题，"要使革命成功，西方世界必须参与进来，为什么不呢？"

我朝议会宫的方向走去。一开始没有人阻拦我，事实上周围看不到任何人。在一片寂静中，我只能听到自己脚步的回声，于是我尽量不发出任何声音。斯大林的寓所就在我眼前的这栋建筑里，他的妻子娜杰日达·阿利卢耶娃就是在这里自杀的：

> 跟斯大林在一起，娜杰日达·阿利卢耶娃的生活越来越艰难。1932年11月8日，一些关系友好的领导人携家眷齐聚克里姆林宫，庆祝十月革命十五周年。娜杰日达·阿利卢耶娃也在场，但斯大林迟到了。当他终于到达时，娜杰日达唐突地发表了一句讽刺的评论。斯大林勃然大怒，傲慢地予以回击。他有时会抽香烟，而不是烟斗，为了发泄对妻子的怒火，他突然

把燃烧的香烟朝她脸上扔去,正好落在她裙子的领口,娜杰日达把香烟拿出来,跳起脚来,但斯大林转身走了出去,娜杰日达紧随其后。结果,斯大林回了别墅,娜杰日达则去了他们在克里姆林宫的住所。庆祝活动被毁了,几个小时后,发生了更糟糕的事情……第二天早上,斯大林的女儿斯维特兰娜的保姆、斯大林的管家卡罗琳·蒂尔第一个看到娜杰日达·阿利卢耶娃倒在床边的血泊中,手里拿着一把小巧的手枪。(罗伊·梅德韦杰夫,《让历史审判》)

从那以后,斯大林一直独自生活,他的随扈几乎都是男人。但人毕竟得找点乐子,尤其当漫长的冬夜来临,那时暴风雪肆虐,寒风席卷克里姆林宫荒无人烟的广场。

晚餐结束时,斯大林举杯向列宁致敬。

"让我们为弗拉基米尔·伊里奇,我们的领袖,我们的导师,我们的一切,干杯!"

我们肃穆地起身,默默干杯,然后很快就醉醺醺地忘记了列宁。但斯大林的脸上仍挂着严肃、庄重甚至愠怒的神情。我们离开餐桌,但还没来得及散去,斯大林就走到一台大型自动留声机前,他甚至还试着跳了几段自己民族的舞蹈。他不乏节奏感,但很快就停下来，失落地解释道：

"岁月不饶人，我老了。"

但他的朋友们，或者说，他的朝臣们开始安慰他：

"别这么说。你看起来很棒。你保养得非常好。不像这个年龄的人……"

随后，斯大林播放一张唱片，女高音的花腔响起，伴随着狗的嗥叫和狂吠。他带着过分而夸张的喜悦大笑起来……（米洛凡·吉拉斯，《与斯大林对话》）

斯大林放了一首舞曲，我们跳起舞来。我们当中唯一跳得好的是阿纳斯塔斯·伊万诺维奇·米高扬。米高扬跳了起来，接着伏罗希洛夫也跳了起来。每个人都在跳。我跳起舞来就像一头冰上的母牛，所以我从来不肯挪动脚，但我也跳了起来。卡冈诺维奇也跳了，他比我好不到哪里去。还有马林科夫也一样。布尔加宁年轻的时候可能经常跳舞，他随着拍子用脚跳起了一些俄式舞步。斯大林也跳了，他双脚摇曳，双臂张开……我们唱啊，唱啊，和着斯大林播放的唱片。后来斯维特兰娜来了……斯大林立刻命令她跳舞。她跳了一会儿，累了，我看她几乎动弹不得了……这时斯大林已经步履蹒跚，他说："哎，斯维特兰娜，跳啊！"她说："爸爸，我已经跳过了，我累了。"但斯大

林抓住她的头发,像这样用手整个抓住她的马尾,用力拉扯,你明白吗,非常用力地拉扯。(尼基塔·赫鲁晓夫,《回忆录》)

我朝元老院大厦的方向走去,突然,两个人出现在我面前。他们很年轻,身材魁梧,穿着灰色套装。我不知道他们是从哪里来的,他们突然冒出来,迅速,果断,坚定。其中一个人举起手,示意我停下来。没有别的动作,但一切看起来都严肃而坚决。他们一个问题都没问,这是一个没有语言的场景。我站了一会儿,斟酌着该怎么办,然后我转过身,朝军械库的方向走去。

我继续走着,夕阳的余晖落入我的视线。也许正因为此,我才迟迟没看见我前面的两个人。他们很年轻,身材魁梧,穿着灰色套装。跟刚才那两个人一样,简直如出一辙,但显然是不同的人。其中一个人举起手,示意我停下。我停了下来,又犹豫了几秒钟,然后我转向了另一边。他们立刻消失了。

我不知道该去哪里,也不知道该怎么办,我只从图片上看过克里姆林宫。但我看到了元老院长长的轮廓——它在图片上的样子我很熟悉。于是我朝那个方向走去。但是,西伯利亚少数民族代表大会一定在另一栋建筑里,因为我一走近,两个年轻人就出现在我面前。他们身材魁梧,穿着灰色套装。此外，元老院内一片漆黑，所有入口都紧闭着。我决定朝南走，因为我看到东正教堂和礼拜堂闪光的圆顶就在那个方向。我希望，他们说不定会让我进去看看。

探险到了这个阶段，我推测，在从A点以直线走到预先选定的B点的过程中，如果我步伐坚定一些，甚至略带匆忙，说不定就能成功。

但即使用这个方法，也没有让我避免与另一对身材魁梧、穿灰色套装的男子相遇。好像我走着走着就会不小心碰到一个隐秘的按钮，它释放出无形的弹簧，不断地把一对对像双胞胎一样的男人投掷到我面前。一旦我退后或者转弯，他们就会消失，跟出现时一样迅速。

四周仍然空空荡荡。

傍晚时起了一阵风，在四处蔓延的寂静中，我只听到断断续续的私语和哀鸣。我穿过大教堂广场，沿途经过巨大的圣母升天教堂和高耸的伊凡大帝钟楼。在这里的每一处，人都感觉自己很渺小，被这些宏伟的庙宇压得喘不过气来，被它们独特的建筑风格所震撼。

最后，我来到波罗维茨卡娅塔，这里戒备森严，因为最高领导人的车辆经常从这个塔门出入克里姆林宫。我想看看这个地方，因为我正在读一本关于贝利亚的书，1953年6月26日，贝利亚最后一次从这里进入克里姆林宫。那时斯大林已经去世四个月了，赫鲁晓夫接替了他的位置。赫鲁晓夫担心贝利亚会枪杀自己并夺权，他想先发制人，于是下令逮捕贝利亚。在这本题为《贝利亚：职业生涯的终结》的书中，时任莫斯科军区司令的K. G. 莫斯卡连科元帅回忆道："6月25日上午九点，赫鲁晓夫给我打电话，让我带几个可靠的人去克里姆林宫，到马林科夫总理的办公室，斯大林也在那里办过公。他还让我带上地图和雪茄。我告诉他我不抽烟，我在战争期间就戒了。赫鲁晓夫笑了起来，说雪茄会派上用场的，但不是我想的那样。直到那时我才明白，他是让我带上武器。"

赫鲁晓夫说的是雪茄，而不是手枪，因为大家都在搞窃听，事情有可能败露。

十一点，莫斯卡连科带着他的人乘坐布尔加宁元帅（时任国防部部长）的豪华轿车来到克里姆林宫。他们在那里等着。

> 几分钟后，赫鲁晓夫、布尔加宁、马林科夫和莫洛托夫出来见我们，开始讲述贝利亚最近如何对其他政治局成员举止不逊，如何监视他们，窃听他们的电话，跟踪他们的行程，打听他们去见了谁，并且如何粗鲁地对待他们，等等。他们告诉我们，马上要开政治局会议，一有信号，我们就要进去逮捕贝利亚。

G. K. 朱可夫元帅讲述了接下来发生的事：

我和莫斯卡连科、他的副官、尼杰林将军和巴蒂克将军坐在一个房间里，等待铃响两下，这是事先约定好的信号。我被预先警告说，贝利亚体格很壮，会柔道。

"没关系，"我说，"我也很有力气。"

一个小时过去了，没有铃声响起。我开始担心贝利亚会不会掌控了局面。但就在这时，铃声响了，我站起来，我们一起走向政治局会议室。贝利亚坐在会议桌正中央。我的军官们把桌子包围住，他们走近贝利亚，命令道：

"站起来！你被逮捕了！"

贝利亚还没来得及站起来，我就把他的胳膊扭到身后，拉他起来，以防他挣脱。我看着他，他脸色苍白，非常吃惊。他呆住了。

我们把他带到休息室，然后又带去另一个房间。在那里，我们仔细地搜查他。哦，我忘了说了，扭住贝利亚胳膊的时候，我迅速摸了一下他的腰，检查他是不是带了武器。

我们把贝利亚锁在屋子里，一直到晚上十点，然后在夜色的掩护下开车带他离开了克里姆林宫。他被裹在一条毯子里,扔在汽车地板上,免得克里姆林宫的警卫注意到,然后给他的人报信。

然后,他们对贝利亚进行了审讯,不是因为他犯了罪,而是因为他想谋反。然后他们立刻对他执行了枪决。

莫斯卡连科把贝利亚从尼科尔斯塔的大门带出了克里姆林宫,那是离市区最近的门。

此刻,我穿过同一扇门来到特维尔大街(以前叫高尔基大街)。一些年轻人正在街上游行,我走近去听听他们在喊什么。他们手拉着手,一边走一边大喊:"可口可乐万岁!"

沿着特维尔大街同一方向前进的,是疲惫而饥饿的人们,不久前他们刚排了几个小时的队,就为了进入陵墓瞻仰一下列宁的遗体。现在他们又排起了第二条队,那是麦当劳的队伍,为了买一份配番茄酱和薯条的汉堡套餐。

埋 伏

这些事发生在1990年夏天,之前我不能讲述这个故事,因为这会给那些帮助过我的人带来危险。

去埃里温的前一天,我在莫斯科与加林娜·斯塔罗沃伊托娃见面。(加林娜·瓦里西耶夫娜·斯塔罗沃伊托娃是圣彼得堡大学的教授,时任亚美尼亚苏维埃社会主义共和国最高苏维埃代表,后来她成为鲍里斯·叶利钦的民族事务顾问。)那是我第一次见到她,她是一位高大的女性,举止迷人,带着温暖而友好的笑容。我知道她第二天要坐飞机去埃里温。她说,"我们在那里见面。"然后又补充道,"也许我能帮到你,但我也不确定,到时候看吧。"

我能理解她语气中的迟疑。我想要进入纳卡地区,这本来是一件没有希望的事。纳卡地区是亚美尼亚在阿塞拜疆境内的一块飞地，没有陆上通道，整个地区都被红军和阿塞拜疆自卫队包围了。他们把守着所有出入口、高速公路和大小道路，监视着岩石裂缝和断层、关口、断崖和山峰。想要强行穿越这张高度警惕、严密编织的大网是绝对不可能的，即使是熟悉这些地方的人也不敢轻易尝试。这样一来，便只剩下空中通道，那是俄罗斯航空公司的一架小型飞机，不定期从埃里温飞往纳卡地区的首府斯捷潘纳克特。但这样的机会我也没有，因为这不仅仅是在飞机上获得一个座位的问题——虽然这也很难，需要在埃里温机场露宿几个星期（我既没有时间，也没有钱）——更大的问题在于，买机票需要持苏联护照和纳卡地区的居住证明，或者莫斯科军队总参谋部的许可。这两种证件我都不可能得到。

我于夜间抵达埃里温。第二天一整天，我都待在旅馆等电话。我随身携带着亚美尼亚古代编年史，那是写于一千年前的美丽文字，但我无法阅读太多，其中包含着太多绝望、痛苦和泪水。亚美尼亚人的历史是几个世纪的迫害，几个世纪的流亡、离散、屠杀和无家可归的漂泊。所有这些都被记录在编年史中。每一页都有人在祈祷能坚持下去，能活下去；每一页都有恐怖，每一页都有颤抖和恐惧。

第二天早上，电话响了。我听到了加林娜·斯塔罗沃伊托娃的声音。她说，"从昨天起我们就一直在为你想办法，我们正在研究。耐心等等，会有一个年轻人来找你的。"

年轻人叫古雷恩。他身材健壮魁梧，精气神十足，动作矫健有力。他一看到我，立刻皱起了眉。"怎么了？"我问。他打开公文包，里面装着几本苏联护照，但都是十几岁的亚美尼亚年轻人，年龄最大的才二十四岁。护照的主人都已经不在人世了。

"这个人在苏姆盖特被活活烧死了，"古雷恩说，"这个人在纳卡被勒死了。"

"那这个呢？"

"我不知道这个是怎么死的。"照片上，一对黑漆漆的眼睛严肃而专注地盯着我们。最后古雷恩挑了一本照片有些模糊的（是水还是汗？），让我拿那一本。

接下来，他把我塞进一辆破烂不堪的"莫斯科人"汽车，除了引擎和（我希望！）刹车之外，车里所有东西都失灵了。我们穿越城市出发。我感觉瞬间来到了第三世界，仿佛突然置身德黑兰、加尔各答或拉各斯的街头。没有人遵守任何规则，没有信号灯和指示牌，可是，所有错乱、狂野、无秩序的交通都遵循着某种内在的逻辑（欧洲人是看不出来的），所以，尽管每个人都开得百无禁忌，完全按照自己的意愿横穿、倒车、绕圈、曲折前行，但这种逻辑却让每个人（至少是大多数人）都能最终抵达自己的目的地。在这个摇摇晃晃、狂按喇叭、散发着刺鼻尾气的车流中，我们如一粒尘埃，朝着我们的目的地前进。目的地在哪里，我不知道，但经验告诉我，每当有人带我开展危险的、不确定的、不可能的探险时，我都不该问问题。如果你问了，那意味着你不信任他们；你心有疑虑，你害怕了。但你明明说过你想这样做，那你就下定决心吧——你到底准备好了没有？而且，没有时间了！已经没有时间优柔寡断、犹豫不决、瞻前顾后了！

　　市中心的一幢老式公寓楼。古雷恩带我上了二楼。一套典型的苏维埃式公寓，杂乱，拥挤。每天，为了维持整洁和秩序，都要进行残酷的搏斗。这是一场没有盟友的战争，没有肥皂，没有清洁剂，还经常没有水。最常见的情况是没有水，因为城市正在渐渐干涸，水资源很稀缺，这里一点，那里一点，必须要寻找，必须要等待。在我现在所在的这间公寓里，露台被改造成了带玻璃墙的阳光房，可以在上面俯瞰一个树木繁茂的庭院。阳光房里放着一张桌子，几个人坐在那里，我认识其中一个，加林娜·斯塔罗沃伊托娃。其他人都是留着络腮胡的年轻人。这些大胡子的出现说明前线就在这附近，各种各样的前线，有的为自由而战，有的为权力而战。亚美尼亚有两条战线，一条反对帝国，一条反对阿塞拜疆。城市里到处都是敢死队，他们站在街头，坐在卡车里，佩带着他们能弄到的任何武器，穿着随便，但无一例外都留着络腮胡子。坐在桌子旁边的敢死队员们热情地跟我打招呼，但最初的热情过去后，他们都陷入了沉默。

"雷沙德，"我听见有人说，"你今天坐飞机去斯捷潘纳克特，跟斯塔罗沃伊托娃代表乘同一个航班。但你的身份是飞行员，而且不认识加林娜·斯塔罗沃伊托娃，明白了吗？"

"好的，"我说，"我明白。"仿佛刚刚发出了一个庄严、神圣的誓言。

我在这间公寓里没待多久，古雷恩就说该开车去机场了。

请容我描述一下埃里温机场（其情其景我从其他场合也略知一二）。请容我描述一下这个机场的早晨。数以百计、数以千计的人是如何醒过来的？他们在长椅、大理石混凝土地板和石头台阶上睡了一夜，在秽语、咒骂和婴儿的啼哭声中起身。他们是从什么时候开始在这里过夜的？有些人时间不是很长，这是他们的头一个晚上。那么，那些浑身皱巴巴、胡子拉碴的人呢？一周了。还有那些臭气熏天近不得身的人呢？一个月了。所有人看起来都一个样，

埋伏

他们醒来，环顾四周，挠挠头，打个哈欠。一个男人站起来，试图把衬衫重新塞回裤子。一个女人用手帕绾着头发，乌黑亮丽的头发，像山鲁佐德一样美丽。这个时候，大家都想方便一下。于是他们四处张望，越来越焦虑不安——去哪里？哪里可以不被人看到？哪里可以蹲下？机场有四个洗手间，即便乐观地假设它们都能正常使用，每个人轮流去一趟也需要几个小时。不幸的是，它们都关闭了，或者更确切地说，它们都坏了。事情就是这样。很久很久以前马桶就堵住了，里面形成了一座庞大的丘陵，人们只得填满马桶周围的空间。他们以一种非凡的、令人震惊的准确性，填满了马桶周围地板上的每一平方厘米。厕所周围再也找不到可以活动的空间了，于是他们开始向更远的地方前进，向四面八方扩张开来，带着一种可以理解的决心征服新的领土，越来越宽广的领土。

好吧，让我们假定，那些寻找僻静之所的成年人，在看到四个厕所门口令人作呕的粪便大厦时，会在接下来的几个小时里压抑自己的需求。但孩子们呢？毕竟都是些年幼的孩子。这个两岁的女孩必须去，连这个五岁的男孩，虽然他已经这么大了，也必须去。所以，那些走来走去的机场指挥官，他们冲着角落里旁若无人解大便的孩子们大发雷霆，这样做还有什么意义吗？

有些人跑来跑去，试图打听航班的信息。会有吗？什么时候有？如此等等。至于有没有空位，他们从来不问，因为众所周知，早就没有座位了。那些像疯了一样四处打听的人都是新手，天真而缺乏经验；他们可能只在这里待了一两个晚上，而老手们一动不动。他们知道这样毫无意义，他们宁愿守在长凳上，一动不动地坐在那里，仿佛患了孤独症，与周围的环境没有任何联系，就像精神病院里的病人一样。

请容我描述一下在那个狭小而拥挤的房间里听到的申诉。从外表看，在这里执勤的亚美尼亚人肯定担任过拳击手、马戏团壮汉或者摔跤手一类的角色，也只有这样的角斗士能从肉体上压制住那些推搡、咒骂、威胁的人群，举起的拳头如泥石流般向他涌来。这些人中有多少冲突、多少不幸啊。这个女人今天必须赶去乌拉尔，参加她在部队里去世的儿子的葬礼。我不敢描述她的尖叫、她的表情，还有她那紧紧揪着头发的手指。这个男人突然失明了，必须飞到基辅做手术，这是他避免永久失明的唯一机会了。一排安静的女人靠墙站着，她们也应该以某种方式飞走。她们静静地站着，她们不能激动。她们的肚子鼓鼓的，随时都可能分娩。

我和古雷恩强行穿过人群，穿过顽固、狂热地推搡着什么东西（或者推搡着什么人？）的人群，来到机组人员的休息室。看到我们后，其中一个人站起来打招呼。他很瘦，比我略高一些，名叫苏伦。他让我跟着他，然后他带我来到停车场去找他的车。后备箱里放着一套制服——一件夹克和一条裤子。"我熨了一晚上，"他得意地说，"我们还得给你找肩章和帽子。"他补充道。我在车里换上衣服，把我自己的衣服塞进一个塑料袋里。我们回到大楼。苏伦找到一位空姐，我看到他对她说了什么。然后她消失了，我们一边等她，一边聊着天气。终于，她回来了，点点头示意我跟她走。她有飞行员更衣室的钥匙，在那里，她为我挑选了合适的肩章和帽子。我将以机长的身份登上飞机。她把我带到走廊，对我说，"我要留在更衣室，你自己回去找苏伦吧。"她不想让人看到我们在一起。

我去了，但马上出现了意想不到的情况。因为我刚在候机大厅露面，人们一看到我这个飞行员，就纷纷跑过来问，我们要飞去哪里？能不能带上他们？我们什么时候起飞？

我本可以应付这种局面的，但突然，两个人——或者很明显地，两名竞争对手——推开乘客硬挤到我身边，异口同声地用一种傲慢的语气对我说，"所有机票都只能通过我购买！"（换句话说，在获得一张实际价值等同于有效机票的证件这一充满荆棘的道路上，买到官方机票仅仅是第一步，甚至只是预备性的一步。一个人能否起飞，取决于他是否成功地贿赂了某个黄牛,而站在我面前的就是黄牛的头目。这正是让许多西方人感到困惑的场景,因为他们倾向于按照自己的方式来看待现实:清晰、透明、合乎逻辑。持有这种理念的人,当他突然被扔进苏联世界的时候,往往会感觉脚下的地毯被抽走了,直到有人向他解释说,他所知道的现实并不是唯一的现实,而且,无须赘言,也不是最重要的现实。这里存在着大量多样化的多重现实,交织成一个无法解开的骇人的结,其本质是多重逻辑性:彼此矛盾的逻辑体系古怪地混合在一起,而那些假定只存在一种逻辑体系的人,会时不时错误地将其称之为"非逻辑"或"反逻辑"。)

我意识到,面对目前这种情况,稍有不慎就会造成灾难性的后果,这一认识迫使我采取果断行动。我用力推开所有人,朝机组人员的休息室走去。苏伦把我介绍给另外一名飞行员,他会跟我们一起飞。他叫阿维里克,我们一见如故。阿维里克知道整个行动潜藏着很大的风险,但其中也有某些东西让他着迷,所以从一开始,他就做好了万全准备。他知道如果我被抓住,他也是要坐牢的。但我见到他的时候,他开朗而充满活力,这一点跟苏伦刚好相反,苏伦总是很镇定,孤僻而寡言。

苏伦和阿维里克驾驶的是一架雅克-40小型喷气式飞

机，可搭载二十六名乘客。在埃里温，起飞一切顺利。飞机停在离航站楼很远的地方，一辆摆渡车把我们和乘客一起载去那里。我在乘客当中看到了斯塔罗沃伊托娃和古雷恩（他的身份是她的助手），剩下的都是无精打采的亚美尼亚人，他们已经心力交瘁了，终于能够回家的期望也无法让他们露出喜悦的神情。我、苏伦和阿维里克走进驾驶舱，关上舱门。苏伦开始启动引擎。驾驶舱的气氛很好，因为我的整个探险计划都建立在相当坚实的基础之上。一位苏联高层人物、一位知名度很高且广受欢迎的最高苏维埃代表正在访问她的选区。她给学校带了礼物，希望见见那些给自己投票的人。她自然会受到充满喜悦和尊重的接待，而我将以她的私人飞行员的身份出现在这种热情而诚挚的气氛中（如果这个计划因为某种原因落空，我将假装不认识斯塔罗沃伊托娃）。

我们的小飞机只用了四十五分钟就从埃里温飞到了斯捷潘纳克特。飞机在纳戈尔诺-卡拉巴赫（也叫上卡拉巴赫，因为还存在一个下卡拉巴赫）的两座山脉之间飞行。上卡拉巴赫和下卡拉巴赫构成了高加索山脉的东侧支线，在这里，山脉的坡度越来越缓，仿佛逐渐失去了活力和动力，蜕变成库拉河的河谷。再往西两三百公里，清澈的河水就会注入被石油污染的里海。

苏伦和阿维里克掌舵。我们坐在驾驶舱里，仿佛飘浮在空中包厢里，欣赏着一出奇特的哑剧：《舞动的群山》。舞蹈动作缓慢，如同梦游，几欲静止，但这些沉寂石化的形状确实在移动，在变换着位置，或转圈，低头俯瞰地面，或挺直耸立——直入云端。一对对，一组组，一群群，不断有新的涌现。四周景色仿佛瑞士。这边是成群的牧羊，那边是奔涌的溪流，再远处，则是绿油油的森林和林中空地。

斯捷潘纳克特机场航空调度员的声音打断了我的沉思——我们准备降落了。已经可以看到小小的山坡，一条不易辨认的建筑线，然后，过了一会儿，苏伦指出了机场跑道那条线。跑道不太平坦，而且很短；大型飞机无法在这里降落。事实上，连我们也将将停在跑道尽头，前面就是一个瓦砾堆。我们慢慢朝一片简陋的房子，也就是机场航站楼滑行。随着距离的缩短，苏伦和阿维里克的表情越来越凝重：这里被军队包围了。到处都是民兵。纳卡地区正处于戒严状态，整个地区都由军事特派员管辖。这些部队都是从俄罗斯腹地调来的克格勃。

"从来没有过这么多人。"苏伦喃喃地说。

他刚停下引擎，我就看到武装部队把飞机团团围了起来，军官们正在走过来。苏伦对阿维里克说了些什么，然后指了指我。阿维里克心领神会地点了点头。

"走我前面。"他说。我们走出驾驶舱,飞机唯一的舱门位于机尾。阿维里克打开门,舷梯垂落到地面。我感受到了热带空气的冲击,看到士兵们聚集在舷梯脚下。

"下去,下去,然后直接往前走。"我听到阿维里克的声音。

我知道,我现在不能有一秒钟的犹豫,也不能做任何不确定的手势、不必要的动作。我跑下舷梯,越过已经簇拥在地面的军官,经过突击队员和民兵,径直往前走去。阿维里克走在我身边,他(我就指望他了)知道接下来该怎么办。最重要的是没人在身后叫住我们,没人命令我们停下来。我们直接走到一排装甲卡车中间,士兵坐在卡车的阴影里。这里也没有人拦住我们,毕竟,我们穿着飞行员的制服,所有人都看到我们刚开来了一架飞机。我们沿着卡车走了大约一百米,一直走到一扇门前,那是一栋小木屋,里面是类似酒吧的地方,只提供一种饮料——温吞的柠檬水。阿维里克给我买了一杯(混乱中我忘了带钱),然后对我说:"坐在这里等。"然后他不辞而别。过了一段时间后,一个我从没见过的大胡子年轻人出现了,他从我身边走过,从牙缝中嘀咕出一句话,"坐在这里别动,从现在开始我来保护你,"然后他也消失不见了。

等待变得越来越漫长,我感觉坐在烧红的木炭上。酒吧里有几张桌子,但都空着。只有我一个人坐在这里。不过这里还是很热闹的，不断有人来喝柠檬水。最大的威胁来自军事巡逻队。想象一下：在偏远省份的深山里，一个小型临时机场，偶尔会有一架小飞机抵达，然后又立刻飞走。唯一吸引人的就是这间卖柠檬水的酒吧。天很热，每个人都想喝点什么，尤其是军事巡逻队，因为他们戴着头盔、穿着防弹背心，还背着好多武器。这些巡逻队有什么任务在身吗？其实没什么事，就是走来走去，窥伺，走动，搜寻，观察，询问。然后，在这要人命的无聊和绝望中，一道美味的小菜被端到他们面前：在酒吧里（唯一的酒吧！），空空荡荡的酒吧里，坐着一名俄航飞行员。干脆走过去问他几个问题，比如说，你从哪里来？或者，你要到哪里去？问是可以的，尤其在战时状态，在纳卡地区这样一个麻烦的地方，而你又刚好是正在执勤的军事巡逻队的一员。这里很少有人来。来这里很难。他们不会随便放人进来的。

如果俄罗斯巡逻队找我搭讪，那情况还不算太糟糕：我会假装成亚美尼亚人；我会说带亚美尼亚口音的俄语。如果亚美尼亚巡逻队找我搭讪，情况也不会那么糟糕：我会说带点立陶宛或拉脱维亚口音的俄语。最让我担心的是联合巡逻队，既有俄罗斯人，又有亚美尼亚人，这样我就无法脱身了。

第二个问题是我没有任何证件。没错，我的夹克口袋里露出了一角苏联护照,但这是一个在苏姆盖特被杀害的亚美尼亚年轻人的护照。

一个小时后,大胡子又出现了。

"听着,"我说,"我不能坐在这里了,我会被抓住的。"我看得出他很紧张。

"坐着吧,"他回答说,"没有别的办法出去。坐着吧。"然后他又消失了。

尽管天气很热,我还是把帽檐拉下来遮住眼睛,假装在打瞌睡。这是一顶大帽子,冠冕堂皇,上面装饰着各种条纹、边饰和橡树叶。我把它当成一面盾牌,一面可以藏身的屏风。我还试着摆出一副让人望而生畏的姿态,像个脾气暴躁、不合群的乡巴佬,向所有人发出一个信号:如无必要,请勿靠近!

在酒吧坐了两个小时后,我又听到了飞机起飞的轰鸣声。我感觉愈发孤独和困顿。幸运的是,大胡子又出现了,他说,"跟我来。"我走出酒吧,感觉像是离开了监狱的重重围墙。我们沿着从机场通往城里的公路走了不到一百米,来到一个地势比公路略低的路边停车场。一个亚美尼亚老人坐在停车场入口的树荫下。他跟我的大胡子朋友互相点头示意,我的向导把我带到一辆淡黄色的"拉达"车旁。他说,"坐在这里别动。"然后便消失了。一方面,我感觉比在酒吧里自在了一些,在那里我从头到尾就是一个活靶子,但另一方面,车在太阳下暴晒了一天,里面就像个火炉。我想下车到停车场转转,但蹲在树荫下的老人用嘶哑的声音喊道:"别出来,他们就在附近!"的确,再走大约五十米就是一个路障,旁边还有一个军事哨所。看到一个在烈日下挣扎的俄航飞行员时,最简单的莫过于请他到帐篷里喝口茶提提神,然后,单纯只是为了让聊天继续下去,也可以问问他是谁,做什么的,怎么来的,从哪里来。毕竟,人得说话,这很自然,是人之常情,尤其是现在,言论自由了,即使是陌生人也可以畅所欲言。

最糟糕的是,我仍然不知道发生了什么。很明显,我们在埃里温制定的乐观的计划失败了。斯塔罗沃伊托娃本应在机场受到当地显要的欢迎。仪式将持续一刻钟或半个小时。接下来我们将乘车去镇上吃晚饭,给学校的孩子们赠送礼物,参观公园,会见斯捷潘纳克特的居民。这一切本应温馨、热情,宛如田园牧歌。但事实上,在机场等待我们的没有任何当地显要,只有克格勃突击队员。没有欢迎的氛围,我们直接落入了埋伏。

我问老人(他一直坐在树下,凝视着机场的方向,虽然他跟我说了几句话,但一直没有回过头),斯塔罗沃伊托娃是不是已经去城里了,但他用担忧的语气回答说,没有。我推测,要么他们把她扣在了机场,要么命令她坐我们的飞机返回埃里温了。但这位亚美尼亚人并不知情。

那位亚美尼亚老人坐在路边的树荫下。东方的所有阴谋都依赖这样的人。他们像冰砾一样，一动不动地栖身在这个国家的岩石景观中。他们倚着手杖，坐在东方城市的陶土小巷里。他们洞察一切，无所不知。没有什么能打破他们的平静。没有人能骗得过他们。没有人能战胜他们。多亏了这位树下的老者，我现在感觉好多了。

我在构思一个说法，如果他们抓住我该怎么办。

你在哪儿弄到的这身制服？审讯官会问我。

在华沙买的。你可以在那里买到任何你想要的俄罗斯制服。上尉的，上校的，甚至将军的都有。你还能买到武器，但你也看到了，我没有武器。

如果你说的是真的，那你为什么要买俄航飞行员的制服呢？

因为我想来纳卡很久了，我知道没有别的办法。我不惜一切代价都要来这里看看，我一直很担心那些注定要消亡的民族的命运，纳卡人的命运就是这样。

你是这么想的吗？审讯官会问。

唉，恐怕是的。这是一个基督教的小岛，几年后，它就会被伊斯兰原教旨主义的大海淹没。大海的波浪已经开始涌动了，你没有看到吗？

你从哪里搞到的那个苏姆盖特人的护照?

它就放在埃里温机场的窗台上。没有人注意到。

谁让你上飞机的?

没有人,我自己走上去的。我跟乘客们一起上摆渡车,然后跟他们一起登机。如果乘客问一个飞行员为什么要上飞机,那就太奇怪了。

卫兵!审讯官对武装警卫喊道,把这个犯人带到牢房里去!

我有大把时间,所以我编了各种各样的备选证词,目的只有一个:不牵连任何人,不给任何人增加负担。

飞机降落已经四个小时了,这时,从城里的方向驶来一辆黑色的豪华轿车,停在离哨所稍远的地方。是那种只有帝国高级官员才能乘坐的车辆,所以我想,啊哈,他们派车来了,所以他们肯定会让斯塔罗沃伊托娃进城。过了一会儿,大胡子出现了(整个过程很紧张,充满诡秘的气氛),他说:"走,果断一点!"不用他说我也知道,在这种情况下,果断地行动就是成功的一半。

我们上了车,用力关上身后的门,车立刻启动了。我们沿着一条柏油马路向城里的方向行驶了几公里,路两边断断续续停着装甲车和轻型坦克,整个地区看起来就像一个大型的军事营地。突然,前方公路上出现了巨大的混凝土块，排列成迷宫。汽车不得不放慢速度，小心翼翼地在它们中间穿行，最后车停下来，接受驻扎士兵的检查。大胡子看到这个路障，说，"趴下，假装喝醉了。"他想不出别的办法了。我立刻倒在后座上，用帽子盖住脸。我听见大胡子对着把头伸进车里的士兵说，"喝醉了。喝醉了，而且很累。"

我们再一次飞速驶向城里，左边是一座小山，右边是一道深深的峡谷，谷底能看到一条废弃的铁路线。"你现在可以坐起来了，"大胡子说，"但是如果他们再拦住我们，你要再假装喝醉。"但随后经过的所有哨卡都只是挥手示意我们继续前进。很快出现了横平竖直的小小街道，两旁种着许多树木，荫凉蔽日。随后，汽车驶入一个四周都是公寓楼的庭院，大胡子说，"下车。"我跳下车，汽车立刻开走了。我还没来得及看一眼四周，一位老妇人就跑了过来，她拉着我的胳膊，把我推进一个楼梯间，只说了一句"三楼"，就消失了。我走到三楼，一扇门已经敞开，我发现自己身处一个家庭里，被妇女和儿童环绕。每个人都欢呼雀跃，拥抱我，对我说着什么。我看到一张张激动的、洋溢着胜利表情的脸庞。"流氓！无赖！侵略者！"女人们开始忘形。"他们还要折磨我们多久，囚禁我们多久！"在这些越来越别出心裁的咒骂和威胁声中，她们为我热好了早已冷掉的晚餐。

几个男人走进来，他们也拥抱了我。他们一来，喧闹瞬间平息下来。孩子们不知去了哪里，女人们停止了哀叹和谩骂。我可以去换衣服了，他们给了我几件便装。

整个夜晚都在交谈中度过。这就是我来这里的原因。我来这里是为了跟卡拉巴赫委员会的人见面，他们不被允许离开，他们被迫保持沉默，进行无声的反抗，但他们希望全世界了解当地亚美尼亚人的命运，他们的苦难，他们的悲剧。渴望自己的声音被听到，这是被桎梏的民族的典型特征，他们像溺水的人紧紧抓住一块木板一样，紧紧抓住正义永不消亡的信念，他们相信被听到就是被理解，只有通过这种方式，他们才能证明自己的立场，赢得这场战斗。

天色渐暗。我们坐在一个大房间里，围着一张又长又重的桌子。这是一个典型的亚美尼亚公寓：桌子是最重要的家具，是房子和家庭的中心。桌子上应该摆着一个人拥有的所有东西，有什么就摆什么，这样它才不会空荡荡的，因为空荡荡的桌子会让人感觉生疏，会让谈话陷入僵局。桌子上摆的东西越多，表现出来的善意和尊重就越大。

"我们的问题是，"在场的一个人说，"我们要如何生存？几百年来，这个问题一直压在亚美尼亚人心头。我们一直拥有自己的文化、语言和文字。自十七世纪以来，基督教就是亚美尼亚人的国教。但我们的文化具有被动的特征，是与外界隔绝的聚居区的文化，是一种防御性的堡垒文化。我们从未把自己的习俗和生活方式强加给他人。我们既没有强烈的使命感，也没有统治欲。但是，我们发现自己周围的民族都挥舞着先知的旗帜，一直想要征服世界。在他们看来，我们是健康身体上的一根毒刺。他们思考着如何拔掉这根毒刺，也就是说，如何把我们从地球表面抹去。"

"纳卡地区的情况最糟糕，"又有人说，"我们曾经是亚美尼亚领土不可分割的一部分，但1920年，土耳其军队来到这里，把居住在今天亚美尼亚共和国和纳卡地区边境上的亚美尼亚人赶尽杀绝。我们的祖先躲在卡拉巴赫的山里活了下来。亚美尼亚和卡拉巴赫之间那片遭到人口灭绝的地带被高加索土耳其人占领了，也就是阿塞拜疆人。这一地带只有十三公里宽，但他们占领了那里，我们无法驾车或走路通过。这样一来，我们就成了阿塞拜疆中心的一座基督教孤岛。阿塞拜疆人是什叶派，不把我们干掉是不会罢休的。"

坐在我旁边的一位男士补充道，"斯大林非常了解高加索。毕竟他自己就来自高加索。他知道这些山脉中生活着上百个民族，这些民族一直在互相征战。这里被两座高山环绕，被黑海和里海隔在中间，是世界的后巷。谁会来这里？谁有勇气深入这样的内陆？他知道怎么推波助澜。他知道纳卡永远是土耳其人和亚美尼亚人争夺的焦点。所以他没有把纳卡并入亚美尼亚，而是把这个地区留在阿塞拜疆，处在巴库的统治之下。这样一来，莫斯科就占据了最高仲裁者的位置。"

"虽然我们离巴黎和罗马很远，"坐在桌子另一端的老人说，"但我们是基督教欧洲的一部分，或者严格地说，是它的尽头。看看地图吧。欧洲西部以一条明显的海岸线结束，海岸线之外就是大西洋。但在东方呢？边界在哪里？东方的边界根本不清晰。欧洲在这里融化了，变得稀薄，消散。我们必须采用某种标准。在我看来，这个标准不应该是地理上的，而是文化上的。欧洲延伸到信仰基督教的人所居住的最东端。我们亚美尼亚就是这样一个国家，是最东南端的民族。"

"世界上存在着两条对抗线，"桌子同一端有人补充道，"一条沿着地中海，另一条沿着高加索山脉。考虑到越来越多的土耳其人和阿尔及利亚人都去欧洲生活，我们完全可以设想，我们的子孙有一天会亲眼看到，斯捷潘纳克特成了世界上所剩无几的基督教城市之一。"

"那要看我们能不能撑到那时候。"几个声音同时说道。为了证明这个令人不安的局面，我的主人把我带到窗前。天已经黑了，一排排灯光高高地悬挂在空中。他说，"山上是阿塞拜疆的舒沙镇。他们把我们攥在手心里，随时都可以对我们开火。"

不安，恐惧，仇恨。人们在这里嗅到的就是这样的气息。

有人说，"亚美尼亚人从来没接受失去纳卡。尽管有暴政，尽管有镇压，但每隔几年，亚美尼亚就会因为这个问题爆发骚乱和暴动。1988年6月，亚美尼亚最高苏维埃同意了纳卡地区最高委员会提出的加入亚美尼亚的请求。但巴库拒绝了。莫斯科总是站在强者那一边，而阿塞拜疆比我们强大得多。纳卡只占阿塞拜疆面积的百分之五，仅有百分之三的共和国人口生活在这里。莫斯科趁巴库威胁要占领纳卡，宣布进入紧急状态，并在这里安插了自己的军队。我们掉到陷阱里去了。我们被莫斯科占领了，但如果莫斯科离开这里，我们就会落入巴库的手中。

就在谈话过程中，楼梯间传来一阵骚动，门开了，斯塔罗沃伊托娃带着一小群人走了进来。她看起来很疲惫，精神紧张，但仍努力保持镇定，营造出一种欢欣、明朗的气氛。她给我们讲了之前发生了什么。她刚下飞机，就被几个军官带走了，是纳卡地区军事总司令的特使，他们告诉她，她无权飞往斯捷潘纳克特，并试图说服她返回埃里温。但斯塔罗沃伊托娃拒绝了，宣布说，除非他们把她抬回飞机，否则她是不会回去的。军官们意识到这会是一个问题。首先，斯塔罗沃伊托娃是个身材高大的女性，其次，这将引发一场国际丑闻。该怎么办呢？无休止的磋商和讨论开始了。事实证明，整场行动的推手是中央委员会第一书记阿亚兹·穆塔利博夫（1992年他出任阿塞拜疆总统），他从巴库致电戈尔巴乔夫，说如果不把斯塔罗沃伊托娃赶走，他发誓会对斯捷潘纳克特发动进攻。而莫斯科希望与穆塔利博夫，与伊斯兰、土耳其和近东保持良好的关系，与此相比，斯塔罗沃伊托娃和纳卡地区算得了什么？斯塔罗沃伊托娃不停拖延时间，她想不惜一切代价留在这里，见见这里的人们。她想让人们知道，还有人记得他们。

她有一个强有力的论点：飞行员们看到了发生的事情，趁乱飞走了。他们知道斯捷潘纳克特机场没有照明，而且现在天色已经太暗，他们不可能再次降落了。

斯塔罗沃伊托娃在巴库有反对者，因为阿塞拜疆人和亚美尼亚人一样，将人类分为两个对立的阵营。

对亚美尼亚人来说，所有认为纳卡地区是个问题的人都是盟友。其余的则是敌人。

对阿塞拜疆人来说，所有认为纳卡地区不是个问题的人都是盟友。其余的则是敌人。

这些立场的极端和决绝令人吃惊。不仅仅在亚美尼亚人中间说"我相信阿塞拜疆人是对的"绝无可能，在阿塞拜疆人中间也绝不可能坚持认为"我相信亚美尼亚人是对的"。这种立场根本不可能出现——任何一方都会立刻对你产生仇恨,然后干掉你!在错误的地方或者错误的人群中,即使说"这有问题"(或者说"这没问题")也足以让一个人面临窒息、绞刑、石刑以及火刑的危险。

同样不可想象的,是在巴库或埃里温发表如下演讲:听着,几十年前(我们中有谁还记得那个时候?),一些土耳其帕夏和斯大林把这个杜鹃蛋扔进了我们高加索人的老巢,从那时起,整整一个世纪以来,我们就一直互相折磨、互相残杀,而他们却在坟墓里哈哈大笑。我们生活在贫困中,周围都是落后和肮脏,我们真应该化解分歧,并着手做一些工作。

这个人永远不可能把话说完,因为一旦任何一方意识到他的意图,这个不幸的道德家和调停者就会完蛋。

民族主义、种族主义、原教旨主义,这三者都有一个共同的特征,即富于攻击性的、拥有无上权力的、彻底的非理性。一旦有所沾染,一个人便会失去理智。他的头脑中燃烧着一堆圣火,等着献祭者前来。每一次平静对话的尝试都会失败。他要的不是对话,而是要你宣布同意,承认他是对的,加入他的事业。否则你在他眼里就没有任何意义,你不存在,只有当你是工具、是手段、是武器的时候,你才算数。没有人——只有事业。

被它感染的思想是一种封闭的思想，是单向度的，单方面的，只围绕一个主题打转，那就是敌人。对敌人的思考支撑着他，让他得以生存。所以敌人总是存在，总是与他同在。在埃里温附近，一位当地向导给我展示一座古老的亚美尼亚大教堂，他用一个充满蔑视的反问句结束了他的解说："阿塞拜疆人能造出这样的大教堂吗？"后来，在巴库，当地向导提醒我注意一排装饰华丽的新艺术风格的建筑，在结束讲解时，他也语带轻蔑地说："亚美尼亚人能造出这样的大楼吗？"

但另一方面，亚美尼亚人和阿塞拜疆人也有值得羡慕的地方。他们不被世界的复杂性所困扰，也不被人类命运的不确定性和脆弱性所困扰。上述困扰通常会伴随着这样的问题：什么是真理？什么是善？什么是正义？他们对这些问题感到陌生。他们不懂那些经常扪心自问"我是否正确"的人所承受的重担。

他们的世界很小——几条峡谷，几座山脉。他们的世界很简单——一边是我们，是好人，另一边是他们，是我们的敌人。他们的世界受一条明确的排他性法则的支配——要么是我们，要么是他们。

如果存在另一个世界，那他们想要什么呢？只要那个世界别来管他们就好。他们只想静静地待在一边，以便更加彻底地互相殴打。

早上,太阳把我唤醒。我走到窗前,停下了脚步,说不出话来。我正身处世界上最美丽的角落之一,一如阿尔卑斯山、比利牛斯山、罗多彼山,或者安道尔、圣马力诺或者科尔蒂纳丹佩佐。昨天,由于精神紧张,我没有注意到身边的景象。直到现在我才看到周围的一切。阳光,到处都是阳光。温暖,但又很清新,就像在山里一样。到处都是蔚蓝色,浓烈、深邃、清澈,如同钻石。空气清新、晶莹、明亮。远处,山顶上白雪皑皑,近处也是高山,却变成了绿色的,浓烈的绿色,到处都是遒劲的苍松翠柏,还有野草、牧场和长满青苔的小径。

在这丰美而醉人的景色中,矗立着斯捷潘纳克特街区破败不堪的混凝土公寓楼,厚重的楼板笨拙而潦草地拼凑在一起,邋遢而丑陋。在我过夜的这个地方,公寓楼围成了一个封闭的四方形。居民们在楼与楼之间、阳台与阳台之间拉上了铁丝,小滑轮沿着铁丝移动,上面挂着晾晒的衣物。通过操作滑轮,可以让衣服一整天都置于阳光直射的地方,这样干得更快。因为空间不够,所以必须按照时间表来,一种约定俗成的时间表,规定了谁可以在什么时间晾晒多少衣服。通过衣物的种类、面料和外观,人们可以了解到邻居的大量私生活细节,以及重要的购物信息。对面的邻居是从哪里买到这么漂亮的丝袜的？铁丝网在院子和生长在这里的树木之上伸展，如此别出心裁，错综复杂，只有当地妇女知道如何巧妙而流畅地指挥这个由衬衫和休闲裤、内衣和袜子组成的大游行，队列时不时就会活跃起来，一会儿向前移动，一会儿向后退，一会儿朝边上走。

斯塔罗沃伊托娃准备返回埃里温。在我藏身的公寓里，亚美尼亚人从早上就开始商量了，该拿我怎么办？怎样把我从这里弄出去？各路信使从机场带回来的消息听起来很不妙。纳卡地区的军事指挥官（一位将军，我不记得他姓什么了）为了平息穆塔利博夫总书记及其莫斯科盟友的怒火，已经决定诉诸武力：他将尽一切努力确保斯塔罗沃伊托娃再也不敢踏上这片土地，确保她会在充满恐吓和敌意的气氛中离开。在通往机场的道路上，所有车辆都要接受搜查，机场里也到处是士兵，甚至连跑道上也部署了突击队员。

我看得出，亚美尼亚人很紧张，已经开始争吵了。我不了解这些争吵的具体内容，但可以肯定与我有关，因为他们不时中断讨论，朝我这边喊道："穿上制服！"（我穿上了。）然后过了一会儿，"别，穿便服！"（我换上了便服。）又一轮争吵后，"别，再穿回制服！"我顺从地执行这些矛盾的指令，因为我发现情况确实很严重：我掉进了陷阱。

埋伏

在这样的天罗地网中,我不可能登上飞机。

此外,斯塔罗沃伊托娃(她在这里很受欢迎)到来的消息已经传遍了全城,一群人聚集在我们楼下,这让局面变得更为复杂。如果有人聚集,军队很快就会出现;如果军队来了,他们很快就会询问人们聚集的原因,这样他们就会沿着这条线找到线轴,也就是我们藏身的地方。亚美尼亚人越来越紧张,争吵的温度急剧上升。

终于,来了一个信使,就是昨天把我弄出机场的那个英俊的大胡子,他告诉了亚美尼亚人一些消息。他们立刻安静下来,朝窗外看去。过了一会儿,其中一个人对我说:"你看到那辆有旋转信号灯的汽车了吗?"楼下停着一辆车,车顶上有一个天蓝色的信号灯正在缓慢旋转。"你下楼,"亚美尼亚人说,"穿过人群,坐进那辆车的后座,坐到司机后面。你必须表现得非常果断。"

于是,我穿着俄航飞行员的制服走到院子里。我看到了人群中的一张张面孔。我挤过人群,径直向民兵车走去。车里只有司机,是一名亚美尼亚中士。我坐到后座上等待。斯塔罗沃伊托娃出现了,人们将她团团围住。就在这时,一支军事巡逻队走上前来,他们都金发碧眼,应该是俄罗斯人:情况正在变得危险。斯塔罗沃伊托娃中断了会面,上了一辆停在一旁的"伏尔加"汽车。两名亚美尼亚民兵上了我坐的车，一名民兵上尉坐到了副驾驶的位子上。

我们的车首先开动，"伏尔加"跟在后面。沿路都是巡逻人员，看起来有些不知所措，因为他们应该检查每辆车，但这辆毕竟是民兵车，警笛大作。我们设法穿过了混凝土块组成的迷宫，然后穿过了高高的路障。这些巡逻队的士兵都很年轻，高大的、金发碧眼的斯拉夫人。蓝眼睛，说俄语。

阳光，热浪。时近中午。

坐在副驾驶的上尉很紧张。他知道他正冒着多大的风险。我想我们其他人也知道。虽然我们开得很快，但这条道路变成了心理上的各各他[1]，正绵延至无穷远。

终于到了机场。我看到了停在那里的雅克-40。飞机来了！但要到达那里，我们还有很长的路要走。我们必须克服最困难的障碍，也就是通往跑道的登机口。登机口附近人头攒动，都是突击队员和军官。我们停在离飞机还有一段距离的地方，载着斯塔罗沃伊托娃的车停在我们后面。我们这辆车上的一个民兵下了车，她过来坐到了他的位置上。我们到了登机口，士兵立刻围了上来。上尉出示证件，

---

[1] 各各他，天主教典籍译为加尔瓦略山或哥耳哥达，意为"髑髅地"，是罗马帝国统治以色列时期耶路撒冷城郊之山。据《圣经·新约全书》记载，耶稣基督曾被钉在各各他山上的十字架。多年来，"各各他山"和十字架一直是基督受难的标志。

说:"来自总部的谢罗维安上尉。我奉军区总司令的命令,把斯塔罗沃伊托娃代表送上飞机!"他一遍一遍地向围在我们窗口的士兵重复:"来自总部的谢罗维安上尉。我要执行命令……"等等,等等。

慢慢地,士兵退到一边,抬起护栏。我们朝飞机的方向行驶。这时,斯塔罗沃伊托娃命车停下,说:"我去跟机场的指挥官道别。你们把雷沙德送到飞机上。"

苏伦和阿维里克站在飞机的舷梯上。苏伦说:"到驾驶舱里去(他说得很轻,因为到处都是军队),坐到控制台那里,戴上耳机。"我上了飞机,发现里面有一名士兵,正在用金属探测器检查墙壁和地板,他在搜查有没有武器被偷运进来。

过了一会儿,允许乘客登机了。斯塔罗沃伊托娃登上飞机。苏伦和阿维里克也已经就位。

飞行员启动引擎,我们慢慢朝跑道滑行。"我们还有可能被要求返航吗?"我问苏伦。"说不好。"他说。突击队员整齐地站在跑道两旁,头盔上伪装着迷迭香树枝。

我们向东起飞,迎着太阳,向着高山,向着白雪,然后转了个弯向西飞去,朝着埃里温和亚拉拉特山[1]的方向。

---

[1] 亚拉拉特山,坐落在土耳其的东北边界,俯瞰埃里温。《创世记》记载,诺亚方舟在大洪水后,最后的停泊地就在亚拉拉特山上。

大约半个小时后,耳机里传来一阵嘶哑的声音。苏伦打开麦克风。和对方交谈了一会儿。然后苏伦摘下耳机对我说:"他们不会让我们掉头了。你自由了。"

他看着我,笑了,然后把他的手帕递给我。

直到这时,我才发现,大帽子里滴下的汗水正沿着我的脸颊流淌。

中亚 —— 海洋的毁灭

飞机画了一个大圈,机翼倾斜的时候,可以看到下面的沙丘,被风吹得皱巴巴的。这是新出现的阿拉尔库姆沙漠[1],或者更确切地说——一个正从地球表面消失的海洋的底部。

在世界地图上从西向东看,会看到欧亚大陆南部有一连串四个海域:首先是地中海,然后是黑海,然后是高加索山脉以外的里海,最后,是最东端的咸海。

咸海从两条河里汲取水源:锡尔河和阿姆河,都是漫

---

[1] 阿拉尔库姆沙漠,一个自二十世纪六十年代起逐渐形成的沙漠,位于哈萨克斯坦和乌兹别克斯坦交界的咸海。

长的河流，锡尔河长2212公里，阿姆河长1450公里，横贯整个中亚地区。

中亚是无尽的沙漠，是一片片风化的褐色石头，是天空灼烧的阳光，以及风中扬起的沙尘暴。

但锡尔河和阿姆河的世界是不同的。肥沃的耕地沿着河流延伸，果园里硕果累累。到处都是杏树、苹果树、无花果树、棕榈树和石榴树。

坐在自家果园的树荫里，坐在凉风习习的游廊下，享受宁静而凉爽的夜晚，是巨大的愉悦。

锡尔河和阿姆河以及它们的支流，让那些著名的城市得以兴盛繁荣，比如布哈拉和希瓦[1]，浩罕[2]和撒马尔罕。丝绸之路上沉甸甸的驼队也从这里经过，使威尼斯、佛罗伦萨、尼斯和塞维利亚的市场变得丰富多彩。

十九世纪后半叶，这两条河流流经的土地被米哈伊

---

1 希瓦，旧称"基发"，古名"花剌子模"，是乌兹别克境内的一个绿洲城市。
2 浩罕，也称"霍罕"，乌兹别克城市。

尔·切尔纳耶夫[1]将军指挥的沙皇军队征服，成了俄罗斯帝国的一部分，或者更确切地说，成了其南方的殖民地，被称为突厥斯坦，因为当地居民（塔吉克人除外）说土耳其语。这里普遍信仰伊斯兰教，那个属于炎热气候和沙漠的宗教。

1917年，旨在推翻沙皇的起义在突厥斯坦爆发，起义者不是乌兹别克人或吉尔吉斯人，而是当地的俄罗斯人，他们掌握了政权，这次是作为布尔什维克。1924年，突厥斯坦被划分为五个共和国——土库曼斯坦、塔吉克斯坦、乌兹别克斯坦、吉尔吉斯斯坦和（分几个阶段）哈萨克斯坦。

在斯大林时期，大批农民、穆斯林神职人员，以及几乎整个知识分子阶层（数量的确众多）都成了镇压的对象。取代后者位置的是俄罗斯人，还有被同化的当地活动家和官僚，其中包括乌兹别克人、塔吉克人和土库曼人。

赫鲁晓夫以及后来的勃列日涅夫放弃了大规模镇压，

---

[1] 米哈伊尔·切尔尼亚耶夫（1828—1898），俄罗斯少将，在沙皇亚历山大二世统治时期指挥了俄罗斯对中亚的征服。

在这些属地引入一种新的统治政策，即每个机构都由一个俄罗斯化的本地人担任领导，但其副手总是俄罗斯人，直接从莫斯科接受指令。新政策的第二条原则是复兴旧有的地方部落结构，并将权力移交给值得信赖的部族。后来，在改革期间，苏联最高检察院办公室发布了一系列震惊世人的公报，揭露了帝国各亚洲共和国内普遍存在的严重腐败：整个地方党委和政府领导班子都被送进监狱。怎么回事？难道人人都腐败吗？每个人。因为统治部族的长老们有重大的利益勾连，他们以中央委员会或其他行政机构的名义暗中活动并勾结在一起。如果存在敌对部族，而他们之间又无法达成共识，那就会爆发地方内战，就像1922年的塔吉克斯坦那样。每个共和国的最高领导都是一位维齐尔[1]——当地第一书记。按照东方的传统，他的权力是终身的。蒂姆哈梅塔·库纳耶夫在哈萨克斯坦担任第一书记长达二十六年，直到被戈尔巴乔夫罢免。夏拉夫·拉希多夫担任乌兹别克斯坦第一书记长达二十四年，直到1983年去世。盖尔达·阿利耶夫是克格勃的首领，后来担任阿塞拜疆第一书记长达二十三年。他们中的每个人在城里现身，都会成为一件让人长久铭记和回味的事。英国人在亚洲和非洲发明的间接统治制度被莫斯科所采用，

---

[1] 维齐尔（vizier），伊斯兰国家历史上对宫廷大臣或宰相的称谓，阿拉伯语意为"支持者""辅佐者"。

并赋予了当权者完全的自由裁量权。

这段关于权力体制的插曲,有助于我们更好地理解海洋毁灭的非凡历史,理解其背景和原委。

水是生命的先决条件,在热带和沙漠中尤其如此,因为水资源太有限。如果我的水只够灌溉一块田地,那我就无法耕种两块田地;如果我的水只够一棵树用,那我就无法种两棵树。每杯水都以一棵植物为代价:植物会干枯,因为是我喝了它生存所需的水。在这里,人、植物和动物之间围绕一滴水所开展的生存之战始终存在,失去水,就会失去生命。

斗争,但同时也是合作,因为这里的一切都取决于一种脆弱而不稳定的平衡,打破这种平衡便意味着死亡。如果骆驼喝了太多水,那就没有足够的水给牛了,牛就会渴死。如果牛死了,那羊也会死,因为正是牛拉着车把水运到了草场。如果羊死了,人吃什么充饥?穿什么蔽体?如果人虚弱无力,赤身裸体,那谁来耕种土地?如果没有人耕种土地,那沙漠就会侵蚀田地。风沙就会掩埋一切;生命就会消失。

多年来，人们一直在这里种植棉花。棉织物轻便结实，还有益健康，因为它能给身体降温。几个世纪以来，棉花的价格一直很高，因为它从未被充分种植，当时（至今依然）的制约因素是热带地区长期的水资源匮乏。为了开垦新的棉花田，人们不得不从花园中取水，砍伐森林，杀死牲畜。但这样一来，人们靠什么生活，吃什么？几千年来，在印度，在中国，在美洲，在非洲，人人都知道这个难题。那莫斯科呢？莫斯科当然也知道。

灾难始于六十年代。再有二十年的时间，乌兹别克斯坦一半的肥沃绿洲就会变成沙漠。首先，推土机从帝国各地调来。这些滚烫的金属蟑螂在沙地上爬行。从锡尔河和阿姆河的河岸开始，铁夯锤在沙地上挖出深深的沟壑和豁口，然后将河水引入其中。考虑到锡尔河和阿姆河总长3662公里，所以人们不得不挖掘无数这样的沟渠（现在还在挖）。然后，在这些沟渠旁边，集体农庄的人们开始种植棉花。起初，他们在沙漠的荒地上种植，但白色纤维总是不够用，于是当局下令，将耕地、花园和果园都用来种棉花。不难想象农民的恐惧和绝望，因为他们唯一的东西被人夺走了：醋栗丛，杏树，还有一点点绿荫。如今在村庄里，棉花紧挨着茅屋的窗户生长，出现在以前的花坛里、庭院中和篱笆旁。棉花代替了西红柿和洋葱，代替了橄榄和西瓜。在这些被棉花淹没的村庄上空,飞机和直升机飞过,倾倒雪片一样的人工肥料和云雾般的有毒农药。人们窒息了,喘不上气来,甚至双目失明。

赫鲁晓夫想让哈萨克斯坦的休耕地得到开垦,勃列日涅夫想让乌兹别克斯坦的棉花田得到开垦。两个人都非常执着于自己的想法,没有人敢质疑这样做的代价是什么。

土地的面貌迅速改变。稻田和麦田,绿色的草场,甘蓝和辣椒的幼苗,桃子和柠檬种植园,全都消失了。目之所及到处都是棉花。棉花的原野,毛茸茸的白色海洋,绵延数十公里、数百公里。

只需生长几个月,棉花便迎来收获的季节。

在中亚,到了棉花收获的季节,一切都隐遁无形。有两到三个月的时间,学校、机构和政府都关闭了。商业和工厂只有一半的时间在运营:所有人都去烈日下采摘棉花了。幼儿,学生,哺乳期的母亲,老人,医生,教师。任何人,在任何情况下,都不得以任何理由免除这项义务。这里有句谚语:不种棉花,就等着棉花来种你;不收棉花,他们就会来收你。在收获季节,人们谈论的都是棉花,大家都盯着新闻公报,关注着计划完成的情况。报纸、广播、电视,一切都服务于一个女神——棉花。中亚农村生活着两千万人,其中有三分之二都在跟棉花打交道,几乎没有其他选择。农民、园丁和果园的管理员不得不改行,他们现在受雇成为棉花种植园的工人,在高压和恐惧的驱使下去跟棉花打交道。高压和恐惧的驱使,而不是钱的驱使,因为收棉花挣不了几个钱。工作单调而辛苦。为了完成每天的任务,一个人必须弯腰一万到一万两千次。四十摄氏度的毒热高温,散发着有毒化学物质的恶臭空气,干燥,还有持续的口渴使人疲惫不堪,尤其是女人和小孩。但是,毕竟,棉花越多,我们的国家就越幸福、越富强!而实际上呢?实际上,人们以健康和生命为代价,为一小撮腐化的野心家换来了权力和良好的自我感觉。(格里戈里·列兹尼琴科,《咸海灾难》,1989年)

提到野心家:众所周知,莫斯科的勃列日涅夫派和塔什干的拉希多夫派互相勾连,炮制出虚假夸大的棉花收成数据。一切都是为了宣传和钱,为了这两个,或者说实际上是一个棉花集团。他们从虚构的数十万吨棉花收成中攫取了巨额财富。

有人发财了，但他们的数百万同胞，那些悲惨的摘棉工却变得赤贫。因为摘棉花的工作是季节性的，最多只能持续一个季度。之后该怎么办呢？既没有果园，也没有花园；既没有山羊，也没有绵羊。数百万人四处流浪，没有工作，也没有就业的机会。生活沉闷无光，只有在秋收季节才会热闹起来，然后便再次陷入沉重炽热的热带死寂中去。

这是属地的典型状况：属地提供原材料，大城市制造制成品。在乌兹别克斯坦采摘的棉花中，最多只有百分之十是在共和国内部加工的。其余的则被运往帝国中部的纺织厂。如果乌兹别克斯坦停止种植棉花，俄罗斯的纺织业就会陷入停滞。

而莫斯科发来指示，"棉花越多越好"（至今依然如此），所以乌兹别克斯坦的种植面积仍在不断扩大，灌溉进田地的水资源也在不断增加。没有什么技术，不涉及排水沟、管道、运河等发明，水只是简单地从河里被引出来，肆意漫过田野。但在到达棉花地之前，其中三分之一已经流失了，毫无意义地渗入沙地中。

众所周知，每片沙漠地表之下的十几米处都蕴藏着大量的浓缩盐。如果水渗入沙子，盐分就会随着水分一起上升到地表。这正是现在乌兹别克斯坦发生的情况。被隐藏、压缩、高度隐秘的盐分开始向上移动,重新获得自由。这片金色的土地先是披上了棉花的白色外衣,如今又蒙上了盐分的光亮外壳。

甚至不需要观察地面,风一吹,便能在嘴唇、舌头上尝到盐的味道。它刺痛着眼睛。

按照人类的意志,锡尔河和阿姆河的水不再汇入咸海,而是沿途挥霍一空,流过田野,流过无边无际的沙漠,流过三千多公里的广阔距离。由于这个原因,两条大河那平静而宽阔的水流——这个地区唯一的生命之源——没有按照自然规律在旅途中扩张、生长,反而开始衰退和萎缩,变得越来越狭窄,越来越浅薄,在抵达大海之前就变成了咸涩有毒的泥潭,变成了松软的臭水沟,变成了浮萍遍布的险滩,最终沉入地下,从人们的视线中消失了。

这个定居点叫作"穆伊纳克",几年前还是一个渔港。现在,它伫立在沙漠中央,与大海距离六十到八十公里之远。在定居点附近,曾经是港口的地方,现在散落着拖网船、快艇、驳船和其他船只锈迹斑斑的残骸。尽管油漆已经剥落,但仍能辨认出一些名字:"爱沙尼亚""达吉斯坦""纳霍德卡"。这是一片废弃之地，四周空无一人。

在过去二十年间，咸海失去了三分之一的表面积和三分之二的含水量，从穆伊纳克都不见它的踪影。据另外的测算，它的海域面积仅剩一半，在此期间，水位下降了十三米。昔日的海底变成了沙漠，面积已近三百万公顷。每年，河流沉积在这里的七百五十万吨盐分和人工肥料产生的有毒物质，被狂风和沙尘暴高高扬起，直入大气层。

穆伊纳克是个令人悲伤的村庄。曾经，美丽而富饶的阿姆河在这里汇入咸海——沙漠中心那片非同寻常的海域。现在，这里既没有河，也没有海。镇上的植物枯萎了，狗也已经死去。居民多半已经离开，留下的人则无处可去。他们没有工作，他们是渔民，但这里已经没有鱼了。在咸海的一百七十八种鱼类和海产品中，如今只剩下三十八种。而且，海距离遥远，要如何穿过沙漠抵达那里呢？没有强风的日子里，人们都坐在小板凳上，倚靠着破旧房屋的断壁残垣。很难确定他们是如何谋生的，甚至很难跟他们交流。他们是卡拉卡尔帕克人[1]，几乎不说俄语，孩子们也不再说俄语了。如果你冲着倚墙而坐的人们微笑，他们会变

---

[1] 卡拉卡尔帕克，意为"黑帽子"，中亚地区的突厥语民族之一，主要分布在乌兹别克斯坦西部的卡拉卡尔帕克斯坦共和国。

得更加阴沉，妇女们也会遮住脸。的确，在这里，微笑看起来很虚伪，而笑声就像生锈的钉子刮擦在玻璃上发出的尖叫。

孩子们在沙地里玩耍，拿着一个没有把手的塑料桶。他们衣衫破旧，身体瘦弱，面容悲戚。我没去最近的医院，它在海的另一边。但在塔什干，我看了一部在那家医院拍摄的影片。每一千个婴儿出生，就会有一百个立刻死去。那些活下来的呢？医生用手托起那些骨瘦如柴的、白白的小东西，但很难分辨他们是否还活着。

这里一半的人都患有黄疸。如果得了黄疸，又再感染上痢疾，人会立刻死去。但如何有可能保持丝毫的清洁呢？每人每月只能凭配给券买一块肥皂，每天只有一桶水，虽然水是不需要配给券的。

咸海及其支流给三百万人提供了生计。但这片海域及其两条河流的命运，也决定了这个地区所有三千二百万居民的境况。

长期以来，苏联当局一直在忧虑该如何扭转这场灾难，这是咸海的破坏，也是半个中亚的毁灭。众所周知，棉花种植的空前增长导致水资源严重短缺，对这里的大部分地区造成了毁灭性的影响（而这个事实至今仍被掩盖）。所以，必须找到水，成千上万立方米的水，否则乌兹别克人会渴死，沙子会将棉花掩埋，俄罗斯的纺织业基地将会陷入停滞，以此类推。但去哪里找到那么多水呢？第一个想法是炸掉帕米尔山和天山山脉（两条河的发源地）。在巨大的爆炸作用下，崩塌的雪会从山上滑落下来，流到地球上比较温暖的地区，变成像尼罗河和亚马孙河那样丰富的水流，水将流入干涸的河流，河流将汇入大海，一切都会回到从前的样子，那意味着美好，意味着正常。

但这个计划有两个缺点。首先，像帕米尔山和天山这样巨大的山脉只能用核弹来爆破，随之而来的巨大爆炸和地震将会对世界其他地区造成严重的影响。但这个想法的最终夭折还有另一个更重要的原因：炸毁帕米尔山和天山，的确可以释放出冰川中蕴藏的大量的水，但这种释放是一次性的，这样巨大的水量将会给苏联的大部分地区带来洪涝灾害的威胁。尽管如此，寻找解决方案的工作仍在继续。

在塔什干，我受到了萨尼拉企业集团总经理维克多·杜霍维的接待。萨尼拉是苏联水利部众多分支机构当中的一个，负责咸海、锡尔河和阿姆河的管理。管理得如何，我们现在都看到了。我们必须明白，在帝国，一个部委意味着什么。该部委有二百万员工。每天早上，二百万人从床上爬起来走向工作岗位，坐在办公桌前，拿起纸和笔，不得不做点什么。那些有机会去户外工作的人是幸运的。他们拿出各种测量仪、放大镜、六分仪、计算尺和天平，精确地测量和计算一切。但是，即使我们承认这个世界上有那么多东西需要测量和计算，为二百万人找到工作也绝非易事。正因如此，在这里，大量专家和官员认真考虑每一个想法，即便是那些异想天开的。

在他的办公室里，杜霍维局长走到挂在墙上的一幅大地图前。那是一张苏联和欧亚大陆的地图。杜霍维，一位和蔼可亲、精力充沛、举止得体的绅士。

"有一个解决方案，"他对我说，"请看。"他用手从上到下划过地图，"一个非常简单的办法，"他解释着自己的动作，"就是给大西伯利亚地区的河流改道，把流向改成从北到南，这样水就流到我们这里来了。"

后来，我查看了这些河流的距离。要抵达最近的河流，得开凿一条两千五百公里长的运河。

写这本书的时候，我给安瓦尔打了电话，他是杜霍维所在的企业集团的工程师。

"有什么新消息吗？"我问。

"没什么特别的,"他回答说,"我们正忙着。"

"忙什么?"我问。

"把西伯利亚河里的水引到我们这里来。"

德罗霍贝奇的波莫纳

在顿涅茨克[1],我看到一个女人在卖牛蹄。那是城里的主要街道之一,叫"大学街"。她站在刺骨的寒风中,搓着手取暖,面前的桌子上摆着几对剥了皮的牛蹄。我走上前去,问她牛蹄有什么用。她回答说,"可以煮汤,牛蹄里有脂肪。"

不远处有一家名叫"白天鹅"的百货商店。在这个地区,愤怒而坚定的人群与西方形形色色的广告发挥着同样的作用,那就是招徕顾客。一群人正你推我搡地冲向一楼的一个柜台。一批鞋子刚刚到货。我走近细看,他们正按照每人一双的方式出售鞋子,无所谓样式,也无所谓卖给谁,售货员甚至看都不看一眼盒子里的东西。每人都抓起

---

[1] 顿涅茨克,乌克兰顿涅茨克州的首府,是乌克兰第五大城市。

一个盒子,然后挤出人群,站在一旁,一个新的交易点立刻形成了。渐渐地,通过一连串交易、讨论和妥协,人们逐步接近了自己的理想,那就是买到自己需要的鞋子。

加林娜·戈比埃娜是一名经济学教授,她告诉我,在顿涅茨克,工厂或矿山的利润是这样分配的:莫斯科拿走百分之四十五,基辅拿走百分之三十,顿涅茨克当局拿走百分之十一,剩下的百分之五则归企业自己所有。

我问一个站在公交车站的女孩,去火车站怎么走,"我带你去吧,"她说。尽管这里是市中心,但我们仍蹚行在漫过脚踝的泥水中。天气阴沉,正刮着大风。

顿涅茨克是乌克兰煤炭基地的中心。在某些街区,煤堆和矿渣直接堆放在街道上。黑色的灰尘沉积在墙壁上,在绵延数公里的一系列外观相同的建筑外墙上,它们形成了深色的条纹、灰色的水渍以及褐色的、铁锈一样的苔藓。

"你喜欢顿涅茨克吗?"女孩怯生生地问。人们对这类问题很敏感,说批评的话会让他们受伤。我开始费尽心机地搜索这座城市的亮点,但我的声音显然缺乏诚意,因为当我沉默下来时,她坚定甚至自豪地说:"但我们这个城市到了夏天会有玫瑰开放。一百万朵玫瑰。你能想象吗?一百万朵玫瑰!"

我在顿涅茨克火车站度过了半个晚上，等候火车。傍晚时分，所有地方都关门了：报摊、售票亭，还有唯一一家卖甜茶的酒吧。光线昏暗的大厅里，人们紧挨着坐在木凳上，或者直接躺在上面，他们都睡着了，旅途和等待的疲惫让他们在睡梦中摆出最奇特、最紧张的姿态。他们裹着披肩和围巾，藏在大衣和带耳罩的帽子里，从远处看，就像静止的、鼓鼓囊囊的包裹和行李，成排地放在那里。

寂静、闷窒和黑暗。

突然，在大厅的一个角落，从其中一个深不可测的包裹里传来一阵尖叫。一个妇女跳起来，围着大厅转圈，无助地跌跌撞撞。"vory! vory!（有贼！有贼！）"她绝望地喊道。她可能醒来发现自己的手提包不见了。她在长凳间徘徊了一段时间，大声问为什么，为什么要偷她的包。她祈求上帝，但没有回应，于是她又四处转悠了一会儿，披头散发，睡眼惺忪，最后她回到原处坐下来，把自己蜷成一团，陷入沉默。

然而，不一会儿，在另一个地方，又响起了另一个同样恐惧、惊慌的声音。"vory! vory!"另一个女人跑到我们中间，向我们展示她空空如也的双手。但没有人看她，每个人都蜷缩着身体，挤成一团。

只有坐在我身边的老奶奶睁了一会儿眼，也许是冲我、也许是对她自己说，"Zyt'strashno（活着真可怕）"，她把油布袋攥得更紧了,再次陷入充满警惕的浅眠中去。

在我们的包厢里,有一位女士要去敖德萨参加她儿子的婚礼。她住在西伯利亚的勒拿河畔。一个包厢里通常有两个、四个或六个乘客。男女混住。乘车的规矩很严格。女人先铺床换衣服,然后轮到男人。过去,晚上人们都穿睡衣,但现在越来越多的人开始穿运动服。人们在包厢里愉快地打发时间,互相款待,分享彼此的食物,波兰饺子、烤鸡、奶酪或面包。有一次,一位女乘客不仅带了汤,还带了碗和勺子,这样她就能分给其他人了。几乎每个包厢里都能找到一瓶伏特加或白兰地,总有人把它们带到路上享用。有时候我什么吃的都没有,立刻会有人把自己的东西分给我。曾几何时,人们互不信任,车厢里一片沉寂,现在改革了,人们都畅所欲言。当堤坝终于溃决、彼此的不信任在消失时,故事、秘密和倾诉便开始了。

西伯利亚被称为世界上最大的监狱。但我们遇到的西伯利亚人克劳迪娅·米罗诺娃认为,西伯利亚是庇护之地,是自由之岛。难以估量的距离、广袤的针叶林以及道路的匮乏为人们提供了与世隔绝的便利,提供了避难所,使人能够消失在视线之外。克劳迪娅·米罗诺娃说,整个异见者联盟都能在这里生存下来。她回忆说,有一次,一个人乘船来到这里,他带着纸张、颜料、铅笔和蜡笔。他沿着勒拿河前行，在村庄和农场停留，照着学生证或护照上的相片，为妇女们画那些在战争中死去的儿子们的肖像。这就是他谋生的方式，不依赖任何人。那么克劳迪娅·米罗诺娃自己呢？当所有人都被赶进集体农庄的时候，有天晚上，她和她丈夫带着一头牛和两头猪逃进了针叶林深处，他们在那里安了家，建了一座棚屋，后来甚至盖了一座带围墙的小房子。她自豪地说，在整个斯大林时代，他们没见过一个陌生人。她认为他们生存下来的秘诀是她会制作生腌肉。生腌肉里蕴藏着生活的秘密和自由的先决条件。如果你没有生腌肉，也就是说，如果你没有掌握这种最基本、最基础的财富，那你就不会获得自由。克劳迪娅·米罗诺娃说了这样一席话，与我们分享她人生中最宝贵的经验。后来，她又跟我们讲解如何烫洗罐子和瓶子以保持腌肉的新鲜；在针叶林里可以采摘哪些草药加以利用。她告诉我们煎药的比例和配方，讲解如何取出猪的内脏，并把猪肉切割开。

透过车窗，我看到废弃的火炮，那是一堆中等口径的火炮，被半埋在平行于铁轨的所谓道路中。十几个崭新的炮筒和炮架从泥土中探出来，其余的已经沉入沼泽和水里。几分钟的路程后，又出现了大约二十辆装甲车，被掩埋了一半。四处无人，只有空旷和更多的空旷，一片平坦的乌克兰平原。

德罗霍贝奇的波莫纳

去敖德萨的路上，我们吃了克劳迪娅·米罗诺娃为我们准备的营养丰富、香气扑鼻的生腌肉，她用锋利的折刀把大块生腌肉切成薄片，放在面包上供我们享用。

这一天阳光明媚，初春午后的太阳照耀着敖德萨，但这一次，我不在这里停留。要为什么而停留呢？再次漫步找寻摩尔达万卡[1]的踪迹，看看它崎岖不平的弯曲巷道？看看敖德萨王者弗罗伊姆·格拉奇和别尼亚·克里克[2]的影子是否还在某处徘徊？寻找伊萨克·巴别尔喜欢的地方？想象他是如何不戴眼镜走向行刑台，因而将死亡挡在了视线之外？

从敖德萨开往基希讷乌的城郊列车是一堆破烂的废铁，车厢用钉子敲在一起，用破了洞的木板和胶合板补得千疮百孔。到处都是破坏的痕迹。每一节车厢都不知道经历了多少次拆卸、砸碎、折断和撕裂。车厢里是典型的郊区兄弟会：团伙，流氓，娼妓，混混。这是他们的列车，他们的站台，他们的世界。他们相互推搡着，爆发出阵阵大笑，

---

1 摩尔达万卡，敖德萨的一个历史城区，拥有著名的"地下墓穴"，由不同的地下迷宫和通道组成的地下交通网络。
2 弗罗伊姆·格拉奇和别尼亚·克里克均为敖德萨犹太黑帮头目，巴别尔在其《敖德萨故事》的《弗罗伊姆·格拉奇》一篇中描写过二人的事迹。

但他们并不开心，那是一种咄咄逼人的、警告性的嘶吼，旨在挑衅你。我跟他们紧紧挨在一起，感觉我的肋骨迟早会被捅一下，或者被刀片抵住眼睛。这种状况一直持续到蒂拉斯波尔[1]，混混们下车了，火车上只剩下罗马尼亚农民，他们温顺、沉默，定定地望着窗外渐浓的暮色。

整个上午，我们都欣赏着基希讷乌的美景。到处都是奇特和混乱的集合。法语、波兰语、俄语、德语和亚美尼亚语的招牌在路上交替出现。而最流行的语言，也就是街头的语言，是摩尔达维亚语，即罗马尼亚语，小贩们用这种语言叫卖商品，面包卷（法式的）、梨子、西瓜，还有其他水果（都按重量计价）。我们下榻的旅店有一块波兰语的招牌，有个犹太人担任经理，这在我们的国家也很常见，而我们雇佣的车夫出生在维尔纽斯[2]，老板则有个意大利名字。一切都是类似的混合。基希讷乌所体现的正是比萨拉比亚人口的特点，即最为多元的背景。在东方难民旁边，是一个身着维也纳进口礼服大衣、手戴黄色羔羊皮手套的优雅人物，而在一家亚美尼亚理发店旁边，一架手

---

1 蒂拉斯波尔，德涅斯特河沿岸摩尔达维亚共和国首都。
2 维尔纽斯，原立陶宛苏维埃社会主义共和国首都，现仍为立陶宛首都。

风琴正在演奏多尼采蒂和贝里尼[1]的咏叹调,还有施特劳斯的华尔兹。(约瑟夫·伊格纳西·克拉谢夫斯基,《敖德萨、雅西和布扎克回忆录》)

往日的基希讷乌还剩下什么?现在它分成了两座城市。一座是近几十年才建成的,是高层公寓楼组成的街区,楼房覆盖着苍白的石灰板。一座蚁穴式的城市正在迅速摧毁并取代古老的基希讷乌。曾经,这座迷人的东南部小城在青山绿水间蔓延,如今仍保留着几处沉寂的角落,几条纵横交错的小巷。你可以在这些小巷里漫无目的地散步。阳光明媚的时候,道路被淹没在古老而舒展的榆树、白蜡树和栗树的阴影中,两旁开满了丁香花、茉莉、刺玫和连翘,你可以瞥见庭院深处的花园、凉亭和长廊,那里鲜花盛开,温暖而诱人。

傍晚,我们驱车沿着蜿蜒陡峭的道路前往墓地。天下着蒙蒙细雨。在墓地的主门旁边,有一个在黑暗中几不可见的小屋子,墓地看守就住在里面。那里还有一个房间属于安东尼·安戈洛涅蒂斯神父,他是一位说波兰语的立陶宛年轻人,在基希讷乌服务已有好几年了。他带我去了附

---

[1] 多尼采蒂和贝里尼都是意大利的歌剧作曲家。

近的旧墓地礼拜堂，看完后，他打开一扇暗门，我们沿着楼梯来到地下墓室，那里还有另外一座宽敞而且照明良好的小礼拜堂。地下墓室和小礼拜堂都是当地的日耳曼信徒秘密修建的，是一个隐蔽的祈祷场所。为了不让当局发现，多年来，他们都是在夜间或节假日开工。他们把挖出来的土撒到了墓地周围的山上，以免新鲜的土堆引起怀疑。

神父高高瘦瘦，精力充沛，行动矫健，过了一会儿，他开着一辆破旧的"莫斯科人"轿车载我去了基希讷乌老城中心的教堂。他打开沉重的大门，点上灯。这座教堂一度被用作仓库，刚刚被当局归还，但信徒们设法搭建了一个简单的祭坛，并重新粉刷了墙壁。

这里明亮而安静，乏人问津。

我们的脚步发出响亮的回声。我们在圣坛前停下脚步。

"只剩我一个人了，"神父说，"我教区的全部信徒，一千五百个日耳曼人，都离开了基希讷乌。"

我被带到一个房子，列昂尼德·涅多夫正在巨大而昏暗的混凝土地下室里工作。涅多夫在劳动营里待了七年，只因为他说了一句"在罗马尼亚人统治时期，波兰有更多的香肠"。1964年他获释时，索尔仁尼琴从梁赞发来一封电报："Vsie dushoy pozdravlayem, raduyemsia（全心的问候，我们共喜乐）。"那时赫鲁晓夫已经下台了，克里姆林宫的

德罗霍贝奇的波莫纳

权力落到了勃列日涅夫手中。从劳动营出来后,胃里空空又没有工作的涅多夫一直在考虑如何谋生。他有一定的艺术天赋(也可以说是某种手艺),所以他决定用铅铸造领导人的塑像,然后卖给市场上的机构和个人。这是个不错的主意,在那个时代,任何拒绝购买此类虔诚物品的人都可能被指控为苏维埃的敌人。他从列宁开始做起,但由于铅原料不足,他也缺乏经验,所以弗拉基米尔·伊里奇的肖像做得很小,只有小锡兵那么大。涅多夫很害怕,因为他立刻想到,自己会被再次关进劳动营。

审查官说,列宁那么伟大,但你把他做得比一个锡兵还小。

"我吓坏了,"涅多夫接着告诉我,"有天晚上,我把所有的列宁塑像都扔进了炉子里,把它们熔化了。"那么,他现在该做谁的肖像呢?斯大林?不行。赫鲁晓夫?不行。时移世易了。所以只能是勃列日涅夫。这一次涅多夫很谨慎,他准备了足够的铅,还制作了更大的模具。他以各种方式铸造勃列日涅夫的雕像、头像、胸像,还有半身像,就这样,他依靠勃列日涅夫活了二十年。当我走进一片漆黑的地下室时,涅多夫正站在熊熊燃烧的熔炉旁,就像勤劳健壮的赫菲斯托斯[1]站在呛人的热铅烟雾中一样,被烟尘

---

[1] 赫菲斯托斯,古希腊神话中的火与工匠之神。

遮蔽了身体。新的时代来了,涅多夫正在把勃列日涅夫夫妇的雕像熔掉,铸成圣乔治和圣斯特凡,后者是当地的守护神。

夜晚,从基希讷乌前往基辅。我没有入睡,而是等着火车驶入文尼察[1]。现在是凌晨三点。深沉的黑暗中,几盏微弱的提灯勉强照亮了老车站。站台上有几个静止的人影。天下着蒙蒙细雨,雨滴顺着玻璃窗滑落。除此之外什么都看不见,但一切就在那里,在车站大楼的背后,在夜色深处。文尼察发生过大屠杀,是乌克兰领土上的另一个卡廷。1937年到1938年间,NKVD在这里枪决了成千上万的人。确切数字不得而知。1943年,人们挖出了9432具受害者的遗体,随后便停止了进一步的挖掘工作。墓地中埋葬的大都是乌克兰人和波兰人。在城市的某个地方,一丛老栗树旁边,人们挖出了十三个大型坟墓,其中发现了1383名被害者。这1383名受害者都是后脑中弹,他们被埋葬后,上面立刻建起了文化和休闲公园。行刑结束后,几座坟墓上搭起了跳舞用的舞台,还有一座坟墓上建立了"欢笑部"。

在基辅,我住在万国友谊大道附近,寄宿在一个名叫

---

[1] 文尼察,乌克兰中西部地区,距离首都基辅二百六十公里。"二战"后曾是苏联的主要空军基地。

M. Z. 的老妇人家里。我独自享用一个小巧温暖的房间，里面堆满了书，其中包括一些西班牙语的书籍，因为我的女主人是一名西班牙语翻译。跟这个国家的大多数卫生间一样，小小的盥洗室里，卷筒卫生纸和一袋袋洗衣粉从地板堆到天花板。心地善良的 M. Z. 对我照顾有加，即使我很晚回来，她也会为我热好汤，汤里总有一块带肉的骨头。我喝汤的时候，她会给我讲述她是如何奇迹般地得到这一小块肉的，因为这的确是最真实的奇迹，我和 M. Z. 都很清楚这一点。

之所以提到 M. Z.，是因为最近我不得不向一群人解释何为戏剧，命运的戏剧，生活的戏剧，并且还要举例说明。对我来说，M. Z. 的生活就是这样一个例子。十年前，她的丈夫移民纽约，一开始生活很艰难，但后来犹太社区帮助了他。M. Z. 的丈夫，也就是她现在所说的前夫，终于站稳了脚跟。M. Z. 唯一的亲人是她十五岁的孙女。M. Z. 病得很重，她体重过重，行走不便。有一天我回来时，发现她手里拿着一封信，看起来情绪很激动。这是她前夫写来的，信里说，把我们的孙女送过来吧，我会在这里培养她，帮助她成长，我会给她一切。M. Z. 很明白，她前夫是对的。在基辅，她的孙女能有什么前途呢？而且这孩子太有天赋了。但如果她走了，M. Z. 就只剩一个人了，完全的孤家寡人，而且必须考虑衰老那可怕的规律，必须直面生活的现实。但反过来，又怎么能剥夺孙女这样一个千载难逢的机会呢？她在那里可以当医生，可以拉小提琴，结识有钱的人。

"先生，你怎么看呢？" M. Z. 绝望地问我。我看到她全身都在颤抖，一遍又一遍地逐字阅读那封令人喜忧参半的信（她整天都瞒着孙女）。我觉得我正目睹一场人间悲剧。我沉默着，然后请求 M. Z. 的原谅，"请原谅我，"我说，"别生气，但我真的不知道该说什么。"

政治支配着这里的一切，以至于开始这篇报道的时候，我本能地想摘录乌克兰议会刚刚通过的某项决议，或者援引我与当地某位活动家的谈话，但转念一想，还是从别的地方说起吧。我想赞美基辅这座城市。在苏联的所有大城市中，它是唯一一座城市，其街道不仅是匆匆回家的通道，也是行走和漫步的绝佳场所。也许只有圣彼得堡拥有这种特质，但那里的气候是个不利因素——更冷，更多风霜雨雪。但基辅是温暖而宁静的，阳光充足。下午，在市中心，可以看到成群的人，但这些人聚在一起不是为了政治，不是为了辩论，他们只是路人，离开了闷热狭窄的办公室，来呼吸一下新鲜空气。此外，基辅还保留了一些老咖啡馆的痕迹。你可以在那里品尝一杯茶和一块糕点，当然是在必要的排队等待之后，但即使这样，在莫斯科也是不可想象的。

城市依山而建，有些街道蜿蜒而陡峭。从山顶可以看到第聂伯河及其河谷，它宽阔如亚马孙河与尼罗河，平静而缓慢，有数不尽的支流、河湾和岛屿。乌克兰人富裕起来后，水上会出现很多帆船和游艇，但目前还冷冷清清，十分空旷。

基辅的建筑则是另一个故事的主题。这里可以看到各个时代和风格的建筑，从奇迹般保留下来的中世纪修道院和东正教教堂，到令人生畏的斯大林社会现实主义风格。在这两者之间，还有巴洛克和新古典主义，而首屈一指的是热情奔放、极富装饰性的新艺术风格。这曾经是一座多么美丽的城市啊。有一天，我买到了一份基辅老城爱好者出版的非同寻常的文献：包括一张城市地图和一份清单，列出了遭刻意拆毁的建筑、教堂、宫殿和墓园的名字。共计二百五十四座建筑都被夷为平地，目的是抹去基辅文化的痕迹。二百五十四座，足以构成一座完整的城市！幸运的是，在这里，制度的无能和低效也对艺术发挥了有利作用。政权无法摧毁一切，许多教堂和建筑得以保存下来。

然而，不应该被这座城市的外在魅力所误导。在很多建筑里，在整个整个的住宅区里，人们的生活条件都很糟糕。楼梯间肮脏不堪，窗户支离破碎，附属建筑和院子都黑洞洞的，灯泡要么被偷走了，要么被砸烂。很多房子里要么没有冷水，要么没有热水，要么根本没有水。蟑螂和各种顽固的害虫是无处不在的灾难。我住过这样的公寓楼，也去其他一些建筑里拜访过，知道一些实际的情况。所谓的苏维埃人，首先是一个筋疲力尽的人，如果他没有力气为最新获得的自由而欢呼，那我们也不应该感到惊讶。他是长跑运动员，跑到终点时已经累死在地上，连举起手臂欢呼的力气都没有了。

之所以提及这些日常生活中的磨难和梦魇，是因为从苏联涌入世界的信息洪流中，没有普通人的生活画像，没有那些疲惫不堪、一文不名的公民寻求衣食和一小方屋檐的画面。现在他们很少能感到高兴，没有什么能让他们喜悦和兴奋起来。

基辅的赫雷夏蒂克街像是当地的香榭丽舍大街。那里曾有几家藏书丰富的书店，但现在已人去楼空：马列主义经典不再印刷或出售，新的文学也尚未出现。简而言之，这是一个过渡期。现在一切都可以用"过渡期"这个短语来解释。旧制度垮台了，接下来会发生什么依然有待观察。每个人都在憧憬属于自己的未来，有多少人，就有多少期待、希望和梦想。但也有成千上万，甚至数以百万的人对未来不抱幻想。他们日夜围着其他国家的大使馆。（在莫斯科，我甚至看到刚果大使馆外排着长队。刚果？刚果就刚果吧，只要能离开这个……接下来是一个很不爱国的粗话。）人们慢慢想起来了，他们不是苏联公民，只是希腊人、德国

德罗霍贝奇的波莫纳

人、犹太人、印度人、西班牙人、英国人和法国人，现在他们想回自己的国家，回到自己象征性的家园，回到祖先的土地上去。难道他们愿意离开，就此放弃一生积累的财富吗？什么？他们惊讶地说。在这个国家，没有任何人获得过任何东西。好吧，在劳动营待了几年后，也许能在共有公寓获得一个阴暗的角落，或者每月三美元的退休金。

赫雷夏蒂克街半途有一个广场，过去叫"十月革命广场"，现在叫"独立广场"。直到今天（1991年8月31日），这里仍矗立着列宁的雕像。但今天早上，工人在这里架起了起重机，他们要把雕像拆除。一群围观者和几家西方电视台的工作人员正在观看这一行动，这些人在基辅穷极无聊，现在终于有事情做了。至于雕像必须被移走的原因，抛开别的不谈，是因为上面已经出现了对革命之父大不敬的字样，"路西法"在里面已经算是温和的了。乌克兰不乏列宁雕像，据说有五千座。这个数字是怎么得来的呢？很简单，只要把工厂、学校、医院、集体农庄、部队、港口、车站、大学、村庄、小镇、城市、较大的广场、桥梁、公园等等的数量加起来就可以了，每个地方都必须有一座列宁雕像，然后便得出了五千这个数字。

值得一提的是，竖起列宁雕像，其困难程度并不亚于现在将雕像拆除。在附近的摩尔多瓦，我遇到一个人，因为要在二楼休息室安装一座沉重的列宁半身像,他在劳动营里待了十年。门太窄了,所以这个可怜的人决定先把半身像吊到阳台上,他用一根粗绳子套住了《唯物主义与经验批判主义》的作者的脖子。还没来得及解开套索,他就被捕了。

越过雕像继续前行,会到达一条名叫"奥尔忠尼启泽巷"的安静小巷,近期那场象征性的乌克兰革命就发生在这里。在小巷入口处,有一座很不起眼的破旧官邸,那是乌克兰作协所在地,也是革命的总部。附近,几乎正对面,是一座威严高大、颇具压迫感的建筑:乌共中央委员会,共和国所有那些令人闻风丧胆的人物如卡冈诺维奇、谢尔比茨基和伊瓦什科,都曾在这里办公。这两栋楼是建筑上的大卫和歌利亚,曾在历史上频繁交锋,而这一次,大卫战胜了歌利亚。

一年前,我访问过奥尔忠尼启泽巷的这座小官邸,因为有人告诉我,我在这里可以见到诗人伊万·德拉奇,他是乌克兰人民重建运动(RUCH)的领导人。该组织成立的时间相对较晚,是1989年9月,囊括了多年来受到迫害和镇压的各种独立团体和反对派组织,其中最重要的是乌克兰赫尔辛基小组。乌克兰语言协会也是受到打压的团体之一,这不足为奇，因为乌克兰革命与其他地方一样，部分是为了语言而战。乌克兰有五千二百万居民，其中有一半要么不说乌克兰语，要么对它了解甚微，这是三百五十年的俄罗斯化所造成的不可避免的结果。在苏联执政的几十年里，乌克兰语书籍被禁止印刷。早在1876年，亚历山大二世就下令乌克兰学校只能用俄语教学。几个月前，我访问了乌克兰第三大城市顿涅茨克，在那里，为了开设至少一所教授乌克兰语的小学，人们已经持续斗争了两年。教师把孩子们聚集到公园里，在那里教他们乌克兰语。教乌克兰语？目的是什么？那是反革命，是帝国主义的阴谋！

也是在顿涅茨克，在一次游行中，一名年轻的RUCH活动家勇敢地从夹克里掏出黄蓝两色的乌克兰国旗，高高举起。人们瞪大眼睛，惊讶而困惑。"让他们习惯一下吧，"他满不在乎地对我说。

大致而言，乌克兰可以分为两部分：西乌克兰和东乌克兰。西部（以前的加利西亚省，战前曾是波兰的一部分）比东部更"乌克兰"。那里的居民说乌克兰语，认为自己是纯正的乌克兰人，并为此感到自豪。这里延续了民族的灵魂、个性和文化。

东乌克兰的情况有所不同，它的面积比西部更大，生活着一千三百万土生土长的俄罗斯人和至少同样数量的混血俄罗斯人。这里的俄罗斯化更加激烈和残酷，几乎所有知识分子都被杀害。1932年到1933年间,几百万乌克兰农民死于饥荒,数万名乌克兰知识分子被枪毙。只有那些逃往国外的才幸免于难。相比在顿涅茨克或者哈尔科夫,乌克兰文化在多伦多和温哥华得到了更好的保存。

在我访问期间,即在乌克兰争取独立的那几个月里,西乌克兰(又被称为乌克兰的皮埃蒙特)和东乌克兰之间的分歧依然明显。莫斯科出版的《民族友谊》月刊(1990年第四期)上写道:"在拥有三百万人口的基辅,有四万人参加了争取独立的示威游行;在拥有一百万人口的利沃夫(西乌克兰的首府),游行人数则有三十万;而在比利沃夫人口更多的顿涅茨克,这一数字仅为五千人。"

我回到奥尔忠尼启泽巷,回到作协的小官邸。要见到伊万·德拉奇很难。他的办公室被几十个人团团围住,他们从乌克兰各地赶来,想向他倾诉自己的困境,寻求建议和帮助。我看出来在这里没机会谈话,所以那天晚上,我从酒店给他家里打了一个电话,他用疲惫的声音说,"看看明天行不行吧。"

德拉奇是位杰出的诗人,创作了大量作品,但他现在没有时间写作了。他说,"为了拯救乌克兰,拯救乌克兰文化,只能先把诗歌放到一边。"俄罗斯化进展得如此之快,再过几年,就没有人能阅读乌克兰文学了。此外,必须首先将现有的文学作品归还给它们的读者。普通乌克兰人甚至不知道二十世纪那些最伟大的作家的名字：米克拉·科维洛维[1]，弗拉基米尔·温尼琴科[2]，都是政权想要人们遗忘的名字。还有多少乌克兰居民能接触到瓦西里·斯图萨、阿列克谢·蒂切格、尤里·利特文的诗作？这些人近年来都被克格勃杀害了。

在此地出版的书籍中，乌克兰语书籍只占了百分之二十。其余大部分是俄语书。早在1863年，莫斯科就已经禁止出版任何乌克兰语书籍，只有纯文学作品是个例外。

1990年，我多次前往基辅，其中一次是在一月。我遇到的所有人都在谈论同一件让他们深受感动的事情，那就是1月21日（1918年的同一天，乌克兰宣布独立，那次独立没有持续很久）成千上万的人手拉着手，在基辅、利沃夫和伊万诺-弗兰科夫斯克[3]之间形成了一条长达五百多公里的人链。如果考虑到后来1991年8月发生的事，考虑到

---

[1] 米克拉·科维洛维（Mikol Chvilovy，1893—1933），乌克兰小说家、诗人、评论家和政治活动家，后革命时期乌克兰散文的创始人之一。

[2] 弗拉基米尔·温尼琴科（Vladimir Vinnichenko，1880—1951），乌克兰政治家、作家、剧作家，也是乌克兰人民共和国首任总理。是革命前乌克兰现代主义文学的重要人物。

[3] 伊万诺-弗兰科夫斯克，乌克兰城市，"二战"时曾名为"斯坦尼斯拉夫"，1962年为纪念乌克兰作家伊万·弗兰科而改名为"伊万诺-弗兰科夫斯克"。

一个如此广袤的世界的结构性崩溃（对很多人来说，那就是整个世界的崩溃），建一条五百公里长的人形锁链这样的事似乎不足为奇。但对于我的谈话对象来说，这是一种震撼、一个奇迹、一场革命。原因有几点：首先，这是第一次，一场大规模运动不是根据中央委员会的命令，而是在一个年轻的独立组织（RUCH）的倡议下开展的。事实证明，现在取而代之、开始发挥领导作用的，是社会自己创立起来的基层组织，人们也只愿意听从它们的指令。其次，乌克兰人显然还保留了他们第一次独立的记忆，而七十年来，官方一直试图抹去这段记忆。因此，这条人链具有巨大的心理意义。它掐紧了苏维埃最大噩梦的喉咙，那个噩梦就是人们觉得一切别无选择、毫无希望。

从那时起，乌克兰的历史进程开始加速。仍旧是在一月，教皇约翰·保罗二世批准了乌克兰天主教教会的组织机构。（乌克兰历史上有四个基督教团体——乌克兰天主教会、罗马天主教会、东正教教会和乌克兰独立东正教会，这四者之间的关系是乌克兰当代历史中的重要篇章，一个充满了张力、情感和痛苦的篇章。）三月，共和国各地举行选举，以填补各级议会的席位。民主反对派在三个地区（都在西乌克兰）取得了领导地位。（我最喜爱的乌克兰作家温尼琴科是乌克兰民主思想的缔造者，他该有多高兴！）终于，6月16日这一天到来了，议会通过了《乌克兰国家主权宣言》,宣布共和国法律高于苏联法律,并宣布共和国有权拥有自己的军队和铸造自己的货币。宣言还指出,乌克兰将是一个中立的无核国家(这一点非常重要,因为有大量的大规模杀伤性武器储存在共和国的领土上)。尽管6月16日的宣言行文雄辩,具有重要的历史意义,但在当下,与其说它是一份描述事实的文件,不如说它是一份意向声明。

所以,战斗仍在继续。秋季,陆续发生了学生罢课和矿工罢工。学生们占领基辅市中心,要求共和国的苏维埃领导人辞职。同一年,乌克兰涌现出大约二十个政党,其中乌克兰共和党和乌克兰绿党(毕竟切尔诺贝利距离基辅只有八十公里)的影响力日渐增强。

然后,1991年8月19日这一天到来了。

莫斯科政变。在乌克兰,一切都很平静,它还在等待。但几天后,乌克兰最高议会在基辅召开会议,并于8月24日宣布建立独立的乌克兰国家——乌克兰。宣言补充说,乌克兰领土是不可分割、不可侵犯的。那时,各类事件以雪崩般的速度和力量席卷全球,以至于欧洲突然增加了一个大国(按照欧陆标准称得上大国了)这样的事实并没有给人们留下深刻的印象。西方人的想象力总是落后于事件(沃尔特·李普曼曾经描述过这一现象),总是需要时间来探究事件的意义,并理解它们的重要性。

但俄罗斯人立刻明白发生了什么。那时我正在莫斯科，观看苏联最高苏维埃的一次会议。这是一个戏剧性的时刻，卢基扬诺夫[1]正在讲话，他曾是最高苏维埃领导人，也是戈尔巴乔夫的得力助手，现在却被指控为那场针对戈尔巴乔夫的阴谋在意识形态上的领袖。这个平时很喧闹的大厅变得鸦雀无声。

突然间，主持会议的副主席拉平中断了议程，并以紧张的语气宣布："同志们，基辅出现了新情况。最高苏维埃必须派代表团飞往那里。"叶利钦的副手鲁茨科伊和圣彼得堡市长索布恰克率代表团出发了。两人都在打击新斯大林主义的政变中发挥过领导作用，但两人都是俄罗斯人，他们明白，没有了乌克兰苏联会变成什么样子。早在三十年代，波兰历史学家J. 瓦兹维奇就说过，"没有乌克兰，莫斯科将沦为北方的荒野。"

乌克兰的未来取决于两个方面：一是与俄罗斯的关系，二是与欧洲和世界其他国家的关系。如果这些关系发展顺利，乌克兰将获得绝佳的机遇，因为它土地肥沃，自然资源丰富，气候温暖宜人。它是一个拥有五千多万人口的大

---

[1] 阿纳托利·卢基扬诺夫（1930—2019），苏联党和国家领导人，俄罗斯联邦政治人物。他是戈尔巴乔夫的首任也是末任首席副手，但后来成为戈尔巴乔夫的政治对手。

德罗霍贝奇的波莫纳

国，强大坚韧，雄心勃勃。

1990年秋天，亚历山大·索尔仁尼琴发布了一个蓝图，其中描绘了他认为苏联消失后，俄罗斯国家应有的形态。在这份名为《如何建设俄罗斯》的出版物中，他认为未来的国家应该由俄罗斯、白俄罗斯、乌克兰和哈萨克斯坦北部组成。索尔仁尼琴建议说，让我们把剩下的地方还回去吧，因为"面对边远地区，我们力有不足"。

乌克兰人拒绝了这一方案，也拒绝了其他类似的方案。最近，乌克兰异见人士列昂尼德·普鲁什写道："解决乌克兰问题的唯一途径，就是建立我们自己的国家，它将为文化发展调动防御机制和适当的手段。"乌克兰知识分子曾经对苏共心怀恐惧，现在他们正警惕地观察着俄罗斯民主派的态度。乌克兰作家尼古拉·里亚布丘克在论及俄罗斯民主改革运动的纲领时，表达了这种警惕背后所蕴含的焦虑，他问："他们究竟是什么，从共产主义者一跃成为帝国民主主义者吗？"萨哈罗夫的遗孀艾琳娜·邦纳也在九月初发表了类似观点。她说，"我害怕，害怕他们扩张和统治的野心"，而这一野心仍萦绕在俄罗斯人的心头。

那乌克兰与世界其他地区的关系呢？直到1917年（在乌克兰的某些地区，甚至直到1937年），这里一直是世界上文化、宗教和语言最丰富的地区之一，是一个令人惊叹神往的富饶而多彩的花园。虽然历经毁灭和破坏，但这里仍然保留着大量波兰人、俄罗斯人、犹太人人、匈牙利人、意大利人、奥地利人、德国人和罗马尼亚人的痕迹。九月，我参观了位于济托米耶日（沿基辅通往利沃夫的公路行驶，距离基辅一百五十公里）的波兰公墓：莫纽什科[1]的儿子、克拉谢夫斯基[2]的妻子、帕德雷夫斯基[3]的妹妹，还有康拉德的家人都葬在这里。

相较于世界其他地区，乌克兰的优势在于其海外移民。加拿大的大部分小麦是阿尔伯塔省和安大略省的乌克兰农民种植的。乌克兰移民在底特律、纽约、洛杉矶以及西欧形成了有影响力的、经济和文化实力雄厚的社区。这些海外移民对故国有深厚的感情。乌克兰的爱国主义具有一种农民的特质，即深深扎根于故土。如今在基辅，已经有很多来自加拿大和美国的乌克兰人。他们希望开设银行和企业，从事贸易，创办出版社。不久的将来，乌克兰将拥有自己的航空公司、自己的远洋舰队、自己的货币和自己的军队。

在基辅，当被问及乌克兰的未来时，一位领导人米哈

---

[1] 斯坦尼斯拉夫·莫纽什科（Stanisław Moniuszko，1819—1872），波兰作曲家、指挥家，是波兰民族歌剧的创始人。
[2] 约瑟夫·克拉谢夫斯基（Józef Kraszewski，1812—1887），波兰作家、历史学家，是波兰历史上最为多产的作家。
[3] 伊格纳奇·扬·帕德雷夫斯基（Ignacy Jan Paderewski，1860—1941），波兰钢琴家、作曲家、政治家、外交家，是十九世纪末二十世纪初杰出的世界级钢琴大师之一，1919年曾出任波兰总理并兼任外交部长。

伊洛·霍林对我说:"我们希望乌克兰成为一个开明、善良、民主和人道的国家。"

开明、善良、民主、人道。阿门。

利沃夫。有天晚上,路德维克·卡米洛夫斯基神父带我去他家。他和母亲住在一起,他想让我见见她。

布罗尼斯瓦娃·卡米洛夫斯卡夫人是一位面容和蔼的老人。她驼着背,像背着一个看不见的包袱,她说话语气平静甚至温和,仿佛她讲述的是上辈子的事,跟坐在我面前的布罗尼斯瓦娃·卡米洛夫斯卡没有任何关系。事后回想她,我想起了保罗·克洛代尔晚年写的一句话:"我看着我早年的生活,像看着一个远去的岛屿。"历史的疯狂加速和瞬息万变是我们这个时代的特质,这一点决定了我们很多人身上都寄居着好几种人格特质,它们彼此漠不关心,甚至相互矛盾。

卡米洛夫斯卡夫人生了十个孩子,有六个饿死在她面前。她是大饥荒时代约伯的女性化身。大饥荒的受害者多为儿童和成年男子,她在那场大灾难中活了下来就是一个例证。女性相对来说更坚强、更有韧性。卡米洛夫斯卡夫人有次说,"上帝是多么慈悲啊,他赐予我这么多力量!"

在这个狭小的公寓里,我通过路德维克神父的母亲的眼睛看到了大饥荒的种种场景。神父是她最小的孩子。我没有问她那些逝者的名字，也没有问他们是否被妥善安葬，因为我觉得我根本不该问任何问题，我只需倾听她向我吐露的一切。

首先，简单介绍一下大饥荒的历史。1929年初，苏共十六大通过了全盘集体化的决议。斯大林决定，到1930年秋天，全国所有的农民（超过一亿人，占当时总人口的四分之三）必须加入集体农庄。农民们不愿意。当局开始用两种方式镇压反抗。数十万人被送进劳动营，或者被赶去西伯利亚，剩下的人，则用饥饿迫使他们屈服。

主要的打击落在乌克兰，落在舍佩托夫卡县的布坦恩村所在的这片土地上，卡米洛夫斯卡夫人和她的丈夫约瑟夫以及孩子们就生活在这里。

按官方的说法，情况是这样的：莫斯科为每个村庄制定指标：必须向国家缴纳的谷物、土豆和肉类等必需品的数量。但实际上，指标大大超过了土地的实际产量，农民无法完成强加给他们的计划。于是当局开始动用武力——通常是军事力量——没收村庄里一切可以食用的东西。农民没有东西吃，也没有东西可以播种。1930年，一场致命而规模巨大的饥荒开始了，一直持续了七年，并在1933年达到巅峰。如今的大多数人口学家和历史学家都认为，在那几年里，饿死了大约一千万人。

饥饿的种类可怕而多样。饥饿成了生活的常态。在整个国家,只有特定的人群能获得充足的营养,他们是最高领导和食人者。但这两类人在社会中所占的比例微乎其微。数百万饥民可以为了一块面包铤而走险……饥饿分裂大众,许多人失去了同情的能力,失去了帮助他人的愿望……从那个时期的照片中,我们看到人们冷漠地从一个躺在水沟里的孩子身边走过,看到妇女们在散落于街上的尸体旁边平静地聊天,看到车夫舒坦地坐在马车上,而马车上伸出的却是没有生命的手和脚……六岁的塔尼亚·波基德科从邻居加里夫·图尔科的花园里摘了一头大蒜,被图尔科狠狠打了一顿,她艰难地拖着身子回家,然后就死了。她的父亲斯捷潘以前是红军游击队员,他带着四个已经饿得浮肿的孩子去县政府寻求帮助,被拒绝后,他对县委书记波隆斯基说,"与其让我看着他们受苦,还不如让你吃了他们。"然后他在县委大楼前的树上吊死了。一个名叫费多楚克的农妇同情邻居家的孩子,六岁的尼古拉和两岁的奥拉,答应他们的父母每天给他们每人一杯牛奶。但孩子们不肯收下,因为他们的父亲对自己的妻子说:"邻居的孩子都死了,我们为什么还要养活孩子呢?我们必须自救,否则就太迟了。"一个七岁的男孩在市场上偷了一条鱼。愤怒的人群追赶他，抓住他，踩在他身上，直到孩子奄奄一息地躺在那里，人群才散去。农民瓦西里·卢奇科和妻子奥克萨娜、十一岁的女儿和两个分别六岁和四岁的儿子生活在一起。他的妻子是个精力充沛的女人，经常去波尔塔瓦找吃的。有一天，邻居路过瓦西里家，看到他们的大儿子吊在门框上。

"瓦西里，你在干什么？"

"我把这小子吊死了。"

"另一个呢？"

"在壁橱里，昨天吊死的。"

"你为什么要这么做？"

"没有吃的了。奥科萨娜带回来的面包都让孩子们吃了。现在她会分一些给我了。"

有些人去别的地方找吃的，回来后发现所有人都死了，悲剧就会在这个时候发生。人们会提前挖好可一次性容纳几十具尸体的集体坟墓，没有人会怀疑，几天后这些坑就会被填满，然后必须再挖新的……马车来来去去把尸体运到乱葬坑，这成了农村常见的景象……政权的代表会挨家挨户询问是否有人死亡，如果有人死了，他们就帮着把尸体运到集体坟墓……人们吃什么呢？橡果被视为美味佳肴。同样被视为美味佳肴的还有麦麸、糠、甜菜叶、树叶、刨花、锯末、

德罗霍贝奇的波莫纳   373

猫、狗、乌鸦、蚯蚓和青蛙。到了春天,草长出来的时候,痢疾和腹泻比饥荒更为致命。到了三十年代中期,农村的情况变得如此惨不忍睹,以至于被关进监狱的人都把自己视为上帝的选民,在那里,他至少能得到一块面包。(谢尔盖·马克苏多夫,《齐尼亚》,莫斯科,1991年)

为了镇压农民的反抗,当局关闭了农村的商店、学校和诊所。农民不准离开村庄,不准进入城镇。在图谋叛乱的村子的入口处,沿路会竖起告示牌:禁止停留,禁止交谈。在铁路沿线的村庄,每当火车驶来,农民们就会冲向铁轨,他们会跪倒在地,举起手臂祈求,大声呼喊:"面包!面包!"乘务员会被命令关上窗户,拉紧窗帘。

整个家庭消亡,然后是整个村庄。

> 目睹死亡逐渐逼近,村里的人开始哭泣。整个村子的农民都在嚎叫,那个声音不属于理性,也不属于灵魂,就像风中树叶或稻草的沙沙声。每到那时我都会生气。他们为什么哭得如此哀怨?他们已经不是人类了,却还发出如此悲切的哭声。有时我走到田野,能听到他们在哭。我继续往前走,哭声似乎停止了,但我再走几步,那声音便又来了,是邻村的人。整个

地球似乎都在跟人们一起哭泣。上帝并不存在，所以又有谁能听到呢？（瓦西里·格罗斯曼，《万物流动》，华沙，1990年）

卡米洛夫斯卡夫人说，最糟糕的情况始于1932年。当时出台了一项法律，农民称之为《麦穗法令》。斯大林构思并亲自起草了这部法律，它涉及集体农庄财产的保护。根据这项法律，哪怕偷窃一粒谷物、一根胡萝卜或者一棵甜菜，都可能被判处在劳动营服役数年，甚至被枪决。拖拉机手的拖拉机坏了，或者人民公社的成员丢了一把锄头或一把铁锹，也会受到类似的惩罚。

法律是在八月初颁布的，当时田里的谷物还很高。很多种植小麦或黑麦的地方都建起了瞭望塔。NKVD的人驻守在上面，随时准备用步枪射击，他们要赶走那些试图采摘任何一片叶子的人。田埂和路边也同样有NKVD的骑兵巡逻，保卫着庄稼。甚至连少先队员也被派来帮忙，但后来又被撤走了，因为他们都是孩子，而孩子的死亡人数是最多的——不仅仅是因为饥饿，还因为他们被吃掉了。

所以，人们看到了麦子，看到了摇曳的谷物。尚余一丝气力的人走出茅屋，去看看生长的庄稼。但农民必须远离田地。他们知道一旦靠近，枪声就会响起。那几年的夏天总是很热，阳光炽烈。从茅屋的窗户可以看到远处的地平线上出现了一些黑点,那是一些人形骷髅,他们穿着破烂的衣服,被热病和斑疹伤寒所侵蚀。有些人再也没能回到村庄,而是留在那里,永远地注视着。

卡米洛夫斯卡夫人说,有时会发生这样的情况,NKVD的马死在他们自己脚下,因为牲口也很瘦弱。有时能看见一个NKVD出现在麦田里。他坐在马上,环顾四周,然后突然消失了。马就这样倒在他身下。这时候难得的希望来了,因为NKVD之间会出现混乱,人们可以利用这几秒钟的时间去谷物堆里捡一把麦穗。这多少有点用处,虽然只够一两天,但总算是件好事。

死亡源于饥饿,也源于进食。有时,宣传队带着面包从城里来,人们扑上去吃啊吃啊,然后尖叫起来,因为疼痛而扭曲着身子。有些人当场就死了。

最糟糕的是房屋搜查。政府人员会撬开地板,耙平每一寸花园,把田地挖个底朝天。他们在检查是否有人藏了食物。如果找到了,他们会把食物全部拿走,然后把房主关进监狱。卡米洛夫斯卡夫人口中的约齐克,也就是她的丈夫,被带走过六次。她去镇政府办公室下跪、哭泣。她是个幸运的女人,因为不知何故,他们总会放她出来。她坚持认为,她之所以幸运,是因为她信仰上帝。她坚定地告诉我,上帝永远不会抛弃人类。她自己就是最好的证明。后来他们把她流放到哈萨克斯坦,把她丈夫送去参加战争。

在哈萨克斯坦，生活和在乌克兰一样艰难，而且气候更加恶劣。她要在冰天雪地里步行八公里去集体农庄劳动。她确信丈夫已经在德国阵亡了。然后，你瞧，他回来了，从战场上回来了！路德维克神父就是那次团聚的结晶，他正微笑着坐在我们身边。

很难用语言形容当局的所作所为。有一次，有人从城里带来一份报纸。里面有一张照片，是谷物在田野中高高生长。配文称，城市正在挨饿，人们没日没夜地排队买面包，原因是农民太懒惰了，不愿意收割庄稼，所有东西都烂在地里。人们对农民恨之入骨，然而饿死的却是农民自己。农民们被送上开往哈萨克斯坦的火车，一路经过荒芜的村庄。窗户被木板封住，门虚掩着，随风摇摆，发出吱吱的响声。没有一个人，也许只有NKVD。没有牲畜，牲畜要么死了，要么被宰杀。甚至连狗叫都没有——狗早被吃光了。

马克苏多夫认为，乌克兰发生的这场被称为"大饥荒"的种族灭绝——其官方名称是农业集体化和集体农庄体制建设——带来了如此可怕的诅咒，以至于这片土地至今没有恢复过来。"但在这场残酷的斗争中，胜利者的生活，"他写道：

> 也不是那么美好，因为这是一场惨胜。1923年至1928

年间,粮食产量几乎翻了一番,但在集体化实行后的二十五年里,粮食产量一直保持在同一水平,人口却在自然增长。超过一亿多匹马、奶牛、公牛、绵羊和猪被宰杀或饿死,畜牧业从此一蹶不振。毫无疑问,苏联旷日持久的农业危机可以追溯到那个遥远的年代,追溯到那场最终被证明为失败的"胜利"。土地和农民以他们唯一的方式对征服者进行了报复。大地停止繁育,农民不再热爱耕种。这是一场可怕但公正的报复。

历史学家对乌克兰(及北高加索地区)的"大饥荒"有不同的解释。俄罗斯历史学家认为,这一手段的目的是摧毁传统社会,取而代之的是建立一个无形的、温顺的、半奴役的苏维埃群体。乌克兰历史学家(其中包括瓦伦丁·莫罗兹)则认为,当时的目标是拯救帝国:没有乌克兰,帝国就无法存在。然而,乌克兰的民族主义精神在二十年代重新崛起,并在"远离莫斯科"的口号下壮大起来。而乌克兰精神的主要载体是农民。为了摧毁这种精神,必须消灭农民阶级。当时乌克兰有三千万农民。建毒气室的人要背负所有罪行,承担谋杀的罪名;但在这里,所有罪责都被归咎给了受害者:你们饿死是因为你们不想工作,是因为你们看不到集体农庄的好处。此外,他还抱怨说,就是因为你们,城里人才饿肚子,女人没有奶水喂养婴儿,孩子们太虚弱上不了学。

乌克兰的乡村在孤立无援的沉默中死去，农民们啃食树皮和脚下的草鞋，被那些排队买面包的城里人蔑视、憎恨。

黎明时分，我在利沃夫起身。我来到街上时天还黑着，但远处有一盏灯光在摇曳：当天的第一班有轨电车正在驶来。我搭上电车来到火车站，买了一张去德罗霍贝奇的市郊线车票。到达时天已经大亮了，苍白的阳光出现在稀薄的云层间。现在是二月。莱斯泽克·贾瓦斯和阿尔弗雷德·斯瑞耶尔正在站台上等我。贾瓦斯先生还要赶去上班，但斯瑞耶尔先生已经退休了，他可以陪我一整天。

德罗霍贝奇是朝圣之地，因为这是作家布鲁诺·舒尔茨曾经生活、创作并去世的地方。斯瑞耶尔先生是舒尔茨的学生。除了写作和绘画，舒尔茨还在瓦迪斯瓦夫·雅盖沃中学教手工艺和绘画。"我们在课堂上无所事事的时候，就请求他给我们讲故事，他就会停下来讲一个。他很喜欢这样做。"

舒尔茨住在弗洛里斯安卡街12号的一座平房里，从那里步行去齐奥罗纳街上的学校很近，大概只有几百米，只需穿过两条小街和一个美丽的老广场。不远处有一座教堂，还有另一个广场。在教堂后面，广场边缘上，现在有一家面包店。就是在这里，1942年，盖世太保卡尔·刚特用一

德罗霍贝奇的波莫纳

把小巧的女式手枪打死了布鲁诺·舒尔茨。

布鲁诺·舒尔茨的一生都在这座小城里度过，并且终结于弗洛里斯安卡街、齐奥罗纳街和面包店那个小小的三角地带。今天，人们可以在几分钟内走完这条路线，回味舒尔茨非凡想象力的奥秘。很难说他们能得出什么清晰而深刻的结论。只有一次，这座小城揭开了它不同寻常的秘密。仅此一次，而且只对布鲁诺·舒尔茨一人敞开，他是小城里一颗警觉而敏感的微粒，是它思虑深远、悄然流逝的灵魂。

所以，我的问题其实很荒谬："斯瑞耶尔先生，肉桂店在哪里？"

斯瑞耶尔停下脚步，目光中带着惊讶、嘲讽，甚至还有责备。"肉桂店？"他重复这个词。"它们只在舒尔茨的想象里。它们在那里闪光，也是在那里散发独特的香气！"

斯瑞耶尔先生想向我展示他的产业，或者更准确地说，是曾经属于他家族的产业。这家药房曾是他祖父的；这栋房子是他父亲的，他在苏黎世获得化学博士学位，曾是雅西炼油厂实验室的负责人。

他的家人都死在犹太聚居区，少数幸存者移居阿根廷。

战后的十六年里，斯瑞耶尔先生一直在电影乐团演奏小提琴并担任歌手，先是在基洛夫电影院（过去的旺达电影院），后来又去了共青团电影院（原来的斯图卡电影院）。

后来他去了一家音乐学校教书。

"还有这里，"我们在城里走了很久之后，斯瑞耶尔先生说，"这里以前是个犹太会堂，现在成了家具仓库。你看到那些干树枝了吗？夏天这里全是杂草。"那个名叫图雅的智障女孩[1]会不会在这里睡过觉？有可能。

一切都如此模糊，令人费解。在乌克兰大饥荒最严重的1933年，舒尔茨在离德罗霍贝奇不远的地方写出了《肉桂店》。他肯定对这场巨大的悲剧一无所知，因为它发生的方式如此隐秘。那么，究竟是什么力量，是何种神秘的涌动、关联、联系和对比，让他在书的开头写下了一幅如此壮丽、如此令人震骇的饱食幻境？

> 在那些流光溢彩的早晨，阿德拉从市场上回来，就像波莫娜从白昼的火焰中现身，五彩斑斓的阳光从她的菜篮中倾泻出来：闪闪发光的粉红樱桃，透明的表皮下充满了汁液；神秘的黑莓，其芳香比口感更胜一筹；杏子金色的果肉里，蕴藏着那些悠长午后的精髓。在这些充满纯粹诗意的水果旁，她还卸下一扇扇富含营养、状如琴键的肉排，形如死去的章鱼和鱿鱼

---

[1] 舒尔茨短篇小说集《肉桂店》中的篇目《八月》中的人物。下文选段亦来自《八月》。

德罗霍贝奇的波莫纳

的海藻类蔬菜。这些食材是为一顿风格不明的晚餐准备的,一顿散发着乡野气息的海陆大餐。

回归故里

第一次来到圣彼得堡。时值八月,但天气寒冷,还下着细雨。在陀思妥耶夫斯基看来,这种阴沉沉的斯堪的纳维亚式天气正是这座城市的特点:"最后是潮湿的秋日,闷热而肮脏,带着一张敌意十足、酸溜溜的狰狞面孔,透过沾满污秽的窗玻璃往房间里窥探,这让戈利亚德金先生不得不怀疑,自己仿佛是在挪得之地[1],而非身处圣彼得堡。"(费奥多尔·陀思妥耶夫斯基,《双重人格》)

《地下室手记》的作者经常暗示,他笔下人物的狂躁、愤怒和忧郁与城市的气候氛围有关:"从清晨开始,我就被一种奇怪的绝望情绪压迫着。我突然发现自己孤身一人,所有人都在抛弃我,远离我。当然了,任何人都有权问,

---

[1] 挪得之地,《圣经》典故,指流放、徘徊、受苦之地。

谁是'所有人'？因为我在圣彼得堡生活快八年了，但一个熟人都没有。"（费奥多尔·陀思妥耶夫斯基，《白夜》）

我走出车站（我是坐夜车从莫斯科来的），心里一直想着戈利亚德金先生和他那非凡的冒险。不止他一个人。彼得堡出现在许多小说、诗歌和传说中，以至于它看起来不像一个真实的城市，而是虚构出来的。普希金、果戈理和陀思妥耶夫斯基的才华使得他们笔下的人物似乎比我们在街上擦肩而过的人更真实。

这条街名叫"涅瓦大街"，从东到西横穿老彼得堡。越靠近涅瓦河，街道两侧的公寓楼和建筑物就越宏大、越华丽。只看建筑本身，也能知道我们正在接近一个特殊的、重要的、无上尊贵的地方。确实，在涅瓦大街的尽头，右侧，仿佛突然有人拉起了帷幕一般，出现了皇宫广场那广阔的全景画卷。

多么壮观的景色啊。

在广场左侧，冬宫建筑群沿着整个广场蔓延，绿色、天蓝色和白色，装饰着精美的花格和壁柱。这是沙皇的官邸。

冬宫对面，在广场另一侧，耸立着纪念碑式的总参谋部大厦，被粉刷成浅赭色。

在这些壮丽的建筑之间，是宽阔、平坦、空旷的皇宫广场，如此巨大，以至于我想用"无法估量"这个词来形容它。广场尽头间或闪烁着光芒，某处会有汽车驶过，有个人影仓皇行走，但所有这一切都只凸显了这个地方的广袤无垠，以及它坚不可摧的静默。

这幅广场画卷，其概念、规划和构图，都具有深刻的象征意义，比几十本论文和手册更能揭示这个国家的本质。因为这个广场体现了权力的特征和结构，其最高象征是冬宫——统治者的宫殿。而其右翼，也即它唯一重要的臂膀，既不是精神力量（这里看不到任何教堂），也不是立法权（看不到议会大厦），而是总参谋部大厦里的武装力量。

君主和他的军队。所以这就是为什么，俄罗斯的雄鹰——国徽和国家的象征——有两个头而不是一个？

在彼得堡老城的街道上，可以无尽地徜徉下去。这里有这么多令人瞩目的建筑，这么多运河，这么多广场，这么多犄角旮旯的地方。普希金从这里出发去参加那场致命的决斗（在涅瓦大街和莫伊卡河的交会处），阿赫玛托娃在这里写下了震撼人心的《安魂曲》；安德烈·别雷的小说《彼得堡》中的主人公阿波罗·阿波罗诺维奇的马车从这里驶过。别雷说："彼得堡以外，一无所有。"我这样漫步在街道上，看着道路两旁数以千计的坚固的市民建筑，一个问题不断在我脑海中涌现：在这样一个资本、私有财产和财富的堡垒中，布尔什维克是如何取得胜利的呢？毕竟，这些建筑里蕴藏了巨大的社会能量，蕴藏了巨大的利益，蕴藏了金融和组织的力量。当列宁夺取政权的时候,这些人在哪里?他们在想什么?他们在做什么?

美国历史学家理查德·派普斯(《俄罗斯革命》,1990年)给出了这样的回答:

> 库尔齐奥·马拉巴特[1]描绘了英国小说家伊斯雷尔·赞格威尔[2]在意大利旅行时产生的困惑,当时法西斯正在夺取政权。没有街垒和巷战,也没有人行道上的尸体,这让赞格威尔感到震惊,他拒绝相信他正在目睹一场革命。但马拉巴特认为,现代革命的特征,正是训练有素的突击队员组成小分队,他们兵不血刃、无声无息地夺取战略要地。袭击如外科手术般精准,以至于公众根本不清楚发生了什么。
>
> 这一描述也符合俄国十月革命的特征(马拉巴特研究过十月革命,将其作为重要的样本)。十月,布尔什维克放弃了四月和七月(在列宁的坚持下)曾采取的大规模武装示威和街头冲突。因为事实证明,人群难以控制,会激起反噬。相反,他们依靠由军队和

---

[1] 库尔齐奥·马拉巴特(Curzio Malaparte, 1898—1957),意大利记者、作家和外交家。代表作有《完蛋》和《皮》。
[2] 伊斯雷尔·赞格威尔(Israel Zangwill, 1864—1926),英国犹太裔小说家、戏剧家。

工人组成的纪律严明的小分队,在伪装成革命军事委员会的军事组织的指挥下,占领了彼得格勒的主要交通和通信枢纽、公用事业设施和印刷厂,这些都是大城市的神经中枢。哪怕只是简单地切断政府和军事参谋部之间的电话线,也足以让政府无法反击。整个行动进行得如此顺利而高效,以至于在这期间,咖啡馆、餐馆,以及歌剧院、剧院和电影院都照常营业,挤满了找乐子的人。

阿历克西·德·托克维尔的话立刻出现在我脑海中,他在描述法国大革命前夕的社会氛围时流露出惊愕:"令人惊讶的是,当革命爆发时,中上阶层仍觉得很安全,当1793年的阴影已经来临时,他们还在谈论人民的美德、温顺、忠诚和天真无邪。这让人觉得多么可笑又可怕!"(《旧制度与大革命》)

一百二十五年后,欧洲的另一个角落出现了相似的情况。在这两种情况下,让进攻者取得胜利的是同一个因素,那就是出其不意。

我这次旅行的目的地不是彼得堡,而是位于南方一百五十公里处的诺夫哥罗德,还有住在那里的亚历山大·格雷科夫教授。

诺夫哥罗德是中世纪名城,类似于佛罗伦萨或者北方的阿姆斯特丹,一个充满活力的商业和手工业聚集地,一个长盛不衰的艺术中心,尤其是宗教建筑和圣像画。这里曾有一套独特的政治体制。数百年来(从十一世纪到十五世纪),诺夫哥罗德一直是某种独立自治的封建共和国,其最高权力属于由城市居民和周边自由民组成的议会。王公由人民选举产生,代表人民治理国家,并随时有可能遭到罢免。在那个时代,在那个地区,这些做法都是史无前例的。城邦自由和独立的象征是一口大钟,用来召集居民参加议会。所以,1478年,当莫斯科的伊凡三世最终征服诺夫哥罗德并下令拆除这口大钟时,这座城市失去了独立。有历史学家认为,这是决定莫斯科乃至整个俄罗斯走向的关键时刻之一。诺夫哥罗德是一座民主的城市,向世界开放,与整个欧洲保持着联系。而莫斯科则是一个扩张主义的城市,深受蒙古人的影响,对欧洲充满敌意,已经慢慢进入伊凡雷帝的黑暗时代。因此,如果俄罗斯走上诺夫哥罗德的道路,它可能会变成一个与莫斯科统治下的俄罗斯截然不同的国家。但事情的结果并非如此。

瓦洛佳·P. 靠给旅游团拍纪念照为生,照片的背景是厚重的深古铜色俄罗斯千年纪念碑。这些旅游团来诺夫哥罗德是为了参观古老的建筑和绘画艺术杰作——当地的

"克里姆林"（克里姆林是一种教会城堡，由教堂、修道院和仪式堂组成，四面都是围墙，一度是王公官邸）。俄罗斯千年纪念碑的底座上雕刻了一百二十九位俄罗斯伟人的形象，你可以选择任何名人或英雄，由瓦洛佳为你拍下合影。如果来的是军人旅行团，瓦洛佳会把他们安排在亚历山大·涅夫斯基、德米特里·顿斯科伊、亚历山大·苏沃洛夫、米哈伊尔·库图佐夫和伊万·帕斯克维奇旁边。[1]如果来的是作家旅行团，他们会选择米哈伊尔·罗蒙诺索夫、伊万·克雷洛夫、亚历山大·格里博也多夫和米哈伊尔·莱蒙托夫作为背景。[2]教师们则会选择西里尔与美多德、希腊人

---

1 亚历山大·涅夫斯基（1221—1263），古代罗斯的统帅和政治家，为诺夫哥罗德公国大公。德米特里·顿斯科伊（1350—1389），莫斯科大公，1380年打败金帐汗国的部队，莫斯科大公国取得暂时独立。亚历山大·苏沃洛夫（1729—1800），俄罗斯大元帅，神圣罗马帝国伯爵，是俄罗斯历史上最杰出的将领之一。米哈伊尔·库图佐夫（1745—1813），俄罗斯帝国元帅、著名将领，1812年曾率俄国军队击退拿破仑的大军，取得俄法战争的胜利。伊万·帕斯克维奇（1782—1856），华沙亲王，沙俄军事人物。
2 米哈伊尔·罗蒙诺索夫（1711—1765），俄国化学家、哲学家、诗人，俄国自然科学的奠基者。伊万·克雷洛夫（1769—1844），俄国著名寓言作家、诗人，与拉·封丹齐名。亚历山大·格里博也多夫（1795—1829），俄国外交官、剧作家、诗人、作曲家。米哈伊尔·莱蒙托夫（1814—1841），俄国作家、诗人，被视为普希金的继任者。

马克西姆斯或者扎顿斯克的季洪。[1]而面对由政府工作人员和经济学家组成的参观团,瓦洛佳则会把他们安排在米哈伊尔·罗曼诺夫、优雅端庄的叶卡捷琳娜二世、沉思的彼得一世和傲然挺立的尼古拉一世中间。

瓦洛佳的工作一定很挣钱,因为当他带我去他的单身公寓时,我首先看到的是无数闪闪发光的深色金属盒子、金属柱子和塔楼,那是松下、JVC和索尼的各种设备,我的主人一回到家就立刻把它们打开。公寓里还有一位身材姣好的女孩,只聊了一会儿,她就认真地问我,能否替她说情,劝瓦洛佳跟她结婚。"他不肯娶我!"她担忧而略带委屈地解释道。

我们回到克里姆林,回到纪念碑那里。一个学生旅行团正在等待瓦洛佳,他已经答应给他们拍照了(他是这里唯一的摄影师)。他们站在蒙蒙细雨中,俯身查看着安娜·安德烈耶夫娜出售明信片的摊位。孩子们去照相了,我也开始为自己挑选一些明信片。不知什么原因,安娜·安德

---

[1] 西里尔与美多德,东罗马帝国著名传教士,为西里尔字母的发明做出巨大贡献,同时被天主教会和东正教会封为圣人。希腊人马克西姆斯(约1475—约1556),活跃在俄罗斯的希腊修道士,为莫斯科读者传播了大量古代和《圣经》历史、东正教的实践和教义,以及莫斯科以外的当代世界的特点。扎顿斯克的季洪(1724—1783),十八世纪俄罗斯东正教主教和精神作家,出生于诺夫哥罗德,其生平和作品启发了陀思妥耶夫斯基,成为《恶魔》中季洪主教的原型。

烈耶夫娜，一个可能四十岁，也可能六十岁的女人，突然从外套袖子里伸出手。

"瞧，"她生气而沮丧地说，"瞧，他们把我的手变得跟男人一样。"

她给我看她那青筋暴起、粗糙而宽大的双手，一遍又一遍地重复说，"他们把我的手变得跟男人一样。"

在她的口中，这似乎是最可怕的指控，像痛恨，像诅咒。

"我从小就得当锁匠，"她高声解释道，流下了眼泪，"我一辈子都在当锁匠。"

"现在，你瞧，"她用充满痛苦和恐惧的声音对我说，"现在我的手跟男人一样！"

虽然她从小就与这双手为伴，每天都能看到它们，但现在这双手却令她感到羞愧和恐惧。

安娜·安德烈耶夫娜纤弱瘦小，面容憔悴，头发已经花白。作为一个强壮而操劳过度的锁匠，她用一双钢铁般的拳头在空气中挥舞。

然而，在这被诅咒的命运中，她最终还是发现了一道火花，一丝充满人性的安慰，因为片刻之后，她补充道："他们把我的手变得跟男人一样，他们让我变成了一个斯大林主义者，但他们从未让我成为一名共产党员。"

慢慢地，她平静下来，当我离开时，她的声音已经变得坦然、温柔而谦逊,她说,"如果他们现在能让我正常地生活一段时间就好了。"

格雷科夫教授和他的妻子瓦伦蒂娜·鲍里索娃在一座古老的大型建筑的地下室里工作,要抵达那座建筑,必须经过伟大的圣索菲亚大教堂(十一世纪的杰作),并穿过各种广场和庭院,进入克里姆林深处。那是一个宽敞的房间,由几个相连的地下室组成,里面是一排排又长又宽的桌子,桌子上堆满了小片的墙壁碎片。到处都亮着灯,否则这里光线很暗,甚至一团漆黑。每张桌子旁都坐着两三个人,他们拿着砖石碎片仔细查看。到处都是全然的、警惕的、专注的寂静,只是偶尔传出一声惊叹——这往往是一个重要的时刻。

"我找到了先知以利亚的眼睛!"

"我找到一块天蓝色!可能是殉教者圣帕拉斯采娃!"

于是一场讨论、协商和比较开始了。

以下是这里正在发生的事:

诺夫哥罗德的克里姆林附近有许多小教堂和修道院,其中一座是主显圣容教堂,建于十四世纪,位于三公里外的一座小山上。1380年,一群不知姓名的画家(可能是塞尔维亚人)用华丽的壁画装饰了教堂内部,总面积达三百五十平方米。"二战"期间,俄罗斯人把这座教堂变成了碉堡和炮兵观测点（因为在那片绿草茵茵、树木稀少的平原上，它是唯一一座高地），它成了德国人不断用大炮和迫击炮瞄准的目标。德军朝教堂开火达两年之久，战争结束后，山上只剩下了一堆五米多高的瓦砾。在接下来的二十年里，这座山被野草和灌木覆盖，直到1965年，才有人开始在废墟中挖掘，并发现了一些色彩斑斓的壁画碎片。在接下来的几年里，人们小心翼翼地挖掘了三百立方米的瓦砾，并从中筛选出十立方米的彩色碎片，然后将它们运到诺夫哥罗德的克里姆林。过去二十年间，格雷科夫教授、他的妻子以及一些爱好者一直在这栋建筑里工作，试着用这些被炮火炸得粉碎的小石头、碎屑和颗粒重新拼凑出十四世纪的古老壁画。在壁画中，那些不知姓名的画家曾试图描绘他们对主显圣容的想象。

工作间的墙壁上挂满了木质框架，里面放着已经找到的碎片，有耶稣基督的头像，有圣耶福列木[1]的头巾，还有年轻殉教者的衣服。

教授说，最大的困难在于，这些壁画从未被充分拍摄过，也没有任何文献记录，因此不得不依赖目击者不可靠而充满误导性的证词。

---

[1] 圣耶福列木（St. Yefrem，306—373），四世纪叙利亚神学家，被天主教和东正教奉为圣人。

跟亚历山大·彼得洛维奇·格雷科夫交谈时，我发现我对面这个人拥有独特而非凡的想象力，其中充满了成千上万个问号和难题。这片残留着火焰痕迹的墙壁，是上帝显灵时的火焰碎片吗？还是恰恰相反，它是上帝将那些冥顽不化、无可救药的罪人投入其中的地狱之火的一部分？这个小小的碎片上有一滴清晰的泪水，这是圣母将儿子葬入坟墓时的泪水，还是妇女听到耶稣复活时喜悦的泪水？

> 六天后，耶稣带着彼得、雅各和雅各的兄弟约翰，暗暗地上了高山。就在他们面前变了形象。脸面明亮如日头，衣裳洁白如光。（《马太福音》，17:1-2）

桌子上散落的这些金色光芒中，有哪些是那日头的一部分？柜子里的这些白色颗粒中，有哪些是那变得洁白如光的衣服的碎片？

> 但凡妨害我的人，把信我的这些人中的一个绊倒，倒不如用大磨石勒着他的脖颈，淹死在深海里。（《马太福音》，18:6）

有人正在灯光下观察海浪的碎屑，它们是否象征着那片危险的深海？还是说，它们是耶稣用干爽的双脚走向门徒时那海景的一部分？

> 告诉我，如果一个人有一百只羊，其中一只走失了，难道他不把九十九只留在山坡上，去寻找那只走失的羊吗？（《马太福音》，18：13）

保存在这片石膏上的一缕羊毛，是属于那九十九只乖巧听话的绵羊，还是属于那只鲁莽任性、让耐心的牧羊人漫山寻找的绵羊？

多年来，教授和他的学生就是这样，从成千上万的微粒、碎片和渣滓中，从灰尘、分子和碎石中拼凑着圣徒、罪人和传说的形象，我看着他们，仿佛在这尘土飞扬的冰冷地下室里见证了天空和大地的诞生，色彩和形状的诞生，以及天使与国王、光明与黑暗、善与恶的诞生。

我从诺夫哥罗德前往明斯克，参加白俄罗斯民族阵线代表大会。向我发出邀请的是他们的大作家瓦西里·贝科夫[1]。贝科夫是个高大的男人，大部分时间都沉默着，但沉默

---

[1] 瓦西里·贝科夫（Vasili Bykau，1924—2003），白俄罗斯作家和社会活动家，参加过卫国战争，其作品多描写卫国战争时期的故事。

中透出友好。他有部小说的主人公名叫阿吉耶夫,无论外表还是行为举止都很像瓦西里本人。阿吉耶夫回到自己的故乡,寻找往昔的残影:

> 他环顾四周,广场已面目全非,但教堂还在,这帮他找到了方向。现在必须转进巷子,沿着街道往下走。阿吉耶夫努力按捺住自己的焦虑,快步向城郊走去,首先到的是杰罗纳街,这条街他很熟悉,道路两旁是典型的木头房子,小小的果园和花园一直延伸到深谷,谷底有一条小溪,溪边古树参天。(瓦西里·贝科夫,《猎物》)

白俄罗斯是一个平坦的国家,如宁静的大海海面一般,有无数阿吉耶夫寻访过的那种小城镇。夏天,蓝楹花带来绿色和蓝宝石色,冬天,乌鸦和雪带来黑与白。白俄罗斯是一个农业国家,一个农民的国家,白俄罗斯语正是在乡村中得以保留。这一点在大会期间也很明显。很多来自城镇的代表刚用白俄罗斯语说了几句话便开始道歉,并改说俄语,对他们来说,说俄语更容易。来自农村的代表则没有这些困难。对莫斯科来说,白俄罗斯的战略地位很重要,这导致了这里系统性的、残酷且激烈的俄罗斯化运动。二十世纪三十年代,几乎所有的白俄罗斯知识分子要么被枪毙，要么被流放。处决是由贝利亚的心腹兼朋友卡纳瓦（一个格鲁吉亚人）组织的。那些被杀的人被指控为波兰间谍。莫斯科迫切希望白俄罗斯都是说俄语的人，甚至不需要是俄罗斯人，只要讲俄语就行。

会议花了很长时间讨论切尔诺贝利事件的后果。发电厂的核辐射首先侵袭了白俄罗斯。明斯克出版的《尼曼》月刊刊登了一张在切尔诺贝利爆炸后出生的白俄罗斯男孩的照片，他的皮肤白得像瓷，有一双忧郁的大眼睛，头上没有头发，而是覆满了白色的绒毛。

我仔细倾听一位代表的想法：对白俄罗斯而言，谁的统治更危险，是俄罗斯还是波兰？他的结论是波兰，因为波兰更具吸引力。

我坐了一整天公共汽车，从明斯克回到我的故乡平斯克。从黎明到夜晚，风景一成不变，仿佛静止了。有些港口只能看到尼曼河的浅滩和蜿蜒的河床，有些港口则能看到笔直的奥金斯基运河。

平斯克。我觉得自己就像阿吉耶夫：

> 阿吉耶夫努力按捺住自己的焦虑，快步向城郊走去，首先到的是杰罗纳街，这条街他很熟悉，道路两旁是典型的木头房子，小小的果园和花园一直延伸到

深谷,谷底有一条小溪,溪边古树参天。(瓦西里·贝科夫,《猎物》)

中午,我去了教堂。弥撒结束后,人们陆续散开。我走上前去,问他们是否还记得我的父母,他们曾在这里的学校教书。我告诉他们我的名字。结果,那些走出教堂的人是我父母的学生,如今老了五十岁。

我回到了儿时的家。

未完待续

(1992—1993)

俄罗斯二十世纪的历史以1905年的革命开启,以1991年苏联解体结束。

这个国家的历史就像一座活火山,不断翻腾,没有迹象表明它会平静下来,进入蛰伏期。

俄罗斯作家尤里·鲍里耶夫把苏联的历史比作一辆行驶的火车:火车高速驶向光明的未来。突然,火车停了,铁轨到了尽头。人们被要求周六加班,铺设新的铁轨,火车继续前进。之后铁轨再次到了尽头。一半的列车员和乘客被清洗,剩下的人则被迫铺设新的铁轨。列车再次启动。当铁轨再次到尽头时,火车已经驶过的铁轨被下令拆除,铺在火车头的前面。当铁轨再次走到尽头时,窗帘拉了下来,猛烈摇晃车厢,让乘客误以为火车仍在前进。

就这样,我们来到了"三个葬礼的时代"(勃列日涅夫的葬礼、安德罗波夫的葬礼、契尔年科的葬礼),在这个年代,火车上的乘客甚至不再幻想自己仍在前进。然而,1985年4月,火车再次启动。不过,这是最后的旅程,将持续六年半的时间。这一次,担任火车司机的是戈尔巴乔夫,火车上写着公开性—改革的口号。

"俄罗斯"这个名字越是被赋予抽象的含义,谈论起来就越容易。"俄罗斯寻找道路""俄罗斯说不""俄罗斯向右转",等等。在这种高度抽象的层面上,许多问题失去了意义,变得离题,并且逐渐消失。意识形态和民族大义把日常生活中困难重重、令人烦恼的微观层面变得边缘且无效。俄罗斯是否能保持超级大国的地位?在这样的问题面前,诺夫哥罗德的安娜·安德烈耶夫娜的问题——她什么时候才能过上一段正常的生活——就显得不那么重要了。无处不在的政治叙事迫使人们从大众传媒中——更糟糕的是,从记忆中——剔除了表达私人困扰、个体悲剧和个人痛苦的词汇。有人没有房子住吗?我们不关心这样的问题,这是救世军和红十字会的职责。

然而,这种抽象的方式是不可避免的。只有使用概括的、综合的——也就是抽象的——的词汇,才能描述那正在上演的大事件,同时意识到我们会一次又一次地重新陷入那个简化的陷阱，落入那些经不起推敲的陈述。

有些作家赋予"俄罗斯"这个词神秘的含义，赋予它深不可测的神圣的维度。诗人费奥多尔·丘特切夫写道，"无法用理性来理解俄罗斯，只能对它怀有信仰。"陀思妥耶夫斯基认为，对欧洲来说，俄罗斯是神秘莫测、难以理解的，"对欧洲而言，俄罗斯是个斯芬克斯之谜。西方人很快就会发明永动机或长生不老药，但他们无法勘破俄罗斯的本质、俄罗斯的灵魂，以及俄罗斯的性格和气质"。

对俄罗斯的信仰有时带着宗教色彩。我在莫斯科见过一次示威，其间，成千上万的人向俄罗斯念诵连祷文，如同光明山的朝圣者诵读圣母祷文一样。

其他俄罗斯作家则强调，俄罗斯不同于任何国家，应该将其视为一种特例，一种与众不同的现象。皮奥特·恰达耶夫写道，"说起俄罗斯，人们往往会把它与其他国家等而视之，但事实并非如此。俄罗斯是一个完全独立的世界。"康斯坦丁·阿克索夫也说过类似的话，"俄罗斯，"他说，"是一个没有先例的国家，与欧洲其他民族和国家没有任何相似之处。"

一开始，我并没有计划要做一次大的旅行。我只是想去高加索，二十年前，也就是六十年代末，我曾去过那里。那个被俄罗斯征服又被并入苏联的小地方让我很感兴趣，因为我对全球精神和政治层面的民族自决很着迷，而在外高加索那边，这样的过程正在上演。

二十世纪不仅是极权主义和世界大战的时代，也是历史上最大规模的去殖民化时代：一百多个新国家出现在世界版图上，一整个一整个大陆赢得了至少形式上的独立。第三世界诞生了，人口大爆炸开始，欠发达国家的人口以三倍于发达国家的速度增长。由此产生的一系列问题将成为二十一世纪最大的隐忧。

第三世界扩张导致了英国、法国和葡萄牙殖民帝国的解体，对此，苏联一定也可以感受到。截至八十年代末，苏联的非俄罗斯居民占接近一半的人口，而统治精英的百分之九十五是俄罗斯人，或者是俄罗斯化的少数民族代表。对这一事实的察觉，迟早会促使少数民族采取行动。

一开始，我计划像以前一样，从莫斯科前往格鲁吉亚，然后再去亚美尼亚和阿塞拜疆。但有人告诉我这是不可能的。亚美尼亚和阿塞拜疆之间的边境已经关闭，一场任何人都无法左右的战争正在上演。

这让我感到震惊。

在这里，怎么会有人宣称苏联发生了一件莫斯科无法左右的事呢？帝国开始承认某种不可能，这对我来说才是真正的革命。我记得二十年前，在阿塞拜疆，我想去斯维尔德洛夫集体农庄，而不是基洛夫集体农庄，我被告知这是不可能的，因为莫斯科批准了我们此前的计划，我们不能做任何改动。由此引发了一连串电话、询问和解释。终于，答复来了：批准，就去斯维尔德洛夫吧。一切只为了这样一件微不足道的小事。但是，整个体制所依赖的，正是这种一丝不苟的态度，这种对每一个细节的病态控制，以及对统治一切的如痴如醉的欲望。尤里·鲍里耶夫写过斯大林会亲自处理的一些事情。他会下达诸如此类的命令："把1号缝纫厂的缝纫机转移到7号缝纫厂。J.斯大林。"

现在发生了一件大事：两个共和国关闭了边境，一场战争正在上演，而莫斯科对此无能为力。

第二天，我抵达埃里温，经历了第二次冲击。我出门散步，突然在街上遇到了一群全副武装的大胡子。我认出他们不是红军。路人告诉我，这是亚美尼亚解放军的独立部队。对我来说难以理解的是，竟然会有不属于红军或克格勃的部队。我很早就了解这个国家及其体制，我一直在等待俄罗斯部队进攻亚美尼亚首都的那一刻，届时他们会收拾这些年轻人，并把成千上万的城市居民流放去西伯利亚以示惩罚。但这样的事并没有发生。

同一天晚上，发生了第三件令人震撼的事情，我在电视屏幕上看到关于最高苏维埃会议的报道。其中一位代表跟总书记戈尔巴乔夫发生了激烈争论。我愣住了。跟总书记吵架？曾经，这意味着被处决；后来，这意味着职业生涯无可挽回的终结；而现在，这位代表在大家的掌声中走下主席台。

总结这一切，我想：结束了。对我来说，帝国在那个秋天、在我从莫斯科去埃里温的路上分崩离析。后来发生的一切，不过是朝已经存在的废墟扔去更多碎片而已。

我相信，只有那些把斯大林－勃列日涅夫时代视为自己人生经历的一部分的人，才能感知和理解1985年至1991年间发生的变革的深刻性。在旅行过程中，我遇到了一些年轻的记者同行，他们认为自己的所见所闻很有趣，但都属于正常事物的一部分。但对我来说，一切都是史无前例和令人震惊的。我简直不敢相信自己的眼睛。

关于1985年，还有几句话。

随着超级大国力量的衰微，整整一代领导人也随之离去。在1985年这个历史关头之前的几年，库拉科夫、拉希多夫、苏斯洛夫、勃列日涅夫、柯西金、乌斯季诺夫和安德罗波夫相继去世。1985年3月11日，这个集团的最后一个人，契尔年科去世。其他人，比如葛罗米柯和格里申，也变得越来越虚弱。

这个国家也存在公共舆论，尽管在改革之前，其表达方式有所不同。人们表达观点的方式是沉默而非言辞。他们保持沉默的方式也很重要，能说明很多问题。他们看待某个人或某件事的方式，同样有其深意。他们在哪里出现，又在哪里缺席；被召集开会时，他们（缓慢地）聚集在一起的方式，还有他们（瞬间）散去的方式。尽管政府对社会是轻视和傲慢的，但它仍然注意到了社会中普遍存在的沉默。我在圣彼得堡遇到一名学生，勃列日涅夫时期，他在该市的一次共青团代表大会上"负责会场的气氛"。而1985年的公众舆论，可以用八十年代末俄罗斯导演斯坦尼斯拉夫·戈沃鲁欣的一部电影来概括：《不能这样活》（*Tak zyt'nielzia*）。

帝国内外的所有这些危机，其背景都是普遍而日常的痛苦、无处不在的物质匮乏以及无望感。别忘了，所谓精英的特权只是一种相对的特权，是在贫困的背景下存在的。富裕国家的居民常常对这样的特权报以哂笑。比如，乌克兰某地发生过这样的丑闻：一位官员在开车时，后备箱突然弹开，路人发现里面装的竟然是波兰香肠。在乌法，我还目睹了另一桩丑闻：市场上出售的都是腐烂的苹果，而国家机关的工作人员却可以买到被虫子咬过但还没有腐烂的苹果。有多少次，我走进不同的公寓，主人在门口迎接我时都会说："Rishard, izvini nashu sovietskuyu nishchetu!（请原谅苏联的窘迫！）"有时，夜间谈话的主题会是富裕国家的生活水平和质量。当我讲完后，俄罗斯人会微笑着用无奈的语气说,"Eto nie dla nas...(这跟我们没有关系……)"

在某种意义上,1985年4月开启的改革和公开性是一个人工肺,连接到了一个日益衰弱、奄奄一息的躯体上。它又存活了六年半。我之所以提到这一点,是因为戈尔巴乔夫的敌人声称,戈尔巴乔夫接管了一个繁荣的苏联,却导致了苏联的解体。但事实恰恰相反,解体的过程由来已久,戈尔巴乔夫试图尽量延长它的生命。之所以提到这一点,还因为(这是世界上最大的悖论之一)在解体之前,把苏联视为世界上最稳定、最持久的制度的典范,这一观点在西方苏联学家,尤其是一群美国政治学家中间颇为流行。这一思想流派的主要代表是杜克大学教授杰里·霍夫。正如西奥多·德雷珀所指出的那样(《纽约书评》,1992年6月11日),没有一个美国政治学家预测到了苏联的解体。

正因为此,1991年底,人们听到世界各地都发出了惊讶和错愕的声音。这怎么可能呢?如此稳固,竟然垮台了?如此不可分割,竟然瓦解了?一夜之间?但"一夜之间"只是这场戏剧的最后一幕。

对我来说,改革是帝国社会所经历的两大进程的结合:为消除恐惧而进行的集体康复治疗;以及进入信息世界的集体之旅。

如果不是在一种普遍的、本能的恐惧中长大，如果不是生活在一个信息阙如的世界，是很难理解这里发生了什么的。

帝国的基石在于恐怖，以及恐怖那不可分割的、不断侵蚀的衍生物：害怕。斯大林和贝利亚去世后，当局放弃了大规模的恐怖政治。赫鲁晓夫时期的"去斯大林化"以及随后多年的停滞在一定程度上缓解了前一个时期的噩梦，但并没有从根本上消除它，对异见者的迫害仍在继续，持不同看法的人仍会失去工作，审查制度仍然肆虐，等等。直到改革和公开性，这一切才发生根本性的改变，人们第一次公开表达自己的观点，提出自己的看法，进行批评和假设。当然，他们做得过火了，沉湎于此，长此以往，这一切变得极其令人疲惫，因为每个人，每个地方，都在无休止地谈论、谈论、谈论，或者写作、写作、写作。文字的洪流，数以亿计的言辞，在会议室里，在广播中，在成吨成吨的纸上交织成一片。俄语本身也助长了这种语词的膨胀和文字的洪流，因为俄语措辞宽泛、广阔、无边无际，就像俄罗斯的土地。这里没有笛卡尔式的严谨，也没有箴言式的克制。你必须在语词的洪流中跋涉，或者在无数篇文字中挣扎，才能得到一句有价值的话。为了得到这块珍宝，人们必须付出艰辛的努力。

现在，人们不仅可以说话，而且有话可说。因为，正是在同一时间，进入信息世界的旅程开始了。大体而言，二十世纪上半叶和下半叶（尤其是近几年）的根本区别就在于这两个时代获取信息的途径完全不同。生活在二十世纪上半叶,尤其是生活在苏联的人,更接近于穴居人,而今天坐在电脑前的人,只需按下键盘,就可以立刻获得想要的所有信息。俄罗斯作家列夫·科佩利耶夫在他的著作《我年轻时的偶像》中指出了这种差异,他说:"就获取信息而言,即使是当时的成年人也是孩子,而今天的孩子也相当于成年人。"在二十世纪上半叶的苏联,人们真正了解的东西很少。获取信息是一种真正的特权。克格勃的档案比大规模杀伤性武器受到更严密的保护。一位我不记得名字的俄罗斯记者回忆说,苏联入侵捷克斯洛伐克后,他问勃列日涅夫,什么人有权获得关于该国局势的报道。勃列日涅夫回答说:"什么都能写,但只能写一份,只能发给我。"

而现在,突然出现了卡廷的资料,库洛帕蒂森林的资料,索洛韦茨基的资料……

维尔纽斯和里加的流血事件为1991年拉开了序幕。克格勃的部队袭击了维尔纽斯的一次和平示威游行,造成十几人死亡,数十人受伤。立陶宛人用混凝土路障围住了议会大厦。我走进去,发现里面看起来像一座被围攻的坚固堡垒。窗户上吊着沙袋,到处都有手持武器的年轻志愿者——他们随时准备迎接外来的攻击。兰茨贝里斯总统紧张却镇定地站在他们中间,给他们鼓劲。在里加和塔林,就像在维尔纽斯一样，混凝土路障包围了新宣布成立的国家议会的大楼，其中塔林的路障最为壮观。要到达议会大楼，必须穿过像米诺斯迷宫一样的走廊。

谁应该对维尔纽斯和里加的流血事件负责？莫斯科的民主人士把矛头指向了克格勃首脑克留奇科夫和内务部部长普戈。但戈尔巴乔夫并没有罢免他们。他是力不从心吗？他知道该怎么做吗？

夏天，他带着家人去克里米亚度假了。

他的整个亲信团队，在副总统亚纳耶夫的带领下发起了进攻。8月19日，一场为期三天的政变开始了。坦克包围了所谓的"白宫"，即联邦政府和最高苏维埃所在地，总统鲍里斯·叶利钦的办公室也在这里。叶利钦强烈谴责了政变者并组织了一场白宫保卫战。

政变遭到镇压，组织者被投入监狱。后来人们才发现，参与争夺对这个超级大国控制权的坦克部队已经两天没吃东西了。他们当中许多人没有靴子，只穿着帆布鞋。那些保卫白宫的妇女们可怜他们，跑回家给他们拿吃的。被注入能量的坦克部队则向这些好心的妇女保证，他们不会开火，并且信守了承诺。几天后，莫斯科的媒体报道说，政变开始的时候，其领导人亚纳耶夫的母亲正躺在克里姆林宫的医院里。得知起义的消息后，医院里的病人纷纷从床上爬起来，向那位老妇人致以最衷心的祝贺。当政变失败、亚纳耶夫被捕后,这些病人再次从床上爬起来,但这次他们找到医院的院长,坚决要求把老妇人赶出医院。

戈尔巴乔夫从克里米亚回来了。8月25日,星期日,举行了在最近的事件中丧生的三位俄罗斯人的葬礼。数百万人涌向克里姆林宫,从那里开始了游行,表达哀思。我听到有个人的声音从远处的扩音器传来。人们都在交谈,没有人注意听。

"谁在说话?"我问。

"戈尔巴乔夫。"有人回答,然后继续交谈。

再也没有人听戈尔巴乔夫说话了,他已经不再引起人们的兴趣。

历史就发生在我们眼前,每一时,每一刻。在这场葬礼上,我见证了一个新阶层的诞生。当时我们正站在加里宁大街上等待送葬的队伍,一个穿破旧油布外套的高个子年轻人走到人群中,喊道:"白宫的保卫者,站出来!"

一片寂静。没有人动弹。然而,又经过几次呼唤后,一个学生模样的人从人群中站出来。过了一会儿,又站出一个人。没过多久,这支保卫者的队伍就开始壮大。穿油布外套的人很快意识到,这些志愿者已经开始形成一个新的群体,于是他停止招募,开始记录这些人的姓氏,并告诉他们下周二去开会。他们将成立一个组织,也许就叫

"白宫保卫者"运动或联盟。他们将获得徽章和证件,若干年后,他们将成为部长、将军、大使。

八月政变之后,戈尔巴乔夫辞去了苏共总书记的职务。此后不久,叶利钦解散了共产党,并宣布其为非法(那时的党员接近两千万)。当时我正在基辅。乌克兰共产党的大楼内空无一人,显得格外冷清,两个警察站在大门前,对每个问题都回以沉默,要么就耸耸肩。体制的中坚力量、干部都去了哪里?他们已经设法在国家行政和商业部门担任新的管理职务,或者成为合资企业的负责人——那是新兴资本主义的前哨站。

戈尔巴乔夫想必越来越孤独。他在西方仍然大受欢迎。西方希望与克里姆林宫的领导者建立良好的关系,但有一个条件,那就是他们必须讨人喜欢,必须面带微笑、衣着得体,轻松,开朗,幽默,彬彬有礼。突然之间,在六百年无望的等待之后,这样的人终于出现了,那就是戈尔巴乔夫!伦敦和巴黎,华盛顿和波恩,都张开双臂,欢欣鼓舞。多么伟大的发现,多么令人欣慰!

年长的美国妇女纷纷去俄罗斯旅行。

"去莫斯科吧!跟戈尔比一起吃午餐!"

俄罗斯人眼巴巴地看着这一切。跟美国游客年龄相仿的俄罗斯妇女,还在为一块肉或一块奶酪排几个小时的队。

她们对总书记没有那么大的热情。

他一定也意识到了这一点。他一定感觉到了周围的空虚正日益扩大。这个系统的支柱之一是所谓的电话法（telefonnoye pravo），即职位较高的官员给职位较低的官员打电话下达指示。罢免斯米尔诺夫，处决科萨科夫。下级官员必须按指示办事，不得提出任何问题。如果拒绝执行，他们自己将被罢免或处决。这种沟通系统可以保证日后不会留下书面记录，也没有决策的证据。问责制度化为乌有。电话法也会反向运转：下级官员在做出决策之前，也会给上级打电话请求批准。因此，上级官员可以通过下级电话的数量、种类和重要程度，来判断自己是否仍然重要。很多领导人都在回忆录上写道，他们之所以意识到自己会倒台，是因为办公桌上的电话响起的频率越来越低，直到彻底沉寂下来。这意味着职业生涯的终结，预示了降职、开除，甚至是死亡。

1991年底，戈尔巴乔夫办公室里电话响起的次数也越来越少。权力中心已经转移到别处：从6月12日起，鲍里斯·叶利钦开始担任俄罗斯联邦总统，并逐渐掌握了帝国大部分领土的统治权。

正是在他的倡议下，俄罗斯联邦、白俄罗斯共和国和乌克兰共和国的领导人在戈尔巴乔夫不知情的情况下（至少未经他同意），于十二月在别洛韦日森林会晤，决定创立一个新的联盟——独立国家联合体。两周后，中亚五国的领导人也加入这一倡议。新的帝国雏形初现。

戈尔巴乔夫已是孤家寡人。12月25日,他辞去了苏联总统的职务。克里姆林宫降下了带有镰刀和锤头的红旗。苏联不复存在。

我同时在两个屏幕上追踪着改革的命运和帝国的崩溃:电视机屏幕(或者更确切地说,是几十台电视机的屏幕,因为我经常变换城市、火车站、酒店和公寓);旅行期间环绕在我周围的这个国家普通的、日常的屏幕。

这是两个剧场不同寻常的碰撞:高层政治的剧场(电视上连续数小时播放最高苏维埃会议、各种高层会议和大会的讨论情况),以及平凡生活的剧场。在寒冷漆黑的清晨排队等待;夜晚栖身在寒冷的西伯利亚公寓;听到食堂开张、终于能喝上一口热汤的喜悦。

对这两个世界精神分裂般的观察使我注意到,在我们这个时代,物质文化(或日常生活)的时间和政治事件的时间,两者存在根本性的,甚至是无法弥合的差异。在中世纪,这两种时间大致相似、互相兼容,城市建设了几个世纪,王朝的统治也延续数百年。

今天,情况有所不同:城市的建设仍然需要数十年的时间,但统治者常常每隔几年甚至每隔几个月就更换一次。

政治舞台旋转的速度远远高于日常生存场景。政权更迭，执政党及其领导人变更，但人们的生活却一如既往，依然没有住房，没有工作；房屋依旧破败不堪，道路依旧坑坑洼洼；维持生计的艰巨任务仍然要从早做到晚。

也许正因为此，许多人都远离政治：对他们来说，那是一个陌生的世界，驱动它的节奏与普通人生活的节奏不同。

电视在帝国的崩溃中发挥了巨大作用。只需把政治领袖作为普通人的一面呈现出来，让人们近距离地观察他们，看他们如何争吵生气，如何犯错流汗，如何取胜以及如何失败，只需揭开帷幕允许人们进入最高层、最独家的沙龙，最有益、最具解放性的权力祛魅便发生了。

相信权力的神秘性，是俄罗斯政治文化的信条之一。直到十九世纪中叶，沙皇的肖像还作为圣像悬挂在教堂里。继任者顺遂而欣然地接受了这一传统。领袖的生活被最大程度地包裹在神秘中。他们走路僵硬，不苟言笑，始终保持沉默，目光定格在空间中一个不确定的点上。苏联学家研究公报中各种名字出现的顺序，以此推断克里姆林宫的权力结构。这样做自有道理，因为领导人名字出现的顺序、次数、版面位置以及所占篇幅，背后都是详细而严格的指令。负责党内议程的职能部门对此严加看管。看，米高扬比乌斯季诺夫先走上主席台，这里面有问题！一时间流言和猜测传遍整个莫斯科。

电视在政治中发挥着越来越重要的作用，这使得所有政变的策划者都改变了策略：以前他们会袭击总统府、政府和议会大厦，现在他们首先试图控制电视台大楼。最近在维尔纽斯、第比利斯、布加勒斯特和利马发生的战斗都是为了控制电视台，而不是总统府。有一部关于政变的电影剧本是这样写的：黎明时分，坦克出发，去占领电视台，而这时总统还在沉睡，议会大厦一片漆黑，周围空无一人。叛乱者正在向真正的权力所在地发起进攻。

每次重大转型、政权更迭及社会革命都可分为三个阶段：旧制度的瓦解期、过渡期、新秩序的建设期。

苏联正处于过渡期，旧制度的元素与新秩序的雏形交织在一起。今天，过渡期这一概念是一切问题的答案。事情进展得不顺利？没关系，现在是过渡期。供给出了问题？可以理解，现在是过渡期。老领导还在掌权？别担心，这只是一个过渡期。

考虑到这个国家的疆域之辽阔，以及深刻的历史进程所需的时间之漫长，我们可以认为，这个过渡期将持续很长的时间。

过渡期的主要任务、内容和理念是实施大规模的经济和政治改革，更换政权，创造新的高质量的生活。

两位历史学家——俄罗斯的纳坦·埃德尔曼和美国的理查德·派普斯——界定了俄罗斯所有改革的两个基本特征。

埃德尔曼：俄罗斯的改革总是自上而下。改革的号召必须源自权力的最高层，逐渐向下渗透，并在那里得到贯彻执行。这一特点造成了改革的局限性。到了某个时刻，动力会减弱，改革陷入僵局，停滞不前。

派普斯：俄罗斯的改革是由外部环境和事件决定的。一种情况可能是，俄罗斯在国际舞台上受挫，在控制世界的游戏中变得过于边缘化。而俄罗斯国际角色的式微为改革阵营提供了论据，他们说服保守派和其他反对派，认为俄罗斯应该提高效率，实现现代化，从而重返世界舞台。

这就是迄今为止的情况。至于未来将会如何，时间自会证明。

正如我前面提到的，苏联学家并没有预见到苏联的解体。但即使是那些相信并预言这个超级大国终将崩溃的人，也担心在权力更迭之前，这个国家会被放火焚烧，淹没在血海之中。

这样的事并没有发生。

它的垮台相对来说没有流血，在俄罗斯族居住的地区则完全没有流血。乌克兰宣布独立时一枪未发。白俄罗斯也是如此。

当代世界目睹了越来越多的"天鹅绒革命",也就是不流血的革命,或者伊萨克·多伊彻所说的"未完成的革命"。

这些革命的特点是,虽然旧势力正在离去,但它们并没有彻底消失,新旧势力的斗争同时伴随着对垒双方各种各样的适应性过程。避免攻击性、避免血腥的对抗是主导原则。

耐人寻味的是,如今,只有当盲目的民族主义、动物性的种族主义以及原教旨主义卷入战局时,流血才会发生,这将是二十一世纪天空中的三朵阴霾。而社会结构转型及其伴随的各种形式的阶级斗争,则要温和得多,确切地说是不会流血的。

回到俄罗斯:时至1994年,苏联的旧制度还剩下什么?

旧的官僚体系:它仍掌握着权力。行政、经济、军事和警察机构,据俄罗斯社会学家估测,总计约有一千八百万人。目前还没有别的方案可以替代这个官僚体系。反对派从未作为一个有组织的政治力量存在过。异见者总是少数,而且大多数已经离开了这个国家。新的政治阶层出现还需要一些时间,而这个过程一般会持续数年。

两支庞大的军队:俄罗斯军队(其前身为红军)以及内卫部队。边防军和铁道兵仍然存在,还有空军和海军。

总计几百万人。

强大的克格勃和警察。

所有的中型和重型工业仍然掌握在国家手中,包括高度集中的军工复合体。这是一台巨大的军备机器,雇佣了约一千六百万人从事生产和研发。这些工业企业的领导人在政治生活中扮演了重要而积极的角色。

国家仍然是土地所有者。在农业方面,集体农庄和国营农场依然占主导地位。

几十年来灌输给人们的思想、观念和旧的社会行为习惯。

旧的法律体系。

除了这些旧体制的机构外,还有另一个巨大而沉痛的遗产——对恐怖和镇压的意识,自1917年开始持续了数十年、在某些年份达到大规模灭绝程度的迫害,仍令人心有余悸。研究这一问题时,历史学家和人口学家对其规模的估计存在巨大分歧。人口学家塞尔吉·马桑杜瓦测算出的数字最小,根据他的说法,从1918年到1953年,苏联共有五千四百万公民因非自然原因死亡(包括"一战"和"二战"的死难者)。最大的数字则是由伊·库尔加诺夫教授提出的,他说,在1918年至1958年间,共有1.107亿苏联公民在集中营、监狱和两次世界大战的前线丧生(《祖国》,1990年1月)。

还有一个遗产是社会的普遍贫困。住房的贫困,厨房的贫困，生活的贫困。

第三个遗产是社会中相当一部分人令人震惊的道德堕落：黑帮激增，武装犯罪团伙手段残忍，各种诈骗集团横行。此外，无处不在的帮派甚至渗透到权力高层。包括导弹在内的武器黑市蜂起。肆无忌惮、令人发指的偷窃行为。腐败滋长。酗酒、强暴、犬儒主义，以及无处不在的、司空见惯的粗鄙。

第四个，也是最后一个遗产，是生态环境的破坏——烟雾弥漫的城市，工作场所普遍缺乏通风系统，污染的河流和湖泊，核废料的堆积。最严重的是，五十六座陈旧不堪、负荷过重的核电站——也就是五十六个潜在的切尔诺贝利——无法被关闭，因为它们为大城市提供了照明，为许多工厂提供了能源。

帝国目前所经历的转型其实开始于1991年，并将持续很长时间。在这个过程中，物质文化的时间与政治事件的时间之鸿沟可能会变得更为明显。政治方面无疑会有许多进展；但物质进步方面会大大逊色。

政治舞台上发生了什么？各种力量正在进行激烈的权力斗争。反对叶利钦的势力想要推翻总统及其政府。很难清楚地确定堡垒两边的团体哪些是进步的，哪些是保守的，也很难说这一标准在这里是否具有普遍的意义和适用性。官方称,叶利钦集团希望改革,是反对派(主要活跃在议会中)不赞成。但事实真的如此吗?如今,改革的必要性是时代和形势的必然,任何执政团体都必须以某种方式改革正在崩溃的经济,否则国家会衰落,这个团体也相应会灭亡。

当然,存在着改革节奏的问题。但如何衡量和界定呢?专家们认为,1992年,俄罗斯向前迈出了一步,但这一步本可以迈得更大,甚至可以大得多。换句话说,虽然表面上国家向前迈出了一步,但是否仍停留在原地呢?结果,社会普遍感到疲惫和幻灭。也许是因为,叶利钦和许多为他提供建议的西方学者过于乐观地估计了改革的可能性,而忘记了一个重要的事实,即改革意味着改变一个七十年来由铁与血铸成的岩石。要砸碎这样一块巨石,需要多少时间、力量和金钱!在我看来,这个国家的后进、贫穷、疏忽和破败如此强大,以至于一年的时间太短,无法指望任何明显的进步。让我们继续等待十年、二十年吧。

然而,一年的失望足以让政治气氛冷却下来。

人们已经忘记了改革和公开性。

曾在斗争中十分活跃的民主阵营被推到了政治舞台的边缘,要么已经瓦解,要么干脆被遗忘。总体而言,在俄罗斯,关于民主的讨论越来越少。

整个社会弥漫着一种冷漠观望的情绪,人们对政治漠不关心。

要求巩固权力（尤其是中央权力）和建立强大国家的呼声正在占据上风。这是一种鼓励威权的氛围，有利于各种形式的独裁统治。

那么未来呢？

这是一个难题。关于当代世界的预言——破灭了。未来学深陷危机，已经失去了声望。几千年来，人类的想象力是被一个狭小、简单和静止的世界塑造的，今天已无法把握也难以追赶周围飞速变化的现实。特别是由于电子科技的进步和信息的增长，现实中的万事万物变得越来越多，数以百万计的微粒、元素、单元和生命都在不停地运动、争斗，形成新的构造、排列和组合，所有这一切都无法把握，无法阻止，也难以描述。

尽管存在这些困难，但我们可以假定，有三个进程将在俄罗斯的生活中占据主导地位。

第一个进程，是融合势力和瓦解势力之间的斗争。民族主义。俄罗斯人希望维持一个庞大而强有力的国家，一个超级大国，而各种非俄少数民族会越来越明确地追求自治目标。这些少数民族目前只占俄罗斯联邦总人口的百分之二十（百分之八十，也即一亿两千万人口是俄罗斯族），但少数民族人口的增长速度是俄罗斯族的五倍，这意味着俄罗斯族的人口比例正在迅速下降。俄语的使用范围也在缩小。在原来属于苏联的领土上，讲俄语的人越来越少，学习俄语的人也越来越少。在旅途中，我在一些地方用俄语交流遇到了很多困难，尤其在和年轻人交谈的时候。老年人的俄语最好，年轻人不怎么懂，小孩子则完全不懂。

（关于俄罗斯族还有一个事实：他们中仍有两千六百万人生活在俄罗斯联邦境外，主要是乌克兰和哈萨克斯坦，他们的未来还不确定。）

非俄人口的快速增长引发了俄罗斯联邦的"亚洲化"进程，而这一进程因为日耳曼人的移民，特别是大批犹太人的移民而大大加速。后者感受到了日益增长的反犹主义、新的迫害和杀戮的阴影。

融合与瓦解之间的斗争也可能在各加盟共和国之间就边界问题展开。在过去的苏联，边界问题始终是一个定时炸弹，从1921年到1980年间，当时的加盟共和国共经历了九十多次领土变更和边界修订。1990年，这些共和国之间发生了五十多起边界冲突，如今这一数字可能更高。其中许多边界与非洲一样，跨越的是同一民族居住的土地（塔吉克斯坦和乌兹别克斯坦之间的边界就是这样）。

宗教之间的对抗可能会成为边界冲突的另一个根源。伊斯兰教正在经历剧烈的复兴，它是说突厥语的民族的宗教，而在原来属于苏联的领土上，生活着大约六千万这样的居民。

除了融合与瓦解之间的对抗，第二个进程是，根据物质条件的不同，社会将逐渐分化为两级。一级是富人（越来越富），另一级是穷人（越来越穷）。与所有物质生活水平较低的社会一样，俄罗斯的两极分化现象将格外鲜明、刺目且富有煽动性。这将是以最原始、无情、咄咄逼人的面目出现的资本主义或伪资本主义。

第三个进程将是发展本身。让我用一个笨拙的术语来概括这种发展的本质：飞地式发展。在高度发达的欧洲国家，比如荷兰或瑞士，我们会注意到，四周整个物质世界的发展水平大体一致：房子粉刷得整整齐齐，所有窗户上都有玻璃，道路上是平整的沥青，交通线路规划良好，各地的商店货品齐全，餐馆温馨而整洁，路灯明亮，草地修剪得平整一新。而在一个飞地式发展的国家里，景象就完全不同了。典雅的银行矗立在破旧的公寓楼中间；豪华酒店被贫民窟包围着；从灯火通明的机场一头扎进肮脏阴暗的城市；在迪奥专卖店闪亮的橱窗旁边，是脏兮兮、空荡荡、黑咕隆咚的本地商店；豪华汽车停在陈旧、恶臭、拥挤不堪的公共汽车旁边。资本（主要是外国资本）建造了芬芳明亮的避风港，即那些漂亮的飞地，但它既没有能力，也没有意愿发展国家的其他地方。

俄罗斯人正在开展一场大讨论——怎么办？有人说，要回归本源，回到旧俄罗斯。索尔仁尼琴认为，沙皇时代的俄罗斯是一个辉煌的国家,"富饶而繁荣"(亚历山大·索尔仁尼琴,《如何重建俄罗斯》),后来这一切都被毁掉了。然而,那个时代的见证者所描绘的俄罗斯,也并非一幅田园诗般的景象。

> 时隔多年,我再次踏上你的道路,
> 我又一次发现你,一成不变!
> 你的死寂,静止,无知无觉。
> 你荒芜的土地,
> 无茅草覆盖的小屋和腐朽的墙壁。
> 你的肮脏,恶臭,无聊,同样的污垢如旧,
> 同样婢膝的凝视,时而厚颜无耻,时而垂头丧气。
> 尽管你们摆脱了奴役,
> 却不知道如何面对自由——你们,人民……
> 一切一如往昔。
>
> (伊万·屠格涅夫,《梦》)

1890年,安东·契诃夫写道:

> 我们在监狱里折磨数以百万计的人,无端地、毫无理智地、野蛮地折磨他们;我们把人用锁链锁起来,驱赶他们穿越数千公里的严寒,让他们染上梅毒,让

他们堕落,让犯罪成倍滋生,又把这一切都归咎于沉溺在酒精的狱警。整个文明的欧洲都知道,责任不在狱警,这是我们所有人的责任,但我们并不关心,我们不感兴趣。(《书信集》,第一卷)

回归旧文化?但俄罗斯文化要么是贵族式的,要么是农民式的。而现在既没有贵族,也没有农民。这里的中产阶级和市民阶层从来不多,而且总是外来的。

这个社会,尤其是智识阶层和民主人士,面临着一系列问题和悖论。

比如,社会与国家的关系。如何让社会参与国家治理?如何让国家实现民主化?

俄罗斯的土地,其特点和资源总是站在国家权力这一边。俄罗斯土壤贫瘠,气候寒冷,大部分时间昼短夜长。在这样的自然条件下,土地产出微薄,经常发生饥荒,农民太贫穷以至于无法独立。地主或国家一直对他们拥有巨大的权力。农民深陷债务,无法获得足够的食物,沦为农奴。

与此同时,这片土地又拥有丰富的自然资源,石油、天然气和铁矿石储量丰富。但这些自然资源的开发和营利很容易被垄断,尤其是被一个强大的官僚专制国家所垄断。这样一来,土地的贫瘠和富饶都对人民不利,都会助长政权的气焰。这是俄罗斯的一大矛盾。

然而,我们也可以对这个国家的未来持乐观态度。大型社会拥有强大的内在力量,拥有充足的生命力和取之不竭的动力,能够从最严重的挫折和危机中走出来。

中国从屈辱和饥饿的深渊中振作了起来,开始独立而成功地发展。印度也是。还有巴西和印度尼西亚。这些国家人口众多,文化复杂,不乏忍耐力和创造力,即使是在困难的条件下也能取得惊人的成就。人类发展的这一普遍法则,自然也适用于俄罗斯。

还有一点:令俄罗斯着迷又心怀疑惧的西方国家总是愿意帮助它,哪怕只是为了自身的和平。西方会拒绝其他国家,但它会永远帮助俄罗斯。

一个冬天,在俄罗斯的田野上,列夫·托尔斯泰《战争与和平》中的尼古拉,驾着他的三轮马车:

> 尼古拉环顾四周,再次检查他的马匹。四周神奇的平原仍沐浴在月光和点点繁星下。
>
> "扎哈尔喊我向左转,但我为什么要向左转呢?"尼古拉想,"我们要到梅柳科夫家了吗?这里是梅柳科夫卡家吗?天知道我们要去哪里,天知道我们会发生什么……"

后 记

惊奇感

文/玛格丽特·阿特伍德

听说雷沙德·卡普希钦斯基去世的消息时,我感到失去了一位朋友。不,不止于此:我失去了生命中一位不可或缺的人。当涉及复杂而艰深的事件之真相时,他是少数几个可以信赖的人之一,不是抽象地讲述,而是讲述具体细节——颜色,气味,感觉,触觉;某种境况。然而,我对雷沙德·卡普希钦斯基的了解根本不多。与人友善相交又保持距离感,这正是他身上一种罕见的品质。

我第一次见到卡普希钦斯基是在1984年。那时我和丈夫格雷姆·吉布森带着我们七岁的女儿住在西柏林,当时,西柏林还被那堵著名的墙包围着。正是在那里,我开始创作《使女的故事》。就创作一本关于现代极权主义的小说而言,基调是现成的:每个星期天,东德的战斗机都会突破音障,用它们的超音速音爆提醒我们:它们随时有可能俯冲下来。苏联阵营一直延伸到德国东部,似乎坚如磐石。

我们去过东德，那里有傲慢的边防军、指甲油似的冰淇淋和属于《史迈利的人马》[1]那个时代的巧克力。我们还去了捷克斯洛伐克，在那里，想要说任何真话，都得走到公园中央，因为我们的捷克朋友们很害怕被窃听。

最后我们去了波兰，那里的情况完全不同。波兰一直被其邻国视为鲁莽的勇敢者，或勇敢的鲁莽者。波兰骑兵在马背上朝德国坦克冲锋的轶闻可能是真的，也可能是假的，但无疑颇具象征意义。在1984年的华沙，这种鲁莽或违抗之举依然存在。出租车不会载你去任何地方，除非你有硬通货。作家们将大量"萨米兹达"（samizdat）——即非官方出版物——塞到你手中，它们就存放在所谓的共产主义作家协会的地盘上。我们在波兰期间，一名神父被杀了，可能是秘密警察干的。在天主教徒组织的游行上，我们看着那些眼神冷峻的修女、愤怒而坚定的神父及其追随者，心想，这个政权有麻烦了。

然后，我们见到了帮助推翻它的人。

1978年，卡普希钦斯基写下了《皇帝》（*The Emperor: Downfall of an Autocrat*）。从表面上看，这本书讲述的是埃塞俄比亚的海尔·塞拉西及其腐败的专制政权的垮台，仅

---

[1] 《史迈利的人马》（*Smiley's People*），约翰·勒卡雷出版于1979年的间谍小说。

阅读这一层面，也会发现这是一本出色的作品。作为一名记者，卡普希钦斯基拥有波兰式的鲁莽，这让他经历了二十七次政变和革命——一波又一波难民朝一个方向涌去，逃离灾难，而卡普希钦斯基反其道而行，进入灾难的中心。他前往亚的斯亚贝巴，在黑夜里四处潜行，采访那些正东躲西藏的前朝弄臣，记录下关于皇帝的逸闻，其中既有无心插柳的喜剧，也有令人毛骨悚然的暴行：前者如，当皇帝坐到椅子上时，拿垫子的仆人必须在他脚下垫上高度刚刚合适的垫子，千万不能让他的小短腿悬空；后者如，乞丐们大口咽下宫宴的残羹冷饭，眼球从眼眶里喷射而出。

但对波兰人而言，《皇帝》还有另一层意义，在整个纳粹占领和苏联统治期间，波兰人已经习惯了说暗语。卡普希钦斯基本人在《与希罗多德一起旅行》中这样描述那个时代："没有什么是平实的、字面的、明确的——每个手势和词语背后都隐约透露出一些指涉性的符号，都有一双意味深长的眼睛在凝视。"如此一来，既然一个腐败的专制政权与另一个腐败的专制政权多有共同之处，那么《皇帝》便可被解读为对那个奄奄一息的波兰政权的批判。这本书很快被搬上舞台，经历了一次又一次戏剧改编，对最终推翻了当权者的群众抗议贡献良多。《皇帝》在策略上的高明之处在于，当局几乎无法驳斥它，因为它不是在揭露君主制的弊端吗？而君主制不正是当局极力反对的政府形式吗？

  1983年,《皇帝》被译成英语,我们正好读到了这本书,然后于1984年在华沙见到了卡普希钦斯基,与他握了手。他是同时代颇多非凡之士中的一员,这一代人还包括杰出的导演兼剧作家塔德乌什·康托尔[1],小说家塔德乌什·孔维茨基[2],这些人从小经历了第二次世界大战,成年后又一直生活在一党制的共产主义制度下,但仍然创作出令人惊叹的艺术作品。虽然卡普希钦斯基的创作背景多样,素材也各不相同,但他的基本主题却始终如一,那就是恐惧和压迫,以及人们如何应对或超越恐惧与压迫;困境以及困境如何使人变得扭曲或高尚;一元化政治带来的令人窒息的漫长折磨,以及人类对拥有自己灵魂的永恒渴望。考虑到卡普希钦斯基自己压抑的青年时代,这些主题是完全可以理解的。

  在我看来,卡普希钦斯基腼腆而迷人,还有些犹疑。我丈夫说这话没错,但这只是表面,内心深处他像钉子一样坚硬。我想他应该是两者兼具:在混乱的内战中,羞怯、魅力和犹疑让他不至于在路障前被枪毙,而钉子般的坚硬则让他一开始就走向了那些路障。

---

[1] 塔德乌什·康托尔(Tadeusz kantor,1915—1990),波兰戏剧导演、剧作家、画家。
[2] 塔德乌什·孔维茨基(Tadeusz Konwicki,1926—2015),波兰作家、电影导演,波兰语言委员会成员。

彼时，在苏联阵营内部与真正的作家见面，总有些超现实的色彩，也许，正是这种超现实主义造就了卡普希钦斯基的犹疑。在彬彬有礼的官方场合，有些话说了，有些话没说，但人们都应该心知肚明。在一次书展上，我问另一个作家，"为什么波兰有这么多插图精美的儿童绘本？""你自己想想吧，"她回答说。

1986年1月，卡普希钦斯基在多伦多参加了《王中之王》（Shah of Shahs）英译本的出版仪式，这本书首次出版于1982年，讲述了伊朗国王被推翻时引人注目的景象还有他残酷的暴政，其中提到了"萨瓦克"（Savak），即他那些狰狞恐怖、擅长严刑拷打的秘密警察。现在重读这本书正当其时，因为它对那个世界中还在不断呈现的发展模式如此具有先见之明。卡普希钦斯基当时很紧张，因为他要出席港湾城国际作家系列活动，他认为自己的英语水平不足以进行公开朗读。我可以代替他说英文吗？可以代替他朗读他的书吗？我说我很荣幸，但同时我也在想——等等！雷沙德·卡普希钦斯基紧张了？害怕读英语？在安全、没有任何威胁、哪怕他只蹦出一个词大家也会爱他的多伦多？那刚果的腥风血雨、洪都拉斯的炸弹横飞以及德黑兰危及性命的革命骚乱，又是怎么回事？

卡普希钦斯基在多伦多的紧张表现非常可爱，有点像苏格兰女王玛丽在上绞刑架之前担心自己的帽子是不是戴正了。不过话说回来，别人都紧张什么，是难以预料的。

卡普希钦斯基是一名驻外记者，并且多年来一直是波兰唯一一名驻外记者，所以他看起来无处不在，至少，当腐朽的政治结构处于崩溃、灾难或可怕的流血事件时是这样。哪里有混乱，哪里就有他的身影。《帝国》描述了1989—1991年他在苏联的旅行，当时苏联正处于崩溃的边缘，其中有一段话很有代表性：

> 传来一则令人震惊的消息，说一座拥有百万居民的大型城市受到了严重的、危险的、致命的毒气污染。
>
> "另一个切尔诺贝利！"朋友向我转述这个消息时说。
>
> "我要去那里，"我说，"如果有座位，我明天就飞过去。"

卡普希钦斯基一生都渴望旅行，他渴望去的，恰恰是那些寻欢作乐的普通游客竭力避开的地方。因此，在他的最后一本书《与希罗多德一起旅行》中，他乞灵于第一位从事此类旅行的作家、"历史之父"希罗多德，这再恰当不过了。卡普希钦斯基年轻时最想做的事是"跨越边界"——一开始是波兰的边界，但是后来，他渐渐想要跨越一切可能的边界。驱使他前行的，是他对人类各种形态的无尽好奇。像希罗多德一样，他倾听并且记录，但从不指责。他的一生都在探寻——探寻，而非完成什么使命。他想找到什么？当然是异国的细节；文化差异；在战后波兰极度缺乏的丰富拼图。但除此之外，他寻找的是人类共同的善意，即便在最极端的流血冲突、虐待狂式的复仇和堕落中也是如此。我们的希望在哪里？也许在于尊严——那种朴素的尊严，处处成为压迫者的眼中钉、却永远无法被彻底根除的尊严。那种说"不"的尊严。

考虑到他目睹过的一切，卡普希钦斯基比任何作家都更有理由悲观，但悲观并不是他惯常表达的情绪。他更常表达的是惊奇。惊奇世间竟然如此辉煌与卑劣并存。在《与希罗多德一起旅行》的结尾处，有这样一句话。它描写的只是土耳其博物馆内的一个场景，但对于这位谦逊之士、我们这个时代的杰出见证者来说，却有一种墓志铭的味道。因此，我也把这句话放在这里：

"我们身处黑暗，被光包围。"

2007年